Tofu
一地鸡毛

刘震云 著

图书在版编目（CIP）数据

一地鸡毛 / 刘震云著. -- 广州：花城出版社，2022.7（2025.8重印）

ISBN 978-7-5360-9725-4

Ⅰ.①一… Ⅱ.①刘… Ⅲ.①短篇小说-小说集-中国-当代 Ⅳ.①I247.7

中国版本图书馆CIP数据核字（2022）第102969号

一地鸡毛
YI DI JI MAO

刘震云 / 著

出版人	张懿
特约策划	金丽红　黎　波
责任编辑	曹玛丽　欧阳佳子
特约编辑	张　维
技术编辑	凌春梅
封面设计	别境Lab
内文制作	张景莹
责任印制	张志杰　王会利
媒体运营	刘　冲　刘　峥　洪振宇
数字平台统筹	高　梦
法律顾问	梁　飞
版权代理	何　红
出版发行	花城出版社
经　　销	全国新华书店
印　　刷	天津盛辉印刷有限公司
开　　本	787毫米×1092毫米　32开
印　　张	15.75　6插页
字　　数	270,000字
版　　次	2022年7月第1版　2025年8月第19次印刷
定　　价	60.00元

版权所有·侵权必究。如发现印装质量问题，请与出版社联系。

联系电话：020-37604658　37602954

刘震云

汉族,河南延津人,北京大学中文系毕业,中国人民大学文学院教授、博士生导师。

曾创作长篇小说《故乡天下黄花》、《故乡相处流传》、《故乡面和花朵》(四卷)、《一腔废话》、《我叫刘跃进》、《一句顶一万句》、《我不是潘金莲》、《吃瓜时代的儿女们》、《一日三秋》等;中短篇小说《塔铺》、《新兵连》、《单位》、《一地鸡毛》、《温故一九四二》等。

其作品被翻译成英语、法语、德语、意大利语、西班牙语、瑞典语、捷克语、荷兰语、俄语、匈牙利语、塞尔维亚语、土耳其语、罗马尼亚语、波兰语、马其顿语、希伯来语、波斯语、阿拉伯语、日语、韩语、越南语、泰语、蒙古语、哈萨克语、维吾尔语等多种文字。

2011年,《一句顶一万句》获得茅盾文学奖。
2018年,获得法国文学与艺术骑士勋章。

根据其作品改编的电影,也在国际上多次获奖。

2018年4月13日,作者被法国文化部授予"法兰西共和国文学与艺术骑士勋章"

目 录

Contents

塔铺 / 001

新兵连 / 045

头人 / 131

单位 / 195

官场 / 285

一地鸡毛 / 373

土塬鼓点后：理查德·克莱德曼
——为朋友而作的一次旅行日记 / 445

口信 / 463

附录 刘震云作品中文版目录 / 502

塔 铺

· 一 ·

九年前,我从部队复员,回到了家。用爹的话讲,在外四年,白混了:既没入党,也没提干,除了腮帮上钻出些密麻的胡子,和走时没啥两样。可话说回来,家里也没啥大变化。只是两个弟弟突然蹿得跟我一般高,满脸粉刺,浑身充满儿马的气息。夜里睡觉,爹房里传来叹气声。三个五尺高的儿子,一下子都到了向他要媳妇的年龄,是够他喝一壶的。那是一九七八年,社会上刚兴高考的第二年,我便想去碰碰运气。爹不同意,说:"兵没当好,学就能考上了?再说……"再说到镇上的中学复习功课,得先交一百元复习费。娘却支持我的想法:"要是万一……"

爹问:"你来时带了多少复员费?"

我答:"一百五。"

爹朝门框上啐了一口浓痰:"随你折腾去吧。就你那钱,家里也不要你的,也不给你添。考上了,是你的福气;考不上,也省得落你的埋怨。"

就这样,我来到镇上中学,进了复习班,准备考大学。

复习班,是学校专门为社会上大龄青年考大学办的。进复习班一看,许多人都认识,有的还是四年前中学时的同学,经过一番社会的颠沛流离,现在又聚到了一起。同学相见,倒很亲热。只有一少部分年龄小的,是一九七七年应届生没考上,又留下复习的。老师把这些人招呼到一块儿,蹲在操场上开了个短会,看看各人的铺盖卷、馍袋,这个复习班就算成立了。轮到复习班需要一个班长,替大家收收作业、管管纪律等,老师的眼睛找到我,说我在部队上当过副班长,便让我干。我忙向老师解释,说在部队干的是饲养班,整天尽喂猪,老师不在意地挥挥手:"凑合了,凑合了……"

接着是分宿舍。男同学一个大房间,女同学一个大房间,还有一个小房间归班长住。由于来复习的人太多,班长的房间也加进去三个人。宿舍分过,大家一齐到旁边生产队的场院上抱麦秸,回来打地铺,铺铺盖卷。男同学宿舍里,为争墙角还吵了架。小房间里,由于我是班长,大家自动把墙角让给了我。到晚上睡觉时,四个人便全熟了。三十多岁的王全,和我曾是中学同学,当年脑筋最笨、功课最差的,现在也不知犯了哪根神经，也来跟着复习。另一个长得挺矮的青年，乳名叫"磨桌"（豫北土话，形容极矮的人），腰里扎一根宽边皮带。还有一个长得挺帅的小伙子，绰号叫"耗子"。

大家钻了被窝。由于新聚到一起，都兴奋得睡不着。于是谈各人复习的动机。王全说：他本不想来凑热闹，都有老婆的人了，还拉扯着俩孩子，上个什么学？可看到地方上风气怎坏，贪官污吏尽吃小鸡，便想来复习，将来一旦考中，放个州府县官啥的，也来治治这些人。"磨桌"说：他不想当官，只是不想割麦子，毒日头底下割来割去，把人整个贼死！小白脸"耗子"手捧一本什么卷毛脏书，凑着铺头的煤油灯看，告诉我们：他是干部子弟（父亲在公社当民政），喜爱文学，不喜欢数理化，本不愿来复习，是父亲逼来的；不过来也好，他追的一个小姑娘悦悦（就是今天操场上最漂亮的那个，辫子上扎蝴蝶结的那个），也来复习，他也跟着来了；这大半年时间，学考上考不上另说，恋爱可一定要谈成！最后轮到我，我说：假如我像王全那样有了老婆，我不来复习；假如我像"耗子"那样正和一个姑娘谈恋爱，也不来复习；正是一无所有，才来复习。

说完这些话，大家做了总结：还数王全的动机高尚，接着便睡了。临入梦又说，醒来便是新生活的开始啦。

· 二 ·

　　这所中学的所在镇叫塔铺。镇名的由来，是因为镇后村西土坛上，竖着一座歪歪扭扭的砖塔。塔有七层，无顶，说是一位神仙云游至此，无意间袖子拂着塔顶，拂掉了。站在无顶的塔头上看四方，倒也别有一番情趣。可惜大家都没这心思。学校在塔下边，无院墙，紧靠西边就是玉米地，玉米地西边是条小河。许多男生半夜起来解手，就对着庄稼乱滋。
　　开学头一天，上语文课。当当一阵钟响，教室安静下来。同桌的"耗子"捣捣我的胳膊，指出哪位是他的女朋友悦悦。悦悦坐在第二排，辫子上扎着蝴蝶结，小脸红扑扑的，果然漂亮。"耗子"又让我想法把他和女朋友调到一张桌子上，我点点头。这时老师走上讲台。老师叫马中，四十多岁，胡瓜脸，大家都知道他，出名的小心眼，爱挖苦人。他走上讲台，没有说话，先用两分钟时间仔细打量台下每一位同学。当看到前排坐的是去年没考上的应届生，又留下复习，便点着胡瓜脸，不冷不热地一笑，道：

"好，好，又来了，又坐在了这里。列位去年没高中，照顾了我今年的饭碗，以后还望列位多多关照。"

接着双手抱拳，向四方举了举。让人哭笑不得。虽然挖苦的是那帮小弟兄，我们全体都跟着倒霉。接着仍不讲课，让我拿出花名册点名。每点一个名，同学答一声"到"，马中点一下头。点完名，马中做了总结："名字起得都不错。"然后才开讲，在黑板上写下三个字："黔之驴"。这时"耗子"逞能，自恃文学功底好，想露一鼻子，大声念道："今之驴"。下边一阵哄笑。我看到悦悦红了脸，知道他们真在恋爱。这时王全又提意见，说没有课本，没有复习资料。马中发了火："那你们带没带奶妈？"教室才安静下来，让马中拖着长音讲"有好事者船载以入"。课讲到虎驴相斗，教室后边传来鼾声。马中又不讲了，循声寻人。大家的眼睛都跟着他的脚步走，发现是坐在后边的"磨桌"伏在水泥板上睡着了。大家以为马中又要发火，马中却泰然站在"磨桌"跟前，看着他睡。"磨桌"猛然惊醒，像受惊的兔子，瞪着惺忪的红眼睛，看着老师，很不好意思。马中弯腰站到他面前，这时竟安慰他：

"睡吧，睡吧，好好睡。毛主席说过，课讲得不好，允许学生睡觉。"接着，一挺身，"当然，故而，你有睡觉的自由，我也有不讲的自由。我承认，我水平低，配不上列位，我不讲，我不讲还不行吗！"

接着返回讲台，把教案课本夹在胳肢窝下，气冲冲走了。

教室炸了窝。有起哄的，有笑的，有埋怨"磨桌"的。"磨桌"扯着脸解释，他有一个毛病，换一个新地方，得三天睡不着觉，昨天一夜没睡着，就困了。"耗子"说："你穷毛病还不少！"大家又起哄。我站起来维持秩序，没一个人听。

这时我发现，乱哄哄的教室里，唯有一个人没有参加捣乱，趴在水泥板上认真学习。她是个女生，和悦悦同桌，二十一二年纪，剪发头，对襟红夹袄，正和尚入定一般，看着眼前的书，凝神细声诵读课文。我不禁敬佩，满坑蛤蟆叫，就这一个是好学生。

中午吃饭时，"磨桌"情绪很不好，从家中带来的馍袋里，掏出一个窝窝头，还没啃完。到了傍晚，竟在宿舍里，扑到地铺上，呜呜哭了起来。我劝他，不听。在旁边伏着身子写什么的"耗子"发了火："你别他妈在这号丧好不好，我可正写情书呢！"没想到"磨桌"越发收不住，索性大放悲声，号哭起来。我劝劝没结果，只好走出宿舍，信步走向学校西边的玉米地。出了玉米地，来到河边。

河边落日将尽，一小束水流，被晚霞染得血红，一声不响慢慢淌着。远处河滩上，有一农家姑娘在用筢子收草。我想着自己二十六七年纪，还和这帮孩子厮混，实在没有意思。可想想偌大世界，两拳空空，没有别的出路，只好叹息一声，便往回走。只见那收草姑娘已将一大堆干草收起。仔细一打量，不禁吃了一惊，这姑娘竟是课堂上那独自埋头背书的女同学。我便走过去，打一声招呼。见她五短身材，胖胖的，但脸蛋红中透白，倒也十分耐看。我说她今天课堂表现不错，她不语。又问为什么割草，她脸蛋通红，说家中困难，爹多病，下有二弟一妹，只好割草卖钱，维持学费。我叹息一声，说不容易。她看我一眼，说：

"现在好多了呢。以前家里更不容易。记得有一年，我才十五，跟爹到焦作拉煤。那是年关，到了焦作，车胎放了炮，等找人修好车，已是半夜。我们父女在路上拉车，听到附近村里人放炮过年，心里才不是滋味。现在又来上学，总得好好用心，才对得起大人……"

听了她的话，我默默点点头，似乎突然明白了许多道理。

晚上回到宿舍，"磨桌"已不再哭，在悄悄整理着什么东西。"耗子"就着煤油灯头，又在看那本卷毛脏书，嘴里哼着小曲，估计情书已经发出。这时王全急急忙忙进来，说到处找我找不见。我问什么事，他说我爹来了，来给我送馍，没等上我，便赶夜路回去了。接着把他铺上的一个馍袋交给我，我打开馍袋一看，里面竟是几个麦面卷子。这卷子，在家里过年才吃。我不禁心头一热，又想起河边那个女同学，问王全那人是谁，王全说他认识，是郭村的，叫李爱莲，家里特穷，爹是个酒鬼；为来复习，和爹吵了三架。我默默点点头。这时"耗子"掺和进来：

"怎么，班长看上那丫头了？那就赶紧！我这本书是《情书大全》，可以借你看看。干吧，伙计，抓住机会——过这村没这店儿了，误了这包子可没这馅儿了……"

我愤怒地将馍袋向他头上砸去："去你妈的！……"

全宿舍的人都吃了一惊。正在沮丧的"磨桌"也抬起头，瞪圆小眼睛，吃惊地看着我。

· 三 ·

冬天了。教室四处透风，宿舍四处透风。一天到晚，冷得没个存身的地方。不巧又下了一场雪，雪后结冰，天气更冷，夜里睡觉，半夜常常被冻醒。我们宿舍四人，只好将被子合成两床，两人钻一个被窝，分两头睡，叫"打老腾"。教室无火。晚上每人点一个小油灯，趴在水泥板上复习功课。寒风透过墙缝吹来，众灯头乱晃。一排排同学袖着手缩在灯下，影影绰绰，活像庙里的小鬼。隔窗往外看，那座黑黝黝的秃塔在寒风中抖动，似要马上塌下。班里兴起流感，咳嗽声此起彼伏。前排的两个小弟兄终于病倒，发高烧说胡话，只好退学，由家长领回去。

这时我和李爱莲同桌。那是"耗子"提出要和女朋友悦悦同桌，才这样调换的。见天在一起，我们多了些相互了解。

我给她讲当兵，在部队里如何喂猪，她给我讲小时候自己爬榆树，一早晨爬了八棵，采榆钱回家做饭。家里妈挺善良，爹脾气不好，爱喝酒，喝醉酒就打人。妈妈怀孕，他还一脚把她从土坡上踢下去，打了几个滚。

学校伙食极差。同学们家庭都不富裕，从家里带些冷窝窝头，在伙上买块咸菜，买一碗糊糊就着吃。舍得花五分钱买一碗白菜汤，算是改善生活。我们宿舍就"耗子"家富裕些，常送些好饭菜来。但他总是请同桌的女朋友吃，不让我们沾边。偶尔让尝一尝，也只让我和王全尝，不让"磨桌"尝。他和"磨桌"不对劲儿。每到这时，"磨桌"就在一边呆脸，既眼馋，又伤心，很是可怜。自从那次课堂睡觉后，他改邪归正，用功得很，也因此瘦得更加厉害，个头显得更小了。

春天了。柳树吐米芽了。一天晚饭，我在教室吃，李爱莲悄悄推给我一个碗。我低头一看，是几个菜团子，嫩柳叶蒸做的。我感激地看她一眼，急忙尝了尝。竟觉山珍海味一般。我没舍得吃完，留下一个，晚上在宿舍悄悄塞给"磨桌"。但"磨桌"看看我，摇了摇头。他已执意不吃人家的东西。

王全的老婆来了一趟。是个五大三粗的黑脸妇人，厉害得很，进门就点着王全的名字骂，说家里断了炊，两个孩子饿得嗷嗷叫，青黄不接的，让他回去找辙。并骂：

"我们娘儿们在家受苦,你在这享清福,美死你了!"

王全也不答话,只是伸手拉过一根棍子,将她赶出门。两人像孩子一样,在操场上你追我赶,王全终于将黑脸妇人赶得一蹦一跳地走了。同学们站在操场边笑,王全扭身回了宿舍。

第二天,王全的大孩子又来给王全送馍袋。这时王全拉住那黑孩,叹了一口气:

"等爸爸考上了,做了大官,也让你和你妈享两天清福!"

这时发生了一件怪事,瘦得皮包骨头的"磨桌",突然脸蛋红扑扑的。有天晚上,回来得很晚,嘴巴油光光的。问他哪里去了,也不答,倒头便睡。等他睡着,我和王全商量,看样子这小子下馆子了,不然嘴巴怎么油光光的?可钱哪里来呢?这时"耗子"插言:"定是偷了人家东西!"我瞪了"耗子"一眼,大家不再说话。

这秘密终于被我发现了。有天晚自习下课,回到宿舍,又不见"磨桌"。我便一个人出来,悄悄寻他。四处转了转,不见人影。我到厕所解手,忽然发现厕所墙后有一团火,一闪一灭,犹如鬼火。火前有一人影,伏在地上。天啊,这不是"磨桌"吗!我悄悄过去,发现地上有几张破纸在烧。火里爬着几个刚出壳的幼蝉。"磨桌"盯着那火,舌头舔着嘴巴,不时将爬出的蝉重新投到火中。一会儿,火灭了,蝉也不知烧死没有,烧熟没有,"磨桌"蛮有兴味地一个个捡起往嘴里填。

接着就满嘴乱嚼起来。我心里不是滋味，不由得向后倒退两步，不意弄出了声响。"磨桌"吃了一惊，急忙停止咀嚼，扭头看人。等看清是我，先是害怕，后是尴尬，语无伦次地说：

"班长，你不吃一个，好香啊！"

我没有答话，也没有吃蝉，但我心里，确实涌出一股辛酸。我打量着他，暗淡的月光下，竟如一匹低矮低矮的小动物。我眼中涌出了泪，上前拉住他，犹如拉住自己的亲兄弟：

"'磨桌'，咱们回去吧。"

"磨桌"也眼眶盈泪，恳求我："班长，不要告诉别人。"

我点点头："我不告诉。"

五一了，学校要改善生活。萝卜炖肉，五毛钱一份。穷年不穷节，同学们纷纷慷慨地各买一碗，"哧溜哧溜"放声吃，不时喊叫，指点着谁碗里多了一个肉片。我端菜回教室，发现李爱莲独自在课桌前埋头趴着，也不动弹。我猜想她经济又犯紧张，便将那菜吃了两口，推给了她。她抬头看着我，眼圈红了，将那菜接了过去。我既是感动，又有些难过，还无端生出些崇高和想保护谁的念头，便眼中也想涌泪，扭身出了教室。等晚上又去教室，却发现她不见了。

我觉出事情有些蹊跷，便将王全从教室拉出来，问李爱莲出了什么事。王全叹了一口气，说：

"听说她爹病了。"

"病得重吗?"

"听说不轻。"

我急忙返回教室,向"耗子"借了自行车,又到学校前的合作社里买了两斤点心,骑向李爱莲的村子。

李爱莲的家果然很穷,三间破茅屋,是土垛,歪七扭八;院子里黑洞洞的,只正房有灯光。我喊了一声"李爱莲",屋里一阵响动,接着帘子挑开,李爱莲出来了。当她看清是我,吃了一惊:

"是你?"

"听说大伯病了,我来看看。"

她眼中露出感激的光。

屋里墙上的灯台里,放着一盏煤油灯,发着昏黄的光。靠墙的床上,躺着一个干瘦如柴的中年人,铺上满是杂乱的麦秸屑。床前围着几个流鼻涕水的孩子;床头站着一个盘着歪歪扭扭发髻的中年妇女,大概是李爱莲的母亲。我一进屋,大伙全把眼光集中到了我身上。我忙解释:

"我是李爱莲的同学。大伙儿知道大伯病了,托我来看看。"接着把那包点心递给了李爱莲的母亲。

李爱莲母亲这时从发呆中醒过来,忙给我让座:"哎呀,这可真是,还买了这么贵的点心。"

李爱莲的父亲也从床上仄起身子,咳嗽着,把桌上的旱烟袋推给我，我忙摆摆手，说不会抽烟。

李爱莲："这是我们班长，人心可好了，这……这碗肉菜，还是他买的呢！"

这时我才发现，床头土桌上，放着那碗我吃了一半的肉菜。原来是李爱莲舍不得吃，又端来给病中的父亲。床头前的几个小弟妹，眼巴巴地盯着碗中那几片肉。我不禁又感到一阵辛酸。

坐了一会儿，喝了一碗李爱莲倒的白开水，了解到李爱莲父亲的病情——是因为又喝醉了酒，犯了胃气痛老病。我叮嘱了几句，便起身告辞，向李爱莲说："我先回去了。你在家里待一夜，明天再去上课。"

这时李爱莲的妈拉住我的手："难为你了，她大哥。家里穷，也没法给你做点儿好吃的。"

又对李爱莲说："你现在就跟你大哥回去吧。家里这么多人，不差你侍候，早回去，跟你大哥好好学……"

黑夜茫茫，夜路如蛇。我骑着车，李爱莲坐在后支架上。走了半路，竟是无话。突然，我发现李爱莲在抽抽搭搭地呜咽，接着用手抱住了我的腰，把脸贴到我后背上，叫了一声：

"哥……"

我不禁心头一热。眼中涌出了泪。"坐好，别摔下来。"我说。我暗自发狠：我今年一定要努力，一定要考上。

· 四 ·

离高考剩两个月了。这时传来一个消息，说高考还考世界地理。学校原以为只考中国地理，没想到临到头还考世界地理。大家一下都着了慌。这时同学的精神，都已是强弩之末。王全闹失眠，成夜睡不着。"磨桌"脑仁疼，一见课本就眼睛发花。大家乱骂，埋怨学校打听不清，说这罪不是人受的。更大的问题还在于，大家都没有世界地理的复习资料。于是掀起一个寻找复习资料的热潮。一片混乱中，唯独"耗子"乐哈哈的。他恋爱的进程，据说已快到了春耕播种的季节。

这样闹腾了几日，有的同学找到了复习资料，有的没有找到。离高考近了，同学们都变得自私起来，找到资料的，对没找到的保密，唯恐在高考中，多一个竞争对手。我们宿舍，就"磨桌"不知从哪里弄到一本卷毛发黄的《世界地理》。但他矢口否认,一个人藏到学校土冈后乱背,就像当初偷偷烧蝉吃一样。我和王全没辙,李爱莲也没辙,于是着急得像热锅上的蚂蚁。这时我爹来送馍,见我满脸发黄,神魂不定,问是什么事,我简单给他讲了,没想到他双手一拍:

"你表姑家的大孩子,在汲县师范教书,说不定他那儿有呢!"

我也忽然想起这个茬儿,不由得高兴起来。爹站起身,刹刹腰里的蓝布,自告奋勇要立刻走汲县。

我说:"还是先回家告诉妈一声,免得她着急。"

爹说:"什么时候了,还顾那么多!"

我说:"可您不会骑车呀!来回一百八十里呢!"

爹满有信心地说:"我年轻的时候,一天一夜走过二百三。"说完,一撅一撅动了身。我忙追上去,把馍袋塞给他。他看看我,被胡茬包围的嘴笑了笑,从里边掏出四个馍,说:"放心。我明天晚上准赶回来。"我眼中不禁冒出了泪。

晚上上自习,我悄悄把这消息告诉了李爱莲。她也很高兴。

第二天晚上,我和李爱莲分别悄悄溜出了学校,在后冈集合,然后走了二里路,到村口的大路上去接爹。一开始有说有笑的,后来天色苍茫,大路尽头不见人影,只附近有个拾粪的老头,又不禁失望起来。李爱莲安慰我:

"说不定是大伯腿脚不好,走得慢了。"

我说:"要万一没找到复习资料呢?"

于是两个人不说话,又等。一直等到月牙儿偏西,知道再等也无望了,便沮丧地向回走。但约定第二天五更再来这儿集合等待。

第二天鸡叫,我便爬起来,到那村口去等。远远看见有一人影,我认为是爹,慌忙跑上去,一看却是李爱莲。

"你比我起得还早!"

"我也刚刚才到。"

早晨下了霜。青青的野地里,一片发白。附近的村子里,鸡叫声此起彼伏。我忽然感到有些冷,看到身边的李爱莲,也在打战。我忙把外衣脱下,披到她身上。她看看我,也没推辞,只是深情地看着我,慢慢将身子贴到了我怀里。我身上一阵发热发紧,想低头吻吻她。但我没有这样做。

天色渐渐亮了,东方现出一抹红霞。忽然,天的尽头,跌跌撞撞走来了一个人影。李爱莲猛然从我怀里挣脱,指着那人影:

"是吗?"

我一看,顿时兴奋起来:"是,是我爹,是他走路的样子。"

于是两个人飞也似的跑。我扬着双臂,边跑边喊:"爹!"

天尽头有一回声："哎！"

"找到了吗？"

"找到了，小子！"

我高兴得如同疯了，大喊大叫向前扑。后面李爱莲跌倒了，我也不顾。只是向前跑，跑到跌跌撞撞走来的老头跟前。

"找到了？"

"找到了。"

"在哪儿呢？"

"别急，我给你掏出来。"

老头也很兴奋，一屁股坐在地上。这时李爱莲也跑了上来，看着爹。爹小心解开腰中蓝布，又解开夹袄扣，又解开布衫扣，从心口，掏出一本薄薄的卷毛脏书。我抢过来，书还发热，一看，上边写着"世界地理"。李爱莲又抢过去，看了一眼，兴奋得两耳发红：

"是，是，是《世界地理》！"

爹看着我们兴奋的样子，只嘿嘿地笑。这时我发现，爹的鞋帮已开了裂，裂口处，洇出一片殷红殷红的东西。我忙把爹的鞋扒下来，发现那满是脏土和皱皮的脚上，密密麻麻排满了血泡，有的已经破了，那是一只血脚。

"爹！"

爹仍是笑，把脚伸回去："没啥，没啥。"

李爱莲眼中也涌出了泪:"大伯,难为您了。"

我说:"您都六十五了。"

爹还有些逞能:"没啥,没啥,就是这书现在紧张,不好找,你表哥作难找了一天,才耽搁了工夫,不然我昨天晚上就赶回来了。"

我和李爱莲对看了一眼。这时才发现她浑身是土,便问她刚才跌倒摔着了没有。她拉开上衣袖子,胳膊肘上也跌青了一块。但我们都笑了。

这时爹郑重地说:"你表哥说,这本书不好找,是强从人家那里拿来的,最多只能看十天,还得给人家还回去。"

我们也郑重地点点头。

这时爹又说:"你们看吧,要是十天不够,咱不给他送,就说爹不小心,在路上弄丢了。"

我们说:"十天够了,十天够了。"

这时我们都恢复了常态。爹开始用疑问的眼光打量李爱莲。我忙解释:

"这是我的同学,叫李爱莲。"

李爱莲脸登时红了,有些不好意思。

爹笑了,眼里闪着狡猾的光:"同学,同学,你们看吧,你们看吧。"

接着爹爬起身,就要从另一条岔路回家。

我说:"爹,您歇会儿再走吧。"

爹说:"说不定你娘在家早着急了。"

看着爹挪动着两只脚,从另一条路消失,我和李爱莲捧着《世界地理》,又高兴起来,你看看,我看看,一起向回走。并约定,明天一早偷偷到河边集合,一块儿来背《世界地理》。

第二天一早,我拿了书,穿过玉米地,来到那天李爱莲割草的河边。我知道她比我到得早,便想从玉米地悄悄钻出,吓她一跳。但等我扒开玉米棵子,朝河堤上看时,我却呆了,没有再向前迈步,因为我看到了一幅图画。

河堤上,李爱莲坐在那里,样子很安然。她面前的草地上,竖着一个八分钱的小圆镜子。她看着那镜子,用一把断齿的化学梳子在慢慢梳头。她梳得很小心,很慢,很仔细。东边天上有朝霞,是红的,红红的光,在她脸的一侧,打上了一层金黄的颜色。

我忽然意识到,她是一个姑娘,一个很美很美的姑娘。

这一天,我心神不定。《世界地理》找来了,但学习效果很差,思想老开小差。我发现,李爱莲的神情也有些慌乱。我们都有些痛恨自己,不敢看对方的目光。

晚上,我们来到大路边,用手电不时照着书本,念念背背。不知是天漆黑,还是风物静,这时思想异常集中,背得效果极好。到学校打熄灯钟时，我们竟背熟了三分之一。我们都有些惊奇，也有些兴奋，便扔下书本，一齐躺倒在路旁的草地上，不愿回去。

天是黑的，星是明的。密密麻麻的星，撒在无边无际的夜空闪烁。天是那么深邃，那么遥远。我第一次发现，我们头顶的天空，是那么崇高，那么宽广，那么仁慈和那么美。我听见身边李爱莲的呼吸声，知道她也在看夜空。

我们都没有话。

起风了。夜风有些冷。但我们一动不动。

突然，李爱莲小声说话："哥，你说，我们能考上吗？"

我坚定地回答："能，一定能！"

"你怎么知道？"

"我看这天空和星星就知道。"

她笑了："你就会混说。"

又静了，不说话，看着天空。

许久，她又问，这次声音有些发颤："要是万一你考上我没考上呢？"

我也忽然想起这问题，身上也不由得一颤。但我坚定地答："那我也永远不会忘记你。"

她长出了一口气，也说："要是万一我考上你没考上，我也不会忘记你。"

她的手在我身边,我感觉出来。我握住了她的手。那是一只略显粗糙的农家少女的手。那么冷的天,她的手是热的。

但她忽然说:"哥,我有点冷。"

我心头一热,抱住了她。她在我怀里,眼睛黑黑的,静静地、顺从地看着我。我吻了吻她湿湿的嘴唇、鼻子,还有那湿湿的眼睛。

这是我在这个世界上,第一次吻一个姑娘。

· 五 ·

累。累。实在是累。

王全失眠更厉害了,一点睡不着,眼里布满血丝,头发乱糟糟的像个鸡窝。一眼看去,活像一个恶鬼。脾气也坏了,不再显得那么宽厚。有天晚上,因为"磨桌"打鼾,他狠狠将"磨桌"打了两拳。"磨桌"醒来,蒙着头呜呜哭,他又在一旁嘬牙花子:"这怎么好,这怎么好。""磨桌"脑仁更加痛了,一看书就痛,只好花两毛钱买了一盒清凉油,在两边太阳穴上乱抹,弄得满宿舍清凉油味。一天晚上我回宿舍见他又在哭,便问:

"是不是王全又打你了?"

他摇摇头,说:"太苦,太苦,班长,别让我考大学了,让我考个小中专吧。"

咕咕鸟叫了,割麦子了。学校老师停止辅导,去割学校种的麦子。学生们马放南山,由自己去折腾。我找校长反映这问题,校长说唯一的办法是让学生帮老师早一点收完麦子,然后才能上课。我怪校长心狠,离考试剩一个月了,还剥削学生的时间。但我到教室一说,大伙倒很高兴,都拥护校长,愿意去割麦子。原来大伙学习的弦绷得太紧了,在那里死用功,其实效果很差。现在听说校长让割麦子,正好有了换一换脑子的理由,于是发出一声喊,争先恐后拥出教室,去帮老师割麦子。学校的麦地在小河的西边,大家赶到那里,二话不说,抢过老师的镰刀,雁队一样拉开长排,嚓,嚓,嚓嚓,紧张而有节奏、快而不乱地割着。一会儿割倒了半截地。紧绷着的神经,在汗水的浸泡下,都暂时松弛下来。大家似又成了在农田干活的农家少男少女,嘻嘻哈哈,打打闹闹。许多老师带着赞赏的神情,站在田头看。马中说:"这帮学生学习强不强不说,割麦子的能力可是不差。要是高考考割麦子就好了!"我抹了一把汗水,看看这田野和人,第一次感到:劳动是幸福的。

不到一个下午,麦子就割完了。校长受了感动,通知伙房免费改善一次生活——又是萝卜炖肉。但这次管够。大家洗了手脸,就去吃饭。那饭吃得好香!

但以后的几天里,却出了几件不愉快的事情。

第一件是王全退学。离高考只剩一个月,他却突然决定不上了。当时是实行责任田的第一年,各村都带着麦苗分了地。王全家也分了几亩,现在麦焦发黄,等人去割,不割就焦到了地里。王全那高大的老婆又来了,但这次不骂,是一本正经地商量:

"地里麦子焦了,你回去割不割?割咱就割,不割就让它龟孙焦到地里!"

然后不等王全回答,撅着屁股就走了。

这次王全陷入了沉思。

到了晚上,他把我拉出教室,第一次从口袋掏出一包烟卷,递给我一支,他叼了一支。我们燃着烟,吸了两口,他问:

"老弟,不说咱俩以前是同学,现在一个屋也躺了大半年了,咱哥俩儿过心不过心?"

我说:"那还用说。"

他又吸了一口烟:"那我问你一句话,你得实打实告诉我。"

我说:"那还用说。"

"你说,就我这德行,我能考上吗?"

我一愣,竟答不上来。说实话,论王全的智力,实不算强,无论什么东西,过脑子不能记两晚上,黄河他能记成三十三公里。何况这大半年,他一直失眠,记性更坏。但他的用功，却是大家看见的。我安慰他：

"大半年的苦都受了，还差这一个月？！"

他点点头，又吸了一口烟，突然动了感情："你嫂子在家可受苦了！孩子也受苦了。跟你说实话，为了我考学，我让大孩子都退了小学。我要再考不上，将来怎么对孩子说？"

我安慰他："要万一考上呢？这事谁也保不齐。"

他点点头，又说："还有麦子呢。麦子真要焦到地里，将来可真要断炊了。"

我忙说："动员几个同学，去帮一下。"

他忙摇头："这种时候，哪里还敢麻烦大家。"

我又安慰："你也想开些，收不了庄稼是一季子，考学可是一辈子。"

他点点头。

但第二天早晨，我们三人醒来，却发现王全的铺空了，露着黄黄的麦秸。他终于下了决心，半夜不辞而别。又发现，他把那张烂了几个窟窿的凉席，塞到了"磨桌"枕头边。看着那个空铺，我们三个人心里都不好受。"磨桌"憋不住，终于哭了："你看，王全也不告诉一声，就这么走了。"

我也冒了泪珠，安慰"磨桌"，没想"磨桌"呜呜大哭起来：

"我对不起他，当时我有《世界地理》，也没让他看。"

停了几天,又发生第二件不愉快的事,即"耗子"失恋。失恋的原因他不说,只说悦悦"没有良心",看不起他,要与他断绝来往;如再继续纠缠,就要告到老师那里去。他把那本卷毛《情书大全》摔到地上,摊着双手,第一次哭了:

"班长,你说,这还叫人吗?"

我安慰他,说凭着他的家庭和长相,再找一个也不困难。他得到一些安慰,发狠地说:

"她别看不起我,我从头好好学,到时候一考考个北京大学,也给她个脸色看看!"

当时就穿上鞋,要到教室整理笔记和课本。但谁也明白,现在离高考仅剩半个月,就是有天大的本事,再"从头"也来不及了。

第三件不愉快的事情,是李爱莲的父亲又病了。我晚上到教室去,发现她夹到我书里一张字条:

哥:

　我爹又病了,我回去一趟。不要担心,我会马上回来。

爱莲

可等了两天,还不见她来。我着急了,借了"耗子"的自行车,又骑到郭村去。家里只有李爱莲的母亲在拉麦子,告诉我,这次病得很厉害,连夜拉到新乡去了。李爱莲也跟去了。

我推着自行车,沮丧地回来。到了村口,眼望着去新乡的柏油路,路旁两排高高的白杨树,暗想:这次不知病得怎样,离高考只剩十来天,到时候可别耽误考试。

· 六 ·

高考了。

考场就设在我们教室。但气氛大变。墙上贴满花花绿绿的标语:"遵守考场纪律""不准交头接耳""违反纪律取消考试资格"……门上贴着《考试细则》:进考场要带准考证,发卷前要核对照片,迟到三十分钟自动取消当场考试资格……小小教室,布了四五个老师监堂。马中站在讲台上,耀武扬威地讲话:"现在可是要大家的好看了。考不上丢人,但违反纪律被人捏胡出去,就裹秆草埋老头——丢个大人!"接着是几个戴领章帽徽的警察进来。大家都憋着大气,揣着小心,心头嘣嘣乱跳。教室外,停着几辆送考卷和准备拿考卷的公安三轮摩托。学校三十米外,画一条白色警戒线,有警察把着。

警戒线外,围着许多学生家长,在那里焦急地等待。我爹也来了，给我带来一馍袋鸡蛋，说是妈煮的，六六三十六个，取"六六顺"的意思。并说吃鸡蛋不解手，免得耽误考试时间。这边考试，爹就在警戒线外边等，毒日头下，坐在一个砖头蛋上，眼巴巴望着考场。头上晒出一层密密麻麻的细汗珠，他不觉得；人蹚起的灰尘扑到他身上和脸上，也不觉得。我看着这考场，看着那警戒线外的众乡亲，看着我的坐在砖头蛋上的父亲，不禁一阵心酸。

发卷了。头两个小时考政治。但我突然感到有些头晕，恶心。我咬住牙忍了忍，好了一些。但接着感到前所未有的疲劳。我想，完了，这考试要砸。

何况我心绪不宁。我想起了李爱莲。两天前，她给我来了一封信：

哥：

　　高考就要开始了。我们大半年的心血有没有白费，就要看这两天的考试了。但为了照顾我爹，我不能回镇上考了，就在新乡的考场考。哥，亲爱的哥，我们虽不能坐在一个考场里，但我知道，我们的心是在一起的。我想我能考上，我也衷心祝愿我亲爱的哥你也能够考上。

爱莲

就这么几句话。当时，我捧着这封信，眼望着新乡的方向，心里发颤。

现在，我坐在考场上，不禁又想到：不知她在新乡准时赶到考场没有；不知她要在医院照顾父亲，现在疲劳不疲劳；不知面对着卷子，她害怕不害怕，这些题她生不生……但突然，我又想象出她十分严肃，正在对我说："哥，为了我，不要胡思乱想，要认真考试。"于是，我闭了一会儿眼睛，开始集中精力，重新看卷子上的几道题。这时考题看清了，知道写的是什么。还好，这几道题我都背过，于是心里有了底，不再害怕，甩了甩钢笔水，开始答题。一答开头，往常的背诵，一一出现在脑子里。我很高兴有这一思想转折，我很感激李爱莲对我现出了严肃的面孔。笔下沙沙，不时看一看腕上借来的表。等最后一道题答完，正好收卷的钟声响了。

我抬起身，这才发觉出了一身大汗，头发湿漉漉的，直往下滴水。我听到马中又在讲台上威严地咋呼："不要答了，不要答了，把卷子反扣到桌子上！能不能考上，不在这一分钟，热锅炒蚂蚁，再急着爬也没有用了！"我从容地将卷子反扣到桌子上，出了考场。

爹早已从砖头蛋上站起，在一堆家长里，踮着脚，伸长着脖子朝教室看。看我出来，忙迎上来，焦急问："考得怎样？"

我答："还好。"

爹笑了，是焦急后的笑，是等待后的笑，是担心后的笑。笑得有点勉强，有点苦涩，有点疲劳。但眼中冒出泪。泪后，对我望着。那苍老的眼里，竟闪出对我表示感激的光。"这就好，这就好。"然后从馍袋里掏出六个鸡蛋，一定让我吃下。可我什么东西都不想吃，只想喝水。爹说：

"不要喝水，不要喝水，接着还要考呢，喝水光想尿。"

但我还是跑到水龙头下，咕嘟咕嘟喝了个够。

离下场考试还有十分钟，我回到了宿舍。"磨桌"和"耗子"都在。"磨桌"正在焦急地翻书，急得满头大汗，见我进来，带着哭音颤着声说：

"班长，我完了！我好糊涂！这些题我都会背，但我记混了！我把'党的基本路线'，答成了'社会主义总路线'！"

我忙问："那其他五道呢？"

他答着哭声："还有两道也答混了！我的妈，我的政治要不及格了！"

我安慰他："既已考过，就不要再想了，还是集中精力想下场的数学吧！"

他仍很焦急："你说得轻巧，你考好了，当然不着急。可我这些题明明会，却答混了，岂不冤枉！我好糊涂，我好糊涂！"接着便痛苦地用双拳砸自己的脑袋。

"耗子"也十分沮丧，倒在铺上一言不发。

我问:"你怎么样'耗子'?"

"耗子"瞪了我一眼:"你管我呢!"然后双手捂头,痛苦地叫道,"我×他祖辈亲奶奶,我都认识这些题,但这些题都不认识我。我一场考试好自在,钢笔动都没有动。临到钟声响,才在一道题上写了几个字,'中国共产党万岁',那些改卷的王八蛋能给我分吗?"

……

下一场考试的钟声响了。同学们有高兴的,有着急的,有沮丧的,但都又重新聚集到了考场。警戒线外,家长们又在焦急地等待。我爹又坐在毒日头下的砖头蛋上。马中又讲话了,说上一堂考试有的同学表现不好,这一场要注意,不然可别怪鄙人不客气……大家听他讲,都很着急,因为他整整耽误大家八分钟答卷时间,然后才发卷。呼啦呼啦一阵纸响,又静下来。接着又是嚓嚓的笔划纸的声音。

忽然,我听到后排咕咚一声,接着教室一阵骚乱。我扭回头,吃了一惊,原来是"磨桌"晕倒在地上。监考的老师纷纷向"磨桌"跑,有的同学就趁机交头接耳,偷看别人的试卷。监考老师又不顾"磨桌",先来维持秩序,马中又大声咋呼。等教室平静,"磨桌"才被人抬了出去。

晕倒的"磨桌"被人抬着,从我身边经过,我看了他一眼。他浑身发抖,眼紧闭,牙齿上下嗒嗒响,脸苍白,满头发的汗。我一阵心酸，满眼冒泪。"磨桌"，好兄弟，你就这样完了!你的清凉油呢!你怎么不多在脑门上涂上厚厚的清凉油?你为什么要晕倒呢?大半年的心血，就这样完了!兄弟，你好苦啊!

这场考试临结束，前边又发生了骚乱。这次是"耗子"。马中站在他面前，看他的答卷。看了一会儿，猛然把考卷从他手中抢过，怒目圆睁：

"你这是答的什么题，这就是你的方程式吗?你捣的什么乱，啊?!"

几个监考老师纷纷问：

"怎么了，写了反标吗?"

马中说："反标倒不是反标，但也够捣乱的!我念给你们听听。"接着拖着长音念，"'党中央，教育部：我怀着激动的心情，给你们写信。卷上的考题我不会答，但我的心，是向着你们的。让我上大学吧，我会好好为人民服务……'这叫什么?你以为现在还能当张铁生啦?!"

这时校长戴着"监考"牌进来，才止住了马中的唠叨，让考生们静下心，继续答题。

……

两天过去了。

高考终于结束了。

· 七 ·

高考结束了。

我相信我考得不错。我预感我能被录取。不能上重点大学,起码也能上普通大学。我把自己的感觉告诉了在考场警戒线外等了两天的爹,爹一下竟说不出话来。平生第一次,一个老农,像西方人一样,把儿子紧紧地拥抱在怀里,颠三倒四地说:"这怎么好,这怎么好。"然后放开我,嘿嘿乱笑,一溜小跑拉我出了校门,要带我回家;我说学校还有我的行李,他又放开我,自己先走了,说要赶回家,告诉我妈和弟弟,让他们也高兴高兴。

复习班结束了。聚了一场的同学,就要分手了。高考有考得好的,有考得坏的,有哭的,有笑的。但现在要分别了,大家都抑制住个人的感情,又聚到大宿舍里,亲热得兄弟似的。唯独"磨桌"还在住院，不在这里。大家凑了钱，买了两瓶烧酒，一包花生米，每人轮流抿一口，捏个花生豆，算是相聚一场。这时，倒有许多同学真情地哭了。有的女同学，还哭得抽抽搭搭的。喝过酒，又说一场话，说不管谁考上，谁没考上，谁将来富贵了，谁仍是庄稼老粗，都相互不能忘。又引用刚学过的古文，叫"苟富贵，勿相忘"。一直说到太阳偏西，才各人打各人的行李，然后依依不舍地分手，各人回各人村子里去。

同学们都走了。但我没有急着回去。我想找个地方好好松弛一下。于是一个人跑了十里路，来到大桥上，看看四处没人，脱得赤条条的，一下跳进了河里，将大半年积得浑身的厚厚的污垢都搓了个净。又顺流游泳，逆流上来。游得累了，仰面躺到水上，看蓝蓝的天。看了半天，我忽然又想起王全，想起"磨桌"，想起"耗子"，心里又难受起来。我现在感到的是愉快，他们感到的一定是痛苦，我像做了见不得人的事一样，急忙从河里爬出来，穿上了衣服。

顺着小路，我一阵高兴一阵难过向回走。我又想起了爹妈和弟弟，这大半年他们省吃俭用，供我上学，我应该赶紧收拾行李回家。我又想起李爱莲，不知她父亲的病怎么样了，她在新乡考得怎么样。我着急起来，决定明天一早去新乡。

就这样胡思乱想，我忽然发现前面有一拉粪的小驴车。

旁边赶车的，竟像是王全。我急忙跑上去，果然是他。我大叫一声，一把抱住了他。

和王全仅分别了一个月，他却大大变了样，再也不像一个复习考试的学生，而像一个地地道道的老农。戴一破草帽，披着脏褂子，满脸胡楂儿，手中握着一杆鞭。

王全见了我，也很高兴，也一把抱住我，急着问我考得怎么样，我急着问他麦子收了没有，嫂子怎么样，孩子怎么样，不知谁先回答好，不禁都哈哈笑起来。

一块儿走了一段，该说的话都说了。我突然又想起李爱莲，忙问：

"你知道李爱莲最近的情况吗？她爹的病怎么样了？她说在新乡考学，考得怎么样？"

王全没回答我，却用疑问的眼光看我："她的事，你不知道？"

"她给我来信，说在新乡考的！"

王全叹了一口气："她根本没参加考试！"

我大吃一惊，张开嘴，半天合不拢。王全只低头不语。我突然叫道："什么，没参加考试？不可能！她给我写了信！"

王全又叹了一口气："她没参加考试！"

"那她干什么去了？"我急忙问。

王全突然蹲在地上，又双手抱住头，半天才说："你真不知道?——她出嫁啦!"

"啊?"我如同五雷轰顶,半天回不过味儿来。等回过味儿来,上前一把抓住王全,狠命地揪着:"你骗我,你胡说!这怎么可能呢!她亲笔写信,说在新乡参加考试!出嫁?这怎么可能!王全,咱们可是好同学,你别捉弄我好不好?"

王全这时抽抽搭搭哭了起来:"看样子你真不知道。咱俩是好同学,我也知道你与李爱莲的关系,怎么能骗你。她爹这次病得不一般,要死要活的,一到新乡就大吐血。没五百块钱人家不让住院,不开刀就活不了命。一家人急得什么似的。急手抓鱼,钱哪里借得来?这时王村的暴发户吕奇说,只要李爱莲嫁给他,他就出医疗费。你想,人命关天的事,又不能等,于是就……"

我放开王全,怔怔地站在那里,觉得这是做梦!

"可,可她亲自写的信哪!"

王全说:"那也不过是安慰你,怕你分心罢了。你就没想想,她户口没在新乡,怎么能在新乡参加考试呢?"

又是一个五雷轰顶。是呀,她户口没在新乡,怎么能在那里参加考试?可我怎么没想到这一点?我好糊涂!我好自私!我只考虑了我自己!

"什么时候嫁的?"

"昨天。"

"昨天?"昨天我还在考场参加考试!

我牙齿上下打战,立在那里不动。大概那样子很可怕,王全倒不哭了,站起来安慰我:

"你也想开点儿,别太难过,事情过去了,再难过也没有用……"

我狠狠地问:"她嫁了?"

"嫁了。"

"为什么不等考试后再嫁?哪里差这几天。"

"人家就是怕她考上不好办,才紧着结婚的。"

我狠狠朝自己脑袋上砸了一拳。

"嫁到哪村?"

"王村。"

"叫什么?"

"吕奇。"

"我去找他!"

我说完,不顾王全的叫喊,不顾他的追赶,没命地朝前跑。等跑到村头,才发现跑到的是郭村,是李爱莲娘家的村。就又折回去,跑向王村。

到了王村,我脚步慢下来。我头脑有些清醒。我想起王全说的话:"已经结婚了,再找有什么用?"我不禁蹲在村头,呜呜哭起来。

哭罢，我抹抹眼睛，进了村子。打听着，找吕奇的家。到了吕奇的家门前，一个大红的"囍"字，迎面扑来，我头脑又轰的一声，像被一根粗大的木头撞击了一下。我呆呆地立在那里。

许久，我没动。

突然，门吱哇一声开了，走出一个人。她大红的衬衣，绿的确良裤子，头上一朵红绒花。这，这不就是曾经抱着我的腰，管我叫"哥"的李爱莲吗？这不就是我曾经抱过、亲过的李爱莲吗？这不就是我们相互说过"永不忘记"的李爱莲吗？

但她昨天出嫁了，她没有参加考试，她已经成了别人的媳妇！

但我看着她，一动没有动。

李爱莲也发现了我，似被电猛然一击，浑身剧烈地一颤，呆在了那里。

我没动。我眼中甚至冒不出泪。我张张嘴，想说话，但觉得干燥，心口堵得慌，舌头不听使唤，一句话说不出来。

李爱莲也不说话，头无力地靠在了门框上，直直地看着我，眼中慢慢地涌出了泪。

"哥……"

我这时才颤抖着全部身心的力量，对世界喊了一声：

"妹妹……"但我喊出的声音其实微弱。

"进家吧。这是妹妹的家。"

"进家?……"

我扭回头,发疯地跑,跑到村外河堤上,一头扑倒,呜呜哭起来。

李爱莲顺着河堤追来送我。

送了二里路,我让她回去。我说:

"妹妹,回去吧。"

她突然伏到我肩头,伤心地、呜呜地哭起来。又扳过我的脸,没命地、疯狂地、不顾一切地吻着,舔着,用手摸着。

"哥,常想着我。"

我忍住眼泪,点点头。

"别怪我,妹妹对不起你。"

"爱莲!"我又一次将她抱在怀中。

"哥,上了大学,别忘了,你是带着咱们俩一块儿上的大学。"

我忍住泪,点点头。

"以后不管干什么,不管到了天涯海角,是享福,是受罪,都不要忘了,你是带着咱们两个。"

我点点头。

暮色苍茫,西边是最后一抹血红的晚霞。

我走了。

走了二里路,我向回看,李爱莲仍站在河堤上看我。她那身影,那被风吹起的衣襟,那身边的一棵小柳树,在蓝色中透着苍茫的天空中,在一抹血红的晚霞下,犹如一幅纸剪的画影。

…………

一九八七年一月

北京万寿路

新 兵 连

· 一 ·

到新兵连第一顿饭，吃羊排骨。肉看上去倒挺红，就是连连扯扯，有的还露着青筋。这一连兵全是从河南延津拉来的，农村人，肚里不存啥油水，大家都说这肉炖得好吃。"这部队的肉就是炖得有味儿。"但大家又觉得现在身份不同往常了，不能显得太下作，又都露出不大在乎的样子，人人不把肉吃完，人人盘底还剩下两块骨头。全屋的人，就排长把肉吃完了。排长叫宋常，二十七八岁，把我们从家乡领到这远离家乡的地方。排长吃完肉，背着手在屋里转了一圈，看了看各人的盘底，问："大家吃饱没有？"

大家异口同声地答："吃饱了排长！"

"吃饱了整理内务吧！"

"整理内务"，就是整理房子。这房子里，除了排长挨窗户搭一个铺板，我们班里十几个人全一个挨一个睡地铺。这时我的一个同村、也是同学，小名叫"老肥"的，便要抢暖气包，说："我这人爱害冷，还是挨着这玩意儿合适！"

其他几个外村的，便噘嘴不高兴："你爱害冷，谁不爱害冷？"

这时排长正在床板上翻自己的脏衣服（路途上换下的），不翻了，当头一声断喝："李胜儿！"

"李胜儿"是"老肥"的学名，我们在火车上已经学会了立正，"老肥"赶忙把手贴到裤缝上答：

"到！"

"睡到门口去！"

"老肥"噘嘴不高兴："我不睡门口，门口有风。"

"有风你就不睡了？你说，你不睡谁睡？谁睡合适？你指一个！"

"老肥"指不出谁睡合适，因为指谁得罪谁。

排长说："你指不出，就是你睡合适。你表个态，你睡合适不合适？"

这时"老肥"的眼圈红了，说："合适。"

排长说："既然你自己说合适，那你就睡吧。"

排长走后，"老肥"边在门口摊铺盖卷，边埋怨大家："你们都不是好人。咱们是老乡，你们怎么当着排长的面挤对我?"

大家说:"是你要抢暖气包,谁挤对你了?"

下午,以班为单位,一块儿出去熟悉环境。这时"老肥"找到我,眼圈红了:"班副,我看我完了。"

我说:"刚当一天兵,怎么说完?"

他说:"看来排长对我印象极差。"

走在旁边的白面书生王滴插言:"谁让你尿排长一裤了?"

这是在闷子车上的事。我们从家乡到部队来,坐的是闷子车。车上没有尿罐,撒尿得把车门打开一条缝,对着外边直接滋。"老肥"有个毛病,行动中撒不出尿,车"哐哩""哐当"的,他站在车门口半小时,没撒出一滴尿。别人还等着撒,便说:

"你没有尿,占住门口干什么?"

"老肥"说:"怎么没尿?尿泡都憋得疼,就是这车老走,一滴也撒不出来。"

这时排长见车门口聚成一蛋人,便吆喝大家回去,又拉"老肥":"尿不出就是没尿,回去回去!"

谁知"老肥"一转身,对着车里倒撒了出来,一下没收住闸,尿了排长一裤。把排长急得直蹦跳:

"好,好,李胜儿,我算认识你了!"

王滴的话说中了"老肥"的心病。"老肥"的眼圈更红了。

我安慰"老肥"："你不要太在心，尿一裤不说明什么。"

"老肥"又悄悄对我说："王滴最会巴结排长了，中午我见他给排长洗衣服。"

我说："行了行了，谁不让你洗了?"

正说着，眼前走过一队蒙古族人。长袍短褂的，骑着马，大衣领上厚厚的一层汗油。河南哪里见过这个?大家不再说话，立在那里看。

突然王滴问："怎么不见女的?"

一个叫原守——大家都喊他"元首"的，用手指着说："怎么没有女的?那不是，勒红头巾的那个!"

果然，一个人勒着红头巾，是个女的。只是长得太难看了，脸晒得黑红。

这时王滴说："我明白了，边疆地带，能有这样女的，也算不错了。"接着正了正自己的军帽。

蒙古族人过去，又看四周。四周是茫茫一片戈壁。王滴指着地上一个挨一个的小石子，告诉大家，所谓戈壁，原始社会便是大海，不然怎么一个挨一个的小石子?不然怎么到现在还寸草不生?

"老肥"不满意了："怎么寸草不生?看那不是树木，还有一条河。"

大家顺着"老肥"的手指看，果然，远处有一簇黑森森的树棵子，旁边还有一条河。它的上方，升腾着一片水汽，在空气中颤动。

可离开那簇树棵子，别的地方就没有什么了。

于是大家说："别管大海不大海，反正这地方够荒凉的！"

王滴说："排长带兵时，还说在兰州呢，谁知离兰州还有一千多！"

"老肥"说："那你还给排长洗衣服！"

王滴马上面红耳赤："谁给排长洗衣服了？"

两个人戗到一起，便想打架。我把他们拉开。这时班长站在营房喊我们，让我们回去开班务会。

班长叫刘均，是个老兵，负责我们的军事训练。班务会就在宿舍开，大家各自坐在自己的铺头上。班长讲了一通话，要大家尊敬首长，团结同志，遵守纪律，苦练杀敌本领。接着又对中午吃饭提出批评，说大家太浪费了，羊肉排骨还不吃完，每人剩下两块，倒到了泔水桶里；以后不要这样，打到盘里的菜就要吃完，吃不完就不要打那么多。大家听了，都挺委屈，原是为了面子舍不得吃完，谁知班长又批评浪费。于是到了晚饭，大家不再客气，都开始放开肚皮吃。盘底的菜根儿，都舔得干干净净。"元首"一下吃了八个大蒸馍杠子。似乎谁吃得多，谁就是不浪费似的。

这时"老肥"又出了洋相。下午的菜是猪肉炖白菜。肉瘦的不多，全是白汪汪的大肥肉片子，在上边漂。但和家里比，这仍然不错了。大家都把菜吃完了，唯独排长没有吃完，还剩半盘子，在那里一个馍星一个馍星往嘴里送。"老肥"看到排长老不吃菜，便以为排长是舍不得吃，也是将功补过的意思，将自己舍不得吃的半盘子菜，一下倾到排长盘子里，说：

"排长，吃吧！"

但他哪里知道，排长不吃这菜，是嫌这大肥肉片子不好吃，突然闯来"老肥"，把吃剩的脏菜倾到自己盘子里，直气得浑身乱颤，用手指着"老肥"：

"你，你干什么你！"

接着将盘子摔到地上。稀烂的菜叶子，溅了一地。

晚上睡觉，"老肥"情绪坏极了。嘴里唉声叹气，在门口翻身。我睡醒一觉，还见他双手抱着头，在那里打滚。我出去解手，他也趿拉着鞋跟出来。到了厕所，带着哭腔向我摊手：

"班副，我可是一片好心啊！"

我说："好心不好心，又让人家戗了一顿。"

他说："排长急我我不恼，我只恼王滴他们。排长急我时，他们都偷偷捂着嘴笑……"

我说："自己干了掉底儿事，还能挡住人家笑？"

接着又安慰他两句，劝他早点睡觉。他说："班副，你得和我谈谈心。"

我说："看都什么时候了，还谈心。快点睡吧，明天就要开始训练了。"

他叹了一口气，和我回去睡觉。这时月牙已经偏西，只有两个站岗的哨兵，在远处月光下游动。

· 二 ·

军事训练开始了。以班为单位，列成一队练操：齐步走，正步走，跑步走。还练卧倒和匍匐前进：身子一扑倒在地上，不准用脚蹬，要用两只胳膊拖着身子往前爬……

白天累了一天，夜里也不得安宁，练紧急集合。半夜睡得正香，嘟嘟一阵哨响，紧急集合！不准开灯，要你十分钟时间穿得衣帽整齐，背着背包、提着长枪跑到操场上。大家不怕白天训练，就怕晚上集合。十分钟的黑暗时间，屋里吵成一锅粥，不是你拿了我的袜子，就是我穿错了你的裤子，哪里出得去？但连长、指导员已经挎着手枪站在操场上，检查人数，看哪班是最后一个。然后严肃地说：几公里处几公里处有特务，限二十分钟赶到。你就拖着长枪、撒丫子跑吧。跑一圈回来，累得通身流汗，气喘吁吁，这时连长、指导员又站在操场等你，检查各人的背包散形没有，衣裳穿错没有。

各班都有出洋相的。我们班出洋相最多的是"老肥"和"元首"。"元首"长得瘦瘦的，平时一脸严肃，不爱说话，爱心里做事，可做事竟不利落。他爱将左右脚穿反，左鞋穿到右脚上，右鞋穿到左脚上。连长让他出列，在队伍前走一个来回，他鞋成外八字，走来走去，像只瘸腿的病鸭。大家都笑了。散队回宿舍，白面书生王滴说：

"其实连长不该批评'元首'，紧急集合抓特务，反穿鞋有好处，脚印不易辨认。"

大家看着"元首"，又笑了。"元首"的两只鞋还没换过来，闷头坐在铺头，也不说话，只是狠狠剜了王滴一眼。

"老肥"出洋相，是爱把裤子穿反，大口朝后，露着屁股。连长不好让他出列展览，只是说有人把裤子都穿反了，"还没抓特务，自己先把裤子穿反！"散队后，"老肥"揪住屁股后边的开口，情绪十分沮丧。似乎特务没抓到，全是因为他的裤子。

夜里不但紧急集合，还得站岗。两人一班，一班一个小时，往下传着一个马蹄表。十七八岁的孩子，在家里还是睡打麦场的年龄，现在在白天训练一天，哪时会不困？困不说，还饿。晚饭明明吃饱了，吃了好几个蒸馍杠子，晚上一站岗就饿。饿不说,还冷。这戈壁滩的三九天真不一般,零下十几度、二十几度。轮到我站岗,最向往的地方,是连队的锅炉房。烧锅炉的老兵叫李上进。他和其他老兵不一样,他不欺负新兵,见了我还叫"八班副",慢慢混得挺知心。他烧锅炉有夜班饭,即七八个包子,自己在炉皮上烤一烤。我每次去,他都匀给我两个,然后坐在烧火的条凳上,踢蹬着双腿,眯着眼看我大口大口吃。他那包子也确实烤得好,焦黄喷香的,吃了还想吃。可惜不能太抢人家的夜班饭,只好抹着嘴说"吃饱了,吃饱了",将又递过来的包子推回去。他爱笑,笑得挺憨厚。第一次见面,就问我:

"写入党申请书了吗?"

我摇摇头,说:"刚到部队,就写?"

他拍了一下大腿,似乎比我还着急,挥着手说:"赶快写,赶快写,回去就写!像我,就因为申请书交得晚,现在当了三年兵,还没入上!"

可等我背地里打听别的老兵,申请书早交晚交,不是决定的,决定的是找组织谈心。何况李上进没能及时入党,也不是因为申请书递得晚,是因为他受过处分。受处分的原因,是因为他在探亲时,偷偷带回家一把刺刀。刺刀的用途,是为了谈对象。与对象见面那天,他穿了一身新军装,扎上武装带,屁股蛋子上吊着一把刺刀,跟着父母从集市上穿过,觉得挺威风。后来对象是谈成了，但吊刺刀的事不知怎么被部队知道了，便给了他一个处分，也影响了他的进步。第二次见面，我不由得关心起他，问：

"那你什么时候能解决？"

他一手握住捅火的铁棍，一手拈着刚钻出的小胡须，说："据我估计，快了。"

"为什么快了？"

"你看，这不让我烧锅炉了吗？"

我百思不得其解，为什么烧锅炉就能入党？

他说："领导让你烧锅炉，不是对你的考验吗？"

我恍然大悟，也替他高兴，说："不管早晚，你总能解决。我听说有的老兵直到复员，还不能解决。"

李上进说："那真是丢死人了。"

转眼半个月过去了。大家对部队生活都有些熟悉了，连走路也有些老兵的味道了。这时大家也开始懂得追求进步，纷纷写起了入党入团申请书，早晨起来开始抢扫帚把。随之人与人之间的关系也紧张了。因为大伙总不能一起进步，总得你进步我不能进步，我进步你不能进步；你抢了扫帚把，表现了积极，我就捞不着表现。于是大家心里都挺紧张，一到五更天就睡不着，想着一响起床号就去抢扫帚把。

这时班里要确定"骨干"。所谓"骨干",就是在工作上重点使用。能当上"骨干",是个人进步的第一站,所以人人都盯着想当"骨干"。可连里规定,一个班只能确定三个"骨干",这就增添了问题的复杂性。拿我们班来说,我是班副,是理所当然的"骨干"。另一个是王滴,大家也没什么说的,因为他能写会画,会一横一竖地写仿宋字,出墙报,还会在队伍前打拍子唱歌。问题出在"元首"和"老肥"身上,他们俩谁当"骨干",争论比较大。这二位都是最近由后进变先进的典型。紧急集合不再搞得丢盔撂甲。"元首"的办法,是左右鞋分别用砖压住,到时候不会错脚;"老肥"睡觉不脱裤子,自然不会穿反。这样,二人往往比别人还先跑到操场上,表现比较突出。何况平时他们还主动干别的好事。"元首"是不声不响淘连里的厕所;"老肥"是清早一起来就抢扫帚把,有一天夜里还做好事,一人站了一夜岗,自己不休息,让同志们休息。两人比较来比较去,相持不下。这时班长想起了灯绳。在部队,灯绳不是随便拉的,要"骨干"守着。灯绳在门口吊着,"老肥"正好挨着门口睡。如果让"元首"当"骨干",就要和"老肥"换一换位置。可班长一来怕麻烦,二来"老肥"睡门口是排长决定的,于是对我说:"让李胜儿当吧。"于是,"老肥"就成了"骨干",继续掌管灯绳。当初让"老肥"睡到门口是排长对他的惩罚，现在又因祸得福，当上了"骨干"。"老肥"露着两根大黄牙，乐了两天。而"元首"内心十分沮丧，可不敢露在面上，只好给班长写了一份决心书，说这次没当上"骨干"，是因为自己工作不努力，今后要向"骨干"学习，争取下次当上"骨干"。其他十几名战士，也都纷纷写起了决心书。

这时连里要拉羊粪。所谓羊粪，就是蒙古族人放牧走后，留在荒野上的一圈圈粪土，现在把它们拉回来，等到春天好种菜地。连里统一派车，由各班派人。由于是去连里干活，各班都派"骨干"。轮到我们班，该派王滴和"老肥"。可王滴这两天要出墙报，我又脱不开身，于是班长说："让'元首'去吧。"

"元首"原没妄想去拉羊粪，已经提着大枪准备去操场集合，现在听班长说让他去拉羊粪，干"骨干"该干的活，一下乐得合不住嘴，忙扔下大枪，整理一下衣服，还照了一下小圆镜，兴高采烈地去拉羊粪。拉了一天羊粪回来，浑身荡满了土，眉毛、头发里都是粪末，但仍欢天喜地的，用冷水呼哧呼哧洗脸，对大家说：

"连长说了，停两天还拉羊粪！"

接着又将自己的皮帽子刷了刷，靠在暖气包上烘干。这时外面嘟嘟地吹哨，连里要紧急集合点名。"元首"一下着

了慌。排长急如星火地进来,看到"元首"的湿帽子,脾气大发:

"该集合点名了,你把帽子弄湿。弄湿就不点名了?你怎么弄湿,你再怎么给我弄干!弄不干你戴湿帽子点名!"

可怜"元首"只好戴上湿帽子,站在风地里点名。数九寒天,一场名点下来,帽子上结满了琉璃喇叭。这时排里又要点名。排长讲话,批评有的同志无组织无纪律,临到点名还弄湿帽子。大家纷纷扭头,看"元首"。"元首"一动不动。

排里点完名,"元首"不见了。我出去寻他,他仍戴着湿帽子,坐在营房后的风地里,一动不动。我以为他哭了,上去推他,他没哭,只是翻着眼皮看看我。我说:

"'元首',把帽子脱下来吧,看都冻硬了。"

他突然开始用双手砸头,一个劲儿地说:

"我怎么这么浑!"

我说:"这也不怪你,你今天拉羊粪了。"

这时他呜呜哭了,说:"班副,这都怪我心笨。"

我说:"这也不能怪心笨,谁也没想到会突然点名。"

他渐渐不哭了,又告诉我,他今天收到他爹一封信,托人写的,让他在部队好好干,可他今天就弄了个这。

我说:"这没什么,谁还不跌跤了?跌倒爬起来就是了。"

他点点头。

第二天一早,"元首"递给班长一份决心书,说昨天弄湿帽子的思想根源是无组织无纪律,现在跌倒了,今后决心再爬起来……

· 三 ·

各班正在训练，连里突然集合讲话，说近日有大首长要来检阅，要各班马上停止别的训练，一起来练方队。大家都没见过大首长，一听这消息，都挺兴奋。一边改练方队，一边悄悄议论：这首长有多大？该不是团长吧？夜里我和班长站岗，我问班长，班长本来也不一定知道，但他告诉我这是军事机密。

练了十几天方队，上边来了通知，明天就要检阅。这时告诉大家，来检阅的不是团长，也不是师长，是军长！军营一下沸腾起来。说军长要来检阅我们！有的当即要给家写信，说这么个喜讯。班长也兴高采烈地对我们讲，军长长得什么样什么样，到时候检阅可不要咳嗽。接着又重新排队，谁站哪儿谁站哪儿。大家又稀里哗啦地卸枪栓，擦枪，把刺刀擦得明晃晃的。

晚上刚刚八点钟,连里就吹起了熄灯号,要大家早点休息,养精蓄锐。灯虽然熄了,但大家哪里睡得着?后来不知怎么睡着了,外面又嘟嘟响起了哨声。大家一愣怔,"元首"急忙问:

"又搞紧急集合吗?"

大家慌了手脚,也不敢开灯,黑暗中开始穿衣收拾背包,纷纷埋怨:"明天军长就要检阅,怎么还搞紧急集合?"

这时连长进来,啪一下拉着灯,告诉大家,不是紧急集合,是提前起床。起床后立即到食堂吃饭,吃了饭立即站队上车;八点钟以前,要赶到军部检阅场。

大家松了一口气,提着的心又放下了。纷纷说:"我说也不该紧急集合。"又像昨天一样兴奋起来。看看窗户外边,还黑咕隆咚的。

东方出现了血红血红的云块。这是大戈壁滩上的早霞。大戈壁一望无际,没有遮拦,就等着那红日从血海中滚出。仍是数九寒天,零下十几度,但大家都不觉得冷,挤着站在大卡车上。司机似乎也很兴奋,车开得呼呼的,遇到沟坎,大家喔的一声,被车厢簸起来,又落回去。大枪上的刺刀,都上了防护油,一人一杆,抱在怀里。

军部检阅场到了。乖乖,原来受检阅的部队,不止我们

一个连,检阅场上的人成千上万,一队一队的兵,正横七竖八开来开去,寻找自己的位置。我问班长:

"这有多少人?"

班长在人群中搭着遮檐看了看:"大概要有一个师。"

人声鼎沸,尘土飞扬。我们都护着自己的刺刀,不让其沾土。连长屁股蛋上吊着手枪,在队伍中跑来跑去,一个劲儿地喊:

"跟上跟上,不要拉开距离!"

大家便一个挨一个,前心贴后心,向前挪动。

七点半了,队伍都基本上各就各位。行走的脚步声、口令声少了,广场上安静下来。但随之而起的,是人的说话声。有的是议论今天人的,有的是指点检阅台的,还有的是老乡见面,平时不在一个连队,现在见到了,便穿过队伍厮拉着见面,被排长连长又吆喝回去……

突然,大家不约而同安静下来。原来检阅台上有了人,一个参谋模样的人,在对着麦克风宣布检阅纪律,让大家学会两句话。即当军长从队伍前边走过喊"同志们辛苦了"时,大家要齐心协力地喊:"首长辛苦"。然后问:

"大家听明白没有?"

大家齐心协力地喊:"听明白了!"

接着又让检查武器。于是全广场响起稀里哗啦的枪栓声。

武器检查完，整理队伍开始了。各级首长开始纷纷报告。一个连整理好，向营里报告；一个营整理好，向团里报告；一个团整理好，向检阅台报告。全广场清脆的报告声，此起彼伏。

最后全体整理完毕，队伍安静下来，一个白发苍苍的老头子接受报告。他站在指挥台上，从左向右打量队伍。我悄悄捅了捅班长：

"这是谁？"

"师长。"

七点五十分，师长开始看表，接着开始亲自整理队伍。那么一个老头子，喊起"立正""稍息"，声音滞重苍老，加上那白发，那一丝不苟的严肃，让人敬畏和感动。于是人们纷纷踮起脚尖，前后左右看齐，使偌大一个广场，偌多的千军万马，成了一条条横线、竖线和斜线。好整齐壮观的队伍。整个广场上，没有一点声音，只有旗杆上的军旗，在寒风中哗啦啦地飘动。

八点整。军长该来了。

时间在滴答滴答的响声中流过，十五分钟过去，军长还没有来。师长在台上一个劲儿地看表。队伍又开始出现骚乱。

"老肥"说："别是军长忘了吧？"

"元首"说："忘是不会忘，可能什么事给耽搁住了。"

半个小时过去,大家更加着急。这时王滴发话:

"看来这阅检不成了。"

正说着,大路尽头出现一组车队,转眼之间到了队伍前。是几辆长长的黑色轿车,明晃晃的。大家纷纷说:"来了,来了。"

于是大家立即精神倍增,嗡嗡一阵响,广场又安静下来。这次可安静得往地下掉针、车门打开的声音,都能听见。接着从车上走下来一些人。有几个胖老头子,也有年轻的,还有一个如花似玉的女兵。年老的背着手,年轻的立即撒成散兵线,向四周围张望。这时师长在台上紧张地整理自己的军装,又转身整理队伍:

"大家听好了,立正——

"向右看齐——

"向前看——

"稍息——

"立正!——"

最后一个"立正",老头子扯破喉咙地喊,喊出了身体的全部力量,然后双拳提起,跑步下台,向台下那群老头子中的一个敬礼:"报告军参谋长,×军×师现在集合完毕,请指示!"

那个老头子挥了挥手说:"稍息!"

"是！"师长双拳提起，气喘吁吁地跑回检阅台，向部队："稍息！"

部队稍息。

军参谋长老头子吃力地踱上检阅台，在中心站定，看了看部队，说："同志们——"

一说"同志们"，队伍立即立正，千万只脚跟磕出的声音，回荡在广场。

老头子又说："稍息！"然后说，"今天军长检阅我们，希望大家……"讲了一番话，然后自己又亲自整理部队，又双拳提起，跑步下台，向另一个胖胖的、脸皮有些耷拉、眼下有两个肉布袋的人报告：

"报告军长，队伍整理完毕，请您检阅！"

那个老头子倒挺和蔼，两个肉布袋一笑一笑地，说："好，好。"

然后，检阅开始。说是检阅，其实也就是军长从队伍前过一过。但大家能让军长从自己脸前过一过，也算很不错了。于是眼睛不错珠地、木桩一样在那里站着。刺刀明晃晃的，跟人成一排，这时太阳升出来了，放射出整齐的光芒。一排排的人，一排排的枪和刺刀，一排排的光芒，煞是肃穆壮观。人在集体中溶化了，人人都似乎成了一个广场。在这一片庄严肃穆中，军长也似乎受了感动，把手举到了帽檐。但他似乎没学过敬礼，一只手佝偻着在那里弯着。可他眼里闪着一滴明晃晃的东西。走到队伍一半，他开始向队伍说："同志们好！"

大家着了慌。因军长说的问候词和参谋交代的不一样。参谋交代的是"同志们辛苦了"。但大家立即转过神，顺着大声喊：

"首长好！"

幸好还整齐，大家的心放下了。唯独"老肥"出了洋相，千万人群中，他照旧喊了一句："首长辛苦！"队伍的声音之外，多出一个"苦"字。幸好是一个人，军长可能没听到。但我们连长立即扭回头，愤怒地盯了"老肥"一眼。

军长走到了我们团队面前。这时有一个换枪仪式，即当军长走到哪个团队时，哪个团队要整齐地换枪：将胸前的枪分三个动作，换到一侧：啪啪啪三下，枪响亮地打着手，煞是壮观好看。这时"元首"露了相。换枪时，他用力过猛，刺刀擦着了额头，血立即涌了出来，在脸上流成几道。但这个动作别人不易发现，他自己也不敢说，仍持枪立着，一动不动。谁知军长眼尖，竟发现了，突然停止检阅，来到"元首"面前。"元首"知道坏了事，但也不敢动。军长盯着他脸上的血看，突然问："谁是这个连的连长？"

连长立即跑步过来，立正敬礼："报告军长！"

但立即吓得筛糠。我们全排跟着害怕，军长要责备我们了，班长愤怒地盯"元首"。谁知军长突然笑了，两个肉布袋一动一动的，用手拍了拍"元首"的肩膀，对连长说："这是一个好战士！"

大家全都松了一口气。"元首"十分感动。连长也精神振奋地向军长敬礼："是！报告军长，他是一个好战士！"

军长"嗯"了一声，点点头，又向身后招了招手，他身后跟着的如花似玉的女兵，立即上前给"元首"包扎。我们这才知道，她是军长的保健医生。"元首"这时感动得嘴角哆嗦，满眼冒出泪，和血一起往下流。

军长检阅完毕，各个方队散了，整齐地迈着步伐，唱着军歌开往各自的营地。这时军长仍站在检阅台上，向我们指指点点。

我们回到了营房。连里开始总结工作，讲评这次检阅。严厉批评了"老肥"，喊致敬词时喊错了一个字；又表扬了"元首"，说他是个好战士，枪刺破了头，还一动不动，要大家向他学习。接着班里又开会。鉴于以上情况，班里的"骨干"便做了调整："老肥"让撤了下来，"元首"成了"骨干"。当即就让二人换了铺位："老肥"睡到里面去，"元首"搬到门口掌握灯绳。"老肥"再也憋不住，一到新铺就扑倒哭了。班长批评他：

"哭什么哭什么？你还委屈了？"

"老肥"马上又挺起身,擦干眼泪,不敢委屈。

"元首"自然很高兴,立即趴到门口铺头给家里写信。这时王滴来到他跟前,扳过他脑袋,看包扎的伤口,说:"你还真是憨人有个愣头福!"

晚上,熄灯睡觉。我仍想着白天的检阅,觉得军长这人不错,越是大首长,越关心战士。想到半夜,出来解手,不巧在厕所碰到排长。见了排长怎好不说话?我搭讪着说:"今天检阅真威武呀。"

排长边扣着裤子上的扣子,边做出老兵不在乎的样子:"就那么回事。"

走出厕所,我又说:"军长这人真关心战士。"

没想到排长鼻子里哼了一声,走了。走了老远,又扭头说:"你哪里知道,他是一个大流氓,医院里不知玩了多少女护士!"

我愣在那里,半天回不过味儿来。回到宿舍,躺到铺上,翻来覆去再睡不着。我不相信排长的话。那么一个和蔼可亲的老头子,怎么会是流氓?那么一个壮观的场面,怎么会是这么一个结局?想着想着,我不禁既伤心,又失望,眼里不知不觉流下了泪。

四

部队有政治学习,现在要搞"坚持革命,反对复辟"。这时我们班长家里死了老人,突然来了电报,班长边哭边收拾行李,急急忙忙走了。

班里一时没有班长,工作进行不下去,连里便把烧锅炉的李上进给补了进来。全班听了都很高兴,大家都知道李上进是个热情实在的人。我去锅炉房帮李上进搬行李,倒是他扳着一条腿在铺板上,脸上有些不高兴。我说:"班长,我来帮你搬行李了。"

他看我一眼,说:"班副,你先来帮我想想主意。"

我坐在他身边,问:"什么主意?"

他说:"你说让我当班长是好事还是坏事?"

我说:"当然是好事了。"

他摇摇头,叹了一口气:"可烧了两个月锅炉,组织上怎么还不发展我呢?"

我也怔在那里,但又说:"大概还要考验考验吧。"

他看看我,点点头,"大概是这样吧。"便让我搬行李。

政治学习搞批判,连里做了动员,回来大家就批上了。可惜大家文化不高,上边说批得不深刻,便派来一个宣传队,通过演戏,帮助大家提高认识。戏演的是老大爷诉苦,说林家是地主,怎么剥削穷人。这下大家认识提高了。"老肥"说:

"太大意太大意,他家是地主啊。"

"元首"也激动得咳嗽,自己也诉开了苦,说他爷爷怎么也受地主剥削。全班纷纷写起了决心书,情绪十分高涨。

热火朝天的班里,唯独王滴情绪低落。自入伍以来,王滴一直表现不错,能写会画的,当着班里的"骨干",但他这人太聪明,现在聪明反被聪明误,跌了跤子。他不好好搞批判,竟打起个人的小算盘。班里的"骨干"当得好好的,他不满足,想去连里当文书。文书是班长级。为当文书,他送给连长一个塑料皮笔记本,上边写了一段话,与连长"共勉"。谁知连长不与他"共勉",又把笔记本退给了排长。排长看王滴越过他直接找连长,心里很不自在,但也不明说,只是又把本子退给李上进,交代说:"这个战士品质有问题。"

李上进又把本子退给王滴。王滴脸一赤一白的，说："其实这本子是我剩余的。"

王滴犯的第二件事，是"作风有问题"。那天宣传队来演穷人受苦，有一个敲扬琴的女兵，戴着没檐小圆帽，穿着合体的军装，脸上、胳膊上长些绒毛，显得挺不错。其实大家都看她了，王滴看了不算，回来还对别人说：

"这个女兵挺像跟我谈过恋爱的女同学。"

这话不知怎么被人汇报上去，指导员便找王滴谈话，问他那话到底是怎么说的。王滴吓得脸惨白，发誓赌咒的，说自己没说违反纪律的话，只是说她像自己的一个女同学。指导员倒也没大追究，只是让他今后注意。可这种事情一沾上，就像炉灰扑到身上，横竖是拍不干净的。大家也都知道王滴没大问题，但也都觉得他"作风"不干净。他从连部回来，气呼呼地骂：

"哪个王八蛋汇报我了？"

这两件事一出，好端端的王滴，地位一落千丈。大家看他似乎也不算一个人物了。连里出墙报，也不来找他。他也只好背杆大枪，整天去操场训练。谁知这白面书生，训练也不争气。这时训练科目变成了投手榴弹，及格是三十米。别人一投就投过去了，他胳膊练得像根檩条，也就是二十米。这时王滴哭了。过去只见他讽刺人，没见他哭过，谁知哭起来也挺熊，一把鼻涕一把泪的："娘啊，把我难为死吧！"

鉴于他近期的表现，排长决定，撤掉他的"骨干"，让"老肥"当。"老肥"在军长检阅时犯过错误，曾被撤掉"骨干"；但他近期又表现突出，跟了上来。搞批判一开始，他积极跟着诉家史——家史数他苦，他爷爷竟被地主逼死了；军事训练上，他本来投过了三十米，但仍不满足，晚饭后的休息时间，还一个人到旷野上，跑来跑去在那里投。于是又重新当上了"骨干"。王滴"骨干"让人给戗了，犯了小资产阶级毛病，竟破碗破摔，恶狠狠地瞪了"老肥"一眼：

"让给你就让给你，有什么了不起？你不就会投个手榴弹吗？"

"老肥"被抢白两句，张张嘴，憋了两眼泪，竟说不出话。到了中午，班里召开生活会，排长亲自参加，说要树正风压邪气。排长说：

"自己走下坡路，那是自己！又讽刺打击先进，可不就是品质问题了么？"

王滴低着头，不敢再说，脸上眼见消瘦。

"老肥"虽然当了"骨干"，又被排长扶了扶正气，心里顺畅许多，但大家毕竟是一块儿来的，看到王滴那难受样子，他高兴也不好显露出来，只是说：

"我当'骨干'也不是太够格，今后多努力吧。"

春天了。冰消雪化。这时连队要开菜地，即把戈壁滩上的小石子一个个捡起，然后掘地，筛土。大家干得热火朝天，手上都磨出了血泡。王滴也跟着大伙干，但看上去态度有些消极。李上进指定我找他谈一次心。晚饭后，我们一块儿出去，到戈壁滩的旷野上去。我说："王滴，咱们关系不错，我才对你说实话，你别恼我，咱可不能破碗破摔。眼看再有一个月训练就要结束了，不留个好印象，到时候一分分个坏连队，不是闹着玩的！"

王滴哭丧着脸说："班副，我知道我已经完了。"

我说离完还差一些，劝他今后振作精神，迎头赶上来。

他仍没精打采地说："我试试吧。"

谈完心，已经星星满天。回到宿舍，李上进问：

"谈了吗？"

我说："谈了。"

"他认识得怎么样？"

我说："已经初步认识了。"

李上进点上一支烟说："认识就好。年轻轻的，可不能走下坡路，要靠拢组织。"又忽然站起来说，"走，咱俩也谈谈心。"

于是，我们两人又出来，到星星下谈心。

我问:"班长,咱们谈什么?"

他扑哧一声笑了,说:"我让你看一样东西。"

"什么东西?"

他四处看了看,见没人,又领我到一个沙丘后边,在腰里摸索半天,摸索出一张纸片,塞到我巴掌里,接着摁亮手电筒,给我照着。我一看,乖乖,原来是一个大姑娘照片。大姑娘又黑又胖,绑两根大缆绳一样的粗辫子,一笑露出两根粗牙。我抬起头,迷茫地看李上进。

李上进问:"长得怎么样?"

我答:"还行。"

他搓着手说:"这是我对象。"

我问:"谈了几年了?"

他说:"探家时搞上的。"

我明白了,这便是扎皮带吊刺刀搞的那个。我认为他让我提参考意见,便说:"不错,班长,你跟她谈吧。"

李上进说:"谈是不用再谈了,都定了。这妮挺追求进步,每次来信,都问我组织问题解决没有。前一段,对我思想压力可大了,半夜半夜睡不着。"

我说:"你不用睡不着班长,估计解决也快了。"

这时他嘿嘿乱笑,又压低声音神秘地告诉我:"可不快了,今天下午我得一准信儿,连里马上要发展党员,解决几个班长，听说有我。要不我怎么让你看照片呢！"

我明白了他的意思，也替他高兴，说："看看，当初让你当班长，你还犹豫，我说是组织对你的考验，这不考验出来了？"

他不答话，只是嘿嘿乱笑。又说："咱俩关系不错，我才跟你说，你可不要告诉别人。不是还没发展吗？"

我说："那当然。"

李上进躺到戈壁滩上，双手垫到后脑勺下，长出一口气："现在好了，就是复员也不怕了，回去有个交代。不然怎么回去见人？"

接下去几天，李上进像换了一个人，精神格外振奋，忙里忙外布置班里的工作，安排大家集体做好事。操场训练，口令也喊得格外响亮。

停了几天，连里果然要发展党员。指导员在会上宣布，经支部研究，有几个同志已经符合党员标准，准备发展，要各班讨论一下，支部还要征求群众意见。接着念了几个人名字。有"王建设"，有"张高潮"，有"赵承龙"……念来念去，就是没有"李上进"。我蒙了，看李上进，刚才站队时，他还欢天喜地的，现在脸惨白，浑身往一块儿抽，两眼紧盯着指导员的嘴，可指导员名字已经念完，开始讲别的事。

会散了，各班回来讨论，征求大家对发展入党同志的意见。这时李上进不见了，我问人看到他没有，王滴双手搭着脑壳，枕着铺盖卷说话了，他又恢复了酸溜溜、爱讽刺人的腔调：

"老说人家不积极，不进步，自己呢?没发展入党，不也照样情绪低落，跑到一边哭鼻子去了?"

我狠狠瞪了王滴一眼："你看见班长哭鼻子了?"

这时"老肥"说："别听他瞎说，班长到连部去了。"

王滴又讽刺"老肥"："现在还忘不了巴结，你不是当上'骨干'了吗?"

"老肥"红着脸说："谁巴结班长了?"两人呛到一起，便要打架。

我忙把他们拉开，又气愤地指着王滴的鼻子："你尽说落后话，还等着排长开你的生活会吗?"接着扔下他们不管，出去找李上进。

李上进在连部门口站着，神态愣愣的。连部有人出出进进，他也不管，只是站在那里发呆。我忙跑上去，把他拉回来，拉到厕所背后，说：

"班长，你怎么站在那里?影响多不好!"

这时李上进仍愣愣的，似傻了："我去问指导员，名单念错没有，指导员说没念错。"接着伤心地呜呜哭起来。

我说:"班长,你不要哭,有人上厕所,让人听见。"

他不顾,仍呜呜地哭,还说:"指导员还批评我,说我入党动机不正确。可前几天……怎么现在又变了?"

我说:"班长,你不要太着急,也许再考验一段,就会发展的。"

他说:"考验考验,哪里是个头啊!难道要考验到复员不成?"

我说:"班长,别的先别说了,班里还等你开会呢!"

便把他拉了回来。可到班里一看,情况很不妙,指导员已经坐在那里,召集大家开会,见我们两个进来,皱着眉批评:"开会了,正副班长缺席!赶快召集大家谈谈对这次发展同志的意见吧。"

说完又看了李上进一眼,走了。

李上进坐下来,没精打采地说:"大家随便谈吧,让班副记录记录。"

接连几天,李上进像换了一个人,再也打不起精神。也不管班里的事情,也不组织大家做好事,军事训练也是让大家放羊。周末评比,我们的训练、内务全是倒数第一。我很着急,"老肥"和"元首"也很着急。唯独王滴有些幸灾乐祸,出出进进唱着"社会主义好"。大伙都说王滴这人不好,心肝长得不正,又委托我找班长谈一次心。

又是满天星星，又是沙丘后边，我对李上进说："班长，咱俩关系不错，我才敢跟你说实话，咱可不能学王滴呀！你这次没入上，破碗破摔，不以后更没希望了？"

李上进明显瘦了一圈，说："班副，你说的何尝不是？只是我想来想去，就是想不通，我不比别人表现差呀！"

我说："这谁不知道，你烧了那么长时间的锅炉。"

他说："烧锅炉不说，就是来到班里，咱哪项工作也没落到后边呀。"

我说："是呀。"又说，"不过现在不能尽想伤心事，我劝你坚持到训练结束，看怎么样。"

他叹息一声："我也知道这是唯一的出路，不然情绪这样闹下去，把三四年的工作都搭到里边了。"

我安慰他："咱们还是相信组织。"

他点点头，又说："班副，你不知道，我心里还有一个难受。"

我一愣，问："还有什么难受？"

他叹一声："都怪我性急。那天让你看了照片，我就给对象写了一封信，说我要加入组织，她马上写信表示祝贺。现在闹来闹去一场空，还怎么再给人家写信？"

我说："这事是比较被动。不过事到如此，有什么办法？依我看，只好先不给她写信。横竖训练还有一个月，到时候解决了,再给她写。"

他点点头:"也只好这样了。"

从此以后,李上进又重新打起精神,变消极为积极。班里的事情又开始张罗,号召大家做好事。班里的训练、内务又搞了上去。

一天,我正带着"老肥""元首"淘猪粪,李上进喜滋滋地跑来,老远就喊:"班副,班副!"

我扔下锹问:"什么事?"

"过来!"

我过去,他把我拉到猪圈后,神秘地说:"告诉你一个好消息。"

我问:"什么好消息。"

他说:"今天我跟副连长一块儿洗澡,澡堂里剩我们俩时,我给他搓背,他说,要经得起组织的考验,横竖也就是训练结束,早入晚入是一样。"

我也替他高兴,说:"这不就结了!我说组织也不会瞎了眼!副连长说得对,早入晚入,反正都是入呗,哪里差这一个月!"

他说:"是呀是呀,都怪我当时糊涂,差一点学王滴,破碗破摔!"说完,便兴冲冲地跳进猪圈,要帮我们一起淘粪。

我和"老肥""元首"拦他:"快完了,你不用沾手了。"

他说:"多一个人,不早点结束?"又说,"今天在这儿的,可都是'骨干',咱们商量商量,可得好好把班里的工作搞上去。"

于是几个人蹲在猪圈里,商量起班里的工作。

· 五 ·

我们排长是个怪人,常做些与大家不同的事。比如睡觉,他爱白天睡,夜里折腾。白天明晃晃的,他能打呼噜大睡;夜里却翻来覆去睡不着。大家都是农村孩子,往常在家,午休时要下地割草,没有白天睡觉的习惯;但排长午休,一屋的人都得陪着他躺在铺上不动。晚上,大家训练一天,累得不行,要睡了,这时排长却依然挺精神。床上睡不着,他便倚到铺盖卷上看书。他看书不用台灯,非点蜡烛,说这样有挑灯夜读的气氛。明晃晃的蜡烛头,照亮一屋。王滴说:

"多像俺奶夜里纺棉花。"

当然排长也有不睡午觉的时候。那是他要利用午休时间写信,或者训人。他一写信,全班的人替他着急。因为一封信他要返工五六次:写一页,看一看,一皱眉头,撕巴撕巴扔了；又写一页，又一皱眉头，撕巴撕巴又扔了……闹得情绪挺不好。他情绪不好，别人谁敢大声说话？再不就是训人，开生活会。上次开王滴的生活会，就是利用午休时间。所以，大家说，排长睡颠倒虽然不好，但不睡颠倒大家更倒霉。一到午休时间，大家都看排长是否上了铺板。一上铺板，大家都安心松了一口气。

柳树吐了嫩芽。戈壁滩上下了一场罕见的春雨。哩哩啦啦，下了一天。训练无法正常进行，连里宣布休息。大家说，阴天好睡觉，今天该好好休息了。于是到了午休时间，大家都打着哈欠，摊铺盖卷准备睡觉。这时排长急急忙忙进来：

"不要睡了，不要睡了，今天午休时间开会。"

大家心里咯噔一下，以为排长又要训人。可看他脸上，倒是喜滋滋的。大家闹不清什么名堂，都纷纷又穿起衣服，整理内务，围坐在一起，等待排长开会。

排长先给自己倒了一杯茶，噗噗吹两口，坐到一张椅子上，拿出一个笔记本翻着说："刚才我到连部开了一个会，训练再有二十多天就要结束了，研究大家的分配问题，现在给大家吹吹风……"

大家的心咯噔一下，马上睡意全无，人圈向内聚了聚。连刚才还漫不经心的王滴，也瞪圆眼睛，竖起了两只耳朵。大家在新兵连训练三个月，马上面临分配问题，谁不关心自己的前途呢?

排长说:"大家也不要紧张。能分到哪个连队,关键看各自的表现。大家想不想分到一个好连队?"

大家异口同声地答:"想!"

排长说:"好,想就要有一个想的样子。现在训练马上进入实弹考核阶段,大家都要各人操心各人的事,拿出好成绩来!到时候别自己把自己闹被动了……"

又讲了一通话,问:"大家有没有信心?"

大家异口同声地答:"有!"

这时排长点了一支烟,眯着眼睛说:

"大家还可以谈谈,各人愿意干什么?"

大家都纷纷说开了,有愿意去连队的,有愿意去靶场的,有愿意去看管仓库的,排长问身边的"老肥":

"你呢?"

"老肥"这时十分激动,脸憋得通红,答:"我愿意去给军长开小车!"

大家哄地笑了,说:"看你那样子,能给军长开小车?"

排长问:"你为什么愿意给军长开车?"

"老肥"答:"那天检阅,我看军长这人不错。"

排长拍了一下他的脑袋:"好好干吧,有希望。"

"老肥"乐得手舞足蹈。

开完会，大家摩拳擦掌，纷纷写起了决心书。

新兵连训练又开始紧张起来。投弹、射击，马上要实弹考核；夜里又练起紧急集合。这时大家都已成了老兵，本来吃不下这苦；但面临一个分配问题，大家都像入伍时一样认真。分配又是一个竞争，你分到一个好连队，我就分不到好连队，大家的关系又紧张起来，又开始面和心不和。本来投手榴弹、瞄靶，大家一起练练、看看，多好；但这时一到晚饭后，各人找各人的地方，悄悄练习。一直快到熄灯，才一个个回来，各人也不说自己练习的成绩。李上进把我、"老肥""元首"召集到一块儿开"骨干"会，说：

"还是号召大家互相帮助，不要立山头。一闹不团结，班里的工作就搞不上去。"

接着开了一个班务会，号召大家平山头，休息时间一起训练。当天晚饭后，李上进便集合大家，一块儿排队到训练场去。路上碰到副连长，问：

"这时候排队干什么？"

李上进说："利用休息时间补课。"

副连长点点头说："好，好。"

李上进很兴奋。

但到了训练场，大家仍是面和心不和，各人使劲甩自己的手榴弹，不给别人看成绩；唯独李上进跑来跑去，说某某投了多少米。

夜里紧急集合。这时连里又缩短了集合时间。过去是十分钟，现在缩短成五分钟。但大家到底是老兵了，竟能在规定时间利利索索出来。"元首"穿鞋也从不错脚。这时"老肥"出了问题。不知是白天训练太紧张，还是他夜里睡不好，一到紧急集合，他就惊慌。全连已经排好了队，他才慌慌张张跑出来，背包还不是按标准捆的，勒的是十字道。有一次把裤子又穿反了。班长找他谈话，说：

"李胜儿，咱们是'骨干'，可不能拖班里的后腿，那同志们会怎么说？"

"老肥"含着泪说："我难道想拖班里的后腿？只是心里一紧张，想快也快不起来。"

李上进说："过去你不出来得挺快？"

"老肥"说："过去是过去，现在也不知怎么了，浑身光没劲。"

王滴挨着"老肥"睡，背后对别人说："'老肥'这人准是犯病了，一到夜里就吹气，嘴里还吐白沫。"

我把这情况告诉了李上进。李上进问：

"过去他有什么病？"

我说："没见他有什么病。"

后来又一次紧急集合，"老肥"更不像话，队伍已经出发抓特务,他还在屋里折腾。队伍跑一圈回来了,他出去找队伍没找到,一个人不知跑到哪里去了。

李上进说:"看样子他真有病。"

王滴说:"他犯的准是羊角风!你想,一听哨子响就吐白沫,浑身不会动,不是羊角风是什么?"

李上进把我拉到一边说:"班副,要真是羊角风还麻烦了。领导知道了,非把他退回去不可!部队不收羊角风。我们那批兵,就退回去一个。"

我看看四周说:"班长,不管是不是羊角风,咱们得替他保密。你想,当了两个月兵,又把他退了回去,让他怎么见人?"

李上进摸着下巴思谋。

"再说,他这羊角风看来不严重,到部队两个月,怎么不见犯?现在偶尔犯一次,看来是间歇性的。横竖再有二十多天就结束了,我们替他遮掩遮掩。"

李上进思谋一阵说:"只好这么办。以后再紧急集合,你帮他一把。"

我点点头。

"老肥"这时满头大汗从黑暗中跑回来,衣裳、被子都湿漉漉的。李上进说:

"回来了?"

王滴说:"你还是独立行动!"

"老肥"还在那里喘气,顾不上搭话。

第二天上午,我找"老肥"谈话。问:

"'老肥',你是不是有羊角风?"

他说:"班副,咱俩一个村长大的,你还不知道,我哪里有羊角风?"

我说:"我记得你爹可犯过这病!"

他低下头不说话。

我说:"一犯羊角风,部队可是要退回去的。"

这时他哭了,说:"班副,我可不是有意的。我心里可想努力工作。"

我说:"你不用着急。"又四下看一下人,把李上进的话给他说了一遍,让他自己也注意一下,争取少犯或不犯;紧急集合我帮他。

他感激地望着我:"班副,你和班长都是好人,我忘不了你们。万一我给军长开上小车……"

我说:"开小车不开小车,人不能有坏心。"

他连连点头。

我又深入到班里每一个战士,告诉他们不能有坏心,要替"老肥"保密。每到紧急集合,我只让"老肥"穿衣服,我帮他打背包,夹在我们中间一起出去,倒也显不出来。

十来天过去，没出什么事。大家平安。我和李上进松了一口气。"老肥"心里感激大家，把劲头都用到了工作上，休息时间一遍又一遍扫地，还替大家打洗脸水，挤牙膏，累得一头的汗。我看他那可怜样，说：

"'老肥'，你歇歇吧。"

他做出浑身是劲的样子："我不累。"

本来以为事情就这样平安地过去了，没想到班里出了奸贼："老肥"犯羊角风的事，有人告到了连里。连里责成排长查问。排长午休时没睡，先独自趴桌上写了一回信，撕了几张纸，又把我和李上进叫到乒乓球室，问：

"李胜儿犯羊角风，你们知道不知道？"

我和李上进对看一眼，知道坏了事。但含含糊糊地说："这事儿倒没听说。"

排长啪地将写好的信摔到球案上："还没听说，都有人告到连里了！"

我急忙问："谁告的？"

排长瞪我一眼："你还想去查问检举者吗？"

我低下眼睛，不敢再吭声。

排长说："好哇好哇，我以为班里的工作搞得挺不错，原来藏了个羊角风！连我都跟着吃挂累！你们说，为什么不早报告？"

李上进鼓起勇气说:"排长,真没见他犯过。"

我说:"我和他一个村。"

排长说:"你们还嘴硬,有没有病,明天到医院一检查就知道,到时候再跟你们算账!"

我和李上进挨了一顿训,出来,悄悄问:"是谁这么缺德,跑到连里出卖同志?"嘴上不说,都猜十有八九是王滴。王滴跟"老肥"本来就不对付,"老肥"又曾顶掉他的"骨干",他会不记仇?再说,王滴是班里的落后分子,平时唯恐天下不乱,这放着现成的事,他能不吹灰拨火?这奸细不是他是谁?回到班里,又见王滴在那里又笑又唱,越看越像他。我和李上进都很气愤,说:"遇着事儿再说!"可他向连里反映情况,是积极表现,一时也不好把他怎么样。只是苦了低矮黄瘦的"老肥",在那里愁眉苦脸坐着,等待明天的命运判决。

第二天一早,"老肥"就被一辆三轮摩托拉到野战医院去了,到了晚上才回来。他一下摩托,看到他那苦瓜似的脸,就知道班里的"骨干"、想给军长开小车的"老肥",要给退回去了!

"老肥"从车上下来,立即哭了。拉着我的手说:"班副,咱俩可是一个村的!"又说,"不知谁揭发了我。来时大家都兄弟似的,怎么一到部队,都成了仇人啦?"

我心里也不好受，说："'老肥'。"

"老肥"说："这让我回去怎么见人？"

王滴在旁边说："这有什么不好见人的？在这儿也无非是甩甩手榴弹！"说完，甩屁股走了。

我们大家都气得发抖。背后告密，当面又说这风凉话，我指着他的背影说："好，王滴，好，王滴！"

这时"元首"上前拉住"老肥"的手，安慰说："'老肥'，心里也别太难受。咱们都是'骨干'，原来想一块儿把班里工作搞好，谁想出了这事！"说着，自己也哭了。

入夜，大家坐在一起，围着"老肥"说话，算是为他送行。卸了领章、帽徽的"老肥"，脸上痴呆呆的。李上进说："李胜儿同志虽然在部队时间不长，但工作大家都看见了，还当着'骨干'……"

我说："李胜儿同志品质也好，光明正大，不像有的人，爱背地琢磨人。"看了王滴一眼。王滴躺在自己的铺板上，瞪着眼不说话。

"老肥"说："我明天就要走了，如果以前有不合适的地方，大家得原谅我。"

这时有几个战士哭了。

排长从屋外走进来，也坐下参加我们的送行会。他从腰里摸出一包"大前门"烟，破例递给"老肥"一支，吸着说：

"李胜儿,别怨我,连里要这么做,我也是没办法。"说着,又递给"老肥"一双胶鞋,"回家穿吧。"

"老肥"抱着胶鞋,哭了:"排长,我不该尿你一裤……"

第二天一早,"老肥"乘着连里炊事班拉猪肉的车走了。临上车问:"班副,你给家捎什么不捎?"

我说:"不捎什么。回去以后,如果村里不好待,就跟我爹去学泥瓦匠吧。我给我爹写一封信。"

他点点头,一泡眼泪,蹬着车轱辘爬上了汽车。

汽车马上就开了。

再也看不到汽车和"老肥",大家才向回走。回到班里,又要集合去训练场投手榴弹。这时大家都没情没绪的。我看着班里每一个人都不顺眼,觉得这些人都品质恶劣。十七八岁的人,大家都睡打麦场,怎么一踏上社会,都变坏了?

但集合队伍的军号,已经吹响了。

· 六 ·

"老肥"走后的第二天，实弹考核开始了，实弹考核以后，就要分配工作。实弹考核的成绩，是分配工作的一个重要参考。大家都很紧张。实弹考核是先投手榴弹，后打枪。

投手榴弹之前，我找王滴谈话，告诉他班长说了，因为他投弹没达到三十米，没有投实弹的资格。接着狠狠批评了他一顿，也是替"老肥"报仇的意思。

"排长和班长都说了，你这人平时爱偷懒，不好好练习，现在拖了全班和全排的后腿，你说该怎么办吧！"

王滴急得浑身是汗："我怎么没投实弹的资格，我怎么没投实弹的资格？你怎么知道我会不及格？"

我说："假弹还投不及格，真弹就投及格了？真弹会爆炸，炸死你谁负责？"

王滴说:"假弹没压力,真弹有压力,说不定一投就投过了。"

我说:"一投就投过了?你两投也投不过。我和班长商量,你手榴弹投不投,先给班里写份检查,检查一下自己的思想动机,为什么不好好练投弹?往深里挖一挖!"

王滴一下把胳膊肘捋了出来:"我怎么不努力,看这胳膊练的!"又带着哭腔说,"班副,你们这不是存心整人吗?"

我正色道:"什么叫整人?你这思想又不对了!你自己工作不努力,让你反省是对你的爱护,怎么叫整人!难道你投弹不及格,还得大张旗鼓表扬你么?"

王滴这时哭了,哭得挺熊,一把鼻涕一把泪:"班副,对我有什么意见,可以当面给我提,用不着这么背地给我穿小鞋。当初咱可是一个闷子车拉过来的!班副,我不就说话随便点,可没犯过大原则!"

我说:"你犯不犯原则,我不知道。排长和班长让我找你,我就找你,别的我也不敢多说,省得叫人到连部去汇报,说不定把我也退回去了!"

王滴这时不哭了,看我半天,忽然从地上跳起来,又像蛤蟆一样伏到我脸前:"你这话什么意思?你是不是怀疑,'老肥'退回去和我有关系?"

我说:"我可没说和你有关系。再说,向连里报告情况,也是积极表现。"

他猛地从地上跳起来，涨红着脸，指着我说："好，好，你们竟怀疑上我！你们怀疑吧，你们怀疑吧！班副，我算和你白认识了！既然这样，你让我投弹，我还不一定投呢！"说完，一溜烟跑了。

我怔在那里。回到宿舍，把情况向李上进汇报，说："班长，说不定向连里汇报的不是他？"

李上进摸着下巴说："不是他，可又是谁呢？班里就这么几个人，掰指头算一算，也找不出别人。"

我掰指头算了算，是找不出别人。

李上进拍一巴掌说："这事就这样决定了，别听他贼喊捉贼，这人品质一贯不好，汇报必是他无疑！"

这事就这样决定了。这时李上进又说："班副，还有个事得商量商量。"

我说："什么事？"

他说："据你看，临到训练结束，组织上能发展我吗？"

事情的头绪可真多。我叹了一口气，说："班长，这事你不用再操心了，那天你给副连长搓背时，他不说得挺明确？"

他点点头，又说："我就怕'老肥'的问题一出现，对我有影响。"

我说："'老肥'的问题是'老肥'，再说已经把人家退回去了，怎么还会影响别人？"

他点点头，又说："现在关键是看我了，得想法把班里的工作搞上去。"说到这里，一下从铺板上跃起，"班副，我看还是让王滴投实弹吧。"

我吃了一惊，问："你不是决定不让他投吗？"

李上进说："要不让他投，他无非得个零分；可他一得零分，班里的工作也受影响啊！班里出了个零蛋，连里不追查吗？"

我明白了他的意思，说："他投不过三十米，出了危险怎么办？"

李上进说："实弹比教练弹轻几两，要万一投过呢？"

我说："那就让他试试？"

李上进说："还是试试吧，轮到他投弹时，让别的战士撤下来。"

我又去找王滴，告诉他可以投实弹。但宿舍内外，横竖找不见他。我猜想他又犯思想问题，躲到什么地方哭去了。我信步走到训练场的沙丘后寻找，也不见他。我心想：批评他两句就闹情绪，还跑得到处找不见，真不像话。接着就往回走。这时我忽然发现，远处的旷野上，有一黑黢黢的影子，在那里跑。借着月牙的光亮打量，身影有些像王滴。我过去，叫了一声"王滴"，那身影也不答。但我看清，确是王滴：原来正一个人跑来跑去，在练手榴弹。我忽然有些感动，说："王滴，别练了，深更半夜的。"

王滴不答，仍在那里投。

我上前拉住他，说："王滴，别练了，班长说了，让你投实弹。"

这时我发现，王滴浑身湿漉漉的，胳膊肿得像发面窝窝。他赌气似的，甩开我的胳膊，仍投。弹投完，忽然伏到地上哭，哭得挺伤心：

"班副，要知道这样，我就不当兵了。"

我心里也不好受，说："王滴，班里并没有存心整你。"

投实弹了。靶场背靠一个山坡。把弦套在小拇指上，顺山坡跑几步，呼的一下投出去，弦还在小拇指上，山间便咣的一声响了。这时要赶紧卧倒，不然弹片飞到身上不是玩的。成绩测定的办法是：三十米算及格，三十五米算良好，一过四十米，就算优秀了。

第一个投弹者是李上进。他是老兵，只是做示范，不计成绩。李上进不负众望，一投投了好远。响过以后，大家都鼓掌拍巴掌。李上进甩着胳膊说：

"好久不练这个了。过去我当新兵时，一投投了五十米。"

这时"元首"上前一步说："我争取向班长学习，一投也投五十米！"

第二个投弹者是我,一投投了三十八米。大家挺遗憾:"再稍使一点劲儿,就优秀了。"

李上进说:"不碍不碍,大家只要赶上班副,就算不错了!"因为连里评定班集体成绩的标准是:只要大家全是良好,集体成绩就是优秀。大家说:

"不就是三十五米吗?投着看吧。"

接着又投了两个战士,一个良好,一个优秀,大家又鼓掌。

下一个轮到王滴。李上进问:

"王滴,你紧张吗?紧张就歇会儿再投。"

王滴没答话,立时就把手榴弹的保险盖拧掉了,把弦线往手指头上套。吓得李上进忙往后退:

"王滴,马虎不得!"

王滴仍没答话,向前跑着就扔,唬得众人忙伏到地上,纷纷说:"娘啊,他是不要命了!"

听得咣的一声。大家爬起身,见王滴也趴在前面地上。大家悄悄问:"王滴,没事吧?"

王滴没答话,只是从地上爬起来去拿米尺。用米尺一量,乖乖,三十六米。大家都很高兴。李上进上去打了王滴一拳:

"王滴,有你的!没想到你适合投实弹!"

王滴脸上也没露喜色,只是说:

"就这，还差点不让投呢！"

说完，掉屁股走了。

李上进还沉浸在喜悦之中，连连告诉我："我就担心王滴，没想到他投了良好！这下班里肯定是优秀了！"

接下去又投了几个战士，都是"良好"以上，李上进高兴得手舞足蹈，掏出一包烟，请大家抽。最后只剩下"元首"。"元首"在训练中是投得最远的，大家都盼他投出个特等成绩。"元首"也胸有成竹，连连咳嗽两声说："争取五十米开外吧！"

吸完李上进的烟，"元首"上阵了。大家都要看他的表演，纷纷从掩体中探出头。"元首"不慌不忙地拧开手榴弹，将弦线掏出来，这时突然问：

"班长，是把弦套在小拇指头上吗？"

李上进在掩体中答："是套在小拇指头上。"

"元首"这时出现了慌乱："怎么我的弦比别人的短，不会炸着我吧？"

李上进说："你投吧，弹是一样的。"

大家纷纷笑了："原来'元首'是投得了假的投不了真的。"

在大家的笑声中，"元首"向前跑去。跑了几步，胳膊一扬，同时听见他叫：

"不好,我的弦太短,听见了'吱吱'声!"

同时见他胳膊一软,但弹也出去了。不好!手榴弹没投远,只投了十几米,就在"元首"面前冒烟。"元首"也傻了,看着那手榴弹冒烟。李上进呼地从掩体中蹿出,边叫"你给我卧倒!"边一下扑到"元首"身上,两人倒在地上。在这同时,手榴弹咣的一声响了。响过以后,全班人纷纷上去,喊:"班长,'元首',炸着没有哇?"

这时李上进从地上滚起来,边向外吐土,边瞪"元首":

"你想让炸死你呀?"

"元首"从地上坐起来,傻了,愣愣地看着前边自己手榴弹炸的坑。看了半天,哭了:

"班长,我的弦比别人短!"

李上进说:"胡说八道,军工厂专门给你制造个短的吗?"

成绩测定,"元首"投了十五米。

大家纷纷叹息说,白可惜了平日功夫。"元首"滚到地上不起来,呜呜地哭:

"班长,我不是故意的!平时训练你都看到了。"

李上进这时垂头丧气,连连挥手:"算了,算了,你别说了。谁知道你连王滴都不如,一来真的就慌。"

"元首"听到这话,更是大哭。

实弹投掷就这样以不愉快的结尾结束了。大家排着队向营房走，谁都不说话，显得没情没绪。回到宿舍，倒见王滴喜滋滋的，哼着小曲，提杆大枪往外走，说要去练习瞄准，准备下边的实弹射击。

这天夜里，"元首"明显一夜没睡。第二天一早，戴着两只黑眼圈，在厕所门口堵住我：

"班副，不会因为投手榴弹取消我的'骨干'吧？"

我安慰他："'元首'，别想那么多，赶紧准备下边的射击吧，不会撤销你的'骨干'。"

他点点头："可会不会影响我的分配呢？"

这我就答不上来了。说："这我不知道，不敢胡说。"

"元首"一泡眼泪："班副，我对不起你和班长，身为'骨干'，投弹投了十五米！"

我又安慰他："'元首'，千万不要思想负担过重。如果影响了下边的射击，不就更不好了？"

他点点头，又抹了一把眼泪，果断地说："班副，你看着吧，我原守不是一般的软蛋，哪里跌倒我哪里爬起！"

我说："这就对了，我相信你'元首'。"

瞄准练习中，"元首"很刻苦，一趴一晌不休息。别人休息，他仍在那里趴着，托枪练习。

射击开始了。射击分二百米、一百五十米、一百米，分别是趴着打、跪着打和立着打；六十环算及格，七十环算良好，八十环以上优秀。李上进做了示范以后，先上来三个战士。不错，都打了七十多环。就是一个战士拉枪栓时给卡了手，在那里流血。李上进一边用毛巾给他包扎，一边说：

"打得不错，打得不错，回去好好休息。"

又上来三个，其中有王滴。打下来，除了一个战士是及格，王滴和另一个是良好。王滴小子傻福气，刚刚七十环，其中一环还是擦边儿的。李上进虽然遗憾有一个及格，但鉴于上次手榴弹的教训，说：

"及格也不错，及格总比不及格强！"

这时王滴倒挎着大枪，从口袋摸出一包香烟，叼出一支，也不让人，自己大口大口吸起来。吸了半天，突然蹲到地上小声呜呜哭起来。大家吓了一跳。

我说："行了王滴。"

李上进说："不要哭，王滴，知道你打得不错。"

又上来三个战士，其中有"元首"。我和李上进都有些提心。我说：

"'元首'，不要慌，枪机扳慢一点。"

李上进拿出大将风度："'元首'，打吧。打好了是你的，打坏了是我的！"

"元首"点点头，对我们露出感激。但他嘴唇有些哆嗦，手也不住地抖动。我和李上进都说：

"不要慌,停几分钟再打。"

这时在远处监靶的排长发了火:

"怎么还不打?在那里暖小鸡吗?"

三个人只好趴下,射击。射完,大家欢呼起来。"元首"打得不错,两个九环,一个十环。我和李上进都很激动:

"对,'元首',就这么打!"

"元首"嘴唇绷着,一脸严肃,也不答话。爬起来,提枪向前移了五十米,蹲着打。好,打得又不错,一个八环,一个七环,一个十环。我们又欢呼,拥着"元首"移到一百米。这时"元首"浑身是汗,突然说:"班长,眼有些发花。"

李上进说:"只剩三枪了,不要发花。"

"元首"又说:"班长,靶纸上那么多窟窿,我要打重了怎么办?"

李上进说:"放心打吧'元首',再是神枪手,也从没打重的。"

"元首"又说:"我觉得我这靶有点歪。准是打了六枪,打歪了。"

李上进有些不耐烦:"你怎么又犯了手榴弹毛病?"

这时排长举着小旗跑过来,批评"元首":"怎么就你的屎尿多?我的手都举酸了!"

"元首"和其他两个战士又举起了枪。啪—— 啪——

啪——三枪过后，老天，"元首"竟有两枪啊啊地脱了靶。另有一枪中了，仅仅六环。李上进傻了，我也傻了。傻过来以后，李上进赶紧蹲到地上用树枝计算分数。三个姿势加在一起，刚刚五十九环，只差一环不够及格。李上进也不提"打坏了算我的"了，责备"元首"："你哪怕再多打一环呢！"

"元首"也傻了，傻了半天，突然愣愣地说：

"我说眼有些发花，你不信。可不是发花！"

排长在一边不耐烦："行了行了，早就知道你上不得台盘。扔手榴弹也是眼睛发花？"

"元首"咧咧嘴，想哭。排长狠狠瞪了他一眼，把他的哭憋回去了。只是喉咙一抽一抽的，提着枪，看前边那靶。

实弹考核结束了。班里形势不太好。由于"元首"手榴弹、打枪都不及格，班里总成绩也跟着不及格。李上进唉声叹气地，一个劲儿地说：

"完了，完了。"

我说："咱们内务、队列还可以。"

李上进说："只看其他班怎么样吧。"

又停了两天，连里全部考核完了。幸好，还有三个班也出现不及格。我和李上进都松了一口气。但算来算去，自己总是落后中的，心里顺畅不过来。

班里形势又发生一些变化。"元首"两次不及格，"骨干"

的地位发生一些动摇。和过去看王滴一样,大家看他也不算一个人物了。他自己也垂头丧气的,出出进进,灰得像只小老鼠。虽然写了一份决心书,决心哪里跌倒哪里爬起,但新兵连再有十几天就要结束了,还能爬到哪里去呢?王滴投弹、射击都搞得不错,又开始扬眉吐气起来,出出进进哼着小曲,说话又酸溜溜的,爱讽刺人。有时口气之大,连我和李上进都不放在眼里。我和李上进有些看不上这张狂样子,在一起商量:

"他虽然实弹考核搞得好,但品质总归恶劣!"

按说在这种情况下,"骨干"应该调整,把"元首"撤下来,让王滴当。但我和李上进找到排长:

"排长,再有十几天就结束了,'骨干'就不要调整了吧?再说,王滴这人太看不起人,一当上'骨干',又要犯小资产阶级毛病。上次他给连长送笔记本,让群众有舆论,后来也常给排里工作抹黑……"

排长正趴在桌子上写信,写好一张看看,皱皱眉头,揉巴揉巴,撕撕,扔了。这时把脸扭向我们:

"什么什么?你们说什么?"

我们又把话重复了一遍。

他皱着眉头思考一下,挥挥手说:"就这样吧。"

这样,班里的"骨干"就没有进行调整。"元首"观察几天，见自己的"骨干"没被撤掉，又重新鼓起了精神，整天跑里跑外，扫地、打洗脸水、淘厕所、挖猪圈，十分卖力气；王滴观察几天，见自己的地位并没有升上去，气焰有些收敛。

连里分配工作开始了。大家都紧张起来，整日提着心，不知会把自己弄到什么地方去。但提心也是白提心。直到一天上午，连队在操场集会，开始宣布分配名单。大家排队站在那里，心怦怦乱跳，一个个翘着脖子，等待命运的判决。念名单之前，指导员先讲了一番话，接着念名单。名单念完，整个队伍嗡嗡的；但随着指导员抬起眼睛，皱起眉头盯了队伍一眼，队伍马上安静下来。

由于我们班实弹考核不及格，所以分得极差。有几个去烧锅炉的，有几个去看库房站岗的，还有几个分到战斗连队的。全班数王滴分得好，到军部当公务员。虽然当公务员无非是打水扫地，但那毕竟是军部啊！——"老肥"没有实现的愿望，竟让王滴给实现了。我们都有些愤愤不平，王滴虽然实弹考核成绩好，但他平时可是表现差的。散队以后，就有人找排长，问为什么王滴分得那么好，我们分得那么差。排长说：

"他够条件，你们不够条件。"

"为什么他够我们不够？"

"军部要一米七八的个子，咱们排，还就他够格！"

大家张张嘴，不再说什么。人生命运的变化，真是难以预测啊！

"元首"是导致全班分配差的罪魁祸首。"元首"虽然整日努力工作，但大家还是难以原谅他。他自己也是全连分得最差的：到生产地去种菜。名单一宣布，"元首"当场就想抽泣。但他有苦无处诉，只好默默咽了。回到宿舍，全班就数王滴高兴，一边整理自己的行囊，一边又在那里指手画脚，告诉"元首"：

"其实种菜也不错，可以'近水楼台先得月'！"

"元首"抬眼看王滴一眼，也不说话。我虽然分得不错，到教导队去受训，但全班这么多人分得不好，我心里也不好受；现在看王滴那张狂样子，便有些看不上，戗了他一句：

"你到军部，也可以'近水楼台先得月'，经常见军长，可以汇报个什么！"

王滴立即脸涨得通红："你……"，用手指着我，两眼憋出泪，说不出话。

晚上连里放电影，大家排队去看。"元首"坐在铺头，不去排队。我说："'元首'，看电影了。"

"元首"看我一眼，如痴如傻，半天才说："班副，我请个假。"说完，捣被子蒙到身上，躺到那里。

李上进把我拉出去说："班副，注意'元首'闹情绪，你不要看电影了，陪他谈谈心。"

队伍走后，我把"元首"从铺上拉起来，一块儿到戈壁滩上谈心。

已经是春天了。迎面吹来的风，已无寒意。难得见到的戈壁滩上的几粒小草，正在挣扎着往上抽芽。

"元首"没情没绪，我也一时找不到话题，只是说："'元首'，人生的路长得很，不要因为一次两次挫折，就磨掉自己的意志。"

"元首"叹了一口气，说："班副，我不担心别的，只是名声不太好听，应名当了兵，谁知在部队种菜。"

我说："你不要听王滴胡说，他虽然分得好，但也无非是提水扫地，没啥了不起。再说，他这人品质不好，爱背后汇报人，说不定时间一长，就被人识破了。"

"元首"抬起眼睛看我，不说话。

我又安慰他："你虽然分得差，但比起咱们的'老肥'，也算不错了，他竟让给退了回去。提起'老肥'，谁不恨王滴？"

这时"元首"突然拦腰抱住我，吓了我一跳，他带着哭腔说：

"班副，我跟你说一句话，你不要恨我！"

"什么话？"

"汇报'老肥'的不是王滴!"

我心里疑惑,问:"不是王滴是谁?"

"元首"愣愣地说:"是我!"

"啊?"我大吃一惊,一下从"元首"胳膊圈中跳出,愣愣地看他,"你?怎么会是你?你为什么汇报他?"

这时"元首"哭了,呜呜地哭:"当时'老肥'一心一意想给军长开小车,我听他一说,也觉得这活儿不错,也想去给军长开小车。当时班里就我们俩是'骨干',我想如果他去不了,就一定是我。为了少个竞争对象,我就汇报了他……"

"啊?"我愣愣地看"元首"。

"元首"哭着说:"没想到现在得了报应,又让我去种菜。班副,我这几个月的'骨干'是白当了!"

"你……你……"我用手指着他,"你这人太卑鄙了!"

"元首"开始蹲在地上大哭。

哭后,我们两个谁都不再说话。

远处营房有了熙攘的人声。电影散了。我说:

"咱们回去吧。"

这时"元首"胆怯地说:"班副,你可不要告诉别人,我是信得过你,才给你说。"

我瞪了他一眼:"如果你能去给军长开小车,你就谁都不告诉了?"

"元首"又呜呜地哭,说:"要不我这心里特别难受……"

我说:"你难受会儿吧,省得以后再汇报人。这么说,我们还真错怪王滴了!王滴这人原来真不错!"说完,扔下他一个人走了。

"元首"在黑暗中绝望地喊:"班副……"

· 七 ·

再有五六天新兵连就要结束了。又是一个星期天,大家一块儿到大点去买东西。大点是部队一个集镇,有几个服务社,一个饭馆,几棵柳树。周围却仍是一望无际的戈壁。大家在那里买了许多笔记本,相互赠送,算是集结三个月的纪念。笔记本的扉页上,写上各自要说的话。各自的话,其实都差不多。"愿我们的友谊万古长青""祝进步""与×××共勉"等等。班里的人相互送遍了。"元首"这两天情绪低落,出来进去低着头,可能背地哭过,两只眼看上去像两只熟透的大桃。但他送笔记本并不落后,买了一大沓,每人送了一本。送我的笔记本上歪歪扭扭写道:"人生的道路不是长安街!与班副共勉。"我看了这话,明白他的意思。从大点回来,与他并排走。走了半天,他突然说:

"班副,我马上要去种菜了。"

我忽然有些难受,说:"'元首',到那儿来封信。"

他长出一口气,又说:"班副,我还得求你个事。"

我说:"什么事?你说吧。"

他说:"那件事,就不要扩大范围了。要传出去,我就没法活了。"

我点点头,看他,说:"放心。"

停了一停,他又说:"我不准备送本给王滴。"

我说:"送谁不送谁,是你的自由,再说,他不也不送本给人吗?"

王滴从大点回来,手是空的。他没买一个笔记本,只是口袋里装了半斤奶糖,在那里一个一个往嘴里扔,嚼吃。大家说,王滴这人可真怪,原本不该"共勉"的时候,他与连长"共勉";现在该"共勉"了,他又一个也不"共勉"。大概是分到了军部,看不上大家了。没想到王滴听到这话,一口痰连糖吐出来,说:"'共勉'个屁!三个月下来,一个个跟仇人似的,还'共勉'!"

说完,撒丫子向前跑了。

大家一怔,都好长时间不再说话。

晚上,大家开始在宿舍打点行装。该洗涮的开始洗涮。这时李上进出出进进,情绪有些急躁,抓耳挠腮。我知道他又为入党的事。现在新兵连马上要结束了，他还没有一点消息。等到宿舍没人，他来回走动几圈，突然拉着我的手说：

"班副，你看看，眼看要结束了，怎么还没有一点消息？"

我说："是啊，该啦！怎么还没有消息？"

他说："副连长不会骗我吧？"

我想了想说："身为副连长，说话肯定会负责任的。"

他叹了一口气："这可让我心焦死了。"

第二天上午，我领人出去打扫环境卫生。扫完，回宿舍，见李上进一人在铺上躺着，两眼瞪着天花板，也不说话。我知道他又为没消息犯愁，便说：

"班长，该准备吃饭了。"

没想到他猛地蹿起来，拉着我的手，咧开黑红的大嘴笑，叫道："班副，有了！有了！"

我问："什么有了？"

他说："那事！"

我明白了他的意思，也为他高兴，说："让你填表了？"

他不以为然地看我一眼："你可真是，这点知识都不懂，那也得组织先找谈话呀！刚才连部通讯员通知我，说午饭后指导员找我谈话。你想，不就是这事么？要是不让入，还会找你谈话？"

我说："可不！"

他又拉我到门后,翻开巴掌,说:

"你再看看,你再看看,看看怎么样!"

手掌中又露出他对象的照片。

我只好又看了看胖姑娘,说:"不错呀班长。"

他长出一口气,又砰地打了我一拳,说:"一个月没给她写信了。"

我说:"现在你就大胆放心写吧!"

他说:"晚上再写,晚上再写。"

中午,李上进饭吃得飞快。吃完,抹了一把嘴,又对着小圆镜正了正军装,对我不好意思地一笑,一溜小跑到连部去了。去了有二十分钟,我们正在午休,他蹑手蹑脚回来了。我仄起身问:

"这么快班长?"

他摇摇手,不说话,爬到自己铺位上,不再动弹。我以为事情已经谈妥了,他在高兴之中,在聚精会神构思晚上如何给对象写信,没想到突然从他铺位上传来"呜呜"的哭声,把我们一屋人吓了一跳。

我急忙到他铺位上摇他:"你怎么了班长?"

他开始号啕大哭。

一班人都聚集到他身旁,说:"你怎么了班长?"

李上进也不顾影响,也不顾人多,大声喊:"我 × 指导员他妈!"

我们吓了一跳,问:"到底是怎么了?"

李上进边哭边说:"班副,你说这像话吗?"

我说:"怎么不像话?"

"副连长明明说好的,让我入党,可指导员找我谈话,不让我入了……"

我吃了一惊:"他说不让入了?"

"说不让入还不算,还通知我下一批复员。你说,这样光着身子,让我怎么回家!"

我倒抽了一口冷气:"哎呀,这可没想到。"

他又放声号哭起来。

连里集合号响了,班里人都提枪出去集合,宿舍里就剩我们俩。这时李上进也不哭了,蹲在铺头不动。我陪在一旁叹气。他埋着头问:

"班副,你说,我来到班里表现怎么样?"

我说:"不错呀。"

"跟同志团结怎么样?"

"不错呀。"

"说没说过出格的话,办没办过出格的事?"

"没有呀。"

"班里工作搞得怎么样?"

"除了投弹射击，别的不比人差！"

"那指导员怎么这么处理我？"

我摇摇头："真猜不透。"

他咬咬牙说："指导员必定跟我有仇！"接着站起来，开始在地上来回转。转了半天，开始两眼发直。

我劝他："班长，你想开些。"

李上进不说话，只在那里转。突然蹲到地上，双手抱头："这样光身子，我是宁死不回家。"接着又站起，对着窗户口喊，"我×指导员他妈！"

我急忙把他从窗户口拉回来："让人听见！"

他狠狠瞪了我一眼："听见又怎么样？反正我不想活了！"

到了晚上，李上进情绪才平静下来。到了吹熄灯号，大家围着劝他，他反倒劝大家：

"都赶紧睡吧。"

大家都以为他心里不好受，默默散去睡了。连王滴也露出一脸的同情，叹口气去睡。脱了裤子，又爬到李上进的铺头，说：

"班长，我这还有一把糖，你吃吧。"

把一把他吃剩下的奶糖，塞到李上进手里。

熄了灯，大家再没有话。都默默盯着天花板，睡不着。这是当兵以来让人最难受的一夜。连"老肥"退回去那天晚上,也没有这么难受。不时有人出去解手,都是蹑手蹑脚的。翻来覆去到下半夜,大家才蒙眬入睡,这时外边砰地响了一枪,把大家惊醒。夜里头,枪声清脆嘹亮,大家被吓了一跳。爬起来纷纷乱问:

"怎么回事,怎么回事?"

接着外边响起嘟嘟的紧急集合哨子。大家顾不上穿衣服,一窝蜂拥了出来,问:

"怎么回事,怎么回事?"

这时有人说是有了特务,有人说是哨兵走了火。正一团混乱,连长提着手枪喘喘跑来,让大家安静,说是有人向指导员打黑枪。大家嗡的一声炸了窝。我心里咯噔一下。这时副连长又提着枪跑过来,说指导员看见了,那身影像李上进;又说指导员伤势不重,只伤了胳膊;又说让大家赶紧集合,荷枪实弹去抓李上进,防止他叛逃。我们这里离国境线几百公里。

大家又嗡地炸了窝。赶紧站队,上子弹,兵分几路,跑着去捉李上进。因李上进是我们班的,大家都看我们。我们班的人都低着头。我也跟在队伍中跑,心里乱如麻。看到排长也提着手枪在前边喘喘地跑,便凑上去问:

"这是怎么回事呀,排长?"

排长抹了一把汗,摇头叹息道:"这都是经受不住考验呀,没想到,他开枪叛逃了!"

我说:"这肯定跟入党有关系!"

排长叹息:"他哪里知道,其实支部已经研究了,马上发展他。"

我急着问:"那为什么谈话,说让他复员?"

排长又摇头:"这还不是对他的考验?上次没有发展他,指导员说他神色不对,就想出这么个点子。没想到一考验就考验出来了!"

我脑袋嗡地响了一下。

排长说:"他就没想一想,这明显是考验,新兵连哪里有权复员人呢?"

我脑袋又嗡地响了一下。心里边流泪边喊:

"班长,你太亏了!"

队伍跑了有十公里,开始拉散兵线。副连长用脚步量着,十米一个,持枪卧倒,趴在冰凉的地上潜伏,等待捉拿李上进。副指导员又宣布纪律,不准说话,不准咳嗽,尽量捉活的,但如果他真要不听警告,或持枪顽抗,就开枪消灭他。接着散兵线上响起哗啦哗啦推子弹上膛的声音。

我左边的战士把子弹推上了膛。

我右边的战士也把子弹推上了膛。

我也把子弹推上了膛。

但我心里祷告:"班长,你就是逃,也千万别朝这个方向逃,这里有散兵线。"

东方渐渐露出了鱼肚白。散兵线上一个个哨位,已经看得清清楚楚。李上进没有来。副连长把大家集合在一起,回营房吃饭。吃了饭,又让大家各处去搜。我们班的任务,是搜查戈壁滩上的一棵棵骆驼刺草丘。我领着大伙搜。我没有话,大伙也没有话,连王滴都没有话,只是说:

"不管搜出搜不出,都是一个悲剧。"

我瞪了他一眼,不再说话。

这样搜了一天,没有搜出李上进。

夜里又撒散兵线。

三天过去了。李上进还没捉拿到。

这时军里都知道了。发出命令:再用三天时间,务必捉到叛逃者,不然追查团里营里连里的责任。团里营里连里都吓傻了。指导员托着受伤的胳膊,也加入了搜查的行列。

又一天过去了。没有搜到。

夜里连部灯火通明。

最后一天,李上进捉到了。不过不是搜到的,是他自己举手投降的。原来他藏匿的地点并不远,就在河边的一个草堆里。他从草堆里钻出,向人们举手投降。叛逃者被捉住了,大家都松了一口气,也来了劲头。李上进已变得面黄肌瘦,浑身草秸，军服被扯得一条一条的，领章帽徽还戴着，不过一捉到就让人扯掉了。筋疲力尽的李上进，立即被带到连部审问。

副连长问："你为什么向指导员开枪？"

李上进："他跟我有仇。"

"他怎么跟你有仇？"

"他不让我入党。"

沉默。

"不让入党就开枪？"

李上进委屈地呜呜哭了："副连长，我给你搓背时，你明明说让我入，指导员不让我入，还不是跟我有仇吗？……"

副连长红了脸，啪的一声拍了一下桌子："李上进，你问题的性质已经变了，过了界限了！你向指导员开了枪！你开枪以后不是要叛逃吗？怎么不逃了？"

李上进说："我不是想叛逃，我是想跑到河边自杀！"

"噢——"副连长吃了一惊，看李上进半天，又问："那你为什么不自杀？"

李上进："我想着家里……还有一个老爹。"

沉默。

连部审问了李上进，这边连里召开大会，要大家深入批判他。连长站在队伍前讲："他谋害指导员，还要叛逃……"

会后,李上进被押到猪圈旁一间小屋里,连里派我和"元首"持枪看守。猪圈旁,是我们以前一起做好事的地方。到了小屋前,李上进看我们一眼,叹息一声,低头不说话,进了小屋。看他那浑身散架、垂头丧气的样子,真由一个班长,变成一个囚犯了。围观的人散去,剩我们三个人,这时李上进说:

"班副,快给我弄点吃的吧,饿了五六天了。"

我想起刚来部队,晚上站岗,到锅炉房吃他烤包子的事,我把"元首"叫一旁,说:

"'元首',我是不顾纪律了,我去给他弄点吃的,你要想汇报,你就去汇报。"

这时"元首"脸涨得通红,啪的一声把步枪上的刺刀卸下来,递给我:

"班副,我要再犯那毛病,你用它捅了我!"

我点点头,说:"好,'元首',我相信你!"

留下"元首"一人看守,我到连队厨房偷了一盆剩面条,悄悄带了回来。李上进见了食物,不顾死活,双手抓着乱吃,弄得满头满脸;最后还给噎着了,脖子一伸一伸的,忙用双拳去捶。看他那狼狈样子,我和"元首"都禁不住流泪。

夜里,李上进在屋里墙上倚着,我和"元首"在外坐着,这时我说:

"班长,你不该这样呀!"

但我朝里看,他已经倚在墙上睡着了。

"元首"喊:"班长,你醒醒!"

但怎么也喊不醒。

我们俩都开始流泪。

这时"元首"说:"班副,我有一个主意。"

我问:"什么主意?"

他说:"咱们把班长放了吧!"

我大吃一惊,急忙看了看四周,又上前捂住他的嘴:"小声点。"

他小声说:"咱们把班长放了吧!"

我说:"放了怎么办?"

他眨巴眼:"让他逃呀!"

我叹息一声:"往哪里逃呀,还真能越过边境线不成?"

"元首"不说话了,开始龇牙叹气。

这时我说:"'元首',你是一个好兄弟。"

一夜在李上进的酣睡中过去了。

第二天一早,师里来了一个军用囚车,提李上进。李上进还迷离马虎的,就被提溜上了囚车。临走,也没扭头看看我和"元首"。

囚车呜呜地开跑了。

我和"元首"还站在囚李上进的小屋前,愣着。

突然,"元首"喊:"班副,你看那是什么?"

我顺着"元首"的手指看,小屋地上有一片纸。我和"元首"进屋捡起一看,原来是李上进对象的照片。

照片上的姑娘很胖,绑着一对大缆绳般的粗辫子,在对我们笑。

· 八 ·

过了有三天，上边传来消息，说李上进被判了十五年徒刑。

消息传来，并没有在连里引起什么轰动，因为三天时间，李上进已经被连里批臭了。任务布置下来，个个发言，人人过关，像当时"大批判"一样认真。

在批李上进的过程中，大家又起了私心。为了不影响自己的最后分配，大家批得都挺认真。李上进出自我们班，我们班成了重灾区，指导员、连长都来参加我们的批判会。大家一开始还挤牙膏，后来索性墙倒众人推，把他日常生活中的大小缺点往一块儿一集合，一下堆了一个十恶不赦的罪人。好像谁批得越多，谁就越不认识李上进似的。王滴原来也挺同情李上进，说他是"悲剧"，现在为了不影响自己分到军部，第一个发言，而且挺有深度：说李上进叛逃有思想基础，几年之前就带刺刀回家，受过处分。说得连长指导员直点头。发言一开始，下边就有人接了茬。中间休息时，连"元首"也动摇了，找到我，涨红着脸说：

"班副，我也要批判了。"

我看他一眼："你批吧，我不让你批了？"

他脸越发红："大家都批了，就我不批，多不好，总得做做样子。"

接着开会"元首"便批了。说是做做样子，谁知批得也挺深刻，说李上进思想腐化，平时手里老是捏着个女人照片；把他关起来，还看了一夜。连长指导员都支起耳朵。我听不下去，便插话：

"那是他对象的照片。"

指导员说："要是他对象的照片，还是可以看看的。"

我说："现在保准不看了，一坐监，对象还不吹了。"

大家哄地笑了。笑后，都又觉得心里不好受，一时批判停下了。

中午吃饭，"元首"又找我：

"班副，我不该批判吧？"

我十分气恼："'元首'，你怎么这么说话？我说你不该批了？你这么说话，不是把我往火坑里推吗？"

"班副!""元首"又双手掩着脸哭了。

批过李上进,大家都洗清了自己,分配也没受大影响。该去军部的去军部,该去菜地的去菜地。终于,大家吃过一顿红烧肉之后,开始陆续离开新兵连,到各自分配的连队去。

第一个离开新兵连的是王滴。他可真威风,军部来接他了。来的是一辆小吉普,班里有几个人坐过小吉普?大家都去看他上车。他一一与大家握手,倒没露出得意之色。只是说:"有时间到军部来玩。"

排长本来在宿舍写信,揉巴揉巴了两张,也跑出来送王滴。王滴对他倒有些爱搭不理,最后一个才与他握手,说:"排长,在这三个月,没少给你添麻烦。自己不争气,把个'骨干'也给闹掉了。以后排长到大点去,有时间也来军部玩吧!"

把排长闹了个大红脸。

吉普车发动了,王滴又来到我面前,说:

"班副,我走了。"

我说:"再见王滴。"

这时王滴把我拉到一边,突然两眼红了:

"班副,你知道让我干什么?"

我说:"不是当公务员吗?"

"说是让我到军部当公务员,今天司机才告诉我,原来军长他爹瘫痪了,让我去给他端屎端尿!"王滴说着涌出两泡泪。

我也吃了一惊,说:"哎呀,这可想不到。"

他叹息一声:"我以前说话不注意,你可得原谅我。"

我一把握住他的手:"王滴!"

他说:"俺奶在家里病床上躺了三年,我还没尽一点孝心!"

我说:"不管怎么说,到那儿得好好干。"

他点点头,叹息一声:"这话就对你说了,可千万别告诉别人,不然又让人笑话了。"

我使劲点点头。

车把王滴载走了。车屁股甩下一溜烟。

第二个来接人的,是生产地的指导员,来接"元首"。指导员是个黑矮的胖子,也是河南人,说话十分直爽。"元首"分到菜地,本来十分沮丧。没想到菜地指导员一来,给他带来个喜讯:因分到菜地的都是差兵,相比之下,"元首"还算好的——在新兵连当过"骨干",于是矬子里拔将军,还没去菜地,就给他安排了一个班副。这真是因祸得福,"元首"情绪一下高涨起来,给他的指导员让烟,围着问这问那。指导员叼着烟说:

"到菜地没别的好处,就是入党快些。"

"元首"更加高兴，手舞足蹈的。大家围着"元首"和他的指导员，也都挺羡慕，似乎去菜地比去军部还好。

"元首"咳嗽两声，看大家一眼，对他的指导员说："指导员，从今以后，你说哪儿我打哪儿，让我领着班里的同志喂猪也行！"

指导员哈哈笑了："工作嘛，到家再说，到家再说。"

当天下午，班副"元首"，坐着生产地的拉羊粪卡车，兴高采烈地种菜去了。

其他战士也都一个一个被领走了。

战士们走完了，我才背着背包离开了新兵连。全班比较，还数我分得比较好：到教导队去学习。因教导队离新兵连比较远，得到一个军用小火车站去搭火车。排长也要离开新兵连回老连队，也要搭火车，于是我们两个同行。离开了新兵连，排长放下了他的架子，与我说这说那。可我老打不起精神。

排长问："你怎么了？"

我说："排长，我心里有些难受。"

"怎么了？为李上进？"

我摇摇头。

"为王滴？"

我摇摇头。

"为'元首'?"

我摇摇头。

"为其他同志?"

我摇摇头。

"那为什么?"

我说:"我今天接到我爹一封信。"

"家里出事了?"

我摇摇头。

他瞪着眼睛问:"那为什么?"

"信上说,'老肥'死了。"

"啊?"他一下跳出丈把远,吃惊地望着我,"这怎么可能?"

我把爹来的那封信,交给了他。

信是下午收到的。爹在信上说,"老肥"被部队退回去以后,没有跟我爹去学泥瓦匠,就在家里种地。一次三天不见他露面,家里着了急,托人四处找,最后在东北地的井里发现了他,尸体已经泡得像发面窝窝。村里人都说,可能打水的时候,他的羊角风又犯了。

排长抖信说:"他羊角风又犯了,有什么办法?"

这时我禁不住哭了:"排长,我了解他,他绝不是羊角风犯了。"

"那是什么?"

"他一定是自杀!"

"啊——"排长瞪大了眼珠。

我们默默走了好一段路,没有说话。

快走近小火车站时,排长问:

"多长时间了?"

我说:"信上不是说了,快半个月了。"

"你告没告诉班里其他同志?"

我摇摇头。

这时天已经黑了,戈壁滩的天,是那样青,那样蓝。迎头的东方,推出一轮冰盘样的大月亮。

火车已经嗷嗷地进站了。

"我们走吧。"排长说。

我们背着背包,向车站走去。

一九八七年十二月

北京十里堡

头 人

· 一 ·

申村的第一任村长,是我姥爷他爹。"他爹"到现在,成了"祖上"。大家一说起过去的事,就是"祖上那时怎样怎样"。我虽然寄养在姥爷家中,大家也让我喊。据三姥爷序列中的孬舅讲,祖上长得很富态,大人物似的,脸上不出胡子。我当时年幼,上了他的当。后来长大成人,一次参加村里烧破纸,见到了百年之前的祖上画像,才知道是个连毛胡子,这才放下心来。

但申村是祖上开创的,却是事实。祖上初到这里,以刮盐土、卖盐为生。我三岁来到这里,这里还到处是白花花一片盐碱。村西土冈上,遗留着一个灰捶的晒盐池子,被姥娘用来晒打卷的红薯干。听人说,祖上初到这里生活比较苦。但据俺姥娘讲,她婆家一开始生活比较苦,后来还可以。清早一开门，放出我姥爷哥儿四个，四处奔散着要饭。那时姥爷们还都是七八岁的顽童。要一天饭回来，基本上能要饱，开始用小笤帚扫脚，上炕睡觉。

但据幸存下来的四姥爷讲，他小时候生活还是比较苦，居家过日子，哪能天天要饭？主要还是以祖上卖盐为生。五更鸡叫，祖上便推着盐车走了，在人家村子里吆喝："卖小盐啦！"傍晚，姥爷们便蹲到门槛上，眼巴巴望着大路的尽头，等爹回来。祖上终于回来，哥儿四个像扒头小燕一样喊：

"爹，发市了吗？"

大路尽头一个苍老的声音："换回来一布袋红薯！"

举家欢喜，祖姥娘便去灶间点火。很快，屋顶升起炊烟。

"爹，发市了吗？"

大路尽头不见回答，只是一个阴沉的脸，大家不再说什么，回屋用小笤帚扫脚，上炕睡觉。

准确记下这段历史，是枯燥无味的。反正姥爷们后来都长大成人，成人之后，都娶妻生子，各人置了一座院落。后来祖上便成了村长。

祖上当村长这年五十二岁。那时村子已初具规模，迁来了姓宋的、姓王的、姓金的、姓杜的……有一百多口人。县上乡上见盐碱地上平白起了一座村庄，便派人来收田赋。可惜大家谁也不愿到这儿来吃盐土，推来推去，推到一个在乡公所做饭的伙夫头上。伙夫本也不愿来,可他实在再没别的地方推,便拿了别人的铁链、锁头和藤杖,步行十五里,嘟嘟囔囔来了。来到这里已是正午,村里该管一顿饭。可乡下人见小,谁也不愿把生人领到家吃饭。最后还是祖上把他带到家,弄了几块红薯叶锅饼,捣了一骨朵蒜。蘸蒜吃罢锅饼,伙夫拉开架子说:"老申,挨门通知吧,八月十五以前,把田赋送到乡公所;不送也不强求,把人给他送到县上司法科!"

说罢走出家门,抖搂着手里的铁链和锁头,蹲到村中一棵大槐树下。

祖上和村里人这才知道这个浑身油渍人的厉害,争着给他递烟袋。伙夫推着烟袋说:

"吸烟不吸烟,咱先办公事吧!"

大家都说:"大爷,吸吧吸吧,一切都好说,不就是八月十五吗?"

吸罢烟,伙夫又说:"你们这村子也太不像话了,眼里还有没有王法啦?我整天也很忙,哪里天天管这些啰唆事?你们选个村长吧!"

村里人瞪了眼,这村长该怎么选?

伙夫用烟袋指着祖上说:"老申,就是你了!以后替上头收收田赋,断断村里的案子!"

祖上慌忙说:"大爷,别选我,我哪里会断案子,就会刮个盐土罢了!"

伙夫说:"会刮盐土也不错,断断就会了!张三有理就是张三,李四有理就是李四,杀人越货,给他送到县上司法科!"

说完,抖抖铁链和锁头,走了。

托一个伙夫的福,祖上成了一百多口子的头人。大家一开始还有些幸灾乐祸:一个公事把老申给套住了。后来祖上真成了村长,村里村外跑着,喊着张三李四的大号,人物头似的,大家又有些后悔:怎么老申管上咱们了?

祖上刚当村长,态度比较温和。八月十五以前,挨门挨户收田赋:"大哥,上头让收田赋。"口气很气馁,像求人家。中间出了几件婆媳斗殴、姑嫂吵架的杂事,人家按伙夫的吩咐来找祖上说理,祖上也是大事化小、小事化了,赔些好话给排解了。害得祖姥娘埋怨:"可跟你给人当下人吧!"

祖上愤怒地喊:"上头派下我,我有个啥办法?"

愤怒归愤怒,八月十五这天,祖上仍将收起的田赋,集合到一辆独轮车上,一个人推着往乡上送。掉屁股推了十五里,弄了一头的汗。打听着推进乡公所,见人就说:"大爷,我把田赋送来了。"

可人家都翻白眼不理他。最后祖上上茅房,遇见个系围裙的人,蹲在那里拉屎,认出是上次到申村发脾气的公差,一阵高兴，伏下身子说："大爷，我来了。"

那人仰脸认半天，才认出祖上，用砖头蛋子揩着屁股："你来干吗？"

祖上说："今天是八月十五！"

那人提裤子出了茅房，碰到茅房口一车子粮食，奇怪地问："咦，你怎么把粮食推来了？"

祖上答："大爷，你不是说八月十五以前嘛！"

那人拍脑袋想了过来，摇头叹气："唉，唉，你不会当村长！"接着掉屁股跑向伙房，"我馍锅还在火上坐着！"祖上这才知道他是一个伙夫。

以后又经过几次这样的事。第二年夏秋两季，都是祖上一个人推独轮车去送田赋。伙夫见他就说：

"唉，唉，你不会当村长！"

祖上委屈地说："大爷，我本来就不会当村长，都是你指派了我！"

伙夫说："不是那个不会当，只是这推独轮车的事，是村丁干的！"

接着一边在案子上揉面，一边依葫芦画瓢给他讲了些为官之道。

三年以后，祖上村长会当了。行动举止，有了些村长的意思。这期间他见过一些世面，到乡上开过几次会，听乡长周乡绅说过一回话，又向别的村长学习学习，于是会当了。

祖上做的第一件事，是在村里找了一个村丁，让他替自己推独轮车。这村丁姓路，是个刚迁来的外地户，听说村长让他当村丁，也很乐意。以后再逢夏秋两季，到乡里送田赋，独轮车便由路村丁推着，祖上在一边空手，拿草帽扇风。路上祖上问：

"车子不重吧小路？"

小路掉屁股推车，弄了一头汗，但仍挣着脖子说："不重不重，一车粮食，可不能说重！"

村里出现案子，祖上不再东奔西跑，断案弄了个案桌，设在村西一间破庙里，祖上坐在案桌后，让村丁传人。路村丁用洋铁皮砸了一个直筒喇叭，站在村西土庙前喊人，也觉得挺神气。参照外村的规矩，断案祖上请各姓族长来作陪；再让原告被告出些白面，让路村丁烙几斤发面热饼，与族长们吃了热饼再说理。断案不再叫原告被告的小名，一律呼大号，张三李四地叫着，很像个样子。祖上一吃完热饼，小路便喊：

"张三李四到齐，各姓族长到齐，请村长断案！"

祖上便断案。据说祖上断案之前，爱先瞪大眼睛看原告被告一阵，看够才说："说吧！"

张三李四便开始陈述。

据说祖上听陈述时的表情很有意思,嘴里老是嗞嗞地吸气,脸红得像萝卜。断偷盗案,看他那着急劲儿,像是他偷了东西。他听完陈述,不再管原告被告,谁先掉泪谁有理。再就是讨厌争辩,双方一争辩,祖上就气:"你们争吧,你们争吧,你们都有理,就我没理!"气呼呼站起就要走。害得双方赶忙拉住他,听他说理。

自此以后,村里出现争地边、争房产、争桑柳趟子、兄弟分家不均、婆媳斗殴等一干杂事,都来"经官",找祖上说理。村西土庙里,每三天升起一股炊烟,是路村丁在烙发面热饼。吃过热饼,就该祖上吸气、涨脸。吸完涨完,最后判定:

"张三有理,李四认罚!"

或:"李四有理,张三出粮!"

事情便结束了。

这时村里发生了一件男女私情案。在桑柳趟子里,金家的汉子,按住了王家的老婆。村里一阵铁皮喇叭响,让祖上断案。祖上没断过这东西,吃罢热饼,坐在案桌后,看着案桌前两个反绑的男女,嘴里不断嗞嗞地吸气,脸涨得像猪肝,不住地说:

"好,好,吃饱了饭,你们就作精!说吧!"

还没等双方说,祖上又生了气:"说不说,遇上这类败兴事,先得每人罚你们十斗红高粱!"

双方大叫冤屈,祖上马上站起:"你们有理,你们有理,就我没理!"气呼呼站起就要走,走了一半又回来,说:

"怨咱没本事,问不下这案!咱问不下,可以把人解到县上司法科!"

路村丁一听这话,马上站起,上前就要解人,嘴里说:"对,对,解到县上司法科!"

这下将一对男女镇住,不敢再分辩,低头认罚。

以后又出过几件类似的事。不是张家捉住了孤老,就是李家出现了破鞋。这时村子扩大不少,人多姓杂,就乱来。都来找祖上说理。祖上哪能天天容忍这个?便通过铁皮喇叭传人,召集族长们开会,烙热饼,想根治男女的主意。族长们吃过热饼,却没想出主意。都说:

"日他娘这咋整!"

"又不能天天看住他(她)!"

最后还是路村丁想出一个主意,说以后再遇上这类败兴事,除了罚高粱,还可以实行"封井"制度:即对捉住的男女,实行"封井",七天之内不准他们上井担水。祖上一听这主意很高兴,说:

"好,好,这主意好,他给咱们作精,咱给他们'封井',渴死他们!"

自此以后，村里再捉住男女，除了罚高粱，马上实行"封井"。路村丁在井旁守着，不许这些人家担水。弄得男女们舒坦一时，唇干舌燥七天，丢人打家伙，十分可怜。还连累了双方家属。果然，自"封井"以后，村里男女规矩许多。

再有一点讨厌的是，村里不断发生盗窃案。不是张家的猪丢了，就是李家的鸡丢了。弄得祖上很心烦。受"封井"制度的启发，祖上又发明了"染头"制度：即在村中所有猪狗头上，按张三李四不同的户头，染上不同的颜色。然后召集族长们开会，吃热饼，宣布执行。这下分明了，张三的猪狗是张三的，李四的猪狗是李四的：花花绿绿的猪狗在街上走，果然秩序井然，不易丢。大家对猪狗放心，祖上也很高兴。祖上在街上走，一见到猪狗就说："看你们再乱！"

在祖上当村长的二十三年中，赖着"封井"和"染头"制度，据说申村秩序还可以。路村丁的洋铁皮喇叭，响的次数越来越少。虽然又用公款添置了一把小钗，除土匪来了拍一阵，平常都让它闲着。祖上很满意。据说路村丁有些不满意，常跟人说：

"日他娘，又是半月没吃热面饼了！"

祖上再到乡公所开会，伙夫捉住他的手说："老申，我早说当村长不难，看学会了不是！"

乡长周乡绅还夸过祖上一次，说他会当村长。

这时祖上背着手在村里走，也开始心平气和。大家纷纷点着自己的饭碗说：

"村长，这儿吃吧！"

"村长，我这儿先偏了！"

祖上也心平气和地摆摆手："吃吧吃吧！"

偶尔村里发生些案子，拍小锨让祖上断案。祖上吃过热饼，坐在案桌后，也稳重大方许多，听陈述时，嘴里不再嗞嗞地吸气，脸也不再涨红：该青青，该白白，就是不红。听后果断判决：

"张三有理，李四认罚！"

或："李四有理，张三出粮！"

事情就结束了。

村里逢上红白喜事，都要将祖上请去坐首席。祖上坐了首席，红白喜事才开始。祖上爱吃臭鸡蛋，大家都在席上摆上两个，让祖上吃。弄得村里人腌蛋都抱着瓮子摇，好摇烂两个让它臭，以备不时之用。这成了申村一个风俗。时到如今，村里谁家遇上红白喜事，都得准备两个臭鸡蛋，摆在席上。吃不吃，是个摆设。我每当看到臭鸡蛋，就想起了姥娘家祖上。

· 二 ·

民国二十年，祖上死了。享年七十五岁，村长当了二十三年。发丧时，据说棺材弄得不怎么样，槐木的；但场面比较隆重。这时村子已发展到二百多口人，村里大人小孩都来送烧纸。包括以前被祖上罚过高粱的、封过井的、染过猪狗的人家。棺材启动，许多娘儿们小孩还哭了。这期间村里又发生几起日常案件，祖上一死，没人给他们断案，害得大家有冤无处申，有理无处说，觉得像天塌一般，于是伤心。好在祖上临死时指定我姥爷继任村长，大家才略略放心。于是待七七丧事过后，姥爷脱下孝衣，便接替祖上到村西土庙里断案。不巧这时路村丁也害伤寒死去，村丁就换成了小路。传人仍用铁皮喇叭与小钹。小路嗓子比他爹脆。

姥爷这人我见过一面，可惜记不得了。他一九五八年去世，当时我仅八个月。据说他老人家临死前的最大愿望，是想将我光着身子丢到他被窝里。姥娘在一旁说："丢什么丢，你身上恁腌臜！"

姥爷说："那让我摸一摸他吧！"

于是母亲上前，让他摸了摸我。

据母亲说，姥爷这人很和善，瘦，长一撮山羊胡子，一辈子没别的嗜好，就是爱吃肉。一年冬天，王家杀了一头羊，将羊肚子埋在后冈不吃。夜里我姥爷去将羊肚扒出，回来收拾收拾吃了。姥爷虽然和善，但据说继任村长当得还可以，赖着祖上创下的"封井"与"染头"制度，维持着村子前进，没出什么大差。

可姥爷的村长仅仅当了两年，就让外姓人给戗了。戗者是宋家。宋家本来是我姥爷辈才迁来的一个外地户，一副挑子，挑了一窝孩子。可来这里落脚后，赖着男人勤劳，起五更背筐拾粪；女人纺棉花，纺花不点油灯，点一根麻秆。四十年过后，竟熬成一个不大不小的肉头户，拥有三头牛，两头驴，两顷地。挑担子汉子成了宋家掌柜，农忙时还雇两个帮工。这时宋家掌柜在街上走，觉得再让一个刮盐土卖盐的人家当村长，对他指手画脚收田赋，情理上有些说不过去。恰好这时机构改革，村长易名，改叫保长，宋家掌柜便推了两石芝麻，送到十五里外周乡绅家，回来带回一纸文书，在村西土庙里一宣布，姥爷的村长就没了，宋家掌柜宋遇文就成了保长。不过村丁没变，仍是小路，改叫保丁，传人的工具仍是铁皮喇叭和小钹。

姥爷的村长没了，闷着头生了两天气，也就算了。唯独姥爷的兄弟三姥爷性子鲁莽，有些不服气。好端端的发面热饼，自家吃了几十年，现在改了姓让别人吃，心里想来想去想不过去。姥爷劝他：

"谁家的江山也不是铁打的，上边让换人，咱有个啥办法？"

三姥爷瞪着眼睛："再换也轮不着他，这村可是咱爹开创的！"

以后每逢村里再断案，铁皮喇叭一响，三姥爷便提溜个粪叉，到村西土庙前转悠。

宋家掌柜上任以后，倒没改祖上的规矩，仍是"封井"，仍是"染头"；断案之前，仍让原告被告出些白面，让小路保丁烙发面热饼。发面热饼烙好以后，保长和族长还没动手，三姥爷横着粪叉来到铁鏊前，先拎起一张往嘴里送。保长宋家掌柜看着三姥爷手中的粪叉，拉着脸不言声；别的族长也不言声。纷纷说：

"断案断案。"

只是这热饼是按人头数烙的，三姥爷吃了一份，就苦了小路保丁。

以后每逢夏秋两季，该收田赋，小路保丁奉命到各家收赋。轮到申家门上，三姥爷又提溜个粪叉在门口等着。还没等小路保丁开口，三姥爷倒说：

"小路，你和你爹，以前可都是吃申家饭的！"

小路保丁的脸马上赤红，喃喃着说："三爷，你别对我出毒气，宋家掌柜让收，我有个啥办法？"

三姥爷顿着手中的粪叉说："我×宋家掌柜他妈！他就没想一想，这保长怎么该轮上他！"

这话后来传到宋家掌柜耳朵里。宋家掌柜也有几个狼腰虎背的弟兄，都摩拳擦掌要找三姥爷算账，宋家掌柜摆摆手："忍住，忍住。"

这时发生了"高粱叶事件"。宋家种了一百亩高粱，这年好雨水，高粱叶子长得像大刀一样肥。高粱叶子用途很广，可以织蓑衣，可以拧草墩，可以搭房顶。刷高粱叶子并不影响高粱的生长。一到七月出头，大家都刷高粱叶子。为了自己把叶子刷完不让别人刷，宋家掌柜派了他的三弟看守。可惜老三是个聋子，一百亩高粱，他站在这头，别人钻到另一头刷叶子，他一点听不见。十天下来，高粱叶子被人刷去大半，宋家掌柜很生气。这天，三姥爷序列中的孬舅（届年十五岁），和村中一帮顽童，又到宋家高粱地刷叶子。可惜这天宋家老三病了，换了老四看守。老四不聋。孬舅与顽童们刷着刷着，就被老四给抓住了。老四将顽童们手中的筐一集合，将孬舅一干人带到村西土庙里，命令小路保丁："去打小钹，去用喇叭喊人，抓住贼了，让保长断案发落！"

小路保丁不敢怠慢，忙打小钹，传人，集合了保长和族长，发落贼人。

这里宋家掌柜坐在案桌后，一反平时的温和，铁青着脸，瞪着眼，指挥小路保丁：

"把草筐都给我剁了，让这些贼羔子们面向南墙跪着！"

于是，草筐被剁了，孬舅一干人被捺到土墙前。

这时三姥爷正在家收拾牛套，听到消息，提溜粪叉一溜小跑就到了土庙前。到庙前一看，见草筐被剁了，孬舅跟一溜人在那跪着，愣着眼睛来到宋家掌柜面前，说："老宋，你去把小孬拉起来，赔我一个草筐，咱们没事。"

谁知宋家掌柜不服软，也愣着眼睛说："一个贼羔子，不把手给他剁了，就算是好的！"

三姥爷说："你剁，你剁，我拉都不拉！"

这时其他几个族长打圆场："老三，算了，算了。"

有的说："保长，算了算了。"

谁知这时宋家掌柜说："高粱叶子事小，偷盗事大，不能坏了村里规矩！不能什么人都来庙里撒野！那以后村里还过不过了?我非让这些贼羔子们跪到星星出来,每人再罚他们五斗高粱!"

三姥爷握着粪叉说:"好,好,断得好老宋,你就让他跪吧,你就罚吧!"

然后不再跟宋家掌柜争吵,提溜着粪叉回去了。

"高粱叶事件"过去了两个月。该收高粱了。大家都把这件事忘记了。宋家弟兄们都很高兴,对宋家掌柜说:"这下可把申家的威风给治了!"

宋家掌柜也握着手中一根廉价的文明棍说:"看谁能把谁的鸡巴揪下来!"

村中百姓也都觉得申家服了软,宋家胜利了,宋家掌柜的地位稳固了。宋家掌柜手握文明棍,穿着月蓝大褂从街上走过,人们纷纷点着自己的碗说:

"保长,这儿吃吧!"

"保长,我这儿先偏了!"

宋家掌柜也不在意地摆手:"吃吧吃吧。"

该到集上卖高粱了。这时突然发生了一件事,宋家老四在卖高粱从集上回来的路上,突然被土匪绑架了。这一天没有月亮,老四高粱没有卖完,也回来得晚些。这时节地面上有些不大安稳,土匪丛生,到底是哪一部分土匪绑的,给老四弄到什么地方去了,一时也弄不清楚。宋家一下子乱了。

纷纷派人出去打听。村里也乱了，跟着惶惶不可终日。过了有三天，宋家老四托人捎回一个口信，说赶紧送到大荒坡五十石小米，换他的性命；他在土匪窝里可是受罪了，抬杠子，灌凉水，那罪受得不用提了；千万别告官，一告官这边就把票给撕了。宋家掌柜一下蔫了。村前村后地转，文明棍也不提了，月蓝大褂也不穿了。到了第二天，只好变卖了家产，折成五十石小米，送到了大荒坡，换回了老四。老四被抬回来，已经不成人样子了，身上的皮肉没一处不烂，话也不会说了。宋家掌柜忙着再变卖些家产给老四看伤，一时保长也顾不上当了，村里的案子也顾不上问了。村里马上大乱。

这时有人传说，绑架案的主谋是我三姥爷，变卖了家中一头小草驴，托土匪干的。麻烦在于这种事情无法找土匪调查，谁也不好说到底是谁干的。三姥爷在街上走，反正昂首挺胸的。村民们揣测形势，又觉得宋家掌柜的地位还不太稳固，申家也不大好惹。这时见三姥爷在街上走，大家又纷纷点着饭碗招呼：

"老三，这儿吃吧！"

"老三，我这儿先偏了！"

三姥爷昂首挺胸的，正眼也不看人家："偏什么偏，咱早鸡巴吃了！都以为靠上硬主儿了？都以为咱这些爷们是吃素的了！"

闹得人家挺尴尬。最后为了免招是非,大家不约而同地改掉端碗到门口吃饭的习惯,纷纷躲在家吃。一到吃饭时间,一街筒子没人。

宋家老四的伤终于好了。宋家弟兄几个缓过气来,纷纷提出要找三姥爷报仇。宋家掌柜拦住:

"忍住,忍住,你又没抓住人家的手,凭什么找人家?"

这事情就这样过去了。宋家掌柜又开始当他的保长,又让小路保丁打小钹,用铁皮喇叭传人,到村西土庙里断案。村里又恢复了正常秩序。一到断案,三姥爷又提溜着粪叉到那转悠。这粪叉大大影响了宋家掌柜断案的情绪。

重阳节到了。大家都走亲戚。申家与十里外的八里庄有桩亲戚,分到三姥爷门下,该他走动。恰好三姥爷的一头小公牛得了伤寒,八里庄有个中医捎带会看些兽医,于是三姥爷牵着这头小公牛去串亲。胳膊上扤着一个笆斗,笆斗里装十几个串亲馒头。路上路过一片桑柳趟子,旁边是一片接一片的麻林。正走着,趟子里响起哗哗的倒伏声。三姥爷突然想起什么,拔腿就跑,这时背后响起枪声。一枪打在三姥爷的膀头上,血突突地往外冒。三姥爷仍是飞跑,又一枪打来,小公牛倒下了,三姥爷窜到一片麻地里,捡了一条性命。那么胆大鲁莽的汉子,被这枪声吓稀了。逃回家,膀头不住地流血,人还索索地抖,不知道捂伤口。

事后传言，枪手是宋家掌柜花了十块大洋雇的。据说枪手回来以后，还遭了宋家掌柜的埋怨：桑柳趟子离路那么近，怎么还瞄不准？于是又收回五块大洋。不过一枪打伤也算不错，宋家掌柜还是安静了一阵子。三姥爷在家养了三个月伤，三个月宋家断案，没有人再提溜粪叉在土庙前转悠。

　　三个月后，三姥爷的枪伤痊愈，又开始在大街上走动。不过村里人没敢问他的枪伤，都是说：

　　"三爷出来了？"又纷纷躲在家吃饭。

　　不过三姥爷伤好以后，安分守己许多，不再提溜着粪叉到土庙前走动，就蹲在家门口晒太阳，一天一天地不动。大家以为三姥爷老实了，大局已定了，又纷纷端出了饭碗，见宋家掌柜又让饭打招呼。谁知一个月后，才知道三姥爷悄悄将他十五岁的儿子（即孬舅）送到一个土匪门下磕头当了干儿。这个土匪叫李小孩，组织了一支游击队，下分长枪队和短枪队。他这支队伍一般不骚扰民众，但遇到不顺心时候，也六亲不认。他地盘划得很明确，方圆五十里，算他的治下，别的土匪来了他打土匪，日本来了他打日本，中央军来了他打中央军，八路军来了他打八路军。人不来他也不打。他抓人不优待俘虏，一律活埋：挖一个与人身高矮胖瘦相同的深坑，头冲下往里一放，也不埋土，拍拍屁股就走了。孬舅在那给李小孩当勤务兵。勤务兵当了有仨月，回来了，身背盒子炮,后面带几个背长枪的人。这天宋家掌柜正在村西土庙里问案,刚吃罢热饼,双手托着头在听双方陈述,忽然看见孬舅和几个人背着枪远远走来,知道事情不妙,顾不上再问案,站起就要跑。但已经来不及了,刚绕过土庙,就被孬舅们撵上捉住了。光天化日下,宋家掌柜被剥了衣服,赤条条反绑着,押到了村后土冈上。宋家掌柜虽有几个弟兄,但见了李小孩的队伍,磕头捣蒜还来不及,哪里敢吱声?

就这样,村后土冈上,三姥爷托胳膊在那坐着,宋家掌柜在一边跪着,李小孩的几个人在谈笑抽烟,小路保丁在挖坑。坑挖好,三姥爷说:

"保长,请吧。"

宋家掌柜一开始还充硬汉,对小路保丁说:"坑挖深一点,免得窝着。"现在真见了深坑,屁股蹲了稀,跪着挪到三姥爷面前说:

"老三,饶了我吧,我不该当这个保长!"

三姥爷说:"怎么不该当,当吧,这不当得好好的。"

宋家掌柜说:"我不该当这个保长,放了我吧。"

三姥爷爽快地说:"小孬,给保长松绑!"

孬舅上前给宋家掌柜解了绳子。宋家掌柜在地上又磕了个头,爬起来就走。这时三姥爷从孬舅手中拿过枪,对准宋家掌柜的光身子就放,可惜他没使过枪,一枪打去,没有打中,打得宋家掌柜屁股后冒烟。宋家掌柜一听枪声,飞也似的跑,眼看要钻进一片桑柳趟子里,三姥爷着急地拍大腿:"完了,完了。"

这时旁边砰地响了一枪,宋家掌柜应声栽倒。三姥爷扭头,枪手们仍在谈笑抽烟,竟弄不清枪到底是谁放的。三姥爷抹抹一头的汗,跑上去看宋家掌柜的身子。宋家掌柜还弓着身子在那里捯气。三姥爷说:

"保长,活不过来了!"

宋家掌柜想了想,是活不过来了,又捯了一口气,撅着屁股死去。

这公开杀人的案子,被宋家掌柜的兄弟告到了乡长周乡绅那里。周乡绅一听光天化日下杀了保长,十分恼火,立马要办三姥爷。但后来一打听,三姥爷他小儿在李小孩队伍里当勤务兵,马上泄了气,偃旗息鼓,不再提此事。村里人吃饭又闭了门。

三天以后,三姥爷推了两石芝麻,来到周乡绅家,说:

"大爷,村里没了保长。"

周乡绅连连摆手:"芝麻推回去,芝麻推回去,你那个申村,实在是一群乌合之众。几十年了,还不服教化。算了,算了,这个村不设保长,让它乱吧,看它到底能乱到哪里去!"

自此以后，申村不再设保长，只留一个小路保丁负责收田赋。村里没了头人，村中秩序马上大乱。井不封了，高粱不罚了，猪狗不再"染头"，一切都乱了。民众们有冤无处申，有理无处说，到处成了孤老、破鞋、盗贼与响马的世界。恰巧又飞来一阵蝗虫，遮天蔽日的，将庄稼吃光，又来吃人。三姥爷也在这一年被蝗虫吃了。

· 三 ·

解放军来了。解放了。乡里周乡绅被拉出去枪毙了。申村村里开始划成分。宋家成了地主。宋家掌柜虽然死了，但还留下子孙和兄弟。我姥娘家一辈子刮盐土卖盐为生，划成了贫农。虽然祖上当过一段伪村长，但当时断案清楚，民愤也不大。何况地主伪保长宋家掌柜是我三姥爷打死的。这时三姥爷序列中的孬舅，成了一名解放军战士。他虽当过一段土匪，在李小孩身边当勤务兵，但解放军一来，李小孩就被打死了，孬舅与一干人投了降，于是成了解放军。当了两年解放军，复员回乡，又和其他人一样在村里行走。

这时村里的头人改叫支书，是一个以前名不见经传的孙姓汉子，他低矮，狮子头，头发与眉毛接着，但当支书的时间并不短，一口气当了十六年。我八岁那年，有幸与这位支书一块儿到十里之外一个村庄吊过丧。死者与申、孙两家都有些拐弯亲戚，于是搭伴同行。他担了一个大挑子，里面装十几个黑碗，黑碗里盛些杂菜；我担一个小挑子，里面就二三十个馒头。记得那天刚下过雨，路很湿润，和老孙一前一后，走得挺有意思。老孙这人没有架子，路上问我：

"咱们到那儿哭不哭？"

我说："人家人都死了，怎么不哭？"

他说："就是怕到那一见阵仗，哭不出来。"

后来到了棺材前，见死者闭眼闭嘴的，躺在一条月蓝被子上，我哭了，老孙也哭了。哭后，上坟，吃饭，我和老孙就回来了。我对这次吊丧比较满意。因为我们哭的时候，旁边执事一声长喊："申村的俩客奠啦——"

威风凛凛，所有的孝子都白花花伏了一地跟我们哭。但听说老孙对这次吊丧有些不满意，对旁人说：

"菜做得太不像话，肉皮上还有几根猪毛！"

老孙是我舅舅那辈才从外地迁来的，中华人民共和国成立前一家子以要饭为生。据说，他当初怎么也没想到自己会成为申村的头人。可巧土改工作队下乡，一个姓章的工作员派到他家吃饭。吃饭也吃不到哪儿去，要饭的人家，无非是红薯轱辘蘸盐水。蘸盐水吃罢轱辘，章工作员启发他积极斗地主，后来就发展他入党。虽然在分东西时多拿回家一个土瓮，但经批评教育又送了回去，于是开会，章工作员选他当了支书。他当时还哭丧着脸向章工作员摊手：

"工作员，我就会要饭，可没当过支书！"

章工作员还批评他："你没当过支书，你们村谁当过支书？正是因为要饭，才让你当支书；要饭的当支书，以后大家才不要饭！"

就这样，老孙成了支书，开始领着三百多口子人干这干那，开始领着大家进互助组、合作社、人民公社。大家见他，一开始喊"老孙"，后来喊"支书"。老孙一开始听人喊"支书"，身上还有些不自在，渐渐就习惯了，任人喊。不过老孙以前要饭要惯了，当支书以后，仍改不了游击习气。他一当支书，村里不能开会，一开会，他头天晚上就睡不着，围着村子转圈，像得了夜游症。村里会又多，弄得老孙挺苦，整夜整夜地不睡，两眼挂满了血丝。

村里开会，老孙讲话。老孙坐不住，浑身像爬满了虼蚤，起来坐下，坐下起来，头点屁股撅的，重来重去就那两句话：

"章书记说了，不让搞单干，让搞互助组！"

"章书记说了，不让搞互助组，让搞合作社！"

"章书记说了，不让搞合作社，让搞人民公社！"

虽然互助组、合作社、人民公社大家都搞了，但对老孙的评价并不高，说他站没站相、坐没坐相，没个支书的样子。

"讲话头点屁股撅的,坐都坐不住,没个支书的样子!"

头人一没样子,就压不住台,村里就乱。孤老、破鞋、盗贼,本来解放时被解放军打了下去,现在又随着互助组、合作社、人民公社发展起来。村子一乱,工作就不好搞,每次老孙到公社开会,申村的工作都评个倒数第一。章书记批评老孙,说他工作做得不深不透:

"老孙啊老孙,你真是就会要饭,不会当支书!"

老孙红着脸说:"章书记,咱可哪样工作都没落下!"

章书记摇摇头说:"以后多努力吧!"

这时村里的村丁仍是小路。中华人民共和国成立前小路虽然当过伪保丁,但因为成分划的是贫农,业务又熟悉,民愤也不大,老孙又让他当村丁。不过这时不叫村丁,改叫村务员。洋铁皮喇叭和小钹不用了,新换了一架铜锣。每当老孙从公社开会回来,小路村务员就打着铜锣从街上穿过:"开会啦,开会啦,吃过饭到村西土庙里开会啦!"

一到开会,就该老孙当夜游神和头点屁股撅,所以老孙常对小路发脾气:

"敲一趟够了,敲来敲去地喊,你娘死了?"

小路委屈地说:"一会儿人不齐,你又该埋怨我!"

老孙双手相互抓着,不再理人。

除了开会,老孙还有另一项任务,就是仍得给村里三百多口人断案。兄弟斗殴、婆媳吵架、孤老、破鞋、盗贼等一干杂事,都来找老孙说理。这比开会搞互助组还让老孙作难。老孙常在村西土庙里的案桌后抓手:

"娘啊,这村怎么这么难弄!"

而且案子不经他断还好,一经他断,越断越糊涂,弄不清老二老三到底谁有理,都挺委屈。老二老三说:

"鸡巴老孙,应名当了支书,连案都断不清!"

村里越发乱。老孙很生气。后来听了小路村务员的建议,在村里重新恢复祖上当村长时的"封井"和"染头"制度。果然,祖上的法宝能够治国,村里男女猪狗规矩许多。案件发生率下降。老孙喜欢得双手乱抓:"早该'封井'和'染头'!"

公社章书记下乡检查工作,看到村里红红绿绿的猪狗,奇怪地问:"搞啥样名堂!"

这时老孙倒机灵,答出一句:"这叫村民自治!"

弄得章书记也笑了:"好,好,村民自治!"

转眼到了一九五九年。这天老孙又从公社开会回来,让小路打锣,一干人集合,老孙站在桌子上说:

"章书记说了,让合大伙,大家在一个锅里吃!"

会开完,开始收粮食,收锅。但这项工作老孙又落到了别的村后边,粮食、锅收得不彻底。本来村里只让冒一股烟儿，申村夜里还有人冒烟儿。弄得章书记很不满意，在大会上批评：

"有的村白天冒一股烟儿，夜里个别还冒烟儿！"

又对老孙说："你不顶事，你不顶事！"

为了灭烟儿，章书记启用了当过土匪和解放军的我孬舅，选他进入领导班子，当了个治安员。孬舅这人头很小，但眼睛特亮，一激动爱咳嗽吹气。他咳嗽着对章书记说："章书记，放心吧，三天以后，让他谁也不冒烟儿！"

为了灭烟儿，他带着小路村务员，成夜成夜不睡，看谁家屋顶冒烟。谁家一冒烟，他们就跑上去挖粮食。挖不出粮食，就把人带到村西土庙里吊起来，一吊就吊出了粮食。孬舅六亲不认，我二姥爷家冒烟儿，他把二姥爷也吊了起来。二姥爷在梁上说：

"小孬，放下我，小时候我让你吃过小枣！"

孬舅倒吊着大枪，指着二姥爷说："就是因为吃过小枣，才吊你，不然照我过去的脾气，挖个坑埋了你！"

申村从此不再乱冒烟儿。孬舅受到章书记表扬，成了积极分子，孬舅也很激动，倒背着枪在村里走来走去，见人就吹气。一到开饭时间，一家一个人在村西土庙前排队领饭。孬舅便去维持秩序，推推那个，拥拥这个：

"不要挤，不要挤，吃个饭，像抢孝帽子！"

大家对他比对老孙还害怕，领到瓢里饭，见他都让：

"孬叔，这儿吃吧！"

"孬叔，我这儿先偏了！"

孬舅吹着气不理人。有时也说："吃吧吃吧。"

大锅饭一开始还可以。有干有稀，有汤有水，比各家开小灶吃得还好。各家开小灶舍不得吃，大家一块儿吃饭，才舍得吃。弄得大家挺满意。

"这倒不用做饭了！"大家说。

后来不行了，村里发大水，冲得锅里的汤水越来越稀。那时我姥娘在大伙上当炊事员，说三百多口子人，一顿饭才下七斤豆面，饿得大家不行。姥娘一说起七斤豆面就说：

"现在过得可不能算赖！"

或："不赖，不赖，就这就不赖！"

我二姥爷就是这一年给饿死的。二姥爷是条二百多斤重的胖汉。听我姥娘说，他十七岁到十二里外延屯一地主家去扛长工，主家焖了一锅小米饭给他吃。二姥爷一气吃了十二海碗。主家拍着他的肩膀说：

"留下吧，留下吧，能吃就能干！"

但到了一九六〇年，二姥爷挪着浮肿的双腿来到伙上，对我姥娘说："嫂子，实在受不了啦！现在想扛长工也找不到主儿啊！"

我姥娘偷偷塞到他手里一蛋子生面，他马上含到嘴里就化了。当天晚上，他吊死在后园子里一棵楝树上。听卸尸首的人讲，身子已经很轻了。一九六〇年饿死的人多，吊死的人少，申村就二姥爷一个。

孬舅托章书记的福，当了治安员，这一年没有饿死。开饭之前，他背着大枪来到伙房，到锅里乱捞，捞些豆糁吃吃。或者弄些豆面，自己拍成铜钱大的生面饼，放到口袋里，背条大枪在街上走，时不时掏出一个扔到嘴里吃。看到有人眉来眼去，他还生气："拍两个生面小豆饼吃吃，就眉来眼去啦！咱还当这个鸡巴干部干什么！"

不过孬舅也有一个好处，他吃就是一个人吃，不捎带家属，不让孬妗和一帮孩子吃。孬妗和孩子们饿得不会动，他也不让他们吃。大家反倒说孬舅这人不错："吃吧也就一个人吃，老婆孩子不吃。"

一次孬舅倒是掏出一个豆面小饼，递给支书老孙吃。老孙胆子小，抓挠着双手说：

"大家都饿死了，咱们还吃豆面小饼，多不好。"

孬舅马上将豆面小饼收回去："你不吃拉倒。你不吃豆面小饼，他就不饿死了？"

老孙马上说："那让我吃一个吧。"

于是孬舅让他吃了一个。据说小路村务员也吃过一个。

有次孬舅看我(当时三岁)饿得不行,蹲在南墙根,头耷拉着像只小瘟鸡似的,还掏出一个让我吃。我永远说孬舅这人不错,大灾大难之年,让我吃过一个豆面小饼。据说孬舅还让别人吃过,让村里的媳妇吃,谁跟他睡觉他让谁吃。大家争着与他睡觉。后来孬舅又不让媳妇吃,让闺女吃,一个豆面小饼一个闺女。但搞不明白的是,他一个也不让孬妗和孩子们吃。孬妗饿得两腿不会走,他也不让她吃。

这年申村社会秩序不错,没有发生什么案件,没人找老孙和孬舅到村西土庙前断官司。"封井"不"封井","染头"不"染头",大家都很守规矩。

后来村里终于停伙。老孙叫小路打锣,集合一干人说:"村里没豆面了,开不了伙了,大家说,怎么办吧!"

大家想想说:"这能怎么办?开不了伙,咱们就要饭呗!"

于是大家四处奔散着要饭。倒是在要饭上,谁去哪村谁去哪村,划分得合理不合理,引起了矛盾。只好由老孙和孬舅在村西土庙里重新设了案桌,断了断,重新划分划分,大家才四处奔散着要饭。

老孙是要饭出身,有经验,他等别人走完,才端着碗去要。他要饭哪村也不去,一要就到镇上,去敲公社章书记家的门。章书记也饿得小了一圈,开门看到老孙端个碗,不由得叹气:"我说让要饭的当支书,以后可以不要饭,谁知还得要饭!"

老孙敲着碗边就要唱曲儿,章书记慌忙说:

"别唱了别唱了,老孙,给你一个红薯叶锅饼。"

于是给了老孙一个红薯叶锅饼。

孬舅这人气魄大,扔下大枪要饭,一要要到了山西,在那待了三年。后来听说一个小儿子叫石磙的在山上让狼吃了(那天一个人上山打柴)。到了一九六三年,孬舅带着剩下的一干人回来了。虽然狼吃了一个石磙,但孬妗又生下一个钢磙。

回来以后,村里发生些变化。大家又都能吃饭。虽说剩下二百多口人,但大家又开始恢复正常的繁衍生息。全村又开始到处冒烟儿。支书仍是老孙。老孙念孬舅曾让他吃过一个豆面小饼,仍让他当治安员。村务员仍是小路。大家吃饭以后,这时又开始生事。兄弟斗殴、婆媳吵架、孤老、破鞋、盗贼等一干杂事,又开始滋生。村西土庙前,又重新设起了案桌。孬舅的大枪还在,不过锈成了一个铁疙瘩。孬舅用豆油擦了擦,倒又擦出个模样。三人一商量,又开始对村子实行"封井"与"染头"制度。孬舅又开始背着大枪在街上走。申村便也恢复了正常秩序。

四

一九六六年,申村又一次"改朝换代"。村里让打倒老孙。打倒老孙倒也不难,公社章书记都让打倒了,何况一个老孙。接替老孙当支书的,是金家一个后代叫新喜。老孙这人很奇怪,支书被打倒了,倒有了些支书的样子。过去当支书时,坐无坐相、站无站相,头点屁股撅的,没个头人的样子;现在不当头人了,倒学会了头人派头,在街上走来走去,迈着八字步,敞着布衫,说话也英勇了,说:

"这个鸡巴支书,咱早不想当了!"

当然,仍改不了双手相互乱抓的毛病。

新喜这人三十多岁。上过中学。据说他小的时候,有过小偷小摸的习惯。五岁那年,曾跟随我孬舅到宋家掌柜的高粱地里刷高粱叶,被捻到村西土庙前跪着,一直跪到星星出来，还被罚了五斗高粱。中华人民共和国成立后上学，上学放学路上，也断不了和一帮孩子偷些瓜枣，曾被老孙审问过。但他成人以后，表现比较好，不偷东西，做好事，半夜下田砍高粱，背到队里打麦场上。第二天大家又去砍，见高粱已经集中到场上，知道是新喜干的。新喜成了"活学活用积极分子"，站在村西土庙前给大家讲用。大家都说：

"新喜这孩子疯了似的，尽做好事。"

唯有新喜他妈说新喜不好，说在家懒死了，尿盆三天不泼一次。大家反说他妈：

"砍高粱累得不行，还说尿盆！"

后来新喜讲用到公社，被新上任的书记老周看中，正好老周讨厌申村老孙的模样，畏畏缩缩，头发与眉毛接着，哪里像个支书？便在各家安的小喇叭上一宣布，老孙就被打倒了，支书选成了新喜。

新喜爱穿一身学生蓝，上衣布袋里插一杆大头帽钢笔。他上任以后，清算清算老孙的罪行（土改时多拿回家一个土瓮，合作社时偷拿回家二升芝麻，吃大伙时吃过一个豆面小饼，"四清"时他"四不清"等），斗了他两把，撤了孬舅的治安员与小路的村务员，另换了一班也常半夜砍高粱的人。然后就组织全村的人做好事，半夜半夜砍高粱。我当年十岁，也被新喜一干人叫去砍高粱。一砍到三星偏西，我就困得不行,说:"新喜哥,困得不行。"

他趴到我脸上看,说:"是困得不行,拔下一根眼睫毛试试,肯定就不困了。"

然后谁说困他就让谁拔眼睫毛,后来大家都不困了。高粱一摞一摞地堆到场上,大家倒都挺兴奋。这年高粱大丰收,大家说:

"多亏了新喜,申村从来没有这么红火过!"

老孙、孬舅、小路、宋家掌柜余下的后人,这时成了"五类分子"。也被叫来砍高粱。唯一不同的是,别人高粱砍完可以回打麦场睡觉,老孙一干人仍得留下继续修桥补路。新喜对他们说:"你们可是'五类分子',以前尽作孽,现在做些修桥补路的好事吧!"

新喜唯一不该做的,是把孬舅与宋家掌柜的后人编到了一个组。桥没修,倒发生了冲突。孬舅一铁锨上去,打在宋家第三代孙福印头上,一个大窟窿突突地往外冒血。村里一阵小喇叭响,让新喜断案。新喜看看孬舅与福印,说:"狗咬狗一嘴毛,都去村西土庙前'坐飞机'!"

孬舅屁股朝天坐上了飞机,还有些不服气,瞪着福印说:"照我过去的脾气,挖个坑埋了你!"

新喜说:"嗬,你倒厉害了,我让你飞机坐到三星偏西!"

一个星星出来,孬舅飞机就坐稀了。胳膊老在头上翘着,

时间长了不是闹着玩的。孬舅说:

"新喜,收了飞机吧,过去咱俩一块儿玩过尿泥!"

新喜说:"玩过水泥也不行,你倒厉害啦!"

自此以后,孬舅不敢再厉害。过去那么鲁莽,当过土匪和解放军的人,不怕别的,就怕新喜的飞机。从此老老实实修路。

这时村里仍不断发生些兄弟斗殴、婆媳吵架、孤老、破鞋、盗贼一类案子。新喜也有办法。他不搞"染头"和"封井",而是一律开斗争会,"坐飞机"。谁当孤老破鞋盗贼就通过小喇叭传谁,让他(她)到村西土庙前"坐飞机"。这比"染头"和"封井"还管用,社会秩序马上根本好转。大家又说新喜:

"多亏新喜,申村从来没有这么平稳过!"

公社周书记常组织人来参观。新喜将村西土庙扒了,新盖了三间瓦房。开会或让人"坐飞机",就在瓦房前。有时新喜晚上不回去,就住在瓦房里。

新喜支书当了两年,有了些变化。由于村里实行了砍高粱和"坐飞机",村里秩序安定,事情不多,新喜身体开始发胖,腿开始发粗。由于行动不便,他本人不再砍高粱做好事,让别人砍,他不砍,他在三间瓦房里通过小喇叭吆喝。同时委托一个叫恩庆(以前一块儿砍高粱做好事的同伙)的,选他一个副支书,让他带着大伙砍,他再回到瓦房里睡觉。第二天尿盆也不泼,弄得瓦房里挺臊气。大家倒没说什么,时间一长恩庆有些不满意。有一次恩庆说:

"新喜,这是办公室,别弄得太臊气!"

新喜大怒:"不选你当个副支书,你也不说支部臊气了!"

但自恩庆说过以后,新喜倒是常常泼尿盆。有时别人去砍高粱,他也不再喊喇叭,跟着去,不过不再下手,就站在地头看。或转悠转悠走了,随便转到哪家的后园子里,摘些瓜果梨桃吃。不过这时他不像小时候偷着吃,吃后都告诉人家:"老二老三,今天吃了你一些瓜果。"

老二老三倒说:"吃吧吃吧,些个瓜果,吃不得了?"

以后老二老三再找新喜办事,新喜也痛快给办,不说别的。大家反倒说新喜仁义:

"新喜仁义,不是白眼狼,吃吧,也就一些瓜果!"

以后大家都欢迎他去吃。不到谁家后园子里,这家还不高兴新喜,以为什么地方有了不合适。没有瓜果树的人家,赶紧栽瓜果树。连老孙孬舅小路宋家后代一干"五类分子",每到该摘瓜果梨桃,都主动送一些给新喜,新喜也不说看起谁看不起谁,一律收下,说:"我这人从小养成的毛病,爱吃些瓜果!"

弄得大家皆大欢喜。

公社周书记仍不断下来检查工作。周书记一来，新喜就打扫打扫三间瓦房，弄得不腺气，然后陪周书记在那里坐，给他汇报工作，然后一块儿吃小鸡。周书记这人抓工作挺有魄力，当干部没有干部架子，见谁都跳下自行车说话，就是爱吃些小鸡。最后捎带上新喜也爱吃小鸡。这时村里的村务员换成新喜一个本家侄子叫三筐。周书记一来，三筐就去瓦房里收拾小鸡。三筐很会整治鸡，小公鸡一刀抹死，开水里一过，一把捋到头，鸡就成了光的；然后剁巴剁巴，搁些大料、胡椒、盐、辣子，两个小时下来，新喜工作汇报完了，鸡也炖烂了。

"吃吧吃吧。"新喜让着。

周书记也爽快，说："吃！"但停一下筷子又说：

"不过新喜，这鸡你得交钱！"

新喜也爽快："交！吃！"

吃过以后，新喜就拿着钱去找小公鸡的主人："老二老三，这是小公鸡钱！"

老二老三一脸不高兴："新喜，一只小公鸡还吃不得了？以后还找不着你了？"

新喜只好将钱收起："好，以后再说，吃！"

渐渐吃小鸡吃顺了嘴，周书记不来时，新喜自个儿也吃，也将村务员三筐叫去收拾鸡。一次三筐不在，新喜只好将修桥的小路叫来。可小路只会烙饼，不会收拾鸡，炖得满锅鸡毛。鸡还没炖熟，新喜就将他踢了一脚，撵他出去。晚上三筐回来，又重新炖了一只。有时新喜也将恩庆叫去吃鸡。可恩庆从小不吃羊肉、不吃鸡，也就是在一旁干看着，还老催："快些快些，一只鸡总吃不完！"

弄得新喜挺不高兴："你不吃算了，骨头里的鸡油，吸出来才好吃！"

以后再不叫恩庆吃鸡。

一次老孙和我孬舅修桥回来，路过大瓦房，新喜叫他们站住，老孙和我孬舅赶忙站住。新喜却说：

"屋里还有半只鸡没吃完，你们去吃吧！"

两人大喜，进去吃了，连汤儿都喝了。老孙抹着嘴对孬舅说：

"咱们当了那么多年鸡巴干部，也没吃上一只鸡！"

没想这话被站在院子里的新喜听见，大声说：

"你鸡巴没吃鸡，申村不照样让你饿死那么多人！"

弄得老孙和我孬舅赶忙站起，不再言语。

第二天修桥时，我孬舅埋怨老孙："你咋鸡巴说话哩！再跟你吃不到鸡！"

新喜吃鸡吃了两年，渐渐连吃瓜果梨桃的习惯也戒了，只吃鸡。谁家还有几只小公鸡，他心里有一本账，清清楚楚。

渐渐弄得街上的小公鸡见了新喜就犯愣。新喜一见犯愣的小公鸡就生气:

"看你那鸡巴头脑,还发愣,看不吃了你!"

后来别家的小公鸡吃完了,就剩下恩庆家的没吃。新喜三天没吃鸡,像犯了大烟瘾,让三筐到处找鸡。三筐找了一遍回来说:"没了小公鸡,就剩下恩庆家的!"

新喜躺在床上说:"管他什么恩庆不恩庆,去抓过来吃,吃了给他钱不是!"

三筐就去抓,抓回来就吃。弄得恩庆心里很不满意:"鸡巴新喜太不够意思,吃鸡都吃到了我头上!当年做好事砍高粱,你也不比谁多砍到哪里去!"

从此不再去大瓦房,也不理新喜。后来因为一件工作上的事,新喜又打了恩庆一巴掌。恩庆大怒,指着新喜说:

"好,新喜,你等着,这村里有你没我,有我没你!"

然后在家里整理材料,告到县里。县里一见申村副支书告正支书,忙派工作组下乡调查。可调查组一到公社,就被周书记拦住,说:

"新喜这同志作风简单些,但工作也都干了。就是有一点毛病,跟我一样,爱吃个小鸡!可诸位哪一个不吃小鸡?到我这为止,调查个鸡巴啥!"

"是哩,是哩,周书记。"调查组连连点头,又返回县里。

然后周书记将新喜叫到公社批评一顿："以后吃鸡注意些！再吃撤了你！"

新喜连连点头，对周书记感激涕零。回到村里却沿街叫骂：

"吃个鸡巴鸡，告到县里！咱弄不了这村，咱不弄！咱不服别的，就服咱没本事！"

从此躺在大瓦房，不吃鸡，也不吆喝喇叭，不泼尿盆，弄得一屋臊气。村里没了头人，开始大乱。老孙、孬舅、小路、宋家后代一帮人，倒眉开眼笑，不再去修桥，纷纷去种他们的自留地。村里又出现一个孤老和一个盗贼。恩庆见告状不准反倒弄乱了村子，也自觉没趣，也待在家里不出。大家也都埋怨恩庆：

"见人家吃个鸡，就告人家，多不是东西！现在倒好，领导人一闹不团结，村里跟着遭殃，连'五类分子'都猖狂起来！"

大家纷纷去充满臊气的大瓦房，安慰新喜。新喜见争了面子，也就起来主持工作。一用砍高粱和"坐飞机"，村里马上又风气好转。老孙、孬舅一干人又开始乖乖去修桥。

· 五 ·

新喜支书当了十一年。本来支书他还可以当下去，是他自己闹坏了，让人家撤了支书。这年公社换了书记，周书记被调走，调来了崔书记。公社通知开会。新喜去开会，见周书记换了崔书记，心里不知哪点过不来，见人就说：

"周书记当得好好的，调走！"

别人不理他。他便到小饭馆灌了二两酒，有些醉醺醺的。恰好崔书记讲话，批评了一些村子，工作做得不扎实。批评的村子中有申村。过去申村老受周书记表扬，现在换了崔书记就批评，新喜仗着些酒胆，便站起顶了崔书记一句：

"崔书记，我是个腌臜菜呀，没啥能耐，工作还能搞到哪儿去？"

崔书记刚上任讲话就见有人顶嘴，心里十分恼火，又见新喜醉醺醺的，便拍起了桌子：

"你腌臢菜别在这腌臢！看你那醉醺醺的样子，也当不好这个支书！"

开过会，崔书记便说："去查查那个腌臢菜！"

于是公社组织一个调查组，下到申村调查新喜的问题。公社书记一发话，调查组便十分认真，挨门挨户地调查。这时恩庆来了劲，撑着调查组揭发新喜的问题：怎么吃小鸡，怎么在支部办公室撒尿，怎么爱拔人眼睫毛，怎么爱打人耳光。调查组的人说：

"唉，唉，这样的人竟当支书！"

村里人见新喜大势已去，也想起新喜不该当支书，想起对新喜的一些仇恨，老二老三的，也背后嘀嘀咕咕向调查组揭发了一些问题，怎么吃小鸡不给钱，怎么随便摘人家后园子里的瓜果梨桃，甚至有的老年人连新喜小时候有小偷小摸的毛病，也给揭发上去。调查组将材料一集合，送到崔书记手里。崔书记拍着材料说：

"看看，看看，纯粹是一个无赖嘛！老周无眼，让这样的人当了支书！不开除他出党，算是好的！"

于是通过小喇叭宣布，撤了新喜的支书。恩庆带头揭发新喜有功，便由副支书升任正支书。新喜被赶下台，心里十分后悔，后悔在公社开会多说了一句话，顶了崔书记。不过事到如今，后悔也无用，只好听完喇叭说句硬话："咱这几年支书是白当了，对不住大家，撤得有理！"

正好晚上碰到另一个下台支书老孙。老孙与他打照面："吃了，新喜？"

这时新喜没了架子，上去拉住老孙的手："孙叔，世间的事，我算是明白了！只是我当支书时，委屈您了，让您去修桥，担待着点吧！"

老孙做出过来人的大度模样，抓挠着双手说："年轻人嘛，计较还能计较到哪里去？"

恩庆从此当了支书。恩庆当支书以后，一改新喜当支书时的毛病，不通过小喇叭吆喝人，不吃鸡，不撒尿，不吃瓜果梨桃，只是深更半夜带头领人砍高粱，一热就甩掉上衣。大家都跟他甩上衣。光膀子干活，成了申村一时的社会风尚。这年高粱大摞大摞推到场上，大家劳累过后，都很欣喜，说："到底恩庆比新喜强，虽然当了支书，还领着大家干活，连个小鸡都不吃！"

村里出现鸡鸣狗盗的案子，恩庆也开斗争会，"坐飞机"。一到开会，他挨门挨户下通知，把个村子治理得平平安安。大家皆大欢喜，都说："到底恩庆比新喜强！"

恩庆支书当了两年，身子也开始发胖，腿开始发粗，但他锐气仍不减当年，干事情风风火火，咋咋呼呼，地里干活仍走在最前边，一出汗就甩褂子，开会仍挨门通知。倒是大伙这时说他：

"支书当了两年，还没个支书的样子，动不动就甩褂子！"

"当支书没个支书的样子，开会他挨门通知！"

恰好这时恩庆与老婆闹矛盾，从家里搬出，住到村里三间瓦房里。

三间瓦房里一住，恩庆逐渐有些支书的样子。夜里一个人睡觉，没人闹仗，第二天早起容易睡过头。为了不耽误干活，他只好用新喜的办法，通过小喇叭喊人，让别人先去砍高粱。别人砍了半晌，他才起床揉着眼去。大清早冷得很，不脱褂子。家常便饭吃久了也想吃些荤腥，吃些瓜果梨桃。第二天早起不想泼尿盆子。但恩庆努力克制着自己，尿盆争取两天泼一次，瓦房里也不是太臊气。嘴馋的时候，自己跑到地里摘些野山里红吃，捉些蚂蚱蝈蝈用火烧烧吃，真不行用枪打一只野兔子吃。正好崔书记时常下来调查工作，也喜欢吃兔子肉。所以崔书记一来，恩庆就打发村务员八成（一个本家兄弟）去打野兔子，回来炖上。工作汇报完，兔子也炖烂了，两个人一块儿吃兔子。有时野兔子打不来，只好到老二老三家借家兔子。不过家兔子味道不如野兔子。久而久之，恩庆吃兔子吃上了瘾，一天不吃兔子就浑身没力气。不管崔书记来不来，只好让八成两天煮一只小公兔，一天吃架

子,一天喝汤儿。挨门挨户捉兔子,大家又感到新喜来了,对恩庆产生意见,说:

"怎么恩庆也成了新喜!"

不过想想还是比新喜强:"恩庆吃吧,也就一样兔子,还分两天吃,不像新喜,瓜果梨桃、小公鸡!"

渐渐弄得兔子见了恩庆就发愣,不过恩庆见了犯愣的兔子挺和蔼,不骂兔子。

吃了兔子,恩庆嘴里容易发腥。为了去去腥味,恩庆就喝两口酒。喝来喝去喝上了瘾,一天不喝酒就牙关发紧。晋家开的小卖部里,记满了支书欠的账。年终收账,恩庆让他扛走了一只搁在瓦房里的马车轱辘子。以后大家找恩庆办事,兄弟斗殴、婆媳吵架也好,划宅基地也好,领结婚证也好,都主动将恩庆请到家"意思意思",然后再说事。不过恩庆喝酒有这点好处,吃过兔子一定要喝酒,但喝酒时不一定非吃兔子。到人家里吃饭,哪能那么讲究?腌个白菜疙瘩也能喝。渐渐这成了一个规矩,大家断案办事之前,先得请恩庆喝酒。谁家不请,大家反倒说这家小气。弄得恩庆老婆天天满街找恩庆,怕他多喝:

"这个鳖孙不知又躺在了哪个鳖窝里!"

"人家的饭好吃,酒好喝,跟人家过吧!"

弄得主人家很尴尬,正在酒桌上坐的恩庆也很尴尬。本来恩庆就与老婆有些矛盾,不回家睡觉,这时恨恨地说:"怎么不死了你!"

老婆便哭:"你让我怎么死?"

恩庆说:"上头有电线,下头有机井,当中还有农药,随便你哪样,我拉都不拉!"

老婆呜呜哭着回了娘家。

老婆回了娘家,恩庆更放开胆子喝。喝来喝去,大家反倒把人家恩庆给害了,恩庆成了一个酒精中毒患者,像当年老孙一样,开始夜里睡不着觉,半夜半夜围着村子乱转。

酒能移性。这时宋家掌柜的一个后代叫美兰的女孩中学毕业(脸长了一些,但鼻子眼还可以),恩庆派她到大队部去开扩大器,每天早晨喊人下地砍高粱。美兰一大早去大队部放喇叭,恩庆往往连床都没起,满屋臊气。渐渐便传出恩庆搞了宋家掌柜的后代闺女。但大家又觉得反正搞的不是自己的闺女,谁也不去管,任他搞。倒是孬舅(这年五十六岁)一次气不平,五更鸡叫掂一根粪叉到村西大瓦房里,一脚将门踹开(连门都没有插),堵住被窝里一对男女,据说还咕叽咕叽像小公鸡叫呢。恩庆搞的是"五类分子"的闺女,捉事的也是"五类分子",恩庆本想开他们的斗争会,但后来想了想,从床上扔给孬舅一根烟:

"成了老申,回去吧!"

第二天拿笔写个条，批给孬舅两大车青砖，让他到大队砖窑上去拉。我当时十六岁，曾跟孬舅与他的儿子白眼赶牲口去拉过这砖。当时孬舅喜气洋洋的，对我说："倒不是贪图这两车砖，照我年轻时的脾气，挖个坑埋了这两个狗男女！"

这时村里都开始反对恩庆，都叹息说：

"原来恩庆还不如新喜，喝酒吃兔子，还搞人家闺女！人家新喜不就吃个瓜果梨桃吗？咱倒反对人家新喜！"

倒是新喜不这么认为，见了恩庆说："老弟，你支书比我干得强！"

这时恩庆剩了一身骨头架子，说："强也强不到哪儿去。这个鸡巴支书，不是好干的！"

最后有人告到县里，说恩庆一堆问题。县里派调查组到公社。公社崔书记不像周书记，对人不包庇，说："这龟孙整天这么舒坦？查查他去！"

可调查组到村里一查，挨门挨户地问，老二老三地问，硬是没一个说恩庆不好的，都说恩庆清正廉洁，会当支书，什么也不吃，什么也不搞，就知道领人砍高粱，查来查去没查出恩庆的问题。恩庆还委屈得什么似的，说什么不当这个支书。倒是崔书记又来安慰他："你他妈还查不得了？查查又没撤你的支书，你还拉什么硬弓？再拉真撤了你！"

恩庆这才不说什么，忙招呼村务员八成扛枪去打兔子。

我当时在村里已是一个翩翩少年，曾在牲口场里叼着烟问老二老三："二舅三舅，背后那么邪乎，怎么一见调查组就软蛋了？"

老二老三倒瞪我一眼："日你先人，谁告恩庆，谁就是咱申村的仇人！把恩庆撤下来，再换一个狗日的，说不定还不如恩庆哩。恩庆吧，也就喝喝酒吃吃兔子，搞搞地主闺女，再换一个，说不定该吃咱搞咱闺女了！"

从此大家见了恩庆，反倒一脸和气。恩庆在街上走，大家都说：

"恩庆，这儿吃吧！"

"恩庆，我这儿先偏了！"

恩庆一眼一眼的血丝，不停地打呵欠："吃吧吃吧。"

然后骑上一辆破自行车，也不告诉人他到哪里去。有时干脆连美兰也公开载上，到集上赶集，吃烧饼，喝胡辣汤。大家都不在意。

恩庆支书当到一九八二年，之后下台，之后患肝硬化死去，这是后话。

· 六 ·

申村的现任村长是贾祥。这时村子已发展成四百多口。贾祥与我同岁，小时候是个疙瘩头。记得在大荒坡割草，别人打架，他就会给人家看衣服；别人下河洗澡，他也给人家看衣服。没想到成人之后有了出息，当了村长。

贾祥的父母我也很熟。他的爹我叫留大舅，他的妈我叫留大妗。留大舅爱放屁，一个长屁，能从村东拉到村西；留大妗说，夜里睡觉不敢给贾祥捂被头，怕呛死。留大妗眼睛半明半暗，不识东西南北，但竟通晓历史，常用镰刀叨着土，坐在红薯地里给我们讲"伍云昭征西"。就是手脚有些毛糙。据贾祥说，一次一家人围着锅台吃饭，吃着吃着，留大舅竟吃出一只老鼠。贾祥二十岁那年，留大舅、留大妗相继去世，留给贾祥一间破草房，一窝咕咕叫的老母鸡。院子里还有几棵楝树,被贾祥刨倒,给父母做了棺材。然后贾祥开始跟人家学木工,学会了做小板凳,做方桌,做床,做窗棂子。干了五年木工,他背着家伙,进了一支农民建筑队,随人家到千里之外的天津塘沽盖房。春节回来神气不少,新衣新帽不说,腰里还别着个葫芦球似的收音机,走哪响哪。在建筑队混了两年,贾祥更加出息,葫芦似的收音机不见了,他自己也跟甲方签订了一个合同,开始回申村招兵买马,组成一支新建筑队。下分大工、小工、刀工、瓦工、泥工、木工,挺细。贾祥说:

"人家是甲方,咱就是乙方!"

村里人纷纷说:"贾祥成了乙方,贾祥成了乙方!"

对他刮目相看。

贾祥成了乙方,就有了乙方的样子。街上走过,过去爱袖手,现在不袖了,背在身后;头也不疙瘩了。村里人见他都点碗:

"贾祥,这儿吃吧!"

"贾祥,我这儿先偏了!"

贾祥背着手说:"吃吧吃吧!"

这时贾祥洗澡,别人给他看衣服。据说贾祥的乙方开到塘沽以后,先给甲方挖了一个晒盐池子,后盖了一溜工棚。不过这时贾祥不常在塘沽待着,委托一个本家叔当副乙方,领工干活，他常一个人坐火车回来种地。不过这时他的地用不着他种，村里早有人替他种下；谁种的也不说，有点像当年新喜、恩庆砍高粱做好事。贾祥也不大追究。两年乙方下来，贾祥不再要父母留下的草房，自己挨着村西支部办公室，一拉溜盖了七间大瓦房，瓦房上不用大梁，用了几根钢筋条子。上梁那天，大家都去看。贾祥还花几千块钱买了一架手扶拖拉机，和老婆孩子串亲戚，就开着它去。村里有人顺路搭车，贾祥也让搭，说：

"从哪儿下，事先打招呼，好停机！"

村里人都说："看不出，贾祥这孩子有了出息，比当年宋家掌柜还阔气！"

这时村里没了"五类分子"。老孙、孬舅、宋家掌柜兄弟等一干老人，都死了。没死的给平了反。据说老孙临死前神志已不太清醒，临死前又唱起了讨饭的曲子；孬舅临死时恶狠狠甩下一句话：

"照我年轻时的脾气，挖个坑埋了他！"

把床前伺候他的人吓了一跳。但这个"他"到底指谁，谁也没猜出。

孙、申、宋诸家留下的子弟，福印、三筐、八成、白眼之类，埋葬了老人，都加入了贾祥的农民建筑队，去了塘沽挖晒盐池子。宋家掌柜的一个女后代美兰，过去在支部办公室开喇叭，现在喇叭坏了，恩庆又患了肝硬化，在家无事做，也投奔贾祥，不过没去塘沽，就在贾祥家做饭。前支书新喜这时四十多岁，还不算太老，也加入了贾祥的建筑队去塘沽。由于他是党员，贾祥给他安排了一个监工，在工地拿个尺子跑来跑去量土方。不过据说到塘沽还是爱吃小公鸡，一次让他买菜，他克扣菜金，给自己买了只烧鸡，撕吃时被人发现，差点被三筐八成之类推到晒盐池子里。这时恩庆已患了肝硬化，仍在村里当着他的支书。

这时村里、公社要进行机构改革，公社改叫作乡，大队改叫作村，支书改村长，地分给各家种。大家开始有些不习惯，觉得改来改去改不过口，叫起来有点中华人民共和国成立前的味道，不过久而久之就习惯了，说：

"还是叫村、乡合适！"

接着村里要改选头人。这时恩庆已到了肝硬化后期，脸黄黄的，常披一个大袄，坐在支部办公室门前晒太阳，自己抱一个酒瓶喝酒。村里人人情太薄，地一分，没人再请恩庆吃兔子喝酒。恩庆打野兔子又没力气，只好不吃兔子光喝酒。大喇叭坏了，美兰不开大喇叭，也不来支部，恩庆也就搬回家住，只是晒太阳才来这里。倒是贾祥何时从塘沽回来，见到这位黄脸支书，把他请到家里，让炊事员美兰炖只兔子一块儿吃。兔子冒热气上来，美兰就红脸，恩庆只顾低头喝酒吃兔子。村里机构改革，本来还应恩庆当村长，可贾祥觉得老让一个肝炎病人拿着公章，一年一度往他乙方合同上盖，有点不合适，便在酒桌上对恩庆说：

"庆叔，你岁数也不小了（这年四十八岁），身体又有病，甭操那么多心了，真不行我来替替你，你去郑州看病！要行呢，你就对乡里说说！"

没想到黄脸恩庆一下将兔腿摔到地上："鸡巴！"走了。弄得贾祥挺尴尬。本来这事也就是商量商量，商量不成贾祥也不恼，仍当他的乙方。没想到乡里出了新点子，说这次选村长要搞差额，两个选一个。村里人一听就恼了：哪个龟孙想的这歪点子，两个选一个，自己不操心，推给了大家！从祖上到现在，没听说两个选一个！贾祥一听这办法倒喜欢，到处对人说："咱们搞差额，咱们搞差额！"

便站出来与恩庆差额。差额选举本身并不复杂，大家的儿孙都是贾祥乙方的工人，恩庆有病不说，还喝过酒吃过兔子搞过人家闺女，一差就把恩庆差了下去，贾祥被差上了。乡里看贾祥表现不错，曾捐款两千元修小学，恩庆又到了肝硬化后期，也同意贾祥当。

贾祥从此成了村长。盖章不用再找恩庆。贾祥当村长以前，显得在村里待得时间多；贾祥当村长以后，显得在塘沽待得时间多。在村里大家仍叫他乙方；到塘沽大家反喊他村长。恩庆村长被差下来,小脸更黄,整日无事可做,更是整日蹲在家门口晒太阳。本来支部门口太阳更好,可他说什么不再到那里去。大家看他在家门口晒太阳,双手捂着肝腑,反觉得他可怜,说:

"恩庆以前也给村里办过好事!"

又觉得将贾祥选上去有些愤愤,说:

"这回可是通过咱们的手把他弄上去的!"

"他他妈也不在塘沽干活,倒盖了七间大瓦房,现在当了村长,又不在村里待着,合适全让他占了!"

当然这话也就是背后说说,见了贾祥仍呼乙方。

这时乡里的头人换了吴乡长。吴乡长爱骑嘉陵。一听街里突突响,就是吴乡长。吴乡长一来村里,就去找贾祥。吴乡长这人工作干得不错,一来村里就讲:

"咱们可得发展商品生产!"

讲过,与贾祥一起就着猪肚喝啤酒。吴乡长能喝四瓶,喝了就红脸;贾祥能喝三瓶,喝了就摸头。两人红脸摸头一阵,嘿嘿一笑,吴乡长骑着嘉陵就回去了。去年吴乡长家盖房,贾祥去帮过忙,给他弄了几根钢筋梁;贾祥老婆有病,贾祥不在家去了塘沽,大家都说:

"去找吴乡长,去找吴乡长!"

大家带贾祥老婆找了吴乡长,人家马上给批了个条,让贾祥老婆住进医院。大家说：

"吴乡长这人仁义，对得住贾祥！"

这时恩庆肝硬化已经到了全硬，硬得像石头，不能再在街上晒太阳。贾祥一次从塘沽回来，不计换届时差额的旧仇，亲自开着小手扶，把恩庆拉到乡里看病，感动得恩庆躺在车厢里，捂着肝腑掉泪：

"贾祥，知道这样，早让给了你，还差他娘的什么额！"

贾祥倒说："该差还得差。"

到了乡里，贾祥又去找吴乡长，批条让恩庆照了 X 光。照过 X 光，恩庆又撑了几天，终于死去。据说临死时手里还握着一个空酒瓶，嘴里喊着："新喜，新喜。"

可新喜这时在塘沽当监工，也不知恩庆要对新喜说些什么。死后，全村老少都去送烧纸。以前的情妇美兰也去了，不过没哭，大家有些不满意。贾祥也去给恩庆送丧，祭到坟前一只煮熟的兔子。

这时发生了一件不该发生的事。恩庆死后三个月，贾祥又一次从塘沽回来，突然在村里提出，他要与老婆离婚，与美兰结婚。美兰以前与恩庆看过大喇叭，现在大家都说贾祥这人不仁义，恩庆刚死三个月就闹这事，不仁义；人家美兰刚到你家做过几天饭，就想人家，不仁义。也有人说贾祥对不起老婆。可贾祥还是要离。众人劝他不住。这时村里的村务员新换成了小路,小路已经一把胡子,声音变得沙哑,一次也在猪圈捂着铜锣说:"祥弟,不能离,不说弟妹贤惠,只是这美兰,以前可是恩庆用过的!"

贾祥大怒:"放你妈的狗屁!你住的房子你爹没用过?你不也照样住!"

弄得五十多岁的小路很尴尬,捂着铜锣跳出猪圈,三天不敢到贾祥跟前,嘴里老念叨:"离就离,谁不让你离了?"

贾祥离婚是真想离,就是贾祥他老婆不想离。掰扯了几个月,贾祥说:"给你两万块,跟小孩过去吧!"

老婆想了想,哭了一回,离了。

离婚那天,大家都出来看,贾祥开着小手扶,拖斗里坐着老婆孩子,去乡里扯离婚证。扯完离婚证,小孩看着卖糖葫芦的老头伸手要糖葫芦,要不到就哭。贾祥停了机,就给小孩去买。老婆在车斗里还哄孩子:"小二小三别哭了,你爹去给你们买糖葫芦了!"

拖拉机开回村,七间瓦房老婆和孩子住了三间,另四间贾祥与美兰住。不过美兰结婚以后,表现比较好,仍和以前一样,一点不娇气,仍做饭,仍喂猪,该炖兔子仍炖兔子。出来进去,与贾祥又说又笑。大家看了,气愤过后,倒也满意,说:"这样也不错,美兰也有了着落。只苦了贾祥他老婆!"

也有人说:"他老婆也不是东西,以前借她个笆斗都借不出!"

村里有三间大砖瓦房,以前是大队支部办公室,现在改成了村办公室。贾祥从塘沽回来处理公务,也在村办公室。不过这时办公室干净许多,没了臊气,换了啤酒气。贾祥当了头人以后,不让人砍高粱,不"坐飞机",统治村子就用一台录音机。到乡里开会,带个红灯牌录音机,把吴乡长往里边一录,带回来让小路打铜锣,将村里男女集合在一起,开录音机一放,不用他再传达。他躲到一边喝啤酒。三瓶喝过,录音机放完,他摸着头:"听清楚了?"

大家说:"听清楚了!"

会马上结束。大家满意;吴乡长听说申村放他的录音,也满意。

这时村里照常出些案子。出些盗贼、破鞋、孤老一干杂事。贾祥一概不管,也不设案桌问案。村务员小路有些不满意,说:"贾祥,该问案了!"

贾祥却说:"出一两个孤老破鞋,不影响'四化'!"

拔腿就去了塘沽。

他一出发,村里更乱,申村成了破鞋、孤老、盗贼们的天地。一次,光天化日之下,一对男女在麦秸堆里睡觉,被人抓住。大家摇头叹息,对贾祥不满意,说他只会当个乙方,不会当村长，把个好端端的村子给弄乱了套。消息传到乡里，乡里吴乡长也不满意。一次贾祥从塘沽回来，吴乡长把他叫到乡里批评：

"贾祥，你这样弄可是不行，村里都乱了。你以为一搞商品经济，就不要党的领导了？赶紧给我想法子治治！"

贾祥摸着头听批评，听完也很恼火，说：

"治治就治治，回去就治！治治这些龟孙！我让这些龟孙自由，这些龟孙却不会自由，回去就治！"

但贾祥回到村里，却不会治。娘的，孤老、破鞋、盗贼，你怎么治？又不能天天看住他（她）们。这时村务员小路又在猪圈捂着铜锣劝他，建议重新实行祖上的"染头"与"封井"制度。小路说："贾祥，用吧，一用就灵，重典治乱世！"

贾祥这次没骂他，说："好好好，咱'染头'，咱'封井'，渴死这些鬼男女！"

果然，一"染头"，一"封井"，村里马上大治。贾祥封井还不封一般的井，封机井，除了不让喝水，还不让浇地。小路日日夜夜守在机井旁边，拿铁锹叉腰看着。村里三个月不出孤老和破鞋，大家都松了一口气。纷纷说：

"就得这样治！"

八月里，老天下雨，一连下了三天。地里庄稼没淹，村里房屋没漏，大家放心。可这天天不下了，咕咚一声，村西头村办公室三间大瓦房塌了。大家吃了一惊，纷纷去看。一片浓烟中，已分不清屋梁门窗，成了一堆废墟。废墟中露出几根出头的椽子，黑黑的。消息传到乡里，吴乡长也吃了一惊，骑嘉陵来看过一次。说：

"村里不能没个办公室，叫贾祥回来！"

贾祥从塘沽回来，吴乡长叫他到乡上，说："村里不能没个办公室，赶紧让群众集资再弄一个！"

因为在申村村西的一块地方，群众已经自动集资盖了三间土庙，里边用坯，外面包砖，出头的椽子还用油漆漆了漆，比祖上时代的旧庙还好。贾祥说：

"好，再弄一个，集资集资！"

可他从乡里回来，没有让大家集资，自己掏了几万块钱，在废墟上盖起一幢两层小楼，既是村里的办公室，又是他和美兰的新住处。举村皆大欢喜。各人没掏钱，又办成了事。大家都说贾祥村长当得仁义。以后贾祥办公务，偶尔给人断案，"染头"与"封井"，都在这幢小楼里。他到乡上开会，录回吴乡长，也让小路打铜锣叫人，集合众人来小楼听录音机。

一九八八年一月四日，出了一件事。贾祥到乡里开过会，大家集合又来听录音机。这一天来的人特别多，楼底下盛不下,贾祥便叫美兰开了楼梯门,一村子人上楼去听录音机。谁知楼板看着是水泥的,挺结实,里边却是空心的。空心的水泥楼板,承受不了一个村庄的压力,大家正听到酣处,突然塌板,全村人坠楼。当场摔死三人,伤四十八人。美兰正在楼下火上炖兔子,也被塌下的楼板和众人砸死。村长贾祥正扶着录音机摸着头喝啤酒,也摔到楼底。小手扶将死者伤者拉到乡里,吴乡长批条子让大家住院,不过贾祥没有住,他只伤了一条胳膊,托着伤胳膊去了塘沽。

今年春节,我回申村,塌楼事件已过去两个月,死的已经全埋了,伤的也已痊愈,塌下的楼板也已修好。贾祥也从塘沽回来,胳膊已能四下活动,虽然落下托胳膊走路的习惯,仍不误他当村长。只是头上又出了疙瘩,走在街上红红绿绿的猪狗队伍中,后边跟着小路。一天我碰到他,谈起塌楼事件,我说:"这事多不凑巧。"

小路在旁边说:"上去那么多人,就是人大会堂也给踩塌了!"

贾祥叹息:"美兰死了。"

我说:"你命大得很。"

贾祥摸着头上的疙瘩没有说话,倒是小路在后边说:

"吴乡长说了,贾祥不能死,贾祥一死,村子就乱,下一届还让他当村长。"

贾祥瞪了小路一眼,又对我说:
"老弟,这一群鸡巴人,不是好弄的!"
说着,就从我身边走了过去。

一九八八年十月
北京十里堡

单 位

· 一 ·

五一节到了,单位给大家拉了一车梨分分。分梨时,办公楼门前设了个磅秤,杂草弄了一地。男老何跟男小林将分得的一筐梨抬到办公室,大家开始找盛梨的家伙。有翻抽屉找网兜的,有找破纸袋的,有占字纸篓的。女小彭干脆占住了盛梨的草筐,说到家还可以盛蜂窝煤。接着大家又派小林去借杆秤和秤盘,回来进行第二次分配。女老乔这天去医院看医生(据女小彭讲是子宫出了毛病,大家不好问候她),回来得晚些。进门见大家占完字纸篓和草筐等,心上有些不高兴,便径直去翻梨筐。揭开盖子一看,便大声疾呼:

"咦,你们怎么弄了筐烂的!"

大家停止找家伙,都探过脑袋来看梨。果然,梨是烂的。有的烂了三分之一,有的烂了三分之二,最好的也有铜钱大

一样的疮斑。大家开始埋怨老何和小林,大家信任你们让你们去分梨,你们怎么弄回来一筐烂的?副处长老孙支使老何:

"老何,到别的办公室看看,看看人家的梨怎么样!"

老何一边跟大家解释分梨情况,说总务处规定分梨不准挑拣,挨上哪筐是哪筐,一边跑到其他办公室去看。看了一阵回来,松了一口气说:

"别的办公室也是烂的。一处是烂的,二处是烂的,七处也是烂的!"

大家又开始埋怨单位:"好不容易过五一节,拉了一车梨,谁知全是烂的!"

小林这时带回来杆秤,准备分梨。大家说:

"别称了别称了,反正是烂梨,扒堆儿算了!"

小林放下秤,开始扒堆儿。扒完堆儿,捋着手上的烂酱,让大家挑梨。这次分梨不像往常,往常个儿大个儿小,有个挑头,现在大的大烂,小的小烂,大家都不挑了,哪堆离谁的办公桌近,哪堆就是谁的。大家得了梨,都开始赶紧用刀子剜梨,捡最烂的剜剜吃。全办公室一片吃梨声,不像往常舍不得吃。全屋就老何不剜,像往常吃好梨一样洗洗吃。大家说:

"老何,算了,烂的地方不能吃,得癌!"

老何也不不好意思,说:"烂的地方也能吃,苹果酱都是烂苹果做的!"

大家知道老何家庭负担重,工资不高,老婆的爷爷奶奶都在他家住着,不再说他,让他吃。

吃着梨,女老乔出去转了一圈。回来,告诉大家一个消息,说梨之所以是烂梨,是因为拉梨的卡车在路上坏了(这车梨从张家口拉来),一坏两天,烂了梨。坏车的原因,是因为上次单位分房,司机班班长男老雕想要一个三居大间,单位分给他一个三居小间。大家将怒气又对准了老雕:

"这老雕太不像话,因为个人恩怨,让大家吃烂梨!"

到了下午,班车快开了,大家都在用旧报纸收拾烂梨,这时又得到一个消息,说车上也有几筐不烂的梨,总务处将它们留下,下班之前分给了几个局领导。大家已息下的怒气又升起:

"娘的,拉了一车烂梨不说,让大家吃烂梨,他们吃好梨!"

副处长老孙说:"班车快开了,大家不要听信谣言,一车梨,要烂都会烂,水果传染,这是普通常识,他们怎么会有好梨分?"

话音没落,单位的公务员小于提了一网兜好梨进来,说是分给男老张的。今天老张没来上班,让找人给他送到家——老张原是这办公室的处长,最近刚刚提升副局长。大

家又对老孙说:

"看看,看看,领导可不分了好梨!老张刚提副局长,就分了好梨!"

老孙不再说话,低头整理自己的烂梨,最后又说:

"别议论了,看谁家离老张近,把梨给他捎回去!"

这办公室女小彭跟老张住一个宿舍楼,一个五门,一个六门,她捎最合适。但女老乔还记着女小彭占草筐的事,这时说了一句:

"小彭,你提着烂梨,给人家捎好梨,这事可是孙子干的!"

女小彭原来就跟老张不对劲儿,老张在这办公室当处长时,为写一份材料,说过她"思路混乱",相互拍过桌子;现在老张虽然升了副局长,但女小彭这人脑子容易发热,发热以后不计后果,这时被女老乔一说(她与女老乔也不大对付),一边瞪了女老乔一眼,一边将已经提起的梨扔到墙角:

"是孙子不是孙子,不在捎梨不捎梨!"

大家提着烂梨都走了,留下一兜好梨在办公室。老孙最后一个走,锁办公室。他平日也与老张有些面和心不和,看着墙角那兜好梨,没有说话,吧嚓一声将门锁上了。

二

第二天八点，副局长老张准时到了办公室。老张虽然提了副局长，但桌子暂时还没搬，留在处里。本来按规定他现在上班可以车接了，但他仍骑着自行车。家住崇文区，上班在朝阳区，路上得一个多小时。老张长了个猪脖子，多肉，骑一路车，脖子汗涔涔的。但他转动着脖子说：

"也不见得多累！"

或者说：

"骑车锻炼身体！"

老张进了门，一眼发现办公桌桌腿下蹲了一兜梨，高兴地说：

"噢，不错，分梨了，梨不错嘛！"

这时大家都已陆续进来，纷纷说：

"老张，快别说梨，大家分的全是烂梨，就你们几个局长是好梨！"

女老乔说："那梨提回家只能熬梨水儿！"

老张吃了一惊："噢，是这样?这样做多不合适！"

接着将那兜好梨提上办公桌："吃梨吃梨！我家老婆单位上也分梨，这梨就不提回家了！"

大家便上去吃老张的梨，一边吃一边又说起昨天的事。副处长老孙没去吃梨，在那里抽烟，说清早不宜吃凉东西，弄不好怕拉肚子。女小彭也没吃，将羊皮女式包重重地摔在桌子上，一个人咕嘟着嘴在生气。她清早坐班车听到这样一个消息，有人将她昨天不给老张带梨的情况做了宣传，成了今天早上一个小新闻。这事迟早会传到老张耳朵里。传到老张耳朵里女小彭倒不怕，只是恨办公室又出了内奸，出卖同志。她怀疑这事是女老乔或副处长老孙干的。

吃完梨，小林收拾梨皮，老孙敲敲杯子，说要传达中央文件。接着从"各省市自治区，各大军区"念起来。他念完一页，传给老何；老何念完一页，传给女老乔；女老乔念完一页，传给小林……传达文件分着念，是老张在这当处长时发明的。因以前老张念文件时，大家剪指甲的剪指甲，打毛衣的打毛衣，老张很生气，最后想出这个办法，让大家集中精力。后来老张仍嫌不过瘾，又说念文件可以不用普通话，用家乡口音念，大家天南地北凑到一起工作，用各地口音念文件，倒也别有一番情趣。老张现在升任副局长，已经不算这办公室的人，可以不念文件，于是捂着保温杯在那里听。

文件传达到三分之二，来了两个总务处的人，说老张的局长办公室已经收拾好，来帮老张搬桌子。老张问：

"不是说下礼拜搬吗？"

两个总务处的说："已经收拾好了，局长说还是请老张搬下去，有事情好商量。"

老张说："好，好，现在正传达文件，等文件传达完。"

两个总务处的就在门口站着，等传达文件。

文件终于念完，大家都站起来帮老张搬桌子，纷纷说：

"老张升官，也不请客！"

老张笑着说："不是请大家吃梨了嘛！"

大家说："吃梨不算，吃梨不算，得去芙蓉宾馆！"

说着，搬桌子的搬桌子，搬纸筐的搬纸筐，搬抽屉的搬抽屉，一团忙乱。全屋就女小彭仍咕嘟着嘴在那里生气，不帮老张搬。刚才轮到她念文件，她说："嘴烂了。"推了过去。她还在生今天早上的气。

大家把老张送到二楼，发现原来抬下去的桌子已经作废了，因为老张的新屋子已经和其他局长副局长一样，换成了大桌子，上面覆盖着整块的玻璃板，干干净净的玻璃板上，蹲着一个程控电话。屋里还有几盆花树,两个单人沙发、一个大长沙发,都铺着新沙发巾。干净的屋子,有原来整个处的办公室那么大。

"老张鸟枪换炮了!"

老张笑着说:"以后得一个人待着了,其实不如跟大家待在一起有气氛!"

总务处的两个人请示老张:"老张,这旧桌子没用了,我们入库吧!"

老张让给他们一人一支烟:"辛苦辛苦,入库入库。"

接着又给大家一人让了一支烟。

大家抽着烟回到原来的办公室,发现老张桌子搬走,剩下一块空嘴似的空地。灰尘铺出一个桌印子。小林就去打扫。这时大家才发现,老张真的升了副局长,留下一块空地。接着又想这空地该由谁填补呢?大家自然想到老孙,又开老孙的玩笑。

"老孙,老张一走,你的桌子该搬到这里了。"

老孙抽着烟谦虚:"哪里哪里!"

女老乔是个老同志,平时颇看不起老孙,就说:"老孙装什么孙子!看那说话的样子,心里肯定有底!"

老孙忙说:"我心里有什么底!"

大家开完老孙玩笑,又想起老孙如果一升正处长,谁来接替老孙呢?接着开始各人考虑各人,玩笑无法再开下去。接着便又想起老张,探讨老张为什么能升上去。有的说是因为老张有魄力,有的说是因为老张平时和蔼,还有的说主要还是看工作能力,这时女小彭发了言:

"狗屁,元旦我看他给局长送了两条鱼!"

又有人发生分歧,说老张靠的不是局长,是某副局长,又有人说他靠的不是局长,也不是副局长,是和部里某位领导有关系……正说着,老张推门进来,来拿落下的一双在办公室换用的拖鞋。大家忙收住话题,但估计老张已经听到了,脸上都有些尴尬。不过老张没有介意,拿着拖鞋还开玩笑,指着刚才没搬桌子的女小彭说:

"小彭,窗台上这两盆花,我一走,就交给你了,以后每天下班时倒些剩茶叶水!"

大家神情转了过来,都说:

"倒茶叶水,倒茶叶水!"

老张拿着拖鞋走后,大家说:

"可能他没听见!"

女小彭说:"听见又怎么样!"

这边仍在议论,那边老张提着拖鞋回到他的局长办公室。他听见了。听见了大家议论他怎么升的副局长。不过他没有生气,这在他的意料之中。如果别人升副局长,他会不议论吗?将心比心，他原谅了大家。毕竟原来都是一个处的。不过等老张换上拖鞋，关上门一个人靠在沙发上时，又恨恨地在心里骂了一句：

"这些乌龟王八蛋，瞎议论什么!你们懂个鸡巴啥!爷这次升官，硬是谁也没靠，靠的是运气!"

老张心里清楚，本来这次升官没有他。自一个副局长得癌死后，一年多以来，副局长一直闪着一个空缺。据老张所知，局长倾向提一处处长老秦，部里某副部长主张提七处处长老关。拉锯一年，部里部长生了气，说一年下来，你们这个提这个，那个提那个，还有点共产党人的气味没有?我偏不提这两个，偏提一个你们都不提名的!选来选去，选到了老张头上。老张把这次升任总结为"鹬蚌相争，渔人得利"，是机会，是运气。局长、副局长分别找他谈话，又都说是自己极力推荐了他，以为老张蒙在鼓里。老张表面点头应承，心里说："去你们娘的蛋，以为老子是傻子，老子谁的情都不承，承党的!"今天早上上班，碰到一处处长老秦，七处处长老关，说话都酸溜溜的。老张表面打哈哈，心里却说："酸也他妈的白酸，反正这办公室老子坐上了!以后你们还得他妈的小心点，老子也在局委会上有一票了!"

老张从沙发上站起来，背着手在屋里走动，开始打量屋子。屋子宽敞、明亮、干净、安静。照老张的脾气，本来就喜欢一个人待着，不愿跟许多人一个办公室，没想到奋斗到五十岁，才有一间自己的办公室，心里又一阵辛酸。年龄不饶人啊。又想到老秦、老关仍在大房间待着，又有些满足，都不容易。本来自己也没妄想当副局长，退二线的渔网都买好了，没想到一下又让当副局长。既然让当，就当他几年。吃过中午饭，老张躺到长沙发上，盖一件上衣，很快就入睡了。这在大办公室是绝对不可能的。那里睡没大沙发不说，刷饭盆的刷饭盆，打毛衣的打毛衣，女小彭的高跟皮鞋走来走去，哪里睡得着啊！

老张睡到半截，猛然惊醒。他突然想起，自己还不会用程控电话呢！他忙跑到桌子前，看新电话的说明书，按着说明书的规定，一个一个按电话的号码键，分别试着给妻子、女儿单位打了两个电话，告诉她们自己的电话号码变了，以后别打错了。又吩咐老婆今天回家时买一只烧鸡。

· 三 ·

四月三十日，单位会餐。总务处发给每人一张餐券。中午每人凭餐券可以到食堂免费挑两样菜，领一只皮蛋、一瓶啤酒。按往常惯例，这顿饭一个办公室在一起吃。大家将菜分开挑，然后集中到一起，再将皮蛋啤酒集中到一起，将几张办公桌并在一起，大家共同吃。再用卖办公室废旧报纸的钱，到街上买一包花生米，摊在桌子中心。所以一过十点半，大家都开始找盆找碗，腾桌子，十分热闹。连往常工作上有矛盾的，这时也十分亲热，可以相互支使，你去买馒头，你去涮杯子等等。

到了十一点，大家准备集中盆碗，到食堂去挑菜，抢站排队。这时老何提着自己的饭盆来到老孙面前：

"老孙，我家里蜂窝煤没了，得赶紧赶回去拉煤。"

大家听了有些扫兴，都知道老何是心疼他那两份菜、一只皮蛋、一瓶啤酒，不愿跟大家一起吃，想拿回去与家人同享，孝敬一下他老婆的爷爷奶奶。老何怕老婆，大家是知道的。据说他兜里从来没超过五毛钱，也不抽烟。

女小彭说："老何，算了，划不着为了两份菜去挤公共汽车！"

女老乔说："算了算了，老何不在这吃，我们也不在这吃，这餐别聚了！"

老何急得脸一赤一白的："真是蜂窝煤没有了嘛！"

老孙摆摆手："算了老何，在这儿吃吧，蜂窝煤下午再拉。停会儿我找你还有事，咱们到下边通通气。"

老孙说要"通气"，老何就不好说要走了，只好边把饭盆扔下，边说：

"真是没有了蜂窝煤！"

接着，在别人集中盆碗到食堂去排队时，老孙拉着老何，到楼下铁栅栏外去"通气"。所谓"通气"，是单位的一个专用名词，即两个人在一起谈心，身边没有第三个人。办公室的人常常相互"通气"。有时相互通一阵气，回到办公室，还装着没有"通气"，相互嘿嘿一笑，说：

"我们到下边买东西去了！"

不过老孙"通气"不背人，都是公开化，说要找谁

"通气"。

铁栅栏外,老孙与老何在那里走,"通气"。走到头,再回来,然后再往回走。老孙穿一套铁青色西服,低矮,腆个肚子;老何瘦高,穿一件破中山装,皱皱巴巴,脸上没有油水,鼻子上架一副已经发黄的塑料架眼镜。二十年前,老何与老孙是一块儿到单位来的,两人还同住过一间集体宿舍。后来老孙混得好,混了上去,当了副处长;老何没混好,仍是科员。当了副处长,老孙就住进了三居室;老何仍在牛街贫民窟住着,老少四代九口人,挤在一间十五平米的房子里。一开始老何还与老孙称兄道弟,大家毕竟都是一块儿来的,后来各方面有了分别,老何见老孙有些拘束,老孙也可以随便支使老何:

"老何,这份文件你誊一誊!"

"老何,到总务处领一下东西!"

一次单位发票看电影,老何带着老婆去,老孙带着老婆去。座位正好挨在一起。大家见面,老孙指着老何对老婆说:

"这是处里的老何!"

老何本来也应向老婆介绍老孙,说"这是我们副处长老孙",但老何听了老孙那个口气,心里有些不自在。大家都是一块儿来的,平时摆谱倒还算了,何必在老婆面前?就咕嘟着嘴没说话,没给老婆介绍。不过没有介绍老婆仍然知道了那

是老孙,看完电影回去的路上,老婆对老何发脾气:

"看人家老孙混的,成了副处长,你呢?仍然是个大头兵,也不知你这二十年是怎么混的!"

当然,老孙还不是他们这茬人混得最好的,譬如老张,也是同一集体宿舍住过的,就比老孙混得还好,所以老何不服气地说:

"老孙有什么了不起,见了老张还不跟孙子似的!"

老婆顶他一句:

"那你见了老张呢?不成了重孙子?"

老何不再说话。娘的。不知怎么搞的,大家一块儿来的,搞来搞去,分成了爷爷、孙子和重孙子,这世界还真不是好弄的。老何不由得叹息一声。

老孙平时很少找老何"通气",上级下级之间,有什么好"通"的?所以老孙一说找老何"通气",老何心里就打鼓,不知道这家伙要"通"什么。

谁知老孙也没什么大事,一开始东拉西扯的,说些不着边际的话,后来问:

"你还住牛街吗?"

老何抬起眼镜瞪了他一眼:

"不住牛街还能住哪里?我想住中南海,人家不让住!"

老孙没有生气,还笑着说:

"屋里还漏雨不漏雨?"

一提屋里漏不漏雨,老何更气,说:

"四月十五日那场雨,你去看看,家里连刷牙杯都用上了,为这还和老婆打了一架!姑娘都十八了!"

老孙一点不同情地说:"谁让你级别不够呢!你要也是处长,不早住上了!"

老何更气:"我想当处长,你们不提我!"

老孙咯咯地笑。后来收住笑,掏出一支烟点着,说:

"老何,咱们说点正经的,说点工作上的事。你看,老张调走了……"

老何一愣:他调走和我有什么关系?

老孙看着老何:"这个老张不像话。当初咱们住一个集体宿舍,里外间住着,现在他当了副局长,按说……老何,我不是想当那个正处长,按说,处里谁上谁下,是明摆着的,昨天我听到一个信息,说咱们处谁当处长,局里要在处里搞民意测验,你看这点子出得孙子不孙子!我估计这点子是老张出的!"

老何说:"这不是最近中央提倡的吗?"

老孙说:"别听他妈的胡扯,老张提副局长,又测验谁了?他当了副局长,不做点好事,倒还故意踩人,心眼有多坏!他跟我过去有矛盾!"

老何看着老孙。

老孙说:"这样老何,老张不够意思,对我有意见,我也不怕他。咱们也不能等着让人任意宰割。这样老何,咱们也分头活动活动,找几个局里的、部里的头头谈谈,该花费些就花费些。弄成了,这处里是咱们俩的,我当正的,你当副的!"

老何一下蒙在那里,半天才说:

"这,这不大合适吧?"

老孙说:"你真他妈的天真,现在普天下哪一个官,不是这样做上去的?咱们一个屋住过,我才跟你这么说,咱们也都别装孙子,我只问你一句话,房子你想不想住?这副处长你想不想当?"

老何想了半天,说:"当然想当了。"

老孙拍着巴掌说:"这不就结了!只要咱们联合起来,就不怕他老张!局委会上,不是他一个人说了算,他刚当副局长,说话还不一定有市场!"

老何说:"等我想一想。"

老孙笑了,知道老何要想一想,就是回去和老婆商量商量;而只要和老婆一商量,他老婆必然会支持他跟老孙干,于是放心地说:

"今天就到这里,该吃饭了。估计测验还得一段时间,还来得及。不过这话就咱俩知道，你可不能告诉别人。"

老何这时做出不必交代的神情："那还用说。"

边回去老孙又说："一起工作这么多年，老张这人太不够意思。"

中午会餐，大家在一起吃。因大家不知道老孙与老何"通"了些什么，也就没把这当回事，该吃吃，该喝喝，十分热闹。只是令老何不解的是，老孙背后说了老张那么多坏话，现在却亲自把老张从二楼请回来参加处里的聚餐，并提议"为老领导干杯"。于是老何心里觉得老孙这人也不是东西。

饭吃到两点，散了。下午单位不再上班，有舞会。大家脸蛋都红扑扑的，但没有醉。唯独女老乔因为这两日心情不好，显得喝得多了些；不过喝多以后，似什么又都想通了，心情又好了起来，也跟着一帮年轻人到二楼会议室去跳舞。

老何没有去跳舞，他家里还真是没有了蜂窝煤，于是给老孙打了一声招呼，请假回家找三轮车拉蜂窝煤去了。

· 四 ·

小林今年二十九岁，一九八四年大学毕业，分到单位已经四年了。小林觉得，四年单位，比四年大学学到的东西要多。刚开始来到单位，小林学生气不轻，跟个孩子似的，对什么都不在乎。譬如说，常常迟到早退，上班穿个拖鞋，不主动打扫办公室的卫生，还常约一帮分到其他单位的同学来这里聚会，聚会完也不收拾。为此老张曾批评过他：

"小林，你认为还是在大学听课吗?想来就来，不想来就不来?"

当时他还不满意老张，跟他顶嘴。

再一条说话不注意。譬如，他和一帮大学同学在一起，相互问"你们单位怎么样"，轮到他，他竟说：

"我们办公室阴阳失调，四个男的，对两个女的！"

这话不知怎么传到了单位，办公室所有的人都大怒。

再譬如，当时他和女老乔对办公桌，那时女老乔子宫还没有出毛病，挺温和，主动关心他。女老乔是党小组组长，就私下找小林"通气"，劝他写入党申请书。并好心告诉他，现在办公室写入党申请书的，还有老何；别看老何到单位二十年了，只要小林积极靠拢组织，就可以比老何入得早。虽然当时女老乔与老何有些个人矛盾，但对小林总是一片好心，但小林竟说：

"目前我对贵党还不感兴趣，让老何先入吧！"

后来小林幡然悔悟，想入，也已经晚了，那边已经发展了老何，并说小林这时想入，还需要再培养、再考验，提高他的认识。你想，把党说成"贵党"，可不是缺乏认识吗？目前小林每月一份思想汇报，着重谈的都是对"贵党"的认识。

小林幡然悔悟得太晚了。到单位三年，才知道该改掉自己的孩子脾气。而且悔悟还不是自身的反省，是外界对他的强迫改造，这也成了他想入党而屡屡谈不清楚的问题。大家一块儿大学毕业，分到不同单位，三年下来，别人有的入了党，他没入；评职务，别人有的当了副主任科员，有的当了主任科员，而小林还是一个大头兵。再在一起聚会，相互心里就有些不自在了，玩笑开不起来了，都不孩子气了。住房子，别人有的住了两居室，有的住了一居室，而小林因为职务低，结婚后只能和另外一家合居一套房子——不要提合居，一提合居小林就发急。所谓"合居"，是两个新婚的人家，合居在一套两居室里，一家住一间，客厅、厨房、厕所大家公用。刚开始结婚小林没在乎，夫妻有个住的地方就可以，后来合居时间一长，小林觉得合居真是法西斯。两家常常为公用的空间发生冲突。一个厨房，到了下班时间，大家肚子都饿，谁先做饭谁后做饭？一个客厅，谁摆东西，谁不摆东西？一个厕所，你也用我也用，谁来打扫？脏纸篓由谁来倒？一开始大家没什么，相互谦让，时间一长大家整天在一起，就相互不耐烦。两个男的还好说，但两个男的老婆是女的，这比较麻烦。一次冲突起来，就开始相互不容忍，相互见面就气鼓鼓的。最后弄得四个人一回去就不愉快，吃饭不愉快，睡觉也不愉快，渐渐生理失调，大家神经更加不耐烦。隔三岔五，总要由不起眼的小事发生一场或明或暗的冲突。

与小林夫妇合居的一家，那女的还特别不是东西，长了个发面窝窝白毛脸，泼得要命，得理不让人。两家的蜂窝煤在一个厨房放着，一次小林爱人夹煤，无意中夹错一个，将人家的煤夹到了自己炉子里。谁知人家的煤是有数的，发面窝窝一数，便大骂有贼，丢了东西，还把小林晾到阳台上的西装外套，故意丢到楼下一洼泥水里。

还有厕所，一开始规定两家轮流值班，后来乱了套。两个女的都有月经期,一个女的扔到厕所的月经纸,另一家就不愿打扫。时间一长,厕所的脏纸堆成了山。马桶也没人刷,马桶胶盖上常溅些尿渍。一次小林说:

"算了算了,打扫一次厕所累不死人,他们不打扫,我去打扫!"

谁知老婆不依,拉住小林的衣脖领不让去:

"你不能去,咱们得争这口气,看怕那泼妇不成!"

时间一长,厕所更脏。一次下水道堵塞,屎尿涌出,流了一地。但大家仍赌气都不去打扫,任它流了三天。

但这还只是麻烦的开始。去年四月,小林夫妇避孕失败,怀了孩子,今年二月生下来,更加麻烦。妻子生了孩子,小林将母亲从乡下接来照顾,准备让老人家睡到过厅里。但睡了一晚,对方就明确找他谈,说那里是公用地方,不能独家睡人。人家说得有理,小林只好让母亲睡到自己屋子里。婆媳睡到一个屋里,时间一长又容易起另一种矛盾。对方那女的不会生孩子,对孩子的哭声特别讨厌。孩子夜里一哭,她就在那间房子里大声放录音机。孩子一听声音,更加不睡,弄得小林夫妇和他母亲很苦,半夜半夜地抱孩子在屋里走。小林爱人说:

"那人不是人,是野兽!"

人也好,野兽也好,你还得与他们同居一室。小林常常说：

"什么时候自家有一个独立的房子就好了，哪怕只一间！"

而独立有房，必须主任科员才可以。你在单位吊儿郎当，什么都不在乎，人家怎么提你当主任科员？没有主任科员，人家怎么会分给你房子？

还有物价。×他姥姥，不知怎么搞的，这物价一个劲儿往上涨。小林的科员工资，加上老婆的科员工资，养活一家四口人根本不够——不够维持生计。一家人不敢吃肉，不敢吃鱼，只敢买处理柿子椒和大白菜。过去独身时，花钱不在乎，现在随着一帮市民老太太排队买处理菜，脸上真有些发烧啊！还有，你吃处理菜或不吃菜都可以，孩子呢？总不能不吃奶、不吃鸡蛋、不吃肉末吧？一次老婆下班回来，抱着孩子就哭，小林问哭什么，老婆说，单位的人谈起来，人家孩子都吃虾，我们对不起孩子，明天就是把毛衣卖了，也得给孩子买一坨虾吃吃；看孩子这小头发黄的，头上净是疙瘩，不是缺钙是什么？……小林当时也落泪了，哭着说对不起妻子和孩子，怪自己工资太低。而工资要提高，就得在单位提级。而要提级，不在乎是不行的。

钱、房子、吃饭、睡觉、撒尿拉屎，一切的一切，都指望小林在单位混得如何。这是不能不在意的。你不在意可以，但你总得对得起孩子老婆，总得养活老婆孩子吧！后来小林上班常常发愣，盯着老何看。他从瘦瘦的脸上毫无油水和光彩的老何身上，看到了自己的影子。如果自己像老何那样，快到五十岁了，仍然是科员，领那样的工资，住那样的房子，怎么向老婆孩子交代？于是觉得身上冷飕飕的。人家会问：

"你这几十年是怎么混的！"

从此小林像换了一个人。上班准时，不再穿拖鞋，穿平底布鞋，不与人开玩笑，积极打扫卫生，打开水，尊敬老同志；单位分梨时，主动抬梨、分梨，别人吃完梨他收拾梨皮，单位会餐，主动收拾桌子。大家的看法很有意思，过去小林不在乎、吊儿郎当时，大家认为他应该吊儿郎当，不扫地、不打开水、不收拾桌子是应该的；现在他积极干这些，久而久之，大家认为他干这些也是应该的。有时屋子里偶尔有些不干净，暖壶没有水，大家还说：

"小林是怎么搞的！"

小林除了工作积极，政治上也开始追求进步，给女老乔写入党申请书，一月再写一次思想汇报。还得经常找女老乔、老张、老何几个党员谈心。渐渐小林有这样一个体会，世界说起来很大，中国人说起来很多，但每个人迫切要处理和对付的，其实就身边周围那么几个人，相互琢磨的也就那么几个人。任何人都不例外，具体到单位，部长是那样，局长是那样，处长是那样，他小林也是那样。你雄心再大，你一点雄心没有，都是那样。小林要想混上去，混个人样，混个副主任科员、主任科员、副处长、处长、副局长……就得从打扫卫生、打开水、收拾梨皮开始。而入党也和收拾梨皮一样，是混上去的必要条件，或者说是开始。你不入"贵党"，连党员都不是，怎么能当副处长呢？而要入党，就得写入党申请书，就得写思想汇报，重新检查自己为什么以前说党是"贵党"而现在为什么又不是"贵党"而成了自己要追求的党！谈清楚吧，小林，否则你就入不了党，你就不能混好，不能混上去，不能痛快地吃饭、睡觉、拉屎撒尿！

你还不能太天真。你真以为写好申请书写好思想汇报谈清"贵党"就可以入党了？错了，这只是万里长征的第一步。以后更重要的步子，是得和党员搞好关系。没有铁哥们儿在党内替你顶着，入张三是入，入李四是入，为什么非让你小林入？譬如，这办公室女老乔是党小组组长，你就得和女老乔搞好关系。从个人感情讲，小林最讨厌女老乔。女老乔五十出头，快退休了，嘴唠叨不说，身上还带着狐臭，过去小林刚来单位对一切不在乎时曾说：

"单位应该规定，有狐臭者不准上班，不然影响一屋人情绪！"

这话传到女老乔耳朵里，女老乔曾找老张哭诉一次，说新来的大学生对她进行人身攻击。现在你要入党，就得重新认识女老乔及她的狐臭，夏天也不能嫌女老乔狐臭，得一月一次挨着她的身子与她汇报谈心。

光汇报谈心还是不够的，总得在一定时候做些特别的表示，人家才会给你特别出力。一次大学的同学又聚在一起，谈一个话题，说与各级官员睡过觉的未婚女青年到底有多少。

所以，五月二日这天，单位仍然放假，小林坐地铁到女老乔家拜访去了。去时带了两袋果脯和一瓶香油（母亲从老家带来的），一袋核桃（孩子满月时同学送的），几瓶冷饮。老婆一开始不同意，说你怎么能这样，小孩子下月订牛奶还没有钱。小林给老婆解释，现在小孩没钱订奶去看人，是为了小孩以后更好地吃牛奶。扯半天，小林都有些急了，说老婆"目光短浅"，是"农民意识"，老婆才放他走。到女老乔家里，小林坐了半个小时，吃了两只苹果，得到一个信息，说这一段小林表现不错，小组已经讨论了他的入党问题，横竖就是上半年。女老乔又说，快退休了，总得给同志们办些好事。出了女老乔家的门，小林很高兴。女老乔送了他一段，他挨着女老乔走，也不觉她身上有狐臭。告别女老乔坐地铁，在地铁又巧遇同办公室的女小彭。女小彭问他哪里去了，他说去参加一个同学的婚礼。花枝招展的女小彭，这时告诉他一个信息,说节后单位要搞民意测验,看谁当他们的处长副处长合适。小林心里说:不管谁当,反正现在轮不到我;我抓紧的是先入党。车到崇文门,他跟女小彭说声"明天单位见",下了地铁,上地面换公共汽车。出了地铁,阳光太强,他一下迷失了方向,费了半天劲,才找到9路车站牌子。

· 五 ·

节后上班,果然办公室搞民意测验,看这办公室谁当处长、副处长合适。测验时,组织处来了两个人,发给每人一张纸条,让在上边写名字。并说,人选不一定局限在本办公室,别的处室,也可以选。说是民意测验,其实也就几个"民":老何、女老乔、女小彭和小林。老孙属于回避对象,不在办公室。组织处的人说:

"写吧,背靠背,不要有什么思想压力!"

老孙一个人在走廊里走,想着屋里的情景,心里像小猫乱抓,乱糟糟的。他知道单位要搞民意测验,但没想到这么快,一过五一就搞,让人措手不及,没个活动的余地。他以为这又是老张出的主意,心里十分窝火,骂老张真不是东西,一条活路也不给人留。原来老张在处里时,他是与老张有些矛盾，但现在你副局长都当上了，何必还念念不忘，苦害这些弟兄呢？其实这次是老孙错怪了老张。搞民意测验是老张提出来的不错，但动作这么快，却不怪老张，是组织处自己搞的。原来组织处也没想这么快，准备搁到五月底，但处长在四月三十日那天犯了痔疮，联系好医院近期要动手术，动手术要住一段院，故处长想在动手术之前，把处里的事情清理清理，民意测验就这么提前了。但老孙不知道"痔疮"情况，仍把账记到了老张头上。岂不知这些天老张正为自己当了副局长精神愉快，根本不会管其他乱七八糟的事，去苦害别人。

但不管怎么说，这事情给老孙弄了个措手不及。原来老孙准备和老何联合起来，五一后分别找几个局领导甚至部领导谈谈，让取消这次民意测验，现在看做这项工作是怎么也来不及了。老孙退而求其次，五月一日上午听到消息，下午找到牛街老何家，讲了这么一个消息，然后说既然找局领导部领导来不及，只好找被测验的人了。于是分了一下工，老孙负责找女老乔，老何负责找女小彭和小林，对他们晓以大义，关键时候要对同志负责，不能不负责任地乱填。在这件事情上，老何一开始有些犹豫，后来是准备跟着老孙干一场的。因为他回家跟老婆一说，老婆十分支持，并说老孙拉他干这事，证明老孙看得起他。不过老孙到他家一说情况发生变化又这么复杂，老何脑筋又有些发蒙。后来经老孙又开导一通，老何才又重新鼓起了劲头。当天晚上，老何便去到女小彭家里找女小彭（按老孙的交代，去女小彭家还不能让老张看见，他们住一栋宿舍楼），今天一上班，老何又赶忙拉小林下去"通气"。"通"了半天，耽误到食堂打早饭，老何仍没有将事情向小林"通"清楚。小林只是含含糊糊听出，他入党的问题已经快了（这消息昨天已从女老乔那里得知），接着又说处里谁当领导待会儿就要搞民意测验，届时要注意。注意什么，老何并没有说清楚。虽然老何没有说清楚，但等到组织处来办公室搞测验时，小林毫不犹豫地在纸条上写上了"处长老孙，副处长老何"的字样。写老孙、老何并不是小林弄懂了老何的意思或他对老孙、老何有什么好感，而是因为他听说自己快要入党，不愿意本办公室的党组织发生变动，不愿意再从外边来一个什么人。组织结构一变动，有时会带来一个人命运的变动，这一点小林终于明白了。

等大家填完纸条，组织处的人就带了回去。女老乔又找小林下去"通气"，问：

"你填的谁？"

小林这时学聪明了，反问："乔大姐，您填的谁？"

女老乔撇撇嘴说："有人亲自找我，想让我填他，我偏偏不填他！我填的全是两个外边的！"

小林说："我填的也是外边的！"

女老乔很高兴,说:"就是这样,就是这样。"

回到办公室,女老乔又找女小彭"通气",谁知女小彭还记着以前跟女老乔的矛盾,不吃女老乔那一套,一边对着镜子抹口红,一边大声说:

"我爱填谁填谁,组织处不是说保密吗!"

女老乔吃了一憋,脸通红,自找台阶说:

"我不就问了一句吗?"

然后,老孙找老何"通气",老何又找小林"通气",老孙又找女小彭"通气",女小彭又找小林"通气"等。

终于,在三天以后,老孙从组织处一个同乡那里,打听到了测验结果,兴奋地找老何"通气":

"不错,不错,老何!结果不错。除了一个女老乔,其他人表现都不错!"

老何听了也很高兴,说:"不错,不错。"又说:

"小林这小伙子真不错,一点就破,不背后搞小动作。虽然刚分来时浪荡一些,这一段表现不错。怎么样老孙,下次组织发展,给他解决了算了。"

老孙连连点头,说:

"可以,把他解决了。"

老孙又说:"咱们再分头到局里、部里活动活动。现在看形势不错,障碍就剩一个老张了!"

老何说:"只要部里、局里其他领导没意见,群众又有基础,一个老张,也不见得就能把谁置于死地!"

老孙说:"就是,他无非是蚍蜉撼树!"

说罢"蚍蜉撼树"一个星期,局办公室来人说,近日局里张副局长要出差到包头,请处里派两个随行人员。老孙接到通知心里就不自在,你升官晋级没想到处里的同志,现在出差受累找随行人员,又想到了处里。什么随行人员?还不是去提提包、拉拉车门、买买车票、管管住宿发票一类事?但这事表面上又不好违抗,便决定要女老乔与小林去。可临到出差前一天,老孙又改变了主意,撤下女老乔,换成了他自己。他思想经过激烈斗争,决定还是不能跟老张置气。置气弄僵了,虽出了气,但自己肯定还会继续受损害,不算高明。高明的办法还是如何化敌为友,将消极因素变成积极因素。所以他决定亲自跟老张出差,利用这次机会,将以前的矛盾给清除了。如能清除更好,清除不了,也不致受大的损害。

于是老张、老孙和小林,一起坐火车到包头出差去了。不过火车上三个人并没有睡在一起。老张提了副局长,就有资格在软卧车厢;老孙和小林坐硬卧,车站给了一个上铺一个下铺,小林睡上铺,中间隔一个人,老孙睡下铺。

火车一开动,老孙交代小林在车内看好东西,就去软卧找老张,变消极为积极。

其实老孙和老张的矛盾也没有什么。两人一块儿到单位,一块儿睡集体宿舍,后来一直在一个处工作。那时两个人关系不错,无话不谈。当时处里有一个老处长,多病,常常不上班,老孙对老张说:

"不能上班就算了,别占着茅坑不拉屎!"

这话不知怎么传到了老处长耳朵里,老处长从此对老孙恨得要死。老孙怀疑这话是老张告诉了老处长,两个人谈话,别人怎么会传出去?但这事又不好调查,只是从心里觉得老张这人不怎么样,出卖同志。后来老处长退位,新处长就换了老张,虽然后来老孙也当了副处长,但两人内心深处便有了隔阂。老孙觉得老张人品不好,老张觉得老孙斤斤计较。加上两人初结婚时两家在一个房子里合居过,两人的老婆因为打扫厕所吵过架,所以两人之间的疙瘩越结越深。无奈人家老张官越升越大,自己总在人家管辖之下,虽然他人品不好,还得"在人房檐下,不得不低头",事隔这么多年,还得主动去找人家和解,去化消极为积极。老孙感慨地想:做个人真是不容易啊!

找着老张的软卧房间,老孙敲了敲门,老张拉开门见是老孙,倒笑容满面地招呼:

"快进,快进!"又拍拍床铺,"坐下。"

老孙坐下,老张便端一听饮料给他,又说:

"跟我出差,随便派个人算了,你还亲自来!"

老孙说:"老领导出差,我不跟来像话?"

老张说:"老孙,你别跟我'领导''领导'的,咱们可对办公桌坐过十几年!"

老孙笑着说:"那好,老张出差,我愿跟着,还不行吗?"

老张哈哈笑了。

笑完,两人便觉得很窘,没有说话。其实老张一见跟他出差的是老孙,心里很不舒服。过去一同来到单位,一起在一个办公室工作,后来虽然有了分别,但毕竟是一块儿来的,带个这样的随从,就无法从容地指派他干这干那,从工作考虑,这是不利于工作的。何况两人有过种种摆不上桌面的矛盾。但正因为有矛盾,老张便不好辞退他,这世界上的事情也是荒唐。老张知道,老孙念念不忘当年他到老处长那里汇报他。其实老孙不知道老张的苦处,老张并没有汇报老孙,只是在自己老婆面前,说过老孙说老处长如何如何。后来老张老婆与老孙老婆吵架,老张老婆一气之下,在一次和老张去医院看望老处长时把这话给说了。当时出医院老张还骂了老婆,怪她出卖朋友。可这事情里边的旮旮旯旯,又如何向朋友解释?所以老张既无法解释,反过来就怪老孙太小心眼,记住一件事情不放,不是个男子汉做领导的材料。他倒渐渐也看不起老孙。

两人就这样对坐在软卧,车过南口,还没有话说。最后还是老孙打破僵局，问起了老张的孩子。老张如释重担，舒了一口气，也问起老孙的孩子。谈了阵孩子，老孙突然说：

"老张我早就想给你说一句话！"

老张吃了一惊，支起耳朵严肃起来："你说，你说。"

老孙说："我早就想给你做检讨，当年咱俩一块儿到单位，你对我一直很关心，像个老大哥似的，后来只怪我不懂事，做了些不恰当的事……"

老张听了这话，忽然感动起来，说："老孙，看你说哪儿去了，不要那样说，应该说，咱们关系还是一直不错！"

老孙说："老张，我还得请求你原谅我！"

老张说："老孙，可不要这样说，咱们是同志，是不错的同志。"

老孙说："老张，不管以前我做得怎样不对，以后你说哪我做到哪，就是前边是个坑，你老领导说句话，我就先跳进去再说！"

老张说："老孙，不要这样说，也不要'领导'不'领导'的，其实这个领导我来当也不合适。我内心总想，虽然党信任我让我干这个差使，但从心里，咱还得按普通一员要求自己。"

老孙说："可不，全单位都有反映，说老张当了副局长，上班还骑自行车。"

老张说:"我那是锻炼身体,看这脖子!"

如此,两人说得很热烈,一直到服务员请到餐车吃饭。到了餐车,你要掏钱,我也要掏钱,互握住对方伸到口袋里的手,弄得两人都挺激动。这时两人倒像回到了当年一同来到单位一同睡集体宿舍的时候。

可等吃过饭,双方都回到各自的车厢里,冷静下来,双方又都觉得刚才像一场表演,内心深处的东西,一点没有交流。老孙回到硬卧车厢,渐渐觉得自己除了赔了一顿饭钱,什么都没谈;老张回到软卧车厢,躺在软铺上,渐渐觉得刚才的举动有些荒唐,有些失雅,于是便有些懊恼,竟禁不住骂了一句:

"这老孙,又他妈的想往我眼里揉沙子!"

但两人都忘了一点,他们吃饭时,把小林给落下了。不过小林虽然别人把他忘了,他自己也没饿着,他还怕两位领导请他去餐车,他已经先在茶缸里泡了一包方便面吃了。方便面是老婆给他预备的。他想将出差的旅途补助给省下来,好下一月给孩子订牛奶。那是一个女孩,快三个月了。女儿,上个月苦了你了!他吃着方便面,在心里说。但又想到这次领导挑自己跟着出差,证明领导信任自己,证明前程有了光明,心里又有了安慰。

差出了两个礼拜,老张、老孙、小林就从包头回来了。

· 六 ·

办公室的女老乔，今年五十四岁，再有一年就该退休了。女老乔这人在子宫出毛病之前，态度比较温和，为人也不错。但她有这样一个毛病，有事没事，爱乱翻别人的抽屉。别人问她："为什么翻人家的抽屉？"

答："看看有无我的东西。"

久而久之，大家知道女老乔这个毛病，都把能锁上的抽屉全锁上，剩下不能锁的抽屉扔些无关紧要的东西，任她翻。

但女老乔不敢翻女小彭的抽屉。女小彭这人虽然头脑简单，但头脑也容易发热。容易发热的人不好对付。用女老乔的话讲，女小彭是个既无追求又无事业心的人，纯粹一个家庭妇女。你看，她既不要求入党，又不要求进步，是个破罐子破摔的人，无人能奈何她。而女老乔最讨厌世界上可以存在不讲秩序、无可奈何他的人，所以见了女小彭就气不打一处来。但又害怕她的头脑发热。所以两个人像狗狼相见一样，两害怕。但一遇到事情，能扑到对方脚下咬一口，就咬一口。五一节前办公室分梨，两人就产生一些小疙瘩。不过产生疙瘩后女小彭不在乎，女老乔在乎，常常独自生气，见了女小彭就更加别扭。

老张、老孙、小林出差回来，照常上班。小林随老张、老孙出差时，女小彭曾让他从包头捎回来一双狗皮袜子。到包头以后，小林倒是在商店里见到一些狗皮袜子。但来时女小彭没有给小林钱，小林就在袜子跟前犯了犹豫。自己给老婆都舍不得买这袜子，何必给别人买？女小彭连个党员都不是，自己也从她那里得不到什么好处。所以就没有给女小彭买。可等出差结束，一登上返回的列车，小林又有些后悔。一个办公室坐着，人家让捎双狗皮袜子，自己都没有捎，让人家看着自己多么小气！越想越后悔，后悔不该在包头不给女小彭买袜子。后来车停在下花园，有农民在火车站卖蝈蝈，五毛钱一个，还带一个高粱篾子编织的蝈蝈笼子，不贵。小林给女儿买了一个。后来灵机一动，为了补偿女小彭，也给女小彭买了一个。但他担心女小彭不喜欢蝈蝈，会为不给她捎袜子生气。谁知女小彭见了蝈蝈比见狗皮袜子还高兴，兴奋地跳跃，扔下化妆盒来抢蝈蝈，然后转着圈子在屋里逗蝈蝈，用手指头触它的须，还掐老张留下的花骨朵喂它。还对小林说了一句：

"小林，你真好！"

女小彭高兴，惹恼了在一旁冷坐的女老乔。正巧女小彭跳跃时碰倒了女老乔的废纸篓，废纸撒了一地，而女小彭又没有帮女老乔去收拾，女老乔更气，一边自己收拾废纸，一边把篓子摔摔打打的。但她又不好因为这事对女小彭发作，女小彭也不把女老乔的摔打当回事，女老乔只好对着女小彭的背狠狠瞪了几眼。因为女小彭的蝈蝈及欢乐是小林带来的，所以女老乔对小林也产生了不满。后来女小彭上厕所，蝈蝈仍在办公室唱歌，女老乔气鼓鼓走到老孙面前：

"老孙，你管不管吧，办公室都快成动物园了！"

老孙正兀自坐在那里抽烟，在想自己的心思，见女老乔来打岔，就有些不满，何况他平时也对女老乔看不起，就摆摆手说：

"算了算了，不必夸大事实，一只小昆虫，何必说成动物园。"

女老乔碰了壁，心中更气，回来就对小林发作：

"小林，以后上班就上班，别吊儿郎当的，往办公室带动物！"

小林对女老乔不敢得罪，她是党小组组长。只好脸一红，喃喃地说：

"下次不这样，下次。"

女老乔心中的怒气稍稍消了一些。

如果事情到了这一地步，似乎也就算完了，过几天大家就把这事给忘了。偏偏中午又出了岔子。中午吃饭时，屋里就剩下女老乔、女小彭和小林。女小彭也是一片好意，也是为了报答蝈蝈的情谊，边用小勺往嘴里送饭，边对小林说：

"小林，恭喜你啊！"

小林愣住："我有什么喜？"

女小彭往前伸了一个头，低声说："你们出差期间，老何跟我'通气'，他说，他跟老孙商量了，准备让你入党……"

这消息对于小林已不算消息，他早从女老乔那里听说了，出差期间老孙也给他"通"了气，现在女小彭又说，更加证实是真实的。小林心里当然高兴。但办公室还坐着一个女老乔，女小彭来"通"这气，考虑到各种复杂微妙的关系，小林就怪女小彭不加考虑，忙给女小彭使眼色，用嘴角向女老乔方向努了努。但女小彭并不理解小林的意思，倒理解成让自己注意女老乔——于是，女小彭做出一点不在乎女老乔的神情，更加大声地说：

"老何说，还让我向你学习呢！"接着又哈哈大笑，"可我入不了党，看谁把持着党的大门呢！"

果然，女小彭的话，又激怒了女老乔。女老乔看女小彭得意忘形的样子，心中发气：你女小彭连党员都不是，有什么资格管入党的事呢?小林入不入党,还用得着你"通气"?接着由对女小彭生气,又转移到小林头上:你小林正在积极入党,不埋头好好工作,尽干些拉帮结伙的事,和女小彭挂上了,给她带蝈蝈,跟她"通气";还背着我跟老何挂上了,让他们发展你入党。有别人管你入党,就用不着我了,就和女小彭串通起来气我。好,我看你依靠别人,能顺利入得上党!这小子表面老实,背地倒那么多花花肠子,五一节还巴巴结结给我送礼,现在跟领导出一趟差,攀上了高枝,就把我老乔给甩了。我是党小组组长,看你能逃过这一关不成!女老乔自己在那里边想边生气。后来女小彭出去解手,女老乔无意中犯了老毛病,就报复性地去女小彭座位坐下,去翻她的抽屉。正翻着,女小彭进来,原来她不是解大手,是解小手,提前回来,看到女老乔在翻自己的抽屉,大怒:

"住手,老乔!不准乱翻我的抽屉!"

其实女老乔翻女小彭的抽屉是无意的。现在经女小彭一声当头断喝,才明白自己在翻女小彭的抽屉,一时怔在那里,竟答不出话来。

女小彭站到女老乔面前,得理不让人地训斥,也是对刚才事件的报复:

"你翻什么,你翻什么,我问你翻什么?你脑子发昏了是不是?那么大年纪了,怎么不长点出息,怎么爱偷偷摸摸翻人家的东西!"

女老乔仍张口说不出话。这时老孙、老何都回到办公室,和小林一起去劝解。女老乔仰脸看了一圈众人,突然也发怒了,那怒似乎是对着众人:

"你们有什么了不起!"接着站起身,一脚踢翻自己的废纸篓,双手捂脸哭着出去了。

女老乔哭了,女小彭笑了。笑得咯咯地,说:

"看她以后再翻人家的抽屉!"

老孙仍在想自己的心思,不知哪点又让他不顺气,皱着眉头敲了敲桌子:

"算了小彭,看办公室成了什么样子!"

老何新换了一架金属框眼镜,不时拿下来用衣襟擦。这时也擦着眼镜说:

"算了算了,老乔这段身体不太好,大家要体谅她!"

小林没有说话。他知道,今天女小彭跟女老乔冲突,不是好事,对女小彭没什么,但最后结果不能不落到自己头上,女老乔会对自己生气。因为今天这场冲突,多多少少是因为自己引起的。下午见女老乔回到办公室,两眼红得像两颗桃,手又捂着肚子(说不定子宫毛病又犯了),心中更加不安,一边埋怨女小彭这女人太冒失,一边就想找机会安慰女老乔,以弥补今天的损失。可办公室坐满了人,女老乔又铁坐在那里，不出去解手，小林也找不到机会。后来好不容易下班了，小林便紧走几步，与女老乔一起去坐班车。看看前后无人，便紧挨着女老乔的身说：

"乔大姐，不要紧吧？"

刚说完这句话，小林又后悔这句话说得不得体，什么"不要紧"？是说身体（子宫出毛病）"不要紧"，还是说受了女小彭欺负"不要紧"？果然，女老乔没领他这个情，倒回头狠狠瞪了小林一眼：

"告诉你小林，你以后少挨我！小小年纪，怎么学得这么两面派！"

小林怔在那里，半天回不过味来。等回过味来，女老乔早不见了。小林只好叹息一声，沮丧地一个人下楼去。这时他伤感地想，他怎么和这么几个凑到一个单位！当初毕业分配，如果分到别的部局，就一辈子见不着这些鬼男女，就是分到了这个局，如分到别的办公室，也见不到这些鬼男女。可偏偏就分到这个办公室。回头又一想，如果分别的单位别的办公室，天下老鸦一般黑，又能好到哪里去？边想边叹息，回到家里。

回到家里也不轻松。宿舍下水道又堵塞了，合居的那一家女的在另一间屋里发脾气，他这边屋子，女儿噢噢在哭，母亲患了感冒，妻子坐在床边落泪。小林想：

"娘啊，这日子啥时能熬出头呢？"

· 七 ·

副局长老张上班开始不骑自行车了。每天开始"伏尔加"接送。应当指出的是,坐小车上班不是他的本意。从他的本意,他仍想骑车上下班,锻炼一下身体。看看自己这猪脖子,不锻炼哪行啊!所以从外地出差回来,仍骑车上下班。但行政处的处长来找他,斜欠着身子坐在沙发上,说:

"张局长,我想跟您请示一个事!"

老张说:"老崔,不要说请示,你说,你说。"

老崔:"以后您上下班不要骑自行车了,车已经给您安排好了!"

老张摆摆手:"不要安排车,不要安排车,我爱骑自行车,锻炼身体!"

老崔不再说话,斜着坐在那里,很为难的样子。

老张有些奇怪:"怎么了老崔?"

老崔将烟头捻灭,为难地说:"老张,本来这话不该我说,您不要骑自行车了,咱单位又不是没车。别的局长副局长上下班都是车接,您想,您要老骑自行车,别的局长……"

老张猛拍一下脑袋,恍然大悟过来。可不,自己刚当局领导,考虑问题还是太简单!自己光考虑锻炼身体,骑自行车,不坐小车,就在别的局长副局长面前,摆了另外一个样子。这时自己倒没什么,对别的局长副局长,可不就有了影响。多亏老崔提醒,不然时间一长自己还浑然不觉,说不定人家就有意见,说自己假充样子,给别人难堪。刚当领导,考虑事情还是不周全。多亏老崔提醒。多亏老崔提醒。于是有些感激地对老崔说:

"那好老崔,从明天开始,我听你的!"

老崔马上高兴起来,站起来说:

"还是张局长痛快,让我们下边好做工作。"

老张忙着给老崔让了一支烟。老崔接过烟点着,乐哈哈地走了。

从五月二十五号这天,老张上下班开始车接车送。一开始老张有些不习惯,认为不如骑自行车随便,想快快,想慢慢,这小车呼一下就过去。但时间一长就习惯了,觉得坐小车也不错,看看路上的行人,看看等公共汽车拥挤不堪的男女,觉得还是比骑车强。一次小车开到他家家属楼下,再也发动不着,他只好又骑车上班,倒又觉得骑车不习惯,路途好远。就这样,老张开始坐车。单位有些人一开始有些议论:"老张一当局长,也'呼啦'一下坐车了!"议论一阵,也就不议论了,开始习以为常,认为他该坐车。只是苦了老张的脖子,在下边老耷拉一块肉,无法再骑车锻炼。老张只好买个哑铃,搁在办公室,每天来到这里举一下。举得通身大汗,效果也不错。老张的老婆不是东西。见老张有了专车,她单位正好在路途中间,就总想蹭老张的小车坐坐。但老张在这一点上是清楚的,就给老婆解释,那车是单位配给他坐的,是为了工作上的方便,家属不要随便搭车,否则同志们会有意见。老婆有些不满意,嘟嘟囔囔的,但老张就是不让她坐。除了两次下雨,实在没办法,老张征求司机意见:

"小宋,你看今天下雨,让老胡搭一段车怎么样?"

司机倒爽快,还为老张征求他意见感动,一挥手:

"上车!"

老张坐车的消息传到办公室,大家都说:

"原来老张当了副局长骑车上班,也就是做做样子啊!"

也有的说:

"当了局长,就该坐车,不坐白不坐!"

一片议论声中,唯独老孙没有参加,兀自在那里抽自己的烟。老孙这一段心情不佳,自己的事情还考虑不完,没有心思管老张坐车不坐车。老孙心情不佳的原因有二:一、上次跟老张一块儿出差,除了一路辛苦,时常主动贴些饭钱,与老张的交流效果不佳。虽然老张也对他有说有笑,但谈话总无法深入到思想深处,去解开那深处的历史的疙瘩。历史遗留问题在行政上可以平反,但思想历史疙瘩,却实在难以解开。这趟差算是白出了。二、上次组织处进行处长副处长民意测验,当时测得很迅速,但测过以后,就石沉大海,杳无音信。老孙到组织处同乡那里打探,明面上的原因是组织处长还没有出院,上次痔疮手术做得没除根,还要重做一次;但更深的原因,同乡就不知道了。同乡只是一个科员,不知道领导层的动向。老孙积多年政治经验得出,提升怕沉闷,各方面一沉闷,杳无音信,就容易出岔子。而一出岔子,事情就难办。他还听到一些谣言,说局里倾向从外边派一个新处长,并具体说是谁是谁,这不等于完了?他将这忧愁告诉老何,老何只会摘下眼镜用衣襟乱擦:

"那怎么办,那怎么办?只好等着了!"

老孙将一腔恼怒发到老何头上。他想,当初结联盟,怎么结上这么个无用的东西?不过他没有将恼怒明发出来,那样太有失风度,也不利于今后的工作开展,只好叹口气说:

"还得多方面做工作呀,总不能束手待毙!"

停了有三天,这天办公室没了别人,老何喜滋滋地来到老孙办公桌:

"老孙,告诉你一个好消息!"

老孙看老何那样子,也心头一动,忙将烟卷从嘴上拿下:

"什么消息,什么消息?"

老何仍笑:"你猜!"

老孙以为事情有了眉目,也十分高兴,一般他不与老何猜什么,这时也猜起来:

"组织处有了消息?"

老何摇摇头。

"局里有了消息?"

老何摇摇头。

"部里有了消息?"

老何摇摇头。

老孙说:"我猜不出,那是什么?"

老何说:"我得到一个确切消息,下礼拜天老张搬家!"

老孙一下泄了气,像个瘪了气的皮球,又禁不住对老何生气:

"什么时候了,你还有心思开这种玩笑,这算什么消息!"

老何说:"怎么不算消息?你想,老张搬家,我们组织全处帮他搬家,不是能给他留下一个好印象?"

老孙鄙视地看了老何一眼，禁不住骂道：

"你他妈懂什么！要不说你永远是个科员，拉上你真他妈的倒霉！你以为这是小孩子过家家，你帮他搬家，他就提拔你！要去你去，反正我是不去，老张他算个他妈的什么东西！满脑袋旧观念，农民意识！"

老何遭一顿抢白，灰溜溜地退回到自己的办公桌。这时小林进来，嗅到了屋里的紧张空气，也不知发生了什么事。这些天小林失掉了女老乔，就拼命靠拢老孙与老何，现在见老孙与老何似发生了冲突，心里又有些沮丧。他衷心盼望所有党内的同志都团结起来，不要闹分裂。因为党内一闹分裂，他小林就没戏，平时就白积极，白积极上班，白积极打开水抹大家的桌子，白积极靠拢组织。

果然，到了礼拜天，老张搬家。从原来与女小彭同一座楼的宿舍，搬到局长楼。这次老张接受以前骑自行车的教训，当总务处通知他搬家时，他没故意做任何姿态，痛痛快快答应，然后通知老婆在家收拾东西。

搬家这天，帮忙的人很多。单位出了两辆卡车，总务处雇了三个民工，也有单位里自愿来帮忙的同志。办公室中，小林来了，老何来了。令老何百思不得其解的是，原来老孙对老张那么大开骂口，在家搬了一半的时候，也骑着车子来了。来了以后还笑着打哈哈：

"我来晚了,我来晚了。"

老张忙拍着两手尘土迎出来,又有些感动地说:

"老孙,你还来!处里的同志们来了就算了。"

老孙说:"我不是来帮你搬家,是帮你在新房安排布局。我这人爱摆治房子布局!"

老张哈哈笑了:"好,新房怎么摆听你的,你先坐下抽烟!"

老孙就真的先坐在卡车踏板上抽烟,一边与老张说话,一边看着老何、小林搬东西。

小林是来得最早的一个。来时换了一身破军装。瘦弱的老婆看他换衣服,不由得伤心起来,说:

"小林,你不要去,别老这么低三下四的,我看着你心里难受!"

小林说:"我何尝想帮这些王八蛋搬家?可为了咱们早搬家,就得去给人家搬家!"

小林来到这里以后,是最埋头苦干的一个。一言不发,抬大立柜,搬花盆,抱坛坛罐罐,累得一身汗。老张老婆是个长着蒜鼻头的女人,也过意不去地说:

"歇歇,歇歇,看把这小伙累的!"

由于来了两辆卡车,帮忙搬家的人又多,所以一趟就把东西搬完,拉到了局长楼。来时老张、老孙、老张老婆、老

张女儿坐到了驾驶室,其他人坐在车上。老何跟小林坐在一起,老何说:

"本来今天不想来了,反正在家也没事,就来了。"

小林没有说话。

到了局长楼,开始往上搬东西。老孙不搬,跟老张老婆上去规划屋子。小林随着上去看了看老张的新居。乖乖,五居室,一间连一间,大客厅可以跑马,电话已经装上。有厨房,有厕所,厕所还有个大浴盆,厨房煤气管道,不用再拉蜂窝煤。小林看这房子有些发愁:他们一家三口人,怎么住得过来!还是当局长好。当局长果然不错。小林便觉得这次来帮搬家没有来错。

到了中午,一帮人将东西搬齐,按老孙指挥各方面摆好,果然摆得整齐有序。老张哈哈笑,说老孙真有布置房子的才能。老孙抽着烟说:

"屋里还缺塑料地面,不然摆上更好看。"

这边布置完毕,那边老张女儿已经用煤气做好一桌菜,请大家吃酒。老何拍拍两手尘土说:

"老张可真是,帮搬个家,还做饭。不吃了,不吃了!"

老张上前拦住他:"老何,忙了一上午,不能走,不能走!"推他去洗手。

大家洗了手脸,就在客厅里吃饭。喝了些白酒,喝了些

色酒,还喝了些啤酒。老孙喝得满脸通红,似有些微醉,两眼泪汪汪的。但没有说什么。老张老婆关切地问:

"要不要躺躺老孙?"

老孙说:"不用不用。今天帮大哥搬家,高兴,喝得多些。"

老张说:"没喝多,没喝多。"

饭毕。大家辞行。老张交代司机,让把大家都送回家。老孙是骑自行车来的,就径直骑车先走了。大家走后,老张上厕所,发现小林还待在厕所里。原来小林吃过饭,发现厕所马桶内还有几片黄黄的污碱没有刷净,就没有跟大伙走,自己悄悄留下,来收拾它。他先倒上强硫酸,然后用铁刷来刷,老张上厕所看到这情形,不禁有些感动:

"小林,你怎么还没走,你怎么干这个,快放下,让我来干!"

小林用胳膊袖擦着头上的汗说:

"快完了,快完了,你不用沾手!"

小林将马桶收拾干净,又将刚刚谁扔到便纸篓里的几块脏卫生纸端出去倒掉。从那几块脏纸里,小林发现一块卫生纸条,上边红红的血。看那血的成色,不像是老张老婆的,可能是老张女儿的。但小林没有做过多的联翩浮想,顺着垃圾道就倾了下去。

小林将脏纸篓送回去，老张已经将一盆洗脸水准备好，让他洗手脸。洗过手脸，老张又让他再坐一会儿，亲自给他倒茶，削苹果，剥糖。小林看老张为他忙这忙那，心里也有些激动，说：

"老张，你也挺累的，歇歇吧！"

老张老婆过来说："今天搬家数这小伙子踏实，看给累的！"

老张说："小林不错，小林不错。"老张开始从心眼里以为小林不错。以前在处里时，小林刚分来，吊儿郎当的，老张看不惯他。现在看，小伙子踏实多了。在下楼梯时，老张问这问那，问了小林许多情况。最后又说：

"前几天老孙跟我说了你一些情况，不错嘛，年轻人，就是要追求进步，不能吊儿郎当混日子！"

小林急忙点头。又说：

"老张，以后对我你就像对自己的孩子一样，该说就说！"

老张说："是要说，是要说！我这人就有这个毛病，对越是不错的同志，要求越严格！"

最后两人分手，老张还在后边喊：

"有时间到家来玩！"

小林说："老张，回去吧！"

· 八 ·

女老乔请假不上班了。她向局里告了状，说办公室有人欺负她，这班是无法上了。局里就让人到处里问怎么回事。并说：老同志了，又快退休了，何必欺负她。女老乔一告状，老孙着了急。这一段是关键时期，他就怕这一段办公室出事，组织处在那里盯着呢。这一段空气沉闷，就让老孙心焦，现在女老乔又忙中添乱，老孙恨死了这女人。但老孙表面上还不能发狠，只能笑着给人家解释，没什么大不了的，无非是因为一只蝈蝈，因为翻抽屉，同志个人之间有些矛盾，不是什么大不了的事。接着又说，他作为处里的负责人，没有解决好也有责任，现在马上就着手解决，让局里领导放心。

送走来人，老孙气得摔了一只杯子，骂道：

"这个屄婆娘，快回家抱孙子了，还这么乱捅马蜂窝，出门汽车怎么不轧死她!"

又对女小彭发怒：

"那个烂婆娘，你理她干什么！"

谁知女小彭说："她不上班正好，办公室清静！"

"清静！"

老孙发怒以后，当天下午，就骑自行车到女老乔家里去，和颜悦色请她回去上班。

女老乔正在家和小保姆置气。这两天女老乔情绪不好，家里小保姆也倒了霉。女老乔数了数家里的鸡蛋，正好少了一个，抓住罪证，就惩罚小保姆马不停蹄地干活。小保姆本来不怕女老乔，但看她这次生气不一般，怕她犯病，因她一犯病就躺在床上不动，让自己捧汤倒水侍候，所以也接受女老乔的支使，女老乔的气才消了一些。

女老乔将老孙领到客厅里，老孙放下公文包说：

"老乔，别生气了，上班去吧。"

老孙一说"别生气了"，女老乔倒又生起气来，说：

"我不上班，那办公室成了动物园，动不动还有人欺负我，我是上不成班了！"

老孙笑着说："算了老乔，老同志了，别跟年轻人生气，明天早上开始上班吧！"

女老乔又说："我看办公室也多我一个，都成了人家的市场，我不上班了，我要向局里反映，提前退休！"

老孙说："不行不行，这样可不行老乔，你不能这样，处里有好多工作还离不开你！"

女老乔听了这话，心中稍有些舒坦，但又故意说：

"处里能人多得很，我有什么离不开的！"

老孙说："写材料搞总结，向各省写公文，还是得老同志！一份公文，代表着一个部，弄错了不是闹着玩的！"

女老乔说："那倒是。上次小彭就写错了，闹了大笑话！老张批评她思路混乱，她还不服气。纯粹一个家庭妇女！"

老孙说："就是放下工作不说，说个人关系，现在老张刚调走，处里就我一个人招呼，你是老同志了，不能给我拆台。事情千头万绪，我一个人能招呼得过来?还得依靠老同志！"

女老乔听到这里，脸上有了笑容。但又说："我去上班可以，但有一个条件！"

老孙抽着烟说："什么条件，你说你说！"

女老乔说："要让我上班，我就仍得把党里的事管起来！"

老孙说："你管你管，你是党小组组长！"

女老乔说："我要管党，咱们上次议论的问题就得重新议论，小林不能让他入党！"

老孙吃了一惊。跟女老乔吵架的是女小彭，现在女老乔却瞄上了小林，老孙弄不懂这曲折的关系。便说：

"老乔，上次跟你吵架的是小彭，小林并没有不尊敬你！"

女老乔又说："我不是从个人角度考虑的！我通过事情看出来，小林这个人是两面派，咱们党里不要这样的人！"

老孙说："他怎么两面派？"

女老乔说："见什么人说什么话，还跟小彭黏黏糊糊的，我最看不上这个，他不能入党！"

老孙叹息："小林也不容易！"

女老乔又生起气来，说：

"如果你们要保他，我就不上班！发展党员总得讲个原则！"

老孙说："好，好，你上班你上班，党里的事可以在小组会上重新议论！"

就这样，第二天女老乔上班。处里又平安无事。女老乔上班以后，果然要召开党小组会。女老乔慷慨激昂的，说了小林一大堆缺点，说得帮助他克服缺点，得延长他的发展日期。老孙坐在那里抽烟不说话，老何虽替小林争了几句，但也不敢得罪女老乔（女老乔一闹不上班，好像大家都欠她什么），于是只好苦了小林，让他的入党日期往后推了推。

第一次斗争胜利，女老乔情绪昂扬起来，每天上班来得很早，工作很积极。有时人变得似乎也开朗了，有说有笑的，与老孙的情绪低沉形成了对比。不过女老乔跟别人有说有笑，甚至还搭讪着要跟女小彭说话，但就是不理小林。小林几次要上前与她搭讪，她都是说：

"各人干好各人的工作，其他都是不管用的！"

给小林碰了个大红脸。

小林已经听说自己入党向后推迟的消息。他万万没有想到，无意中得罪了女老乔后果竟是这么严重。平常的打水扫地收拾梨皮，都算白干了。甚至帮老张搬家也白搬了。有时想起来，小林真想破罐子破摔，那样他就可以拿出以前的大学生脾气，好好将女老乔教训一顿，不气她个半死，起码也让她子宫重新犯病。但回家一看到自己的小女儿，就又把一切都咽了。后来还是老孙看他可怜，给他出主意：

"老张不是对你看法不错，你可以找老张谈谈！"

小林说："老张又不是党小组组长，找他谈有什么用！"

老孙说："我让你找他谈，你就找他谈。你找他谈，管用管用！"

小林就去找老张谈。果然管用，老张连连说：

"老乔这样做不对，哪个同志没有缺点？不能抓住不放！我找她谈，我找她谈。"

老张接着就找女老乔谈，让她端正对小林的认识。女老乔果然听老张的话，说：

"我也是一时生气，老张不要太在意。下次开党小组会，我们再复议一下。"

老张满意地说："这就是了，这就是了。"

女老乔为什么听老张的话？原来女老乔也有心思。女老乔所以闹腾来闹腾去，工作忽冷忽热，一会上班，一会不上班，内心深处是对自己的待遇不满意。工作了一辈子，再有一年就退休了，还是一个一般工作人员，她心里不服气。她倒不是想在这次领导变动中当处长或副处长，她只是想在退休之前，单位能给她明确一个副处级调研员。这样，她退休时面子好看，回家对儿子也有个交代。而副处级调研员，得几个局领导研究，所以她听老张的话。

一招奏效，小林情绪有些高涨。但谁知下次开党小组会，女老乔并没有将小林的事拿出来复议。她又从另一个侧面对小林不满意：他小小年纪忒不老实，竟因为这事背着人跑到局里告她的状，果然不是东西！本来这事情倒可以复议，现在看，就更加不能复议了。所以小林的事就又拖了下来。小林得知以后，情绪又低落下来。虽然仍是该打水打水，该扫地扫地，表面上仍有说有笑，只是内心打不起精神。老何见他说：

"小林，不要打不起精神，像我，可四十五岁才入党！"

小林说："我没有打不起精神！"

但小林却常常一个人在那里苦闷。有时回家还苦闷，夜里失眠，想想这想想那，有天到凌晨五点还睡不着（又不敢翻身，同屋睡着妻子、母亲和小女儿），真是急得两眼冒金星，对女老乔恨得要死。可第二天到单位，仍得强打精神，打水扫地，见了女老乔还得想办法怎样才能跟她搭讪上，解开这疙瘩。

女小彭这几天也情绪不好。她倒不是为了入党，而是向老孙请假，要到石家庄她姑妈家去玩。老孙拉着脸说：

"这个不上班，那个要请假，这还办公不办公了？咱们解散算了！"

女小彭说："别人上班不上班我不管，我要休我每年十二天的假！"

老孙说："七月份休就不行了？七月份你姑妈家就从石家庄搬走了？石家庄我去过，像个大村庄似的，有什么玩的！"

女小彭说："就玩！"

老孙说："我就不准假！"

老孙不准假，女小彭就去不了，所以女小彭情绪不好。整天又见女老乔在办公室趾高气扬的，走来走去，连老孙都让她三分，不由得骂道：

"这老孙也是他妈的老头吃柿子，专拣软的捏！"

老何眼近视，这天正好不小心又碰倒了女小彭桌上的茶杯，茶水流了一桌子，又流了一抽屉，急得女小彭蹦跳，骂老何：

"你眼瞎了!几十年白活了,碰我茶杯!"

老何倒没生气,只是嘿嘿地笑,拿起抹布给女小彭擦桌子和抽屉,甩流到纸张上的水。

女小彭对老何发过脾气,情绪似乎开始好转。该上班上班,该说笑说笑。第二天下午,办公室就剩下女小彭与小林,小林正一个人在那里闷头想心思,女小彭悄悄来到他身边,猛然照他肩上拍了一掌,小林吓了一跳,刚要发急,扭头见是女小彭,也就笑了。女小彭问:

"想什么呢?"

小林忙掩饰说:

"没想什么,没想什么。"

女小彭也没追问,只是说:

"我这里有两张电影票,下午三点半的,你敢跟我去看不敢?"

小林看看办公室已没有别人,说:

"怎么不敢?走,我跟你看去!"

两人收拾东西,便去看电影。临出办公室门,小林又犹豫一下:

"老孙不会再回来了吧?"

女小彭说:"看把你吓的,为入一个党,至于吗!告诉你,他今天去部里听报告,回不来了!"

小林放心了，于是又走。刚要迈出办公室，女老乔从外边回来了。小林又犹豫了。女小彭看到小林一见女老乔又犹豫，心中不禁发火，大声问道：

"小林，这电影你还敢看不敢看？"

小林走也不是，不走也不是，最后看了女老乔一眼，嘴里边说"敢看敢看"，还是跟女小彭走了。

第二天老孙上班，女老乔就找老孙汇报，说，看看，不发展小林入党还是正确的，昨天你一不在，就上班时间拉着女小彭看电影去了，嘴里还说着"敢看敢看"。老孙皱着眉听完，说：

"我知道了，我找小林谈谈！"

然后就找小林谈了谈。小林一边向老孙解释当时情况，一边还说：

"那电影写南线战争的，没意思极了！"

老孙说："不管写南线战争也好，写中法战争也好，下次要注意！特别是在老乔眼皮下怎么能干这事？不知道是什么时候？"

小林边点头说："下次注意，下次注意。"边恨女老乔这人真不是东西，"真不是人×的！"但他又不敢把老孙的谈话告诉女小彭，怕由此又会引起什么新的争端，那样对自己会更加不利。

· 九 ·

老张家在局长楼已经住了一个月了。房子住着倒是蛮舒服的，老婆孩子都满意。但作为老张，出来进去倒是有些别扭。因同楼住的其他局长，过去都是他的上级，出来进去，上来下去老碰面，老张感到有些别扭，还不如住在原来的楼中自在。但时间一长，老张就习惯了。他们是局长，自己也是局长，何必见他们不自在？于是再碰面，别的局长跟他打招呼：

"吃了老张？"

过去他总是脸上堆着笑说：

"您吃了局长？"

现在也随随便便地说：

"吃了老徐？"

上班别人拉车门上轿车走了,他也拉车门上轿车走了。车一前一后地走,他靠在后背上前后打量,也不觉得自己坐轿车多么不自在。倒是其他局长都知道老张是怎么上来的,对他运气这么好有些嫉妒。大家从心里并没有一下子就把他当作局长,可以和自己平起平坐,见他倒先把自己放到平起平坐的位置,心上有些不自在,私下议论,都说老张当副局长以后,有些自大不谦虚。所以有一次他到正局长老熊家串门,说了些别的,老熊又吞吞吐吐对老张说:

"老张啊,刚走上领导岗位,要注意谦虚谨慎!"

老张听了一愣,接着马上点头称是,出了一身汗。但等回到家落了汗,愤愤地骂道:

"别他妈的跟我装孙子!我都当上副局长了,还让我像处长一样谦虚?让我谦虚,你们怎么不谦虚?"

骂了一阵,没把这事放在心上,脱下衣服就躺在老婆身边睡了。第二天早起,见人该怎么打招呼,还怎么打招呼,该怎么碰车,还怎么碰车。时间一长,大家也不好老说他"不谦虚",只好由他去。渐渐也就"老张""老徐"随便了。随便了就习惯了,习惯了也就自然了,自然了也就等于承认了。倒是正局长老熊心里说:

"这他妈老张还真行,别看长了个猪脖子,还真有些特点和个性!"

时间一天一天过去,老张一天一天和别人一样在单位与家之间来来往往。一切都很正常。可到了八月二号,老张出了一件事。这件事出得很偶然。不过这件事对老张影响不好。一开始是小范围知道,后来消息不知怎么传了出去,弄得全局都知道了。

这天小林和往常一样到单位上班。到了办公楼,小林就觉得气氛有些反常,大家出来进去都急匆匆的,脸上都带有一种神秘和兴奋。一开始小林没在意,以为又是单位分梨分鸡,后来扫完办公室的地,拎着暖瓶到水房打水,在水房碰到七处的小胡,小胡神秘地问他:"知道了吗?"

小林说:"知道什么?"

小胡说:"真不知道?老张出了事!都两天了,你呀!"

小林吃了一惊:"老张出事了?出了什么事?"

小胡更加不满意地:"你可真是,老张出了作风问题!"

"啊!"小林更加吃惊,弄得一下子手忙脚乱,瓶塞子一下盖错了位,嘭的一下弹到天花板上。但等小林从地上找到塞子,又重新盖好暖瓶,连连摇头说:"老张出作风问题,不可能,不可能,你别胡说!"

小胡拍着手说:"看看,看看,我就知道你不相信!"

说小林"不相信",小林倒有些犯疑惑,问:

"和谁?"

小胡说:"你猜!"

小林将单位几个风流女人想了,说:

"张小莉?"

小胡摇头。

"王虹?"

小胡摇头。

"孙玉玲?"

小胡摇头。

小林说:"这不结了!我就知道老张不会出事。就是出事,也不会出这事。就是他想出这事,他那个样子,一副猪脖子,谁和他出呢?"

小胡笑眯眯地说:"可就出了呢!我给你缩小一下范围,女的在你们办公室!"

小林又奇怪起来:"我们办公室?和女小彭?"

小胡摇头:"不是。"

小林拍巴掌:"这不结了,别的就没有了,再有就是同性恋!"

小胡咕咕地笑:"你忘了还有一个女的,我告诉你吧,和女老乔!"

小林差一点自己像瓶塞一样弹到天花板上:"和女老乔?这怎么可能!那么大年纪!再说,这怎么能拉在一起,这怎么可能!"

小胡说:"这你就不懂了,年纪大怎么了?年纪大才会玩!知道他们在哪儿干的吗?就在老张的办公室!据说捉住他们的时候,一对老鸽子还在玩花样呢!人到老了才会玩!"

小林蒙在那里。小胡拎着暖瓶一个人走了。走到门口又伸回脑袋:

"再告诉你吧,捉住他们的,还不是别人,是老张的老婆!据说操了好几天心!"

小林继续在那里蒙。娘啊。这是哪跟哪的事呀!这怎么可能!这老张、女老乔,都是一本正经的人啊!平时怎么一点看不出?但接着想了想,这两天女老乔没有来上班,也没讲明什么原因,昨天中午还见老孙、老何在那里兴奋地交头接耳。看他进去,忙不说了,装着说别的事,看来有点像出了事;又想起似乎在办公楼见到老张的老婆,红着眼睛从熊局长办公室走出。当时他还心里纳闷:帮他们搬过家,怎么见面连招呼都不打,怪他们忘恩负义,现在一想,是啦,出了事!娘的,不知不觉中——出了事!

小林一边想,一边摇着头感叹,回到办公室。由于今天不像昨天,老张出了事已不算秘密,大家已没必要像昨天一样相互封锁和防范,所以大家也在办公室公开讨论了。老孙也开朗了,红光满面的,见小林提水回来了,大家也都在,于是像传达中央文件一样，敲敲杯子说：

"上班之前，我说一件事。可能大家没有什么思想准备，也会吃惊，那就吃惊吧！不过吃完惊再一分析，也许就不会吃惊了。我刚一听说也吃惊，后来就不吃惊了！什么事都不是三天两天酝酿起来的，都有一个过程，只是我们平时麻痹大意，对这个过程注意不足。这件事说起来也不大，但也不小，就是从咱们办公室出去的老张，和咱们办公室的老乔，出了作风问题，让人给捉住了！本来这事不该咱管，咱们处不管这事，也没法去管这些乱七八糟的事。捉奸的是老张同志他老婆，他老婆告奸告到局里。也许有的同志要问，这事既然与咱们没关系，上班之前传达它干什么？但我想了想，觉得也有必要，也与咱们工作上有联系，于是给大家说一说。就是老张同志出了问题，组织上已经让他停职检查，他以前不是分管咱们处和六处、七处吗？现在局里通知，六处、七处由徐副局长兼管，咱们处呢，就由熊局长亲自管起来……"

老孙传达完，大家又开始议论。议论起这种事就没个完。小林抽空到楼里转了转，别的处室也同样在议论，而且大家补充了许多细节，老张与女老乔是怎么挂上的，具体干了几次，干这次时的房间里的具体细节，老婆是怎么知道的，这次捉奸是怎么撞开门的，撞开门两个还是光的，老婆不让两人穿衣服，喊来了熊局长，让熊局长开了眼界等等。从上午到下午，从下午到下班，从下班坐班车，一直到班车把各人送到站，大家都在议论这件事，并且每人又把这新闻带回了家，传达给了自己的丈夫或老婆。

其实，老张出事并没有大家说得那么复杂。事情是这样的：这天中午，老张在办公室吃完饭（中午吃的三两大米，一份炒芹菜，一小碟猪肚），剔了剔牙，就要躺到长沙发上困个觉。这时女老乔推门进来，说要找老张汇报工作。老张当时还有些不满意，怪她打扰自己睡午觉。但想起自己已经是副局长了，不能跟下边同志一般见识，就拍了拍沙发，让她坐下。女老乔说是汇报工作，其实是想争取自己副处级调研员的事。说了半天，说请局领导考虑，自己反正是快退休了，找领导也就这么一次。老张想快点把她支走好睡觉，就说：

"好，好，下次局里开会，我帮你提一提！"

老张这么痛快地应承下来，没想到女老乔激动起来，激动得像个少女，一下将手拍在老张的像蛤蟆肚一样的厚手背上，说：

"老张，你到底是咱处出来的！别人都欺负我，唯有你关心我！"

接着就抽抽搭搭有哭起来的意思，还用纱巾擦眼睛。老张见她将手放到自己手背上，心中也有些激动。因为活了五十多年，长了一副猪脖子，世界上除了老婆对他有意思，别的女人没对他有过什么意思。女老乔又一哭,他心中不禁有些骚动,转脸一看,看她哭得像个少女——老张与女老乔前后脚进单位,当初女老乔年轻时,模样还是不错的,比现在的女小彭还好。于是就拍了拍女老乔的肩膀:

"不要哭小乔,不要哭小乔,有我哪!"

老张一说"小乔",女老乔真以为自己是当年的少女——也是一时疏忽大意,就将肩膀靠到了老张的怀里。老张也是一时疏忽,忘记控制自己,就笨拙地在女老乔身上胡乱摸起来——正在这时,老张的老婆推门进来——老张老婆一般从来不到老张单位来,也是合该出事,这天身上不舒服,请假提前回家休息,到家又发现忘了带钥匙,便来找老张,谁知一推门发现老张正干这事,本来身体就不舒服,情绪不好,现在瞧见老张背着她和别的女人在办公室摸摸索索,就醋意大发,当场闹了起来,扯住女老乔扇了两个嘴巴,然后哭哭啼啼跑到隔壁老熊屋子里,让老熊去看看老张在干什么!老张当时给弄蒙了——本来他跟老乔从来都正经,正经了几十年,没想到老了老了,出了问题,所以直到老熊进来,老张的手还没有从女老乔腿裆里抽出来(隔着裤子)。老熊当时就说:

"看看,看看,老张,你成了什么样子!"

镇定下来,女老乔、老婆、老熊都走了,老张一身瘫软,才明白自己今天干了什么。他后悔不已,娘的,狐狸没打着,惹了一身骚不是!他一下午没出办公室门,尿泡都憋疼,也没有出去。第二天就不好再来上班。局里也通知他,让他在家写检查。女老乔也自动不再来上班。老张与女老乔身处两地,冷静下来,都开始后悔,开始相互埋怨对方。女老乔埋怨:

"这个贼老张,原来不安好心,你不该乘人之危!"

老张埋怨:

"这个鸡巴老乔,果然不是东西,她一挑逗不要紧,把我给毁了!"

但老张到底是领导,比女老乔强,女老乔只埋怨老张,好像自己没有一点责任,在家委屈得哭,老张还想:

"当然,老乔不是东西,我也有责任!"

老张一不上班,老张老婆也不上班,用沙发抵住门,不让老张出去,不让他写检查,让他先给自己解释清楚,让他交代一共多少次,和女老乔之前,又有多少个,每个多少次……老张输了理,也不好发脾气,只是一遍遍地说:

"我不是说了,没有真干,要不还不插门!"

老婆哭道:

"我不管你插门不插门,如果没干,她会让你的手摸她那个地方?我还不如抓电或是喝它瓶农药。"

所以老张还得防着,不能让老婆抓电或喝农药。

老张一出事,单位热闹了。原来老张所以能提副局长,是部、局两派斗争的结果，提了他这么个中间派。现在中间派出了毛病，部、局两派又都开始利用此事攻击对方，说老张是对方提的，看提得多么不合适！双方一相互攻击，又都积极起来整治老张，以证明老张不是自己提的。于是部里、局里做出决定，一面让老张在家写检查，一边就停了他的职，一边让组织处重新调查老张，于是组织处就下到老张过去当处长的办公室调查他。

一听说要调查老张，老孙高了兴，高兴得手舞足蹈。连明达夜整理发言，连星期日也没过。他想：

"鸡巴老张，大概没有想到今天，过去你总×我的娘，×了二十多年，现在我好好××你！"

接着又找老何，说：

"老何，组织处让调查老张，你也准备准备！"

老何还有些犹豫："老张以前跟咱们在一块儿，这样做不大合适吧？"

老孙对老何又生了气：

"你也真是太没立场了！以前是在一块儿，可他升副局长以后，给以前在一块儿的同志办了多少好事？不办好事咱不怪他，还净他妈给人垫砖头！你我为什么提不起来？还不是他在那里捣蛋！现在这尊菩萨要倒，你不推，他要再站起来，又没你我的天下。活了几十年，这点道理都不懂……"

经老孙开窍指导,老何明白过来,连连说:

"对,对,老孙,我听你的,整他的材料!过去他在处里,也爱跟七处的王虹嘻嘻哈哈!"

老孙:"这就对了,你再找找小林,让他积极性也高一些!"

老何就去找小林谈。小林本来对这事已不感兴趣了。他看到单位一片混乱,连老张女老乔这样的人都乱搞男女关系,自己还帮他们搬家,找他们汇报思想,五一给他们送礼,整天低三下四看他们的脸色说话,现在他们出了事,让小林怎么办?真感到自己这积极是荒唐,于是决定自己今后破碗破摔,不再积极了。他要恢复自己的本来面目,谁也不怕他孙子。所以这几天他上班来得晚,天天迟到,也不扫地打水了,上班坐一会,又溜出去打乒乓球去了。可因为这几天单位混乱,老孙老何并没有发觉小林反常,拎起水瓶没水,以为是自己喝光了,没有想到是小林没打水。于是老何找小林,让他也揭发老张,当时小林刚打完乒乓球,要穿衣服回家看女儿,就爱搭不理地对老何说:

"你们揭发吧,跟我没关系,我又不是党员!"

老何听这话吃了一惊,但并没有理解小林的意思,而是接上去说:

"小林,怎么跟你没关系?你不是党员,还不是女老乔闹的?现在女老乔倒了,你不是可以入了?这点道理,你怎么不明白呢?"

老何用老孙对自己说的一套,开导小林。

小林一经开导,马上恍然大悟。可不,事情差点让自己给耽误了。老何说得是,过去积极不见成效,就因为女老乔是障碍,现在障碍倒了,自己不是可以过去了?事到如今,自己不该失去信心。如现在失去信心,那真是太傻了,过去几年就白积极了。还是自己一时糊涂,要破碗破摔。太大意太大意,破碗不该这时候摔,还是要积极。于是朝自己脑袋上猛拍一掌,连连对老何说:

"老何,你说得对,我听你的!"

接着就又积极起来,忙扫地;扫完地,又忙去打水。老何跟在他身后说:

"不是让你扫地打水,是让你揭发女老乔和老张!"

小林累得满头大汗,说:

"揭发,揭发!"

第二天,小林准时上班,上班扫完地打完水,开始和办公室其他同志一起,整理老张和女老乔的材料。

女小彭也恨女老乔,她也参加进来。但她革命只革一半,不整老张,老何擦着新眼镜启发她:

"你忘了,老张说过你'思路混乱'!"

女小彭说:"那我也不整老张,我只整老乔。这事肯定不怪老张,只怪女老乔。我早就看她不是东西,老妖精似的!那时她一不上班,老孙还怕她,到她家里请爷爷奶奶一样请她!看看,请出事来了不是!当初要不请她来上班,还出不了这事!要揭,我还揭老孙,老孙对这事也有责任!"

老孙在一边说:"好啦好啦,你爱揭谁揭谁,光揭老乔也可以。"

于是大家分头揭起来。

这天下午,组织处来人,听他们揭发材料。组织处处长痔疮也好了,也来听会。大家发言都很踊跃,组织处很满意。

· 十 ·

女老乔的丈夫到单位来了,来代女老乔办理提前退休手续。据说女老乔在家连续闹了好几天,子宫又犯了毛病。她有气无处撒,就将枪口对准了小保姆。小保姆见她犯病,就提出辞职。女老乔打了她一巴掌,撵了出去。然后女老乔就将枪口对准了丈夫。说出了这么一档子事,你看怎么办吧!是分居,还是离婚,逼丈夫表态。女老乔丈夫是个白白净净的小老头,怕女老乔怕了一辈子,这时心里虽然窝囊,但看老乔要死要活的,逼他表态,他只好硬着头皮一个劲地说:

"老乔,放心,我相信你!"

说"相信"还不成,女老乔又说:

"我今后没法活了,你说怎么办吧!"

丈夫说:"单位不好,咱不去单位,咱提前退休,我去给你办退休手续！"

丈夫来到单位，到组织处办退休手续。办完退休手续，又来办公室搬女老乔的东西。这白净小老头很有意思，他似乎并不为女老乔出了事感到羞愧，来到以后，像到这里联系工作一样，客客气气与每个人点头致意。然后就收拾起女老乔的东西。大家虽然平时都讨厌女老乔，但在前几天揭材料过程中都揭了；现在人家丈夫来了，不能太过不去，都与他客客气气点头，老何小林还过去帮他捆扎东西。唯有女小彭不理睬人家，人家与她点头，她将脸别到了一边。女老乔丈夫走后，大家说女小彭太小气，女小彭说：

"恶心！"

又继续照起了自己的镜子。

老张在家检查十天，又开始重新上班。本来部里局里的意思，老张得再停一段才能上班，上班后的工作要重新考虑，但副局长老徐突然心脏病复发，住院治疗，局里的工作一下顾不过来，便通知老张提前来上班。本来出了这事，老张是要降职的，部里局里两派人，都要将他搞下去，但两派人为了换谁又打起架来。情况反映到部长那里，部长有些生气，说还像个国家机关吗？整天争来斗去的，还是让不争的当好。恰好部长国庆节前要出国访问，于是快刀斩乱麻地决定，副局长还是由老张来干，不撤职了；两个人没有真正在一起，问题也不是太严重,党内处理一下算了。于是老张又捡了个便宜,行政上没受处分,只在党内给了个警告。老张重新上班,自然对部长十分感激,于是下决心改正以前的缺点,把工作抓上去。虽然老张有这个决心,但他毕竟是出了事,局里其他局长就暗里低看他三分,不再把他放到平起平坐的地位。由于出了这事,老张也知趣,比以前谦虚谨慎许多。局长楼里出来进去,上来下去,碰上别的人,人家跟他打招呼:

"吃了老张?"

老张不再像以前那样跟别人不在乎,而是弯下身说:

"您吃了孔老?"

坐小车上班,他也不再跟人比着碰车门,悄悄关上门,跟在别人后头走,眼睛也不东张西望,对司机和颜悦色许多。到单位也不乱串门,就在办公室马不停蹄地办公。时间一长,大家倒说:

"老张出事也是好事,比以前谦虚谨慎许多。"

在家里,老婆也不再跟他闹了。像治枪伤一样,时间一长自然就好了。只是睡觉老给他个脊背,脊背就脊背吧,只要安静就好。家庭又开始正常运转。倒是老张听到女老乔提前退休,从此不再来上班的消息,心中有些黯然,私自感叹:

"都是我害了她!"

怀着一份内疚,对下属的同志们更加体贴。只是单位的女同志作怪，自老张出事以后，不敢跟老张多说话，似乎谁多接触了老张，谁就跟老张一样不正经。连送文件的小姑娘，都是放下就走，不像以前那样站下说两句话。这倒引起了老张的愤怒：

"都他妈的装假正经，像是我见谁×谁一样！"

过了有十天，处里也突然发生变动。局里突然下文，提老何当副处长。老何当然高兴，咧着大嘴在办公室笑，不时摘下眼镜在衣襟上乱擦。老孙没提，没能由副处长提升为正处长。按说这次提升，应该有老孙。老孙自我感觉也不错，该忙乎的都忙乎了，觉得有把握，谁知事到临头却没有他，弄得几个月瞎忙乎了。老孙觉得受打击很大，弄得挺惨。而新提升的老何，那不掩饰的高兴，又激怒了老孙。老孙和他结成联盟，领他干这干那，没想到临到头自己什么也没捞着，倒让他弄了个合适。老孙前后左右找原因，找来找去，又找到老张头上，准是自己要提升，提了提了，提之前这家伙又上了班，看我前几天揭他的材料，给我的打击报复。他感到部里、局里对老张的处理太轻，办公室是办公的地方，他身为局长，不在里面办公，在里面乱搞男女关系，却只给了个党内警告，太轻。这也是不正之风。不然自己也不会受打击报复。其实老孙弄错了，又一次错怪了老张。这次他没得到提拔，和老张没关系，应该怪组织处那个长痔疮的处长。本来前几天局里已内定提拔老孙当处长，提拔老何当副处长，就等下文件了。没想到长痔疮的处长到办公室听揭老张和女老乔的材料，那次会上老孙发言很积极，满腔愤怒，满嘴唾沫星，给处长留下的印象很不好。当然，揭材料是要揭，但也不至于这样不稳重。于是回去向老熊汇报，建议这次提拔只提老何为副处长，不提老孙，让他先"挂起来"，先全面主持工作，而职务等考察一段再说。组织处长这么说，老熊没有言声。在下次局委会上，他将这事提出来让大家重新议一议。老张这时已经上班，参加了这次会议。但老张没说对老孙不利的话，倒是经过一次挫折以后，对任何人都良心发现，提出建议提拔老孙，说他工作能力不错。虽然他也听到老孙揭他材料很积极，他还是良心发现，认为同志们不容易。局委会上有人替老孙说话，本来老孙可以过组织处长设置的一关，但问题的复杂性在于，替老孙说话的是老张而不是别人，这就使问题复杂了。因老张刚犯过错误，各方面不应该和其他局长平起平坐，老张也自觉，在各方面做得不错，不与大家平等。但听他在局委会上发言的态度，似乎还是要平等，于是大家心里不舒服，纷纷说：

"建议挂一段！"

"老张不要感情用事，提拔干部慎重为好。提错了，就不好再打下去。这是有教训的！"

"观察一段再说!"

就这样,老孙就得再"挂一段""观察一段",防止提错。老张替老孙说话,谁知还不如不替他说。但这些情况老孙哪里知道,还以为真是老张使了坏心,兀自一个人在那里生气。有时想着想着又想通了,当官还不就是那么回事,当来当去没个完,何必去赌气;可有时想来想去就又想不通了,凭着自己的工作能力,并不比人差,为什么别的人能升上去,自己倒被人暗算。有时在外边能想通,可一到单位就又想不通了。到办公室又见过去的同盟现在的同级老何那么肤浅,在那里高兴个没完,心里更气,后来急火攻心,得了肝病,住进医院。

老孙住进医院,办公室就由老何主持工作。说是主持工作,其实女老乔退休,老孙住医院,就剩下小林与女小彭。但老何也十分满足,挺知心地跟小林、女小彭说这说那。老何说:

"就剩咱们三个人了,咱把工作搞好,也不会比别的处室差。人多怎么了?人多也不一定力量大!"

由于老何当了副处长,元旦前单位调整房子,里面调整的户头就有老何,让他由牛街搬到右安门一幢楼房里,两居室。老何喜事一个接一个,听到这消息,瘦高的汉子,一下蹲在办公室哭了。把刚买不久的新镜片也给弄湿了。也是一

时激动,当时办公室女小彭不在,就剩下小林,老何当时对小林说:

"小林,你不用怕,我不会当了领导,就忘了过去一起工作的同志。你放心,这不是女老乔在时的办公室了,你的入党问题,再也不能拖下去了!下次党内开会,我一定给你争取!"

小林好长时间没有好消息了,听到老何的话,心中自然也很高兴,说:

"老何,咱们在一起也好几年了,谁还不知道谁?虽然现在你当了领导,为人处世的态度并没有变。我也争取把工作干好,不给你丢脸!"

两人说得很知心,下班时,老何买回家一只烧鸡庆贺,小林也跟着买回家一只庆贺。回家小林老婆却有些不高兴,问为什么买烧鸡,花那么多钱。小林兴冲冲将原因说了,老婆说:

"那也不该买烧鸡嘛!为入一个党,值得买那么贵的烧鸡吗?买一根香肠也就够了!"

· 十一 ·

元旦到了。单位又从张家口拉了一车梨,给大家分分。这次车没有坏,梨拉回来都是好的。分梨时,杂草在办公室楼前弄了一地。老何、小林将梨抬到办公室,又借杆秤进行第二次分配。大家又都分头找盛梨的家伙。由于梨好,大家在办公室都没舍得吃,所以地上梨皮不多,省得小林打扫。

老孙出院了。出院以后,精神状态仍然不太好,脸蜡黄,常一个人坐在那里抽烟,也不说话,处里的工作也不大管,交给了老何。老何积极性倒蛮高,遇到工作楼上楼下跑。但他有时积极不到地方,容易出现差错。一次局里让处里起草一个文件,老何亲自动手,洋洋三十页交上去,被老熊批了个"文不对题",并将组织处处长叫上来,说这么一个同志怎么提上来了?把组织处处长弄得满头是汗,承认提拔干部提拔错

了。但既然提上来了,两居室也住上了,就不好再将他弄下来。老熊也没大追究,只是说:

"下次注意!"

本来局里是让老孙全面主持办公室的工作。因老孙耿耿于怀没给自己提正处长,所以也不主持。鉴于这种情况,局里认为,这办公室领导需要加强。老孙这么一个精神状态,"挂"他一段就受不了,肯定是不能再提正处长。所以决定适当时候从外派过去一个正处长。老孙得到这个消息,更没了积极性,上班开始三天打鱼、两天晒网,有时还迟到早退,自己的办公桌也不收拾,蒙满了灰尘,有点破碗破摔,像小林刚来单位不懂事的时候。组织处长看到这样倒高兴,说虽然提拔老何是错的,但当时没有提拔老孙却是对的。这个人太小心眼,太经不起风浪,如提他当正处长,肯定也会像提拔老何一样,挨老熊的批评。

小林情况这一段倒不错。上次老何说帮他入党,倒真给他用劲,在支部会上提出来让大家议。可他这个人虽然提了副处长,鉴于他平时的啰唆和女人作风,大家并没把他放在眼里,他说话没什么市场。老孙那时又在医院,没有参加会,老何势单力薄,所以小林的事并没引起大家的注意,倒是别的处的党员,说话占了上风,确定了几个发展对象,都是别的处的。

小林听到这个消息，心里当然沮丧。可沮丧两天又来了一个好消息。老何搬家住进了两居室，牛街大杂院的一间平房腾了出来，那地方太偏僻，大家都不愿意到那里去住，最后平衡来平衡去，决定叫小林搬家。小林一听这消息很高兴，甚至比听到让他入党还高兴。因为入党还不是为了提拔，提拔还不是为了吃、穿、住房子？现在这时候，崇高的话都别讲了。虽是牛街，房子也不大，但总是自己独立，不再跟那家泼妇合居；但他不知道这地方对不对老婆的心思，所以带着好消息回家，也有些提心吊胆，接受上次教训，为了庆贺，买了一根香肠。没想到回到家，老婆听到这消息倒高兴，说：

"牛街好，牛街好，我爱吃羊肉！再说只要脱离了这个泼妇，让我住驴街也可以！"

又问为什么买香肠，不买一只烧鸡？

小林说："上次买了只烧鸡，落了一顿埋怨！"

老婆说："上次是入党，这次应该买烧鸡。"

所以小林这一阵情绪，倒是比别人好些。

女小彭情绪还那样。自从女老乔提前退休以后，女小彭没了对立面，活得倒挺开心，经常在办公室打毛衣。但作为一个女同志，长期没有对立面也别扭。老何是新提的副处长，新官上任三把火，经常让女小彭这样那样，久而久之，女小彭就把他当作对立面，动不动就戗他两句。好在老何是肉脾气，人家让着他他就来劲说人家，人家戗他两句他也不恼，反过来还担心别人心里窝气不窝气，所以两人还合得来，没像跟女老乔一样，成为对抗性矛盾。

老张仍坐着轿车来单位上班。和女老乔那件事已过去两个月了，大家也感到那话题没了什么滋味，倒都开始与老张接触。女孩子见他也不像见了老虎。老张呢，夹着尾巴做了一阵子人，熬过了艰难时期，也就熬出了头，精神仍恢复到了出事之前。家里老婆也不闹了，有时还把那件事当玩笑开开。局长楼上来下去见到其他人，开始感觉到可以平起平坐、平等问候了。上下班仍可以放胆碰车门。一次在单位老张上厕所，正好碰到老孙。厕所的间隔板坏了，拆下去修补，两个茅坑成了一间。两人蹲到一间屋里，都感到别扭。这时老孙仍记着许多疙疙瘩瘩的事。倒是老张经过一次挫折的洗礼，心里纯洁许多，自动拆去了和老孙的一些隔阂。他也知道老孙因为没有提上去心里委屈，于是语重心长地说：

"老孙哪，我想对你说句话。"

老孙也不好一下掰了面子，说：

"你说，你说。"

老张说："你这个同志呀，各方面都好，就是缺少一个字，缺少一个'熬'。熬过艰难时候，往后情况就好转了。"

当时老孙没有说什么，但等揩过屁股提上裤子走出厕所，心里发了怒，不禁心里骂道：

"你他妈人面兽心，自己乱搞男女关系，还教训我缺这缺那！"

心里又骂世道不公平，老张犯了那么大的错误，行政上没有处理，又让他当副局长熬过了错误时期；自己辛辛苦苦工作，为党拉马坠镫，最后被一脚踢开，这怎么能调动人的积极性？

三十号这天，上午分梨，中午会餐。大家又分头买菜在一块儿吃。不过吃得很沉闷。老孙不说话，女小彭打毛衣，小林给大家分过梨，盘算要占草篓，好当一个搬家的工具；只有老何想调节气氛。为了调节气氛，他故意说了几个笑话。不过笑话说得很蹩脚，大家没笑，倒更加觉得没意思。于是草草吃完就各人提着各人分得的梨，分头下楼回家。

小林最后一个离开办公室，因他要搬草篓。等他搬着草篓来到楼下，不巧碰到女老乔。女老乔突然在单位出现，确实让人吃惊。几个月不见，女老乔似乎比过去消瘦一些，眼睛下边多了两个肉布袋。虽然女老乔过去限制过小林入党，处处与他为难，但前一段揭发女老乔时，小林该揭的都揭了，现在人家成了落水狗，自己也没必要非学鲁迅；倒是现在一见消瘦下去的女老乔，小林还为过去揭发她的材料感到内疚，于是主动上前与女老乔打招呼：

"老乔,你来了?"

女老乔看到小林,也有些吃惊;见小林来跟她说话,又有些感动。过去自己毕竟在入党问题上卡过他。现在这年轻人不计前嫌,来与自己说话,品质果然不错(刚才老孙与女小彭见了她,除了露出吃惊,都没与她说话),于是说:

"小林,下班了?"

小林说:"下班了,今天你有空了?"

女老乔说:"有空了。我给你说小林,我从明天起,就不在北京住了。"

小林说:"不在北京住,那你往哪里住?"

女老乔说:"我随我丈夫到石家庄。临走,来这看看。我从二十二岁来到这单位,在这干了三十二年。现在要走了,来这看看。"

小林明白了女老乔的意思,忽然有些辛酸。他想对女老乔再说些什么,但这时班车已经快开了。小林只好一手提着一包梨,一手提着一个草篓,匆匆忙忙说:

"老乔,再见!"

女老乔说:"再见!"

一九八八年十二月
北京十里堡

官　场

· 一 ·

县委书记到省城开会,就像生产小队长进了县城,没人管没人问。四个人住一间房子,吃饭到大食堂排队买菜。三天下来,个个嘴里淡出鸟来。皮县县委书记老周骂道:"妈的,他们到县上来,咱们桌上桌下招待;咱们到他们这开个会,他们顿顿让咱们吃大锅菜!"

其他几个县委书记说:"就是!"

于是商量今天晚上不到大食堂吃饭,到外边饭馆里开荤。可到饭馆开荤牵涉到一个谁掏钱的问题,大家便说:

"抓阄抓阄,谁抓着谁出钱!"

白净面皮的南咸县县委书记老胡就趴在铺上制阄。阄制了四组,酒一组,菜一组,肉丝面一组,鸡蛋汤一组。原想组多分些,大家分开抓,谁也不吃亏谁也不占便宜,可到一开抓,四个有字的全让春宫县县委书记金全礼给抓住了。众人一片欢呼,金全礼将阄扔到窗外说:"不算不算,这回不算!"

众人推着他出了门,乌江县县委书记老白说:"不算,谁让你抓着了?你抓不着,跟我们吃个闲酒;你抓着,就该你出钱!"

晚十点,众人才从饭馆归来。正争论着今天的酒"上头不上头",忽然发现带队来开会的地委书记陆洪武在宾馆门口站着,问:"你们到哪里去了?"

众人说:

"陆书记,太熬寡得慌,到饭馆吃了一顿!"

这时皮县县委书记老周从怀里掏出一个纸包,向陆洪武说:

"还给你剩了几块鸡杂!"

这时陆洪武倒笑了,吃着鸡杂说:

"刚才省委组织部申部长找你们谈话,硬是一个人找不见!"

一听说申部长找大家谈话,大家刚下去的酒全醒了。各人回到房间洗了脚睡觉,躺到床上仍睡不安稳。各县县委书记怕省委组织部部长,就像大队支书怕县委书记一样。小命一条,全在人家手里攥着。他们这个地区,缺额一个副专员,早就听说要从各县县委书记中提拔一个,但一个地区八个县,提哪个不提哪个?大家都弄不清。以前有过考察,现在省委组织部部长找大家谈话,看来事情有了头绪。七八个人在一块吃酒,哪一个吃酒者能提为副专员?大家思来想去,都有些失眠,老周一个劲儿出去解手,老白不住地对着窗户咳嗽吐痰。第二天早晨起床,大家一起去洗脸,眼圈都有些发黑,相互间都有些不自然。

上午听新来的省委书记做报告,下午讨论。上午大家报告没听好,下午大家又没法讨论,省委组织部部长开始一个一个叫出来个别谈话,被叫到地委书记陆洪武的房间。陆洪武住的比县委书记好一些,两个人一屋,带卫生间。一个个被叫去谈了话,出来头上都冒汗。其实谈话内容并不复杂,无非问问多大年龄,家庭情况,县里搞得如何,今后对工作有什么安排,等等。原来大家都准备一套话应付部长,谁知一上阵全忘了,谈话显得局促、紧张,问一句答一句。离开陆洪武的房间,每个人都对自己刚才的表现感到羞愧和懊恼。

临到散会的前三天,事情似乎有了头绪。据说组织部部长向省委书记做了汇报,结合以前干部考察的情况,并征求地委书记陆洪武的意见,准备提拔春宫县县委书记金全礼为副专员。正好这天晚上省委开常委会,这个提议就在会上被通过了。然后组织部部长就把这情况通知了地委书记陆洪武，说下个月省里就发文。县委书记们知道消息后，又都失了一夜眠。但表面上大家又似乎对这决定很高兴，又一次起哄让金全礼到街上饭馆里请客：

"老金，你升官了，可得他妈的请客！"

"这次可不给你抓阄！"

金全礼谦虚说："我升什么官，我升什么官，文件呢？"

大家又说："别装孙子，这套事谁还不懂，请客请客！"

于是金全礼又到街上饭馆请客。可真到请客，到饭馆去的人，就没有上次抓阄去的齐。老周没去，老白没去，老胡也没有去。到饭馆去的，只有筑县县委书记老丛等三个人。饭桌上一清冷，大家便都不自然。老丛与金全礼过去一块搞过"四清"，两人关系不错，这时劝金全礼说：

"老金，你不要在意，今晚上老周他们临时有事！"

金全礼说："老丛，咱俩是老朋友，我知道我这次提升，打击了大家的积极性。"

老丛说："不要这样说，大家受党培养多年，心胸不会这么狭窄！"

金全礼有些愤怒："怎么不狭窄？酒菜都摆好，人还不来，这不是给我闹难看？大家伙计多年，以前大家到我们县上，没有亏待过大家！再说，这次提升也不是我要提升，是省里的决定，我有什么办法?说实话，这个副专员，我还不想干呢!县里什么没有?小车、宾馆，一样不比地区差!在县里是正的，来到地区是副的，说不定要受多少气!谁想当谁当，我让给你们还不行吗?"

老丛劝道："老金，不要闹意气，以后大家还要搁伙计!"

这时金全礼说："我也不是生气。我也知道，大家都辛辛苦苦多少年，工作也不比我少干，我这一升，大家心里有些难受!"

老丛说："就是难受，也是白难受，他们还能改了省委的决定不成!"

这时其他两个县委书记说："喝酒，喝酒!"

散了酒，金全礼和老丛等回到宾馆，又碰到老周、老胡、老白等人。金全礼还有些气呼呼的，倒是老周等人为没有赴金全礼的宴而有些不自然，反倒来主动与金全礼说话。一阵嘻嘻哈哈，也就过去了。

老周等人对金全礼感到不自然，并不全因为没有赴他的宴，而是在金全礼和老丛等人在饭馆里愤怒时，他们又得到一条消息：金全礼之所以能提副专员，是因为他和新到任的省委书记许年华有关系，他们以前是老同学。大家得到这个消息，都松了一口气。人家既然有这样的关系，和省委书记是同学，提个副专员也是应该的。假如老周老胡和省委书记是同学，提副专员时，老周老胡也能提上去。这样一想，也就想通了，就觉得不该与金全礼闹意气。何况人家已经提上去了，再闹有什么用？平时相处，老金这人还是不错的。于是金全礼回来，他们都与他说话，一场误会也就过去了。金全礼见老周他们改正了态度，也就没和他们再计较，反倒怪自己刚才发火太小家子气。自己副专员都提上去了，人家一时不满也是允许的。于是也不再生气，房间又恢复到了抓阄吃馆子时的气氛。倒是在熄灯时，老胡穿着大裤衩去门口拉灯绳，说：

"老金，你以后成了咱们的领导，咱们先说好，你可别在咱们这些弟兄面前摆牛；你啥时摆牛，咱啥时给你顶回去！"

其他几个人说："对，对，给他顶回去！到咱们县上，让他吃'四菜一汤'！"

金全礼说："鸡巴一个副专员，牛还能牛到哪里去？到县上不让吃饭，他照样得下馆子！"

大家哄笑："对，对，摆牛让他下馆子！"

临散会那天，各县来车接人。大家握手告别，相邀别人到自己县上来玩，然后各自跨上了各自的车。这时老周见来接金全礼的是一辆破桑塔纳，便指着自己的蓝鸟说：

"老金,上我的车,给你送回去!"

于是金全礼就让自己的车先回县上,跨上了老周的车。车先路过老周的县,老周让车直接开到宾馆,弄了一个火锅,几只螃蟹,一盆鳖汤,开了一瓶五粮液,吃完,才让司机把金全礼送了回去。

· 二 ·

新上任的省委书记许年华,和春宫县县委书记金全礼并不是老同学。两人只是十年前的老相识。那时金全礼在一个县当县委副书记,许年华在另一省的一个县当县委副书记,两人在去大寨参观时,碰到了一起,晚上住在一间屋子里。许年华爱喝点酒,金全礼也爱喝点酒,两人爱喝酒又量都不大,所以脾气相投,在一起混得不错。两人白天跟人参观,晚上一起下馆子喝酒,你要掏钱,我也要掏钱,弄得两个人都挺激动。一次许年华喝醉了,回到宿舍出了酒,金全礼披衣服起床,撮回一簸箕煤渣给扫了扫。那时两人还都年轻,晚上躺在一起,无话不谈,相互问对方县上有没有漂亮女子,何时到那里去,得给拨一个"指标",等等。在一起厮混十来天,两人有了感情,分别时握手,两人都想冒泪,互邀对方一定到自己县上来。

可自分别后，两人就断了音信。既不在一个省，又不在一个地区，哪能到对方县上去?没想到十年过后，许年华又出现了，一下混得这么好，从一个县委副书记，混到了省级干部，又正好调到金全礼这个省当第一书记。以前金全礼也从报纸上见过许年华的名字，见他成了某省的计委主任、农委主任、省委秘书长、副省长、省委常委、省长，但他不相信是自己在大寨结识的那个许年华，天下重名的多了。直到这次到省里开会，到省委礼堂去听省委第一书记做报告，金全礼才知道那个许年华就是自己认识的那个，现在调到了自己省里当书记。除了脸胖了，腰口粗了，头发白了，其他都没有变。但听他一讲话，金全礼又觉得他变了。乖乖，一套一套的，不要稿讲了四个小时，上知中央，下知行政自然村，动不动还国际大循环，哪里还是那个一块谈女人的许年华?相比较之下，金全礼觉得自己进步太慢了。这个慢倒不是说十年间自己仅由县委副书记升为正书记，而是说自己的知识和领导水平跟人家差远了。所以散会以后，金全礼本想上去找老朋友叙旧，可迈了几步又随众人出了礼堂。见面说什么呢?人家周围围了那么多省级干部，自己凑上去算干什么?倒为自己刚才起了想叙旧的念头而脸红。可他万万没想到，人家许年华并没有忘记他，还记着他的名字，一到这省里来，就暗中帮了他的忙，把他由县委书记提为副专员。如果不是许年华从中帮忙，自己怎么能提副专员？比能力，老周、老胡、老白也不比他差，人家县上搞得也不坏，为什么提他不提人家？这个许年华真了不起，人家当了省委书记，什么人不认识？可他竟还记着十年前一块喝过酒的朋友。这样讲情谊的人，别说在省级干部里，就是在普通市民里，也不多见呀！这个老许了不起，中央有眼，提他当省委书记。虽然这次开会金全礼没敢与许年华会面，但他从心里，已经把许年华佩服得五体投地。就是以后再见到许年华，金全礼也不准备再以老朋友的身份见面，而要真正心服口服地拿出下级的样子，尊重人家，让人家做指示。平时呢，绝不对别人乱吹自己和省委书记关系如何如何，像有些人那么肤浅，动不动就打"认识×××"的牌。如果有谁问起认不认识许年华，自己也一定要说："听他做过报告！"这样对自己也好，显得谦虚谨慎，也维护人家许年华的声誉。

当了副专员以后，埋头干好工作，不辜负党的培养，孩子老婆先不从县上带过去，全力以赴干好工作，干出个样子让人看看。

这么一路胡思乱想，金全礼就到了自己的县城。他这个县与老周老胡的县比较，是个穷县。

县城路灯不全，下水道是两条明沟，街道上到处是甘蔗皮，明沟里常浮着两头小死猪。过去金全礼看到县城常常心烦，现在要离开这个县了，又感到它分外可爱。虽然夜一片漆黑，但灯光星星点点，看着也不错。毕竟在这里战斗了十来年。车一进县城，他吩咐老周的司机把自己先送到宾馆。到了宾馆，他让服务员开了一个房间洗澡。这时县委办公室主任赶到了，向他汇报工作。金全礼先让办公室主任送老周司机两条烟，打发他回去，然后边在卫生间洗澡，边听办公室主任在外边汇报工作。汇报工作，也无非是他离开这几天县上都发生些什么。汇报到最后，办公室主任试试探探地说：

"金书记，现在县里还有一个传闻！"

金全礼说："他们又传什么？"

办公室主任说："都说您要离开我们，到地区去工作了！"

金全礼这时披着毛巾被从卫生间出来：

"我怎么不知道？我怎么不知道？谁说让我到专里工作？你们想赶我走吗？"

办公室主任笑了，给金全礼递过一杯热茶："金书记，您到专里工作当然是好事，但县上的干部群众，都舍不得您离开呢！"

这时服务员给金全礼端来一碗面条。金全礼吃着面条，办公室主任在桌子对面又说：

"金书记，还有一件事！"

金全礼问："什么事？"

办公室主任说:"县上明天要开各乡乡长会!"

一听说县上要开乡长会,金全礼的心情受到影响,皱了皱眉,将挑面条的筷子扔到了桌子上。在这个县上,金全礼与县长小毛不大对付。县长小毛是一个新提拔两年的年轻干部,当时社会上正强调"年轻化、知识化",他有文凭,就提上来了。小毛过去表现不错,但上来以后,便有些少年得志的样子。县里开会也好,上边来人他汇报工作也好,口气都很大,似乎他要几天之内使县里变个样。有时地委书记陆洪武来,本来该金全礼汇报工作,小毛常常打断金全礼的话头,插言插语的,似乎比金全礼还高明。这使金全礼很不愉快,这个县到底谁是第一把手?你上来才几天?我当县级干部时,你还在你娘怀里吃奶呢!渐渐金全礼就对小毛产生年轻浮躁、华而不实的印象。小毛呢,就说金全礼顽固保守、思想僵化、不思进取。一次金全礼听人说,小毛在一次酒桌上,对一帮"少壮派"说:

"这个县的班子得更替,不更替春宫搞不好!"

金全礼听说后,气得摔了一只杯子:

"这个县委书记让他来当嘛!他当春宫不就搞好了?这么说省里地里无眼,继续让我在这祸害百姓!他比省委地委的领导还有水平,他怎么不去中央工作呢!"

当然,一开始两个人的矛盾,只是局限于背后,背后相互发发牢骚,矛盾并不见面,到了县上开会,主席台上一坐,两人该怎么着还怎么着。金全礼讲话，总要说：

"刚才毛县长说的，我全同意。我再补充几点……"

小毛也说：

"刚才金书记说的，非常对，非常必要，我们回去要贯彻执行！"

但后来不行了，渐渐矛盾有些公开化。一次县委这边开会，通知小毛参加，小毛没来，陪省里来的一位处长下去转去了。金全礼见小毛这样无礼，起了愤怒：

"他还是不是党员了？县委开会他不参加，陪人下去转，副县长就不能陪了？他年纪轻轻，倒知道走上层路线了！"

接着又赌气说："他有什么了不起的地方？我看他除了和毛主席一个姓，别的看不出有什么大本事！"

后来这话传到小毛耳朵里，小毛就很不高兴。下次县委开会，他又故意没参加。金全礼见小毛如此无礼，就以牙还牙，以后政府那边开会，请他去讲话，他也不参加，说：

"我就不去了，由毛县长讲讲就行了，现在不是提倡党政分开嘛！"

渐渐这在县里成了习惯，开乡党委书记会，小毛不参加；开乡长会，金全礼不参加。所以当县委办公室主任向他汇报县上要开乡长会时，金全礼就有些不愉快，皱了皱眉，将挑起的面条又扔到了碗里，向办公室主任说：

"他开会就开呗,你向我说这些干什么?"

办公室主任忙说:"当然,金书记,要照往常,他们那院开会,我不会理他!但这次……这次毛县长亲自坐车到县委这边来,说金书记从省里一回来,就让告诉他,他请您到会上讲话……所以,我想问问您,您现在回来了,告不告诉他?"

金全礼果断地说:"不告诉他!明天给我安排车,我到大春庄去看看那里的群众。他开他的会,我到群众中去!"

办公室主任忙说:"好,好,不告诉他,我这就去安排车!"

从宾馆出来,金全礼还自言自语说:"你开你的会,我就不参加!"

接着又生出一股豪情,你小毛目中无人,看我不起,现在让实践检验,党到底信任谁;你小毛那么大能耐,怎么不提你当副专员?我老金没本事,党怎么看得起我?你还别狂妄过头,我到专里以后,咱们就成了一条线了,我正好管着你,看你能怎么样!我再到春宫来,你就得向我汇报工作,你孙猴子不是有本事吗?以后你就在我的手心里折腾吧!

这样想着,金全礼顺着街道向家里走去。十来天没见老婆孩子了,得赶回去看看。正走着,一辆上海桑塔纳迎头开来,在他面前"吱"一下站住,从车上跳下一个人,正是小毛。小毛穿一身他常穿的西服,头上压一顶鸭舌帽,冲着金

全礼打招呼:

"金书记,您回来了?"

小毛叫了一声"金书记",令金全礼有些吃惊。小毛刚上台时,对金全礼毕恭毕敬,开口闭口"金书记";后来看不起金全礼,与金全礼有矛盾以后,开始叫"老金";现在又突然叫"金书记",金全礼怀疑自己耳朵出了毛病。但这时小毛已经握住了他的手:

"金书记,刚才政府办公室的同志讲您回来了,我就赶紧过来!"

金全礼毕竟是多年的老干部,肚子里有些涵养,便笑着说:

"我就是说到你家里去找你!"

小毛听了这话心里也很高兴,说:

"上车!到我家去!我那还有一瓶古井!"

金全礼只好上车。到了小毛家,小毛让老婆搞了几个菜,两人就喝起了古井。酒过三杯,小毛说:

"金书记,明天开乡长会,想请您去讲一讲!"

金全礼虽然吃了酒,但心里并不糊涂,还知道原则界限在哪里,就说:

"不必不必,由你讲一讲就行了,我十来天不在县里,对情况不熟悉!"

小毛说:"金书记,您得去讲一讲,出去十来天,哪会对情况不熟悉?再说,还想请您讲一讲这次省里开会的精神!"

金全礼说:"我一点准备都没有!再说,停两天我还想开个乡党委书记会,给他们也传达一下!"

小毛说:"这样好了,乡长会推一天,等一等,索性乡党委书记乡长一块开算了!"

金全礼说:"'大锅烩'不大好吧?"

小毛说:"怎么不好!"

接着拿起电话,接通政府办公室,对着话筒说:

"赶快向各乡发个通知,乡长会向后推一天!"

放下电话,又给金全礼倒酒。边倒边说:

"金书记,我想向您说句话!"

金全礼说:"你说,你说!"

小毛说:"金书记,我听说了,您马上要离开春宫了!我与您搁了三年伙计,说实话,从您身上,学到不少东西。但由于我年轻不懂事,过去没到过这个岗位上,做出许多不该做的事。过去我没有意识到,前两天听说您要走,我心里突然难受起来。金书记,我年轻,以前做得不恰当的地方,您得原谅我!"

金全礼一听小毛这么说话,心里顿时又热乎乎。小毛以前可没有这么说过话,于是心里又有些感动。一感动,心情开朗起来，也博大起来。自己也是，副专员都当上了，何必与一个年轻人计较!年轻人刚上台，难免心高气盛，自己没有及时帮助他，也有责任。接着又想起省委书记许年华，看人家的胸怀，过去十来年还能记住一个偶然碰到的朋友，自己却对事情斤斤计较。于是喝下这杯酒说：

"毛县长，可别这样说，咱们在一起，配合得还是不错的!"

小毛说："叫我小毛!"

金全礼这时笑了："好，小毛，即使以前有什么不大对头的地方，责任也在我，我年长一些!"

小毛诚恳地点头："怪我怪我!"

接着小毛拿起电话递给金全礼："那你向县委办公室说句话!"

到了这时候，金全礼只好让总机接通县委办公室，对办公室主任说：

"向各乡发个通知，后天开乡党委书记会!"

小毛"哈哈"笑了："这就是了，这就是了，会上您主讲，我敲边鼓!"

金全礼说："一起讲，一起讲!"

到了后天，县上开乡党委书记乡长会。主席台上，小毛主持会议，敲了敲麦克风，让大家安静。等大家安静下来，

对着话筒说:

"同志们,今天开会,有两项任务,一是听金书记给大家传达省委会议精神;另一项呢,欢送金专员,他停几天就要离开春宫了!金专员在这里工作了十几年,做出很大贡献,他对咱们春宫,也是有感情的!我们盼望他到专区以后,能经常回到他生活战斗过的地方看一看,我们春宫八十万人民,是欢迎他的!现在请金书记给大家讲话!"

会场上响起雷鸣般的掌声。

金全礼听着这掌声,听着小毛一席话,心里是很感动的。于是很带感情地站起向大家鞠了一躬。大家又长时间鼓掌。等掌声息了,金全礼才开始讲话,向大家传达省委第一书记许年华的讲话精神。

等散会后,金全礼坐自己的车回家,心里还暖乎乎的。对坐在司机旁边的县委办公室主任说,春宫各级干部还是不错的,不管以前他批评过的,没批评过的,他都有感情。最后又说:

"小毛这人也不错!"

这时办公室主任说:

"金书记,我说一句话,您别批评我!"

金全礼说:"你说,你说!"

办公室主任说:"县委的同志都说,让您别上小毛的当!

他这个人，以前您不了解吗？他现在所以对您这么好，并不是为了别的，全是为了他自己，一是他看您当了副专员，二是他想接您的班，当县里第一把手！您要是不当副专员，是退居二线，看他开会理不理您！"

金全礼吃了一惊，接着背上飕飕地起冷气。可不，办公室主任说得也有道理。接着马上又觉得刚才的隆重场面有些贬值，心上又有些心灰意懒。但他却瞪了办公室主任一眼：

"你胡说些什么？把毛县长说成了什么人！我不信这些，大家都是党的人，要以诚相待，哪里那么多小心眼！亏你还是县委常委，说出这样没原则的话！"

办公室主任委屈地说："我知道您就不信！"

· 三 ·

金全礼到专里上任已经一个月了。刚来时，金全礼还是很兴头的。由县委书记升为副专员，毕竟是好事。老婆孩子都高兴。老婆那天正在牙疼，一听到这消息，牙立即就不疼了。春宫县干部群众对他也是有感情的。虽然小毛是否在搞阴谋还断不定，但大多数人是好的。在他上任那天，许多人都到县委大院送行，围着他的小车不让开，有的女同志还落了泪。所以金全礼离开春宫县时，是决心不辜负大家的期望，干好这个副专员的。可他到任一个月后，又渐渐感到干好这个副专员绝非易事。

首先，他不习惯这里的工作方法。过去他当县委书记时，爱开着车在县里到处乱转，现在当了副专员，就不能整天乱转了，每天得到行署大楼去上班，坐在那里批改文件。一次地委书记陆洪武转到他这个办公室，问：

"怎么样老金，到这里习惯吗？"

金全礼诚实地说："陆书记，不习惯，憋死我了！"

陆洪武哈哈笑了："憋憋就习惯了！"

再有，金全礼过去在县里是第一把手，大家都看他说话，现在来到专里不行了，你是副专员，上边有专员，有地委书记，你办什么事，就得先请示别人。这个请示别人，他好多年不会了，现在要重新学习。好在地委书记陆洪武他熟悉，专员吴老是个和善的老头，还好相处。但遇事总要请示别人，自己做不了半点主，心里总有点窝囊，于是心里感叹这个副专员升得没多大意思，简直是"明升暗降"。

生活上也有诸多不方便。金全礼有这样一个习惯，有事没事爱洗个澡，让身子在热水里泡一泡。过去在县里时，他想洗澡，就到县宾馆去让服务员放水。现在到专里，想泡就没那么容易。地区当然也有宾馆，比县里的还高级，但现在的中国，什么都他妈的认正的，像金全礼这样的副地级干部，退下的没退下的，有几十个，几十个轮流去泡澡，宾馆就受不了。一次，金全礼还像在县里一样去宾馆泡澡，让服务员放水，服务员竟说：

"没水了！"

金全礼吃了一惊："怎么会没水？"

服务员说:"锅炉房不烧,怎么会有水?"

金全礼看服务员这么跟他说话,气得两腿发抖,禁不住问:

"你知道我是谁?"

服务员斜了他一眼:"不就是金副专员吗?就是吴专员来,没水也是没水!"

如果是在县里,金全礼马上会说:"把经理给我叫来!让这个服务员滚蛋,让锅炉房烧水!"

现在在专里,金全礼就不好这么说,说了也不一定顶用,还显得有失自己的身份。于是就忍了忍,叹了口气,到街上大澡堂去泡澡。

还有吃饭。过去是在县里,他三天两头陪人,桌上桌下的,什么吃不到?现在到了专里,家属还没搬来,每天就得到食堂去排队买饭,有点像到省城开会一样。省里倒是常常来人,但那有地委书记或专员陪同,他很少能到桌子前。一个月下来,嘴里又淡出鸟来。一次实在憋不住,只好到街上饭馆里去喝了一场。还有一次是到筑县去,由老丛招待一顿。老丛这个人不错,他一到筑县,老丛就到了,向他汇报工作。工作汇报完,老丛问:

"金专员,中午吃什么?"

金全礼说:"啥好吃啥,专里待了一个月,嘴里淡出鸟来!"

还有坐车,也没有在县里方便。在县里他有一部专车,想到哪到哪,想啥时走啥时走,来到地区后,地区除了地委书记、专员有专车,其他副职都是由机关统一派车,啥时用啥时要。

虽然啥时要啥时有车,但总要向人家张口,车坐得也不固定,一会儿蓝鸟,一会儿伏尔加,一会儿桑塔纳,一会儿小拉达,没个稳固的感觉。坐在那车上,总有些不安稳。过去在县里坐车,想停哪儿停哪儿,现在对司机说话,就有些不大气足。

但这些还不是令金全礼最不舒心的。令金全礼最不舒心的,是来到专里以后,专里对他的工作安排。本来他来专里时,陆洪武和专员吴老对他谈是分管乡镇企业和市政建设,这一套工作金全礼比较熟悉,当时还比较满意。但来到专里以后,他碰到另外一个副专员陈二代,开始与他为难。这个陈二代是个个子低矮、鼻孔冲天的家伙,仗着以前在省委组织部干过,目中无人,很是霸道。比如,地区副职没有专车,他却能霸着一辆皇冠自己用。由于他车牌号码尾数是"250",于是大家背后便叫他"二百五"。这"二百五"见金全礼刚从县里提上来,就没把金全礼放到眼里。本来"二百五"分管纪检和计划生育,他"二百五"管这些工作也很合适,但他在金全礼到的第二天，突然提出自己不管纪检和计划生育了，他要管乡镇企业和市政建设。他霸道惯了，陆洪武与吴老也让他三分，于是就又让金全礼和"二百五"调换工作。这一调换，令金全礼心里很不是滋味。乡镇企业、市政建设多好，明面上的工作，容易抓出成绩；而纪检和计划生育，尽是得罪人的事。这不是明欺负人吗？于是金全礼对陆洪武说：

"陆书记，我不管纪检和计划生育，我还要管乡镇企业和市政建设！"

陆洪武说："算了老金，抓什么工作不一样，他老陈就那个样子，别跟他计较！"

金全礼委屈地说："抓什么我倒不在乎，他老陈不该这么欺负人！要这样，我不如还回到县上去！"

陆洪武说："算了算了，看在我的面上，干吧！"

于是金全礼就抓纪检和计划生育。

疙疙瘩瘩过了一个月，金全礼渐渐习惯了。纪检和计划生育工作渐渐熟悉，工作上了路。坐办公室也开始习惯了，反倒觉得以前整天往下跑累得慌。现在晚上下班没事，还可以到电影院看电影。坐车也习惯了，管它什么车，反正四个轱辘会转就行了。吃饭熬寡得慌，可以到饭馆或下到附近县。泡澡问题也有了出路，政府街有一个旅游局办的宾馆，那里的经理老家是春宫县的，对他这个副专员还毕恭毕敬，想泡澡可以到那里去。"二百五"呢，见金全礼接替了他的工作，见面又与他正常说话，也从心里佩服他有肚量，有一次又听说他与省委第一书记许年华是老朋友，也从心里开始让他三分。有次省纪委主任来，"二百五"陪客，还主动将金全礼拉了去。

环境、人渐渐熟悉，各方面就有了回旋余地。金全礼心情开始舒畅起来。心情一舒畅，便又觉得当副专员还是比当县委书记好。过去人家喊"书记"，现在人家喊"专员"；过去到其他县上去，与人家平起平坐，现在去，就成了他们的上级，还是有优越感的。一次春宫县小毛到地区来开会，还专门来看他，从车上卸下一筐大苹果，让他没事时吃。当金全礼一个人吃着苹果，心里也挺怡然自得，甚至从心里还原谅了小毛。所以在开地委书记专员会，确定春宫县新的县委书记时，陆洪武提议小毛接班，大家举手时，他金全礼也没有表示不同意见，就让小毛当上了县委书记。

· 四 ·

省委办公厅来了一个电话,说过两天省委第一书记许年华要到这个地区来视察工作。因为许年华到省里时间不长,到这个地区又是第一次,地委书记陆洪武、专员吴老对许年华又不熟悉,所以得知这消息后,显得有些紧张。地委办公室、行署办公室两套班子都跟着紧张起来,开始给书记和专员准备汇报材料。

金全礼是在第二天得知这消息的。得知消息后,心情有些兴奋。十年前的朋友,终于要相会了。于是赶紧跑到旅游局的宾馆去泡澡、刮脸、洗自己的衣服。洗着衣服,又想到现在人家成了省委第一书记,讲话又那么有水平,所以又显得有些紧张,忙扔下衣服,跑到办公室加班,想些许年华会问的题目,在纸头上准备答案。又想到许年华到地区来,一定是陆洪武、吴老陪伴,这么多副书记,副专员不一定能到跟前，届时不让副职陪同，自己不白准备了？又觉得自己的紧张有些好笑。正在这时，地委书记陆洪武推门进来，说：

"老金，明天年华同志就要来了，你跟他是老朋友，咱们一块见他！"

金全礼听到让他见许年华，心里又高兴起来，但又谦虚地说：

"由你们陪着，我就不见了吧！"

陆洪武说："要见，要见，老朋友了，怎么能不见？再说，年华同志我不太熟，你在身边也好。"

这时金全礼似乎有些得意，但又谦虚地说：

"其实年华同志挺平易近人的！"

陆洪武说："是吗？看他在省委做报告，不苟言笑的样子！"

金全礼说："怎么不笑，那场合不同罢了！"

陆洪武连连点头："对，对，场合不同！就是不知道他到这里要问些什么问题！"

金全礼说："无非农业、工业、乡镇企业，大不了还有精神文明，还能问到哪里去？"

陆洪武说："这几方面倒是让办公室给准备了。就怕他一问问到个偏地方，咱们答不上来，闹得冷了场，就不好了。"

金全礼说："不会，他刚到省里，不会给下边的同志出难题!"

陆洪武说:"你说得对,我再赶紧回去准备准备,有几个数字,我让他们再到统计局核实核实!"

说完,就匆匆走了。

陆洪武走后,金全礼也继续进行开了自己的笔头准备。他除了要准备陆洪武那些问题,还得准备些个人情况,防止许年华到时候问到。

第二天上午,地委、行署一班人,开始在宾馆等候。先是让办公室给省委办公厅打了一个电话,问许书记动身了没有,回答说八点准时动了身。从省城到这里,车子要跑两个小时,所以一到九点半,大家都紧张起来。这时陆洪武又找到金全礼问:

"老金,年华同志有些什么习惯?"

金全礼说:"您指的是什么?"

陆洪武说:"譬如讲,爱喝酒不爱,吃饭讲究不讲究。你说,是让食堂准备得复杂一点呢,还是简单一点?"

金全礼这时如实地说:"他以前反正爱喝酒,现在不知发展得怎么样!"

陆洪武叹了一口气:"这就难办了,这都九点半了,怎么给食堂说呢?"

看着陆洪武为难的样子,金全礼心里有些感动,就对陆洪武说：

"其实他这人挺好交的，没有那么多毛病！"

陆洪武说："不是头一次不熟悉嘛！这样吧老金，你与他是老相识，到时候悄悄问问他。他要是接近群众呢，咱们就复杂一点；他要是坚持'四菜一汤'，咱就弄'四菜一汤'！你不知道，上次马省长到曲阳地区，地区弄了一桌菜，老头子本来爱吃，这次却突然清廉了，指着桌子骂了一顿，要吃'四菜一汤'，把曲阳的同志弄得好下不来台！"

金全礼说："行，行，到时我问问他！"

陆洪武说："这样就行了，我让食堂准备两套饭，到时候他要哪套，咱上哪套！"

接着跑向食堂。

陆洪武一跑食堂，金全礼心里又发了毛。乖乖，一个大担子就这样落到了他头上。这都怪自己吹了大话。他与许年华也十来年没见面，谁知到时候当问不当问呢？

到了十点，大家都聚集到宾馆门口，准备迎接车队。可到了十点半，大路尽头还不见车影。

等候的人都焦急起来。到了十一点，车子还没有来，大家更加焦急。这时吴老对陆洪武说：

"别是路上拐了弯，在哪个县打住了，让大家解散吧！"

陆洪武说："大家到会议室等着吧。"又对地委办公室主任说,"你在这里等着,看见车子,马上通知一下!"

回到会议室,大家议论的议论,抽烟的抽烟,突然办公室主任气喘吁吁地跑来,推开门就说:

"来了,来了!"

大家马上停止议论,蜂拥到院子里。这时许年华一溜三辆车已经到了楼门口。秘书一班人先从车里跳下来,接着许年华从车里下来,笑哈哈地开始与大家握手。大家说:

"年华同志,是不是路上车给堵住了?"

许年华说:"没有,没有,路上稍停了一会儿,对不起大家,让大家久等了!"

这时许年华的秘书说:"路上碰到一个砍棉花秆的农民,年华同志与他聊了一会儿天!"

许年华与大家握完手,陆洪武说:

"年华同志,都十二点半了,咱们先吃饭吧!"

许年华说:"好,先吃饭!"

大家便向餐厅走去。走的过程中,陆洪武开始捣金全礼的腰眼,意思是让他上去问许年华吃什么。但这时金全礼情绪已经十分低落,因为在整个握手的过程中,许年华并没有对他这个老朋友有什么特别的表示,把他当成和大家一样,似乎并没有认出他来。也许十来年过去,人家当了省委书记,早把他给忘掉了。但又想到自己提副专员,他为什么出了力?

左右想不清楚,心里矛盾,现在陆洪武又捣他的腰眼,可他哪里还有勇气去向省委书记搭讪!幸好这时许年华自己说了话,替金全礼解了围。许年华说:

"中午吃什么?我看一人吃一碗面条算了!吃过咱们在一起聊聊!"

这时陆洪武说:"好,好,咱们吃面条!"

然后赶紧捣了捣办公室主任的腰眼,让他到厨房安排。因为原来厨房准备一复杂、一简单两套方案,但并没有准备面条。宾馆又赶紧派车去街上买面条。所以让大家在餐厅多等了一会儿。面条上来,已是下午一点。这时吴老说:

"年华同志饿了吧!"

许年华说:"饿是饿了点,但吴老不说饿,我哪里敢说饿?"

大家哄堂大笑,吴老笑得满面红光。接着大家哧溜哧溜吸起面条。

吸完面条,大家移到会议室。原来准备在开会时上汽水和可口可乐,但陆洪武见许年华吃饭吃面条,在吃面条时赶紧吩咐办公室主任将会议室换成一杯杯清茶。大家握着清茶,陆洪武、吴老开始汇报工作。也无非是工业、农业、乡镇企业,汇报到一半,许年华说:

"老陆啊,能不能加快点进度?你们这狼山很有名,有庙有和尚,不想让我看了?"

大家又笑了。陆洪武说:

"我加快,我加快!"

加快汇报完,陆洪武说:

"请年华同志做指示!"

这时许年华指着专员吴老说:

"我下车伊始,有什么指示,吴老是老同志了,请吴老说吧!"

吴老感动得满脸通红,说:"年华同志谦虚了,年华同志谦虚了,我是向你汇报情况,请年华同志讲!"

许年华只好简单说了两句。话有两点:一是要大家"实事求是",二是有事情拿不准,可以请教老同志,像吴老这样的人。吴老又感动。大家鼓了掌。然后许年华坐车,一溜车队上了狼山,去看庙看和尚。

在这整个过程中,许年华没有和金全礼说一句话。金全礼受到冷落,感到十分委屈。他已经发觉"二百五"不时看他,似在怀疑他和省委书记的关系。看许年华的样子,是把他忘掉了;看许年华的举动,在地区这一班人里,他最看重吴老,时时拉吴老在一起。上狼山,他不拉陆洪武,而拉吴老与自己一同坐车,上了他的奔驰。吴老是一个快退居二线的人,他为什么看重他?金全礼百思不得其解。大家不知这是一个什么谜!

看完和尚看完庙,又回宾馆吃晚饭。吃过晚饭,大家请许年华休息。许年华说:

"好,好,大家都休息吧,今天晚上有球赛,大家都看看电视!"

大家与许年华握手,散去。等地区一班人出了宾馆门口,四散分开时,这时许年华的秘书又赶出来,走到金全礼身边问:

"您是金全礼同志?"

金全礼说:"是!"

"年华同志请您回去说话!"

金全礼的血液一下聚到了一起,忙不迭地说:"好,好!"心里聚集了一下午的委屈,马上烟消云散。十年前的老朋友,彻底没有忘记他。他故意看了"二百五"一眼,就跟许年华的秘书回去。

到了许年华的房间,许年华正在卫生间洗澡。秘书对金全礼说:"请您稍等一下!"然后就退了出去。金全礼只好站在那里等。

等了二十分钟,许年华披着浴巾、擦着头从卫生间出来,一看到金全礼,扑哧一声笑了,然后用手捣一捣金全礼的肚子:

"你怎么不坐下!"

金全礼就坐下了。

许年华说:"看你那样子,似乎把我给忘记了!"

金全礼又站起说:"许书记,我没有把您忘记!"

许年华问:"你现在还喝酒不喝酒?"

金全礼说:"不喝酒,许书记!"

许年华说:"你在胡扯,十年前喝,现在不喝?"

金全礼只好说:"喝!"

许年华又哈哈大笑说:"看你那拘束样子,当年在大寨,你可不是这个样子!你坐下!"

一提起"大寨",金全礼少了些拘束,于是坐下,也跟着嘿嘿笑起来。

许年华说:"说一说,怎么变成了现在这样子,像个没出嫁的闺女一样!"

金全礼只好以实相告:"您一当省委书记,把我给吓毛了!"

许年华又哈哈大笑起来。然后从他的提包里抽出一瓶洋河,问:

"你喝不喝?"

金全礼说:"喝!"

许年华打开酒瓶,对瓶嘴喝了一口,然后递给了金全礼。当年在大寨,他们就是这样嘴对瓶子轮流喝。金全礼也弄了

一口。许年华说:

"你们地区太不像话,我来了,一口酒也没让喝!"

金全礼如实说:"哪里不让喝,都准备好了,怕您批评,没敢往上上!"

许年华这时已穿好衣服,坐在金全礼的对面,叹了一口气说:

"是呀,当了这个差,处处不自由,连酒也不敢喝了!"

金全礼这时想起了许年华帮忙自己提副专员的事,现在似乎应该说些感谢的话,于是就说:

"许书记,您一到省里来,我就听说了,老想去看您,但知道您工作忙,又不敢去。可您工作那么忙,还没有忘记我,还在关心我的进步……"

说到这里,就说不下去了。这时许年华摆摆手:

"老金,不要这样说,我没有帮你进什么步!我刚到省里来,情况不熟,不管以前认识的同志也好,不认识的同志也好,都一视同仁,庸俗的一套咱们不搞!要是你是指提副专员的事,那就更不要感谢我,那和我没关系,那是省委组织部与地委提名,省委常委会讨论通过的!你只想如何把工作搞好就是了。要感谢,你就感谢党吧!"

金全礼点点头,更加佩服许年华的水平。又说:

"许书记,您这几年进步挺快!"

说完，又觉得这话说得很不恰当。但许年华不介意，点燃一支烟说：

"什么进步快，党的培养罢了，并不是咱的水平多高……"

然后将话题岔开，开始说些别的。最后又问到金全礼的工作，金全礼向他汇报了，刚来地区不适应，现在适应了等等。许年华点点头说：

"你刚当副专员，什么事情拿不准，可以请教老同志。要学会尊重老同志。在这个地区，要学会尊重吴老！"

金全礼明白许年华的意思，使劲点了点头。

话谈到九点，球赛开始，许年华打开了电视。金全礼站起来告辞，许年华说：

"好，就这样，以后有什么事，可以给我打电话。这个地区的班子是不错的，吴老、老陆都是不错的！"

金全礼又明白了许年华的意思，感动地点了点头，就说：

"许书记，我记住您的话，您休息吧，我走了。"

许年华坚持把他送到门外。

第二天一早，许年华就离开了这个地区，到另外一个地区去。地区一班人来送行。许年华与大家一一握手，这时又把金全礼当作与大家一样，没有格外对他说什么。这时金全礼心里没有一点委屈，而是从心里佩服许年华的水平。

· 五 ·

自许年华来了一次以后,金全礼精神面貌大为改观。工作积极,不再计较各方面的得失,整日坐在办公室批改文件,或是下到县里;下县坐什么车不在乎,对司机都很客气;对"二百五"也不再跟他计较;对吴老开始格外尊重。遇事拿不准主意,就去请示吴老。周末没事,就到吴老家中去坐。吴老对他说话,他赶紧拿出本子记上。弄得吴老挺感动。一次吴老在家中对金全礼说:

"老金啊,我给你要提一点意见!"

金全礼说:"吴老,您是前辈,您说!您批评我,是对我的爱护!"

吴老点点头,说:"老金,你今后工作的着眼点,要放开一些。不能光抓纪检和计划生育,其他方面的工作,也要注意!当然喽,只是注意,还不能插手。我过两年就退居二线了,工作还不得由你们年轻的来干!"

金全礼感动得两眼想冒泪,真诚地说:

"吴老,您不要这么说,这么说我心里难受。您不能说'退'这个字,地区的干部群众不答应!我跟着您,学了不少东西!"

吴老说:"这话你知道就行了,不要到处乱说。上次年华同志到这里来,我跟他坐一个车,他在车上是跟我很知心的。年华这个同志很好,中央提他提得对,我从心里敬重他!"

金全礼说:"年华同志也很敬重您!"

吴老说:"就是上次让他吃了面条,心里很不是滋味!"

金全礼说:"他是河南人,爱吃面条!"

吴老哈哈笑了。

自跟吴老谈过话,金全礼工作更加踏实。

这天是礼拜四,金全礼正在办公室办公。行署办公室一个秘书推门进来,说:

"金专员,有人找您,见不见?"

金全礼问:"哪儿来的?"

秘书说:"他说他找您告状!"

金全礼以为又是群众揭发干部,于是说:

"请他来,请他来,人家大老远跑来,不容易!"

可等秘书把人带来，金全礼一看，却是春宫县县委办公室主任。金全礼哈哈笑了，说：

"老钟，你搞什么名堂！还不直接来，说是告状的！"

谁知县委办公室主任气呼呼地说：

"金专员，我今天找您不为私事，我就是告状的！您不是管纪检吗？"

秘书退出，金全礼给办公室主任倒了一杯茶，说：

"谁得罪你了，让你告状？"

办公室主任说："我要告小毛！您这里不准，我告到省里；省里不准，我告到中央！联合国我也敢去！"

金全礼说："行了行了，用不着动那么大的气。我走时不是交代你们了，让你们配合小毛的工作，不要处处与他为难，要为春宫八十万人民着想！"

办公室主任瞪着眼睛说："我们没有与他为难，可他处处与我们为难！告诉您金专员，我的办公室主任，已经让他给撤了！"

说完，蹲在地上抱头呜呜哭起来。

金全礼这时倒吃了一惊，问："是吗？"

办公室主任抹着泪说："还'是吗'？您现在当了大官，是不管底下人的死活了！您抽空到春宫去走一走，看小毛正在春宫干什么！自他到县委以后，除了琢磨人，没干一件好事！他现在大权在握，是想把人都换成他自己的，我这还不是他开的第一刀！"

金全礼问："问题那么严重吗?上次小毛到地区开会，还来过这里！"

办公室主任说："他那是耍两面派，在蒙骗您！为什么撤我，还不因为我是老县委的人！"

金全礼这时心里生气了，怪小毛不够意思。提他当县委书记，金全礼没说什么，怎么他现在敢如此无礼！但他表面上仍很镇静，笑着问：

"那你现在失业了?"

办公室主任咕嘟着嘴说："让我到科委去。您想，科委是个什么单位?金专员，我给您说，这问题您得解决，您不解决，我住在您办公室。人家都说当初跟您跟错了，还不如跟县政府了。您吱溜一下升走了，留下一帮人让人宰割！您是老领导，您不能见死不救！"

说完，又哭了。

金全礼说："行了行了，拿我的饭盆和菜票，到食堂给我打饭！打两个人的！"

办公室主任从地上站起来，抹了抹红眼睛，端着饭盆到食堂打饭。

剩金全礼一个人在办公室，金全礼气得摔了一只杯子。妈的，你小毛也太胆子大，太岁头上就这么动了刀子。接着抓起电话，让总机接春宫。总机那边接电话，他又突然想起了许年华，想起许年华处理事情的水平，气马上又消了，让总机撤了那个电话。

等办公室主任打饭回来，两人隔桌子吃饭。金全礼说：

"老钟，我告诉你，你吃完饭，就到地委那边找陆书记，把情况向他反映，看他什么意见！县委的事，找地委合适！"

办公室主任瞪起眼睛："不行金专员，这事您不能推，您是老领导，这事您还不管，人家陆书记会管？我不找陆书记，我就找您！"

金全礼禁不住骂了办公室主任一顿：

"让你找陆书记，你就找陆书记！这事你让我怎么管，让我去跟小毛吵架吗？有组织渠道，你为什么不找陆书记？这点道理还不懂吗？"

办公室主任蒙了头，用筷子根刮着自己的满头浓发，刮了一阵，似乎明白了，又似乎没明白，说：

"好，好，我去找陆书记！"

吃过饭，办公室主任就去找陆洪武。等办公室主任一走，金全礼又有些伤感。唉，为了自己，推走跟自己多年的同志，是不是太自私了？但从大局出发，他现在是不能和小毛闹仗的。

那样对全局太不利。不过就这样牺牲同志，他心里又不忍。这样思来想去，一下午也没办好公。

过了有一个礼拜，陆洪武见到他问：

"老金，春宫有人告小毛的状，你知道吗？"

金全礼说："不知道。为什么告小毛的状？"

陆洪武说："一个县委办公室主任，说小毛泄私愤图报复，撤了他的职。我已经跟小毛通了电话，看来不是这种情况。这个办公室主任有作风问题，在县宾馆混来混去，和几个女孩子不清楚！"

金全礼说："是吗？如果是这样，这个人是不适宜待在县委！"

陆洪武说："事情已经过去了，也不是什么大事，一个办公室主任，处理过去就算了。我以为你知道，给你打个招呼。我已经同意小毛的处理意见了！"

金全礼说："这样处理很好，这样处理很好！"

与陆洪武分手，金全礼又生起气来。妈的，这个小毛果然不是东西！什么作风问题，借口罢了。撤一个人，总要找些问题。这个办公室主任爱和女人接触金全礼是知道的，但过去他也接触，你小毛怎么也不管？现在你一当县委书记就撤人，这不是"改朝换代"是什么！什么人没有问题？抓什么人什么人就有问题。谁不爱和女人接触？无非程度不同罢了！接着又想起自己对老部下见死不救，有点对不住自己的良心。可话说回来，他在小毛手下，自己也无能为力。

谁叫你有作风问题?这问题一抓一个准,我金全礼能去证明你没有作风问题?我不是见死不救,是没法救。救不好连自己也拖着沉下去。于是心里又得到安慰。这样思来想去,一夜没有入眠。直到黎明,东方出现朝霞,他又突然想起许年华,一切问题似又想通了,又对工作鼓起了信心。他吃了两块蛋糕,忘掉这件事,又精神抖擞地去上班。

· 六 ·

一进腊月,专员吴老突然中风病倒。这天清早,吴老像往常一样提着菜篮子到自由市场买鱼。买了一条大的,买了一条小的。鱼贩将鱼放到他篮子里,那条大的突然蹦出菜篮,在地上乱跳。吴老弯腰去捉鱼,一下跌倒在地上,昏迷过去。鱼贩不认识吴老是谁,送医院也晚些,于是中了风。吴老家人闻知,都赶往医院。吴老清醒倒是清醒了,就是身子不能动弹,话也不会说了。吴老的老伴哭道:

"说不让你买鱼,你尽逞能,看不会说话了不是!"

吴老意志倒坚强,只是笑笑。

这时地委书记陆洪武也坐车赶到了,上前握住吴老的手:

"吴老,你要吃鱼,让通讯员搞些好了,何必自己去!"

吴老握紧陆洪武的手,也只是笑笑。

吴老的苦衷大家不知道。吴老有这样一个习惯，顿顿吃饭离不了鱼。他吃鱼不能吃死鱼，一吃就犯胃疼，拉肚子，得吃活鱼。一到做饭，他要亲自下厨房查看，看下锅的鱼是不是活的，尾巴还动弹不动弹。如果不动弹，就得赶紧换鱼。哪怕买回来是活的，临到下锅变死了也不行，也要拉肚子。前几年吴老不用亲自到自由市场买鱼。那时他刚当专员，人也年轻些，工作风风火火，经常到各县去。各县知道他这点毛病，临走时，都用桶装几条活鱼，放到他车子后备厢里。或者派人给他送几条鱼。这几年不行了，吴老年纪大了，精力不济，到下边转得少了，大家知道他也快退居二线了，人情也就薄了，各县很少再给他送活鱼。所以吴老得亲自到自由市场买鱼。所以就中了风。

金全礼当时正在下边县里抓计划生育，听说吴老中了风，立即驱车赶回地区。他与吴老是有感情的。虽然搁伙计还不到一年，但他觉得吴老这人忠厚，以诚待人，对他不错。车子赶到地区医院已是晚上，吴老已经睡着了。吴老的老伴在一旁坐着打瞌睡。金全礼在病房外喘完气，才蹑手蹑脚进去。吴老老伴见是金副专员来了，忙站起给他搬座位，又要叫醒吴老，金全礼忙上去拉住吴老老伴的手，悄声说：

"别叫醒吴老，让他睡吧！"

然后就在凳子上坐下，一言不发看着吴老。

这样等了一个小时，吴老还没醒。吴老老伴说：

"金专员，你回去休息吧。等他醒了，我告诉他。"

金全礼说："不，我回去也睡不着，我就在这里坐着。"

一直到夜里下三点，吴老才醒来。老伴扶他起来喝了几口橘子水，吴老这时发现了金全礼，眼中露出奇异的光，用手指指金全礼，又指指老伴，又指墙上的钟表。

吴老老伴说：

"金专员在这里坐了半夜了！"

吴老这时眼中冒出了泪，金全礼上前一把抓住吴老，眼中也冒出了泪，声音哽咽地说：

"吴老，吴老，您这是怎么搞的？"

吴老对别的地区领导都是坚强地笑，但在金全礼面前，泪却顺着面颊往下流。吴老抓过金全礼的手，在他手上写道：

"以后你给我搞活鱼！"

金全礼使劲点点头，又禁不住哽咽地说：

"吴老，我对不起您！"

吴老使劲拍打着金全礼的手。金全礼说：

"要不要我给年华同志挂个电话，接您到省城？"

吴老摇摇头，又在金全礼手掌里写道：

"这里比省城强！"

金全礼明白吴老的意思，使劲点了点头。

从此吴老就在地区医院躺着。金全礼一天一次去看；有时下县里去，等一回到地区，就必去医院看。陆洪武也去看，但工作毕竟忙些，不如金全礼来得勤。"二百五"不爱看人，仅来过一次。其他副书记副专员也来过。省委第一书记许年华听说吴老病重，专门派秘书来看望过一次。吴老拉着秘书的手，又一次哭了。

大家观察吴老的病情，看来他今后不可能再上班。吴老也是一个明白人，在一次陆洪武来看望他时，在陆洪武手上写道：

"我要求提前退休，请组织考虑。"

当时陆洪武握住吴老的手说：

"吴老，您安心养病，不要想别的！"

但离开吴老以后，他也考虑地区不能长时间缺额专员，于是就向省委组织部写了一个报告，建议在现有副专员中，提一个起来接替吴老执事。

这消息很快就传出来了。这消息一传出，吴老患病马上就成了次要新闻。谁接替吴老当专员，成了大家关心注目的问题。地区医院马上变清冷了，行署大院的气氛马上紧张起来。

行署大院的副专员现在有五个："二百五"一个，金全礼一个，还有沙、管、刘三个。沙、管两个是靠资历熬上来的，工作平庸，另一个刘是新提拔的大学生，正在中央党校学习，竞争力都不大。具有竞争力的,只剩下金全礼和"二百五"。金全礼自来专里以后,工作踏踏实实,没日没夜,不摆专员架子,群众呼声较高;"二百五"当初与金全礼换工作换对了,这一年乡镇企业和市政建设搞得都不错。所以大家把注意力都集中到"二百五"和金全礼身上。平心而论,"二百五"与金全礼相比较,"二百五"又比金全礼具有优势。一是"二百五"副专员已当了五年,金全礼刚当副专员不到一年;再一点,从这一年工作看,"二百五"抓的是实事,乡镇企业有产值,市政建设有规模,而金全礼尽跟犯错误的干部大肚子妇女打交道,论实际的政绩,似乎就没有"二百五"大。"二百五"也自知这一点,所以一听说吴老病倒,他倒很高兴,以为自己接吴老的班无疑。他听说陆洪武向省委组织部打了报告,仗着他以前在省委组织部待过,马上就坐车去了省城。在省城活动三天,回来后气宇轩昂的样子,似乎一切都不成问题了。

金全礼当然也想当专员,接吴老的班。似乎以前吴老也暗示过他。但他也没想到吴老突然病倒,这事情来得这么快。世界上的事是复杂的,有时来得慢不好,有时来得快也不好,这事来得快就不好,他当副专员不到一年,优势就不如"二百五"。当然金全礼也不是急于当专员,如果在吴老手下,当几年副专员也有必要,积累一些经验。但现在让他和"二百五"来竞争,他就不服气。他不服气"二百五"的能力,不满意他的霸道作风，这样的人当专员，全地区五百万人民岂不要跟他遭殃？再深一步，如果"二百五"当上专员，他就得在"二百五"手下当副专员，那就更加窝囊。但谁当专员，是省委决定的，他也无能为力，所以只是暗地里着急罢了。当他看到"二百五"到省里活动几天，气宇轩昂地回来，心里更加着急。

这时他想起了许年华。于是也如法炮制，在一天夜里，坐车到了省城找许年华。可惜事不凑巧，许年华到北京开中央全会去了。金全礼在省里又不认识别的人，只好悻悻而归，干等着命运判决。

停了一个礼拜，省委组织部来了人，带来了组织部的意思，果然是准备提拔"二百五"为专员，现在来征求地委的意见。如地委没有意见，就准备报省委常委会讨论通过。陆洪武听了省委组织部的谈话，表示没意见。但接着又问：

"要不要征求一下吴老的意见？"

省委组织部的同志说："他以前是专员，征求一下也不多。"

于是陆洪武就到医院去，向吴老谈了省委组织部的意见，接着问：

"吴老，您看行吗？"

吴老这时向老伴伸手，老伴明白他的意思，就拿来纸和笔。吴老在纸上哆哆嗦嗦写道：

"请转告省委,我不同意他接我的班!"

接着愤怒地扔下纸和笔。

陆洪武吃了一惊。他问:

"那您的意思呢?"

吴老又写了三个字:

"金全礼。"

陆洪武明白了,点点头,说:

"这样吧吴老,我把您的意思转告省委!"

于是陆洪武把这意思转告了省委组织部两个同志。两个同志耸耸肩,说:

"我们也只好如实转达!"

这样,两种意见就提到了省委常委会上。会上有些小争论。组织部部长还是倾向于提"二百五",省长马致高说:

"既然原来的专员都不同意提他,可见这人不行,提金全礼吧!"

大家都拥护马省长的话,说:

"那就金全礼吧!"

这时许年华发了言,说:

"金全礼刚提了副专员不到一年,接着又提专员,也不见得好,我看还是先让他在副专员位置上锻炼锻炼好。这样吧,既然一时没有合适的人选,就不要硬提,专员先让陆洪武同志兼起来，再等个一年两年，找人来接他专员的担子也不迟！"

大家都觉得许年华的意见妥当，于是就这样决定。只是苦了陆洪武，既要管地委的一摊，又要管行署的一摊。"二百五"自然不满意，白忙活一场，没有提上去，这不表示省委对自己的不信任？当然他也知道是吴老在中间捣蛋，但心里对省委的意见更大，怪他们心里没主张，偏听偏信。同时见陆洪武兼了专员，对陆洪武也有了意见，禁不住在办公室骂道：

"中央提倡党政分开，他们置若罔闻，还搞书记兼专员！"

金全礼看到省委的文件，倒没有太生气。他对当专员不太性急，只要省里不提"二百五"当专员就行。金全礼不怕时间长，不怕拖，越拖他的优势越大。他又听说"二百五"为此暴跳如雷，心里更加放心，一个人在心里骂道：

"这个笨蛋！他越这么做，他越当不上专员！"

既然"二百五"当不上专员，这专员早晚非金全礼莫属。于是金全礼就更加埋头工作。吴老在医院听到这些消息，禁不住从心里感叹金全礼是好同志，觉得自己有眼，看对了金全礼。

所以在金全礼又来看望他时，他在金全礼手上写道：

"要相信党！"

金全礼明白吴老的意思，也知道吴老曾拼命抵制"二百五"，要提擢他为专员，所以又对吴老感动起来，握紧吴老的手，使劲摇了摇。

· 七 ·

中央开始提倡案情举报,这给管纪检工作的金全礼带来很大的工作量。天天有人举报,不是写信,就是打电话。金全礼和地委一个管纪检的副书记,轮流值班,应付举报。由于工作量较大,陆洪武提议让金全礼专管举报算了,计划生育由一个姓沙的副专员兼起来。

这天,金全礼接到一封检举信,说筑县县委书记老丛、皮县县委书记老周、南成县县委书记老胡、乌江县县委书记老白,都在各自的县城建独院,修洋房,老周、老白还乱到宾馆搞女人。金全礼看到这封信吓了一跳。老丛也好,老周老胡也好,老白也好,都是过去的老朋友。

一来不知道这些事的真假,二来不管这些事是真是假,他金全礼都不好去问。就是去问,谁都知道谁的底细,人家尿不尿你那一套呢?老周、老胡的脾气他知道。于是又从心里骂起了"二百五",当初把这得罪人的差事推给了他。前一段举报,举报个商店经理,举报个村长乡长,他都好批示,批一个字:"查!"就有工作组去查。现在是老丛、老周、老胡、老白他们,如何批"查"?说不定批一个"查"字,工作组拿这个"查"字下到县里,老周他们能把这个"查"字给撕了!于是又怪老丛、老周、老胡、老白他们,你们都受党教育多年,一生表现不错,平时吃点喝点也就算了,何必要修独院、盖洋房,自己跟自己过不去?这样思来想去,在这封信上批不下字。他忽然想起上次处理小毛和县委办公室主任的事,于是得到启发,在这封信上批道:

"呈洪武同志阅处!"

这样批了字,让办公室秘书给送出去,心里才舒了一口气。可当天下午,这封信就又被陆洪武退了回来。陆在上边批:

"建议全礼同志亲自带人下去查一下!"

金全礼看到这批示,全身冰凉。这是他上任以来,受的第一次打击。接着就怪自己太蠢,不该与陆洪武玩心眼,不该将球踢给陆洪武,现在陆洪武又踢了回来,自己就陷入困境。如果不送陆洪武,自己还可以批给工作组去;现在一送陆洪武,被批了个"亲自去",自己就得亲自去。真是搬起石头砸自己的脚,聪明反被聪明误。他不敢得罪老胡、老白、老丛他们,但也不敢得罪陆洪武。陆洪武批他"亲自去",他还不敢不"亲自去"。真是"当差不自由,自由不当差"。所以金全礼最终还是决定去,去见一见老周、老胡、老丛他们。可等第二天早晨起床,又觉得不妥。查还是要查,但在先查谁的问题上,得讲究一下。老周、老胡他们都是火暴脾气,去年在省城开会,因为金全礼升副专员他们连宴都不赴,先见他们还不一下顶上了?

还是先见筑县老丛比较合适,老丛与他一块搞过"四清",两人关系不错,老丛脾气也温和些,可以先找他了解一下情况。

上午,金全礼就带着几个人,分乘两辆车进了筑县县委大院,县委办公室主任迎出来。金全礼问:

"老丛呢?"

办公室主任吞吞吐吐地说:"开会去了吧?我去找他!"

金全礼当了那么多年县委书记,知道办公室主任这一套,于是说:

"开什么会?到哪儿开会?去地区还是去省里?该不是中央派专机来接他了吧?告诉我,他到哪里去了?"

办公室主任尴尬一笑,只好说:

"丛书记在县城北关盖房,这两天没有上班。我马上派人去喊他!"

金全礼止住他说:

"不用去喊,我去找他!"

于是上车对司机说:

"到县城北关!"

到了县城北关,果然找到了老丛的建筑工地。乖乖,一看就知道举报信是真实的,老丛正在明目张胆盖小楼,还动用了一部吊车。楼有两层,现已建得初具规模,玉白色,宫殿式,转着一圈琉璃瓦,果然刺眼。占地有半亩大。金全礼的车子开到工地,老丛已笑眯眯地在那里站着迎他。看他神情,知道他要来的样子。金全礼下车奇怪地问:

"你怎么知道我要来?"

老丛说:"会算!"接着又如实相告,"办公室主任已打来电话!"

两人燃着烟。老丛看金全礼身后还带了一帮人,问:

"干什么来了,带了那么多人!"

金全礼也如实相告:"查你呀!看这房子盖的!"

老丛笑了,说:"查吧!"又双手并在一起,做出让金全礼上铐的样子。两人都笑了。

老丛上了金全礼的车。两辆车开到了县宾馆。老丛说:

"我这有内蒙古的羊,咱们涮他一锅如何?"

金全礼说:"这不是废话?"又说,"找人再给搞几条活鱼,装到我车子里!"

老丛问:"搞鱼干什么?"

金全礼说:"给吴老带回去!"

老丛也知道吴老的情况,这时县委办公室主任已赶到宾馆,站在他的身边,于是对办公室主任说:

"马上开车到水库去!"

办公室主任点头,快步去了。

中午,金全礼与老丛一个房间,金全礼带来的工作组由县委办公室主任陪着在另一个房间,分别涮羊肉。涮了几筷子,金全礼说:

"老丛,咱俩关系不错,我才跟你说实话。咱们受党教育多年,也都是领导干部,我就不明白,你、老周、老胡、老白,怎么都突然盖起了房子?"

老丛问:"知道我多大了伙计?"

金全礼愣了愣,答:"五十四吧?"

老丛伸出指头:"五十六!老周他们呢?"

金全礼答:"也都五十多了吧?"

老丛喝下一杯酒,说:"就是!五十多了,马上都要退了伙计!我们不像你,升了上去,我们还能往哪儿升?退了,马上是退了!临退,总得留下个退路吧?得有个自己的窝吧?跟党多年不假，但总得有个安稳的窝吧?不然等你退下来，谁还理你呢?吴老不是样子?他是什么，是专员!可一退下来，不是你有良心，他连鱼也吃不上!现在的人不都是这个样子?人在人情在，总不能退下来让我住贫民窟吧!等我退下来，你开车到贫民窟找我?你还能在老丛这吃得上涮羊肉?老金，你上去了，是体会不到咱在下边的心情啦!我只问你一句话，要是换你，你在县上，快退下去了，你盖房子不盖?盖!我们关系不错，我才这么说，你老金别在意!再说，谁觉悟高谁觉悟不高?到什么位置，才有什么样的觉悟!等你住到贫民窟，有你高的时候!"

金全礼抽着烟，看着老丛，不再说话。两人默默涮了一阵羊肉，金全礼说：

"盖当然是该盖，盖房也无可非议，老百姓允许盖房，县委书记也允许盖房。只是你们盖房时间不对，撞在风头上!"

老丛说："什么风头不风头，我不怕，我想老周、老胡、老白他们也不怕!盖房怎么了?宪法上没一条说盖房犯法，我盖房自己掏钱，砖、木材、水泥、沙子、地皮，都是我花钱买的，我怕哪个?老金，你不是下来查人吗?你查!你该怎么查怎么查，我老丛不怕!"

金全礼说："我当然要查!地皮、建筑材料是你买的不错，只是你掏的这点钱，别人一定买不出来!你那院子有多大?半亩，不是乱占耕地是什么?"

老丛说:"我乱占耕地,你们地委行署在空中住着?陆洪武住的什么?吴老住的什么?一点不比我差!再往上查查,越查越大!你老金应该到中纪委去,在这委屈你了!"

这时金全礼笑了:"中纪委怎么了?我也想上中纪委,就是人家不要我!"

老丛喝了一杯酒,也笑了。这时县委办公室主任走到老丛身边,轻声问:

"丛书记,下午县里开党员教育会,原定您去讲话,现在时间到了。"

老丛瞪了办公室主任一眼:"没看金专员在这儿?让一个副书记去讲一讲!"

办公室主任忙说"是,是",退了出去。

金全礼说:"老丛,你该忙去忙,我也马上就回去了。"

老丛一摆手:"忙什么忙,让别人去忙,我要盖房子!"

吃过饭,两人在宾馆里开了一个房间,一人躺了一个铺。这时相互问了一阵家庭情况。金全礼拿出一个磁疗器,送给老丛,老丛老伴有腰疼病。谈到下午两点,金全礼突然从铺上跃起,对老丛说:

"老丛,你看这事如何收场?实话告诉你,到地区还不如在县里,碰上个'二百五',把这得罪人的差事推给我,娘的,不是人干的事!"

这时老丛也从铺上坐起来，说：

"算了，你回去!我马上让县纪委写一个报告，将买地皮买材料的账目单附上，让你交差算了!"

金全礼点了点头，又问：

"老周、老胡、老白那边呢?我也跑一趟?"

老丛沉思一阵，说：

"你最好别跑。咱们关系好，你来一趟我不介意。你到老周老胡老白那里去，他们介意不介意?因为一件小事，失掉几个县，以后工作还怎么做?专员还怎么当?我替你给他们打个招呼，也让他们如此办理算了!"

金全礼点点头，感激老丛是几十年的好朋友。又说：

"老周、老白还有一档子事呢，材料上说他们乱搞女人!"

老丛像老母鸡一样咕咕笑了，说：

"这事我可不管，你去查女人去!他们是强奸吗?"

金全礼一笑。

老丛说："死无对证的事，你怎么查!查来查去，也肯定是'查无此事'!"

金全礼一笑。接着拍拍身子站起来，说：

"老丛，我回去了!"

老丛也站起来："你公务在身，我不拦你!"

两人一块向外走，这时老丛对金全礼说：

"前几天我到春宫去过一趟!"

金全礼问:"去家了没有?"

老丛说:"怎么没去!我可告诉你,弟妹也好,几个侄子也好,都对你有意见,说你太自私!"

金全礼笑:"我怎么自私?别听他们胡说!"

老丛说:"说你只顾自己当官,不管他们。如果不是太难的话,其实你可以把他们办到地区去。"

这时金全礼说:"再等等吧,不就是个早晚的问题吗?"

老丛也点点头。下了楼,老丛忽然又动了感情,说:

"老金,我是快退了,实话告诉你,陆洪武上次到县里来,已经找我谈了。"

金全礼吃了一惊:"找你谈了?怎么说?"

老丛伸出一个指头:"还有一年!"

这时金全礼发现,这位二十多年前一块搞过"四清"的好友,果然头发已经花白了,人也苍老许多。金全礼忽然也难过起来,使劲抓住老丛的手。

"我常来。"

老丛说:"是盼你来。在这县上,有几个能说说心里话?"

金全礼问:"有什么要我办的吗?"

老丛摇摇头:"现在我还能办,等以后退下来,实在求不着人的时候,再找你吧。"

金全礼说:"保重!"

老丛说:"上车!"

车驶出县城,金全礼靠在后背,将手捂到头上。在政界混了这么多年,他突然有些伤感。

过了两个礼拜老丛、老周、老胡、老白各县的纪委都将材料送了上来。金全礼拿着材料向陆洪武汇报一次,陆洪武说:

"既然查过了,没有大问题,就结案算了。同时向中纪委、省纪委写两份报告,将情况汇报一下!他们也收到了同样的举报信,上个星期批到了我这里!"

金全礼应了一声,回来,赶紧让工作组将材料呈了上去。

·八·

吴老中风六个月零三天,终于在医院病逝。据说吴老死得很惨,断气时身边一个人也没有。

吴老患病六个月,照顾他的基本都是他老伴。一个人不管地位多高,成绩多大,反正临终前守在他身边的,也就是亲人。行署也派了一个人去医院值班,但人家老婆孩子一大堆,心里有人家的事,尽心尽意的也就是老伴。本来老伴是日夜不离他左右的,可这天她想回家取一件罩衫。罩衫取来,吴老就断了气。老伴扑到吴老身上就哭了:

"老头子,你怎么就这么去了?你怎么就不能等我回来?你这么走了,丢下我们可怎么办?"

接着陆洪武、金全礼、"二百五"等地委行署领导都赶到了。看着吴老的遗体,大家心里都不好受。毕竟以前是在一个桌上开会，在一个桌上吃饭的人，现在他竟到另一个世界去了。

悲伤一阵，大家又劝了吴老老伴一回，就退到医院会议室，商议吴老的丧事。这时一个姓沙的副专员说：

"吴老在这个地区工作了一辈子，全地区哪里没有他的脚印？现在去世了，丧事要尽我们的能力！"

这时"二百五"说："我们是唯物论者，人都死了，什么尽力不尽力！再尽力不也是送去火化？何况中央提倡丧事从简！"

这时金全礼说了话。金全礼与吴老是有感情的。吴老对他不错，他对吴老也不错。吴老住院这六个多月，他来看望不下百次。吴老每天吃汤用的活鱼，也都是他张罗的。他在吴老面前问心无愧。吴老现在去世了，他悲痛固然悲痛，但又为自己照顾了吴老而感到安慰。其实丧事怎么办，从繁还是从简，意义不大，但他一听"二百五"说话的口气，就从心里起火，发现"二百五"这人特别没有良心。人都死了，何必还这么恨之入骨？这样的人本来应该入国民党，怎么倒跑到共产党的队伍里来当副专员？本来平时他对"二百五"是谦让的，现在禁不住本性大发，顶了"二百五"一句：

"不管从繁还是从简，反正在场的各位，也都有这一天！"

但他说出这句话，又有些后悔。这句话的打击面太大，

陆洪武等人还在场哩。但不容他后悔,"二百五"已经接上了火,用眼睛瞪他:

"你这是什么意思?"

既然话说出去了,金全礼也就豁出去了,于是继续说:"什么意思?我说有的人做事太短!不要说没有共产党人的气味,连普通人的良心都没有了!"

"二百五"气得额头上青筋暴突,戗到金全礼面前:

"谁没有良心,谁没有良心,你把话说清楚!"

金全礼说:"谁没有良心谁知道!"

这时陆洪武发了火。陆洪武平时是个稳重、不露声色的人,现在发了火。他一发火不要紧,把个会议桌上的玻璃板也给拍烂了:

"吵什么吵!看你们像不像一个副专员?说的都是什么话?不感到不好意思?和街头的娘儿们有什么区别!"

然后吩咐副专员老沙,按过去的惯例,成立治丧委员会,报省委省政府,通知各地的亲属,然后气冲冲率先出了医院,坐车回了地委。其他人都愣在那里,不再争吵。

吴老丧事办得还可以。规模隆重,气氛庄严。省委、省政府都送了花圈,省委第一书记许年华还发来了唁电。地委各机关、各县也送了花圈。由于吴老生前善于联系群众,见老百姓和蔼,各县还有自动来参加追悼会的。一个吴老帮助过的农村五保户老太太，还当场哭了，哭得昏倒在地上，临昏前嘴里还高喊着：

"清官，清官呀清官！"

追悼会过后，吴老的事情就算彻底过去了。吴老的老伴虽然还伤心，但她对那么隆重悲壮的追悼会还比较满意，心里便也得到一些安慰。她也听说在医院会议室地委一班人为吴老的后事有一场冲突，所以她就自然而然地把隆重的追悼会的功绩，算到了金全礼头上。所以吴老亡七那天，老太太围着围巾，专门来到行署金全礼的办公室，对金全礼说：

"老金，今天是老吴的'亡七'，我不去公墓，我得先来这感谢你。我知道你对老吴好，老吴现在不在了，我代表地下的老吴，向你表示谢意！"

说完，就向金全礼鞠了一躬。然后就掩面呜呜哭了。

金全礼急忙从办公桌后冲出去，上前搀住老太太，拉住她的手说：

"老嫂子，这可使不得！吴老生前，对我有不少培养！我还觉得对不起他！我没照顾好他，让他这么早就离开了人世！"

说着，也落下了泪。又说：

"老嫂子，不管吴老在与不在，我们对您会像他生前一样。这一点请您放心。以后有什么事，您就来找我！"

吴老老伴啜泣着说："你是好人金专员。现在世上的人情,哪里还有你这样的好人!我党有眼,提拔你当副专员。当初我就对老吴说,你年纪大了,赶快让老金接你的班,现在看晚了不是!"

金全礼说:"不能这么说老嫂子,吴老德高望重,对我不少培养,我永远不会忘。以后有事您尽管来!"

话说到这里,这场谈话就结束了。这么动感情的场合,金全礼是颇受感动的。但令他没有想到的是,这场面过去以后,却给他带来许多麻烦。他一说让吴老老伴有事来找他,吴老老伴信以为真,真把金全礼当成了吴老的至死知交,当作了吴老的替身。以后有事真来找他。大事来找,小事也来找。住房问题,家属用车问题,吴老的丧葬费问题,甚至儿子工作调动问题,孙女入托问题,都来找。一开始金全礼热情接待,亲自出马帮助。但问题是有些事情的办理并不在他职权范围之内,有的事情的职权,是在陆洪武甚至"二百五"的权力范围之中,所以办起来也让他为难。人一死,世态炎凉也立即显现出来。过去吴老在世时,家属什么时候用车,机关什么时候开到;现在吴老老伴一要车,机关就说"车坏了"。金全礼发过几次脾气,机关倒是将车又修好了,但下次又坏了。次次发脾气也不好。金全礼也拿人没办法。吴老老伴自吴老死后,心里又特别敏感,车一坏就想起了吴老在世时,两下对比,就来找金全礼哭诉。金全礼感慨之余,也怪自己当初做事大包大揽，揽下这么一个难干的差事。

以后吴老老伴再来找他时，就不禁有些怠慢。他一怠慢，老太太立即觉察出来，从此就不再来找他，直接去找陆洪武。老太太还背后对人说：

"看他是个好人，原来也经受不住考验！"

这话传到金全礼耳朵里，金全礼很是伤心。他自言自语说：

"都怪我，都怪我，做事不知掌握分寸！"

这天金全礼正在办公室批改文件，有人敲门。金全礼喊"进来！"进来的人却使他大吃一惊，原来是春宫县县委书记小毛。本来金全礼这一段心情都不好，现在见了小毛就更加气不打一处来。上次他太岁头上动土，撤了县委办公室主任，还没有找他算账，现在他又找上门来，不知又要搞什么阴谋诡计？所以连身也没有起，既不让烟，也不让茶，只是冷冷地说：

"坐下。"

小毛倒毕恭毕敬地，照他的吩咐坐下。

金全礼批完手中的文件，才抬起头问：

"毛书记来有什么事？"

小毛也觉出了气氛有些不大对头，但他仍满脸堆笑地说：

"也没什么事，省委许书记让我带给您一封信！"

金全礼一听这话,吃了一惊。什么?许年华托他带信?这怎么可能?小毛什么时候认识许年华的?这小子怎么这么会钻营?所以当他接过小毛递过来的信,仍在纳闷。但他不动声色地问:

"你什么时候见到年华同志的?"

小毛答:"许书记前天到城阳视察,路过春宫吃了一顿饭,我向他汇报工作,他托我给您带一封信。"

金全礼这才放下心来。原来只是路过。原来只是让他当通信员,于是态度有些和蔼,说:

"喝水!"

小毛就自己去暖瓶跟前倒了一杯水,拿在手中喝。

金全礼拆开许年华的信,上边也没什么大事,只是写:

"全礼同志:长时不见,甚念。怎么不到省里来找我玩?许年华。"

但金全礼读到这样的信,心里还是热乎乎的。于是情绪突然间好转起来,把吴老老伴的事放到一边,就从办公桌后走出,坐在小毛对面,问起许年华在春宫停留的细节。小毛眉飞色舞,说许年华怎么和蔼没有架子,怎么知识渊博,怎么生活简朴,中午就吃了一碗面条,等等。金全礼哈哈大笑,说:

"他就这个样子,十多年前我们在一起,他就这个样子!"

小毛以前倒也听说过许年华与金全礼有关系，但没想到这么密切，路过还捎一封信，不知里面说些什么。现在见金全礼哈哈大笑，对许年华似乎无所谓的样子，心里更加迷惑，也就对金全礼更加毕恭毕敬，甚至开始后悔过去不该在金全礼当县委书记时与他捣蛋，后来也不该做些与他为难的事。

这么谈了一阵，小毛突然说：

"金专员，我今天除了送信，还有一件事。"

金全礼说："什么事，你说。"

小毛说："上次我有件事做得不对，对不起您，我早就想向您汇报。"

金全礼心里咯噔一声，问："什么事？"

小毛说："就是去年撤办公室主任的事。这个办公室主任跟您多年，我不该撤他。可当时县纪委查出他许多问题，女的也承认了，我也是没办法。"

金全礼摆摆手："我离开春宫，就不插手那里的事情，你不用向我说这个，你想说，可以去找陆书记。"

小毛站起来说："金专员，您不要生我的气，我当时也是挤在那里，没有办法。我早就有这样一个想法，等事情平静以后，还把他调过来，我这次来向您汇报，就是说这事，想把他调回来！"

金全礼听着小毛这么说，心里才顺过劲儿来。他金全礼从来都是宽宏大量，允许人犯错误，也允许人改正错误。小毛以前犯过错误，改正，他原谅；现在他犯错误，改正，他还可原谅。他从心里又为自己的宽宏大量而感动，于是态度更和蔼起来，说：

"调不调回来，还是县委决定，我不好插言。只是据我以前在春宫的观察，这个人有毛病，但主流还是好的！"

小毛点着头说："主流是好的，为人也不错。我早有这个想法。金专员，您看这样好不好，办公室主任已经有人了，让他到组织部去算了，那也是个实权部门，也是县委常委，职位和办公室主任是相同的！"

金全礼点着头说："可以嘛，组织部，办公室，都可以嘛！"

小毛笑了，说："那我回去了。下边车里给您带来一筐苹果，让人给您送到宿舍，没事您吃着玩。"

金全礼说："这是何必，我不爱吃生东西。"

小毛走了。小毛走了一个礼拜，果然，原来撤职的办公室主任，又被调回了县委，成了组织部部长、县委常委。这家伙一到任，就跑到了行署，撞开金全礼的办公室，一下跪到地上哭着说：

"金专员，感谢您给我第二次生命！"

金全礼当时吓了一跳，但马上向前说：

"老钟,你这是什么样子,给我起来!"

老钟起来,抹着眼睛说:

"我就知道,早晚,老领导不会忘记我!"

金全礼说:"什么忘记不忘记?这和我没关系,要感谢党,回去好好工作!"

老钟答:"回去一定好好工作,我听您的,金专员!"

· 九 ·

地委书记陆洪武，这一段心情似乎不好。他心情不好的主要原因，是因为他这一段身体也不大好。他隐隐约约感到，自己是不是也要走吴老的路。上次吴老病逝，在医院会议室里，金全礼说出"在场各位，都有这一天"，就特别刺伤他的心。但他从工作考虑，一直对自己的病情保密。连妻子儿女都不告诉。他看病也不在地区医院，总是开车去省城。在省城医院一检查，一照镜子，似乎心脏、肝脾都有问题。鉴于这种情况，不管从自己身体出发，还是从党的事业出发，他感到自己已不适于既当地委书记又兼专员了，他想将专员让出去。于是给省委写了一个报告，说明原因，请他们提一个人当专员。但省委组织部接到报告后，接受上次金全礼与"二百五"之争的教训，并不明确表态，而是让地委提出一个意见，由他们考察后报省委常委会。这事让陆洪武作了难。从陆洪武考虑，他认为地区没有适合提专员的干部。首先，他不赞成"二百五"当专员。他看不起他。但陆洪武也从心里不同意金全礼当专员。这并不是因为他对金全礼有什么个人成见，或是他上次说了刺伤他的话，而是从工作出发，他听到一些对金全礼的反映。譬如，地委这边就有人告诉他，金全礼这个人表面看工作积极肯干，踏实，但骨子里却不正派。这两年他一直管纪检，纪检却没抓出大的成绩。上次让他查老丛、老周、老胡等人盖房问题，他碍于私人情面，根本没有调查，而是敷衍了事；再有，他在吴老病重期间，为了讨好吴老，经常到下边要活鱼；还有，最近又授意春宫县县委书记小毛，把一个犯过错误的干部又重新启用，等等。鉴于这些事情，陆洪武就对金全礼不大满意，觉得这样的人一下提为专员，对党的事业、对他本人，都没有好处。但他又知道金全礼与许年华的关系，所以思来想去，内心很矛盾。最后他采取折中的办法，提出一个地委副书记老冯，提出一个金全礼，报到了省委组织部，而把老冯放到第一位，把金全礼放到第二位。

　　副专员"二百五"首先得知这个消息。他破碗破摔，连车子都没坐，一溜小跑就从行署到了地委。推开陆洪武的办公室，劈头就问：

"老陆,你搞什么名堂?"

陆洪武这时正肝疼,像焦裕禄一样用个钢笔帽抵着腹部,头上也正冒汗,但他并没有失去理智,而是说:

"老陈,坐!"

"二百五"不坐,就在屋子中央站着:

"对我有什么意见,可以当面提嘛,干吗背后搞我名堂!"

陆洪武不解地问:"谁背后搞你名堂?"

"二百五"说:"怎么不搞我名堂?为什么上报专员的名单中没有我?老陆,咱们在一起搁伙计也好几年了!你身为书记,不能处事不公!这两年我抓乡镇企业和市政建设,搞得咋样?市里冲不开街,那么多钉子户,是不是我冲开的?今年乡镇企业交了多少利润?不然你这个地委书记怎么当?可金全礼干了什么?为什么名单中有他没有我?这不是欺负人是什么?他和省委书记有关系,就该提他,我党就是这样的干部路线吗?我告诉你老陆,这事我不服气哩,我要告状哩!我要向省里反映,省里不行,还有中央!"

没等回答,他就扭头离去。直把陆洪武气得浑身打战,指着敞开的屋门说:

"他,他竟敢这样对我说话,他竟敢!"

但等陆洪武冷静下来,仔细想一想"二百五"的话,又觉得这家伙除了态度粗鲁无礼,但话的意思并不错,也有些道理，于是就不再生气，叹息一声，又处理起自己的事情。

　　名单的消息也传到了金全礼的耳朵里。金全礼也对陆洪武不满意。上次提专员，差不多就要提他了，只是因为当副专员时间短，被省委扣下了；以后吴老也再次表示这个意思，让他接专员的班。现在又突然冒出一个地委院里的人，并且排在他前面，这不明着表示陆洪武看不起他？我金全礼来行署两年多，歇过一个礼拜天没有？哪项工作落下了？别人不干的得罪人的差事，让我干，我干了，就是一些事情处理不妥，也不能因为一些枝节问题掩盖主流。我处理问题不妥，讲人情不顾党的原则，把你陆洪武摆到这个位子上试试，你照样要讲人情！谁不讲人情？不讲人情你能当到地委书记？你坚持原则，为什么省委书记来视察你惶惶不可终日，一下准备了两套饭应付？都是马列主义装电筒，只照别人不照自己。只照别人不要紧，就苦害了别人，说不定这专员就升不上去。如果这次升不上去，像金全礼这样的年龄，恐怕一辈子也就是副专员了。这不是断了人的前程？这是缺德的事情！老陆，我平时对你像对吴老一样尊敬，你为什么就没有吴老那样的宽宏大量和容人的领导作风呢？这样思来想去，闷闷不乐好几天。问题复杂还在于，陆洪武就这么把名单报上去，他还无法更改。即使现在再找他谈，也已经晚了，生米已经做成了熟饭。金全礼只好自叹倒霉。自吴老死后，栽到这么个领导手里。

接着又怀念起吴老来,又怪自己以前做得不对,不该对吴老老伴怠慢。

这天,金全礼又一个人在办公室发闷,突然门响,闯进一个人,是筑县县委书记老丛。现在金全礼不大欢迎老丛,因为正是因为老丛、老周、老胡他们,才使自己吃了挂落,名单上受影响。不过碍于以前一块搞过"四清",也不能太不顾面子,便说:

"坐。"

老丛看出了屋中的气氛,也知道金全礼的心思,觍着脸笑道:

"看来正不高兴!"

金全礼说:"我有什么不高兴!"

老丛说:"我们知道了,因为我们的事,让你吃了挂落,我们心里也不好受。我这次来,是老周、老胡、老白他们的意思,他们让我来接你,到老周县上散散心!"

老丛这么一说,金全礼心里又有些受感动。虽然以前帮了人家一点忙,但人家并没有忘记,在困难时还来让散心。但金全礼又明白,这种时候,这个心不能散,特别不能这个时候又与老丛、老周、老胡他们聚在一起,那不是主动自投罗网,让人抓死兔吗?于是就笑了,说:

"谢谢你们的好意!可我这两天实在太忙,等过去这几天,我去看你们!"

老丛明白金全礼的意思,也就不再勉强,笑了笑,转身告辞,说:

"我到地委组织部还有点事!"

金全礼说:"又是什么事?"

老丛说:"老金,时间到了,该办离休手续了。从明天起,我就是老百姓了!"

"啊,你要办手续?"金全礼站了起来,走到老丛身边,抓住了老丛的手。老丛果然要退下去了。这时金全礼又有些伤感,又有些责怪自己,刚才不该对他生气。人家都要退了,自己副专员当得好好的,和老丛相比,已是天上地下,何必还生人家的气?于是摇着老丛的胳膊说:

"停会儿过来吃饭!"

老丛说:"不了,得赶紧赶回去,下午还得去乡下接你嫂子!"

金全礼说:"过两天我看你去!"

老丛说:"等着你!"

金全礼说:"一定去!"

这时两个人的眼睛都湿润了。老丛又说:

"老金,我还有一句话,不知当说不当说!"

金全礼说:"你说,你说。"

老丛说:"其实你不一定比地委老冯差,说不定你比他有优势,你不是和省委许书记认识吗?你何不去找一找他!这种关系,平常不能用,但关键时候,还是可以用一下的!"

金全礼心里突然一亮。可不,他不能等着任人宰割,他可以去找许年华一次。上次许年华让小毛捎信,不是还让他去吗?只要许年华能再帮一次忙,他一个省委第一书记,提一个专员还不是跟玩儿似的?有了出路,心里立即高兴起来。他感激老丛的提醒。但他又知道,这事不能露出来,于是又说:

"找什么找,咱这人你知道,升上去吃饭,不升也吃饭,用不着走上层路线!再说,因为这种事麻烦人家,也不好意思。"

但老丛已经明白了金全礼的意思,说:

"那好,算我没说。"

握了握金全礼的手,就告辞出去。

第二天一早,金全礼就去找许年华。等他的车开出地区,他忽然发现前边有一辆车很熟悉。

两车靠近了又一看,原来是"二百五"的车,车牌号码尾数是"250"。原来这小子也没闲着,也在往省里跑。金全礼立即对司机说:

"小王,岔一条路走!"

司机不解地说:"去省城就是这条路!"

金全礼愤怒地说:"让你岔一条,你就岔一条,岔一条就到不了省城了?"

司机还是第一次见金副专员发火,于是赶紧岔路,车离开了"二百五"。

· 十 ·

金全礼到了省城,并没有莽撞地直接去找许年华,而是先找了一个宾馆住下,然后给许年华打了一个电话。电话是许年华的秘书接的。他报了姓名,秘书让他等着。他忐忑不安等了两分钟,话筒里传来许年华的声音:

"谁,老金吗?"

金全礼握着话筒说:"许书记,我到省政府来办点事,想顺便看看您,不知您有没有空?"

许年华在那边笑:

"你不要客气嘛!我上午有个会,下午吧,下午你来,我等你!"

金全礼说:"好,好,我下午去!"

放下话筒,金全礼心里一阵高兴。能这么顺利找到许年

华,又这么顺利能下午见到他,证明今天运气不错,说不定事情能成。回到房间,就为清早对司机发火抱歉,就说:

"小王,走,咱们吃饭去,我请客!"

于是和司机一块到餐厅去。叫了好几个菜,饭中不时说着笑话,把个司机也给逗得欢天喜地的。吃过饭,回到房间,又泡了个澡,然后到床上睡觉。睡到下午一点半,金全礼叫醒司机,两人开车一起去了省委。到了省委大院,哨兵把车子拦住,不准开进去。金全礼到接待室给许年华的秘书打了一个电话,秘书下来领他,把他领了进去。

许年华的办公室在一幢二层小楼里,小楼被一群翠柏遮掩着。

到了许年华的办公室,秘书给他倒了一杯水说:

"金专员,请您在这等一会儿。年华同志本来下午是有时间的,但刚才临时有事,解放军总部首长路过这里,他赶到车站去了!他说让您等一会儿,他一会儿就回来!"

金全礼说:"年华同志很忙,我等一会儿没关系。"

秘书开始坐在办公桌后处理文件。金全礼在旁边等得很不自在,坐在沙发上又不敢动,只好不时喝一口水,或看看墙上一声不吭在走动着的表。

一直等了三个多小时,到了五点半,许年华还没有回来。金全礼感到自己老等着也不是办法,也让人看不起,于是就

想起身向秘书告辞。正在这时,门外传来汽车轮子轧在路面上的沙沙声,接着是刹车的声音。秘书站起身说:

"年华同志回来了!"

金全礼也跟着站起来。这时许年华推门进来,见到金全礼,快步走上前,笑着用手指捣了捣他的肚子:

"等急了吧!没办法,送送人,老头子患了感冒,车晚发了两个小时!"

金全礼忙说:"许书记很忙,我等一等没关系!刚才我还在想,来打扰许书记合适不合适!"

许年华说:"不合适你来干什么?你回去吧!"接着笑了。

金全礼也笑了。

许年华问:"咱们晚上在一起吃饭怎么样?"

金全礼刚才等待时的沮丧情绪已经消失,于是也愉快地说:"那当然好。"

"喝酒不喝?"

金全礼说:"喝!"

许年华看着他笑了,又对秘书说:

"小齐,跟着我们去喝酒?"

秘书笑了,用手顿着一沓文件:

"我还得回去接孩子。"

许年华说:"好,你接孩子,我们去喝酒!走,老金,咱们下馆子去！"

然后搂着金全礼的肩膀，出了办公室。没有坐车，两人步行出了省委大院，沿街走起来。许年华问：

"咱们吃大宾馆还是吃小饭馆？"

金全礼说："我听您的！"

许年华说："好，咱们吃小饭馆。"

于是领金全礼下到一个偏僻街道上的小饭馆。两个人挑个桌子坐下，许年华按照习惯性动作，将两条胳膊摊在桌边上，身伏下，头搁在手上，与金全礼说话。金全礼忽然感到，时间似乎又回到了十几年前，这小饭馆有点像大寨。那时，许年华就是这个样子，两个人还争着掏酒钱。

由于客人不多，菜很快就上来了。这时许年华从大衣口袋掏出一瓶洋河，摇了摇说：

"咱们今天干掉它？"

金全礼说："干掉它！"

于是就举杯干。干了六杯，才又开始说话。许年华问：

"平时怎么不来找我玩？"

金全礼如实相告："您是省委书记，老找您怕影响不好，没事我不找您！"

许年华点点头：

"那你今天找我什么事？"

金全礼说:"今天没什么事,就是来看看您!"

许年华笑了,说:

"自相矛盾,你自相矛盾老金!我知道你今天找我什么事!"

金全礼看了许年华一眼,知道许年华看穿了他的心思,有些尴尬地笑了。

许年华接着说:

"但我要告诉你,我这次帮不了你的忙,请你原谅我!"

金全礼心里咯噔一下,莫不是他听到什么话了?听到什么反映了?那就一完百完了。于是心里飕飕地起冷气,浑身感到乏力,但他脸上仍不露出来,说:

"许书记说到哪里去了,您对我的关怀,已经够大了!"

许年华这时说:"老金,我这次帮不了你,并不是我不想帮你,而是我自己无能为力了!从下个月起,我就要从这个省调出去了!"

金全礼大吃一惊:"什么?调出去,许书记,您要调走?"

许年华点点头。

金全礼说:"这怎么可能?省里怎么能没有您,您要调到哪里去?"

许年华说:"到北京×××研究中心当副主任。"

金全礼知道那个中心,是个只有空架子没有实权的单位,禁不住说:

"您，您这不是遭贬了吗?您在这里是第一书记!"

说出又觉得说的不恰当。但许年华没在意，而是捣了捣他的肚子笑着说：

"什么遭贬不遭贬，都是党的工作呗!"

金全礼气得拍了一下桌子："这怎么可能?因为什么?您到这省里工作以后，省里工作才有了起色，现在又要把您调走!"

许年华说："咱们是老朋友，我才对你说，省里都还不知道，中央刚找我谈过。"

金全礼点点头，但接着又叫道：

"这不公平!"

许年华叹口气："当初全怪我，不该到这个省里来，一来就跳进了烂泥坑。有些话我也不好对你说，有的可能你也知道，省委班子分两派，老书记退下去，原来是准备在省里产生第一书记的，后来两派争得厉害，才把我调了过来。谁知，一来，就掉进了烂泥坑。你想，一班人不团结，下边工作怎么能搞好?中央调我也好，把我从烂泥潭子里拔了出来!再换一个有能力的来，让他鼓捣鼓捣试试看!"

金全礼愣愣地在那听着，这才知道，许年华每天的工作也不容易。看上去是省委第一书记，谁知也有一本难念的经啊!但他觉得许年华是好人，有水平，有能力，这样下场太不应该。他有些同情许年华，想安慰他两句，但又苦于找不出话来。最后愣愣地说：

"许书记，我也跟您去北京算了！"

许年华扑哧一声笑了，问：

"你不怕贬？"

金全礼说："不怕！"

许年华说："你还是留在这里吧。你在这里是副专员，好赖有宾馆，有车子，可你一到北京，做个司局级干部，就得挤公共汽车！"

金全礼说："我只是感到世界上的事太不公平！"

许年华说："这话就到这里为止，出来还是要有党的原则的，不能乱说。我只是想说，我不能帮你的忙，请你原谅！"

和许年华的事相比，自己这点事算什么？金全礼这么一想，心里不禁有些感动，上去握住许年华的手：

"许书记，不要这么说，您对我的帮助，已经够大了！"

出了饭馆，两人在行政大街上走。今天晚上天晴得不错，星光灿烂的，空气也很新鲜。许年华深吸一口气问：

"到大寨参观，已经十几年了吧？"

金全礼答："十几年了！"

许年华说："人生在世，草木一秋，真是快啊！"

金全礼说："许书记，您心里可不要负担太重！"

许年华这时哈哈笑了:"咱们还是共产党党员嘛!不管任何时候,都不能忘记这一点!"

金全礼看着许年华,真诚地、使劲地点了点头。

金全礼告别许年华,一个人在大街上走。夜已经很深,街上行人就他自己。他忽然感慨万千,觉得什么都想通了,什么专员不专员的,谁想当谁当,他当个副专员就很好。回到宾馆,司机已经睡熟了。金全礼脱了衣服躺在铺上,又忽然想起了老婆孩子,好久没有看到他们了。

第二天一早,洗漱完,吃过饭,司机问:

"今天咱们怎么活动?"

金全礼说:"回去!"

司机问:"回行署?"

金全礼说:"不,去春宫,看看老婆和孩子!"

一九八九年一月

北京十里堡

一地鸡毛

· 一 ·

小林家一斤豆腐变馊了。

一斤豆腐有五块，二两一块，这是公家副食店卖的。个体户的豆腐一斤一块，水分大，发稀，锅里炒不成团。小林每天清早六点起床，到公家副食店门口排队买豆腐。排队也不一定每天都能买到豆腐，要么排队的人多，赶排到了，豆腐也卖完了；要么还没排到，已经七点了，小林得离开豆腐队去赶单位的班车。最近单位办公室新到一个处长老关，新官上任三把火，对迟到早退抓得挺紧。最使人感到丧气的是，队眼看排到了，上班的时间也到了。离开豆腐队，小林就要对长长的豆腐队咒骂一声：

"妈拉个×，天底下穷人家多了真不是好事！"

但今天小林把豆腐买到了。不过他今天排到七点十五，把单位的班车给误了。不过今天误了也就误了，办公室处长老关今天到部里听会，副处长老何到外地出差去了，办公室管考勤的临时变成了一个新来的大学生，这就不怕了，于是放心排队买豆腐。豆腐拿回家，因急着赶公共汽车上班，忘记把豆腐放到了冰箱里，晚上回来，豆腐仍在门厅塑料兜里藏着，大热的天，哪有不馊的道理？

　　豆腐变馊了，老婆又先于他下班回家，这就使问题复杂化了。老婆一开始是责备看孩子的保姆，怪她不打开塑料袋，把豆腐放到冰箱里。谁知保姆一点不买账。保姆因嫌小林家工资低，家里饭菜差，早就闹着罢工，要换人家，还是小林和小林老婆好哄歹哄，才把人家留下；现在保姆看着馊豆腐，一点不心疼，还一股脑把责任推给了小林，说小林早上上班走时，根本没有交代要放豆腐。小林下班回来，老婆就把怒气对准了小林，说你不买豆腐也就罢了，买回来怎么还让它在塑料袋里变馊？你这存的是什么心？小林今天在单位很不愉快，他以为今天买豆腐晚点上班没什么，谁知道新来的大学生很认真，看他八点没到，就自作主张给他划了一个"迟到"。虽然小林气鼓鼓上去自己又改成"准时"，但一天心里很不愉快，还不知明天大学生会不会汇报他。现在下班回家，见豆腐馊了，他也很丧气，一方面怪保姆太斤斤计较，走时没给你交代，就不能往冰箱里放一放了？放几块豆腐能把你累死?一方面怪老婆小题大做,一斤豆腐,馊了也就馊了,谁也不是故意的,何必说个没完,大家一天上班都很累,接着还要做饭弄孩子,这不是有意制造疲劳空气?于是说:

"算了算了,怪我不对,一斤豆腐,大不了今天晚上不吃,以后买东西注意放就是了!"

如果话到此为止,事情也就过去了,可惜小林憋不住气,又补了一句:

"一斤豆腐就上纲上线个没完了,一斤豆腐才值几个钱?上次你失手打碎一个暖水壶,七八块钱,谁又责备你了?"

老婆一听暖水壶,马上又来了火,说:"动不动就提暖水壶,上次暖水壶怪我吗?本来那暖水壶就没放好,谁碰到都会碎!咱们别说暖水壶,说花瓶吧!上个月花瓶是怎么回事?花瓶可是好端端地在大立柜上边放着,你抹灰尘给抹碎了,你倒有资格说我了!"

接着就戗到了小林跟前,眼里噙着泪,胸部一挺一挺的,脸变得没有血色。根据小林的经验,老婆的脸一无血色,就证明她今天在单位也很不顺。老婆所在的单位,和小林的单位差不多,让人愉快的时候不多。可你在单位不愉快,把这不愉快带回来发泄就道德了?小林就又气鼓鼓地想跟她理论花瓶。照此理论下去,一定又会盘盘碟碟牵扯个没完,陷入恶性循环,最后老婆会把那包馊豆腐摔到小林头上。保姆看到小林和小林老婆吵架，已经习惯了，就像没看见一样，在旁边若无其事地剪指甲。这更激起了两个人的愤怒。小林已做好破碗破摔的准备，幸好这时有人敲门，大家便都不吱声了。老婆赶紧去抹脸上的眼泪，小林也压抑住自己的怒气，保姆把门打开，原来是查水表的老头来了。

　　查水表的老头是个瘸子，每月来查一次水表。老头子腿瘸，爬楼很不方便，到每一个人家都累得满头大汗，先喘一阵气，再查水表。但老头工作积极性很高，有时不该查水表也来，说来看看水表是否运转正常。但今天是该查水表的日子，小林和小林老婆都暂时收住气，让保姆领他去查水表。老头查完水表，并没有走的意思，而是自作主张在小林家床上坐下了。老头一坐下，小林心里就发凉，因为老头一在谁家坐下，就要高谈阔论一番，说说他年轻时候的事。他说他年轻时曾给某位死去的大领导喂过马。小林初次听他讲，还有些兴趣，问了他一些细节，看他一副瘸样，年轻时竟还和大领导接触过，但后来听得多了，心里就不耐烦，你年轻时喂过马，现在不照样是个查水表的？大领导已经死了，还说他干什么？但因为他是查水表的，你还不能得罪他。他一不高兴，就敢给你整个门洞停水。老头子手里就提着管水闸门的扳手。看着他手里的扳手，你就得听他讲喂马。不过今天小林实在不欢迎他讲马，人家家里正闹着气，你也不看一看家庭气氛，就擅自坐下，于是就板着脸没过去，没像过去一样跟他打招呼。

但查水表的老头不管这个，自己从口袋里已经掏出了烟。划火点着烟，屋里就飘起了老头鼻腔的味道。小林知道老头接着就要讲马，但小林猜错了，这次老头没有讲马，而是一脸严肃地说，他要谈些正事。他说，据群众反映，这个门洞有人偷水，晚上不把水管龙头关死，故意让水往下滴，下边放个水桶接着；滴水水表不转，桶里的水不成偷的了？这样下去是不行的，大家都偷水，自来水厂如何受得了？

听了老头的话，小林与小林老婆脸都一赤一白的。说来惭愧，因为上个礼拜小林家就偷过几次水，是小林老婆在单位闲聊中听到的办法，回来指使保姆试验。后来小林看不上，觉得这事太委琐，一吨水才几分钱，何必干这个？一夜水管嘀嘀嗒嗒个没完，大家也难心安理得睡觉。于是在第三天就停止了。但这事老头子怎么会知道？是谁汇报的？小林和小林老婆都不约而同想到了对门。对门住着一对胖子，女主人自称长得像印度人，眉心常点着一个"红豆"。他们家也有一个孩子，大小与小林家孩子差不多，两家孩子常在一起玩，也常打架；为了孩子，小林老婆与印度女人有些面和心不和。两家主人不和，两家保姆却很要好，虽然不是一个省来的，却常在一起共同商讨对付主人的办法。准是两家保姆乱串，印度女人得知小林家滴过两回水,就汇报了老头子,现在有了老头子一番话。但这种事如何上得了台面,如何说得出口?说出口以后在人前怎么站?小林赶紧到老头子跟前,正色声明,这门洞有没有人偷水他不知道,但他家是绝不干这种事,他家虽然穷,但穷有穷的骨气!小林老婆也上去说,谁反映的这事,就证明谁偷水,不然他怎么会知道偷水的方法,这不是贼喊捉贼是什么?老头子听了他们的话,弹了一下烟灰:

"行了,这事就到这里为止了。以前大家偷没有偷,就既往不咎了,以后注意不偷就行了!"

说完,站起来,做出宽宏大量的样子,一瘸一瘸走了,留下小林和小林老婆在那里发尴。

由于有偷水这件事的介入,使豆腐发馊事件变得不那么重要了。小林心里还责备老婆,一个大学生,什么时候学得这么市民气,偷了两桶水,值不了几分钱,丢人现眼让人数落了一顿。小林老婆也自感惭愧,就不好意思再追究馊豆腐一事,只是瞪了小林一眼,自己就下厨房做饭了。因为这件事的介入,使本来要爆发战争的家庭平静下来,小林又有些感激老头子。

晚饭一个炒豆角,一个炒豆芽,一碟子小泥肠,一碗昨天剩下的杂烩菜。小泥肠主要是让孩子吃的,其他三个菜是让小林、小林老婆和保姆吃的。但保姆不吃剩菜,说她一吃剩菜就闹肚子。为此小林老婆还和保姆吵过一架，说你倒成贵族了，我还吃剩菜，你倒闹肚子，过去你在农村吃什么来着？保姆便又哭又闹，闹罢工，要换人家。最后还是小林从中斡旋，才又把她留下。把人留下，人家就有了资本，从此更不吃剩菜。小林老婆也没办法，吃饭时只好和小林先吃剩菜，剩菜吃完再吃新的。吃饭时孩子很闹，抓东抓西的，看样子有些想流鼻涕，小林老婆怀疑她是否要感冒。好歹把饭吃完，已经快八点半了。按照惯例，这时保姆洗碗，小林给孩子洗澡，老婆应该上床睡觉。因老婆上班比小林远，清早上班要早起，早点上床睡觉理所当然。但今天老婆没有早睡，脚也没洗，坐在床前想心思。老婆一想心思，小林心里就有些发毛，不知老婆心思想过以后，会不会又提出什么新的话题。不过今天老婆不错，心思想过以后，没有说什么，草草洗完脚就上床睡觉了。老婆睡觉有这点好处，平时嘴唠叨，一上床就不唠叨了，三分钟就能入睡，响起轻微的鼾声，比孩子入睡还快。前几年刚结婚，小林对这点很不满意，哪能上床就入睡？问：

"你怎么躺倒就着，长此以往，可让人受不了！"

老婆不好意思地解释：

"累了一天，跟猪似的，哪有不躺倒就着的道理！"

后来有了孩子，生活越来越复杂，几次折腾搬家，上班下班，弄吃喝拉撒，弄大人小孩，大家都很疲劳，老婆也变得爱唠叨了，这时小林倒觉得老婆上床就入睡是个优点，大家闹矛盾有个盼头，只要头一挨枕头，战争就停止了。所以小林觉得世界上没有绝对的优点、缺点，优点、缺点是可以转化的。

老婆入睡，孩子入睡，保姆入睡，三个人都响起鼾声，小林检查了一下屋里的灯火水电，也上床睡觉。过去临睡觉之前，小林有看书看报的习惯，动不动还爬起来记笔记。现在一天家务处理完，两个眼皮早在打架，于是这一切过程都省略了。能早睡就早睡，第二天清早还要起床排队买豆腐。想起买豆腐，小林突然又想起今天那一斤变馊的豆腐，现在仍在门厅里扔着，没有处理。这是导火索。明天清早老婆起来再看到它，说不定又会节外生枝。于是又从床上爬起来，到门厅打开灯，去处理那包馊豆腐。

· 二 ·

小林的老婆叫小李,没结婚之前,是一个文静的、眉目清秀的姑娘。别看个头小,小显得小巧玲珑,眼小显得聚光,让人见了从心里怜爱。那时她言语不多。打扮不时髦,却很干净。头发长长的。通过同学介绍,小林与她恋爱。她见人有些腼腆。与她在一起,让人感到轻松、安静,甚至还有一点淡淡的诗意。那时连小林都开始注意言语、注意身体卫生了。哪里想到几年之后,这位安静的富有诗意的姑娘,会变成一个爱唠叨、不梳头、还学会夜里滴水偷水的家庭妇女呢?两人都是大学生,谁也不是没有事业心,大家都奋斗过,发愤过,挑灯夜读过,有过一番宏伟的理想,单位的处长局长,社会上的大大小小机关,都不在眼里,哪里会想到几年之后,他们也跟大家一样,很快淹没到黑压压的千篇一律、千人一面的人群之中呢?你也无非是买豆腐、上班下班、吃饭睡觉洗衣服、对付保姆弄孩子,到了晚上你一页书也不想翻,什么宏图大志,什么事业理想,狗屁,那是年轻时候的事,大家都这么混,不也活了一辈子?有宏图大志怎么了?有事业理想怎么了?"古今将相在何方?荒冢一堆草没了。"一辈子下来谁还知道谁!有时小林想想又感到心满意足,虽然在单位经过几番折腾,但折腾之后就是成熟,现在不就对各种事情应付自如了?只要有耐心,能等,不急躁,不反常,别人能得到的东西,你最终也能得到。譬如房子,几年下来,通过与人合居,搬到牛街贫民窟;贫民窟要拆迁,搬到周转房;几经折腾,现在不也终于混上了一个一居室的单元?别人家一开始有冰箱彩电,小林家没有,让小林感到惭愧,后来省着攒着,现在不也买了?当然现在还没有组合家具和音响,但物质追求哪里有个完。一切不要急,耐心就能等到共产主义。倒是使人不耐心的,是些馊豆腐之类的日常生活琐事。过去总说,老婆孩子热炕头,是农民意识,但你不弄老婆孩子弄什么?你把老婆孩子热炕头弄好是容易的?老婆变了样,孩子不懂事,工作量经常持久,谁能保证炕头天天是热的?过去老说单位如何复杂不好弄,老婆孩子炕头就是好弄的?过去你有过宏伟理想,可以原谅,但那是幼稚不成熟,不懂得事物的发展规律。千里之行,始于足下,小林,一切还是从馊豆腐开始吧。第二天早上六点,小林照例爬起来,去公家副食店前排队买豆腐。这时老婆已经睡醒,大睁着两眼在看天花板。老婆入睡快,醒来脑子清醒得也快,不像小林,睡觉起来头半天是木的,得半个小时才缓过劲儿来,老婆只要五分钟就可以清醒,续上入睡前的思路。这是优点,也是缺点,如果两个人正闹矛盾,老婆早晨醒来,又会迅速续上昨天的事情,继续补课。看今天老婆发呆的样子,又回到了昨天入睡前坐在床沿上想心思的模样,小林心里就有些打鼓,不知老婆又要搞什么名堂。但老婆见他起床,并没有搭理他。小林就有些放心,赶忙刷牙洗脸,拿上塑料袋悄悄出门。但等小林刚要去拉门,老婆在床上发了言:

"我说你,今天的豆腐就别买了!"

原来老婆并没有放过他,仍要续昨天的豆腐事件。小林心里就嘟嘟地冒火,一斤馊豆腐,已经扔了,又过了一夜,还真纠缠个没完了?于是说:

"馊了一斤豆腐,还至于今后不买了?今天买回放到冰箱里不就结了!你还要纠缠多少年!"

老婆向他摆摆手:

"我不是跟你说豆腐,昨天我想了一夜,我再也不想在这个单位待了,我一定得调,你得跟我来商量商量这事!你不能对我的事漠不关心!"

原来并不是豆腐事件，小林有些放心。但老婆说的是调工作，调工作也是个让人窝心烦躁的事，比馊豆腐事件还复杂。本来老婆的工作单位不错，大学毕业坐办公室，每天也就是摘摘文件，写写工作总结，余下的时间是喝茶看报纸。但老婆性格很直，像小林初到单位一样，各方面关系一开始没处理好，留下后遗症。后来觉悟了，改正了，但以前总留下伤疤，免不了有磕磕碰碰的时候。在单位不愉快，回来就向小林唠叨。说要换个单位。小林就拿自己现身说法，说只要将幼稚不懂事的毛病改掉，时间长了自然会适应，换什么单位，天下单位都一样。再说换个单位是容易的?我们都无权无势，两眼一抹黑，哪个单位会要你?老婆就说小林没本领，看着老婆在水深火热之中，一点帮不上忙。小林说，外边帮不上忙，内里不也帮了?不也向你解释了?解释不也是帮忙?就把老婆劝下了。老婆唠叨一顿，怨气出了，第二天就不说了，仍照常上班。如果这样下去，老婆慢慢也会适应，没有单位非换不可的烦恼。但小林家搬了几次，搬来搬去，住得离小林老婆单位越来越远。当初搬家时，因房子越搬越好，老婆很高兴，说咱们终于也在北京有个房子，把主要精力花在布置房子上，怎么装窗帘，怎么布局，怎么摆冰箱和电视，还差什么东西，苦恼主要在这个方面。等家收拾得差不多了，老婆就不满意了，怪这个地方离她单位太远，因她的单位在这条线上没有班车,她得挤公共汽车上班,往返一趟,得三四个小时。清早六点起床,晚上七八点回来,顶着星星出去,戴着月亮回来,天天如此,车又挤,老婆就受不了,觉得是非换单位不可了。小林看着老婆每天下班疲惫不堪的样子,也觉得这和在单位不愉快不同,在单位不愉快可以忍耐、改正,离单位太远无法人为缩短距离,是得换个离家近一点的单位。真要决定换单位,两人才感到面前的困难像山一样,因为换不换单位,并不是小林和小林老婆能决定的。瞎猫撞老鼠,小林和小林老婆找了几个单位,人家都是一口回绝,连个商量的余地都不留,弄得小林和小林的老婆挺丧气。小林说:

"算了算了,别跑了,再跑也是瞎跑,你凑合着吧,北京还有比你上班更远的呢!别光想路程,想想纺织女工,人家上一天班,站着干一天活,你上班是喝茶看报纸,还不知足吗?"

小林老婆发了火:

"你没有本事,就让我凑合。你天天有班车坐,我挤四个小时车的滋味你哪里有体验?我非换单位不可,要不换单位,我明天就不上班,你挣钱养活我们娘俩!"

第二天就真不去上班,把小林急坏了。急了一次真管用,小林开动脑筋,真想出一个办法。前三门有一个单位。听有人说,那单位管人事的头头,和小林单位的副局长老张是同学。小林帮老张搬过家,十分卖力,老张对小林看法不错。老张自与女老乔犯过作风问题以后,夹着尾巴做人,对下边的同志特别关心,肯帮助人,只要有事去求他,他都认真帮忙。小林觉得这事如去找老张,老张不至于一口回绝。通过老张介绍说不定前三门那个单位倒有些希望。前三门那个单位虽离小林家也很远,如坐公共汽车,也得两个小时,但前三门那里和小林家连地铁,地铁跑得快,四十分钟就够了,况且地铁不像公共汽车那么挤,有时上车还有座位。小林将这想法向老婆说了,老婆也很高兴,同意去那个单位,让小林去找老张。小林找到老张,将老婆的困难摆出来,又提出前三门那个单位,听说老领导在那里有熟人,想请老领导帮帮忙。老张果然痛快,说:

"可以,可以,单位那么远,是应该换一换!"

又说:

"前三门那个单位,我也不熟,但管人事的同志,是我的同学,我给他写一封信,你找他,看他能不能给办!"

小林又大着胆子说:

"最好老领导再给他打一个电话!"

老张摸着胖脑袋哈哈笑了,照小林头上打了一巴掌:

"现在的年轻人,比我们那时精明多了!好,好,我给你打一个电话!"

老张打了一个电话,又给小林写了一封信。小林捧到这封信,如同捧到圣旨一样高兴。小林老婆看到信,也很高兴。小林拿着这信到前三门的单位去,果然管用。管人事的头头接见了他,看了那封信说:

"老张是我的老同学,当年在大学,我们两个都爱搞田径!"

小林斜欠着身子坐在头头办公桌前,忙接上去说:

"现在老张也爱锻炼!"

头头看他一眼,突然又问起老张前一段出事的事,让小林讲一讲细节。小林感到有些为难,讲不好,不讲也不好,于是只拣些重要的讲了讲,说老张也只是和女老乔在办公室坐了一坐,并没有真正在一起,其他一切都是谣传。那头头听后哈哈笑了,说:

"这个老张,还是那么可爱!"

最后才谈起小林老婆调动的事。那头头情绪正好,说:

"行,行,老张托的事,就是我的事,我看看下边哪个单位缺人!"

这不等于答应了?小林回来向老婆一汇报,老婆马上抱着他在脸上乱亲。两人度过了一个愉快的夜晚。如果就这样等着,小林老婆一定能调成,能每天坐着地铁到前三门那个单位上班,但这时小林和小林老婆聪明反被聪明误,自己把事情办坏了。本来人家管人事的头头正在努力,小林和小林老婆仍不放心,小林老婆打听出一个熟人的丈夫,也在前三门那个单位工作,而且是一个处长,就同小林商量,单是一个管人事的头头是否太单薄,是否也找一找这个处长?当时小林也没犯考虑,觉得多一个人就多一份力量,找一找总没什么坏处。于是就又找了这个处长。谁知这一找不要紧,让人家管人事的头头知道了,管人事的头头马上停止了努力。小林再去找他,他比以前冷淡了,说:

"你不是也找某某了,让他给办办看吧!"

小林这才着了急,知道自己犯了路线性错误。找人办事,如同在单位混事,只能投靠一个主子,人家才死力给你办;找的人多了,大家都不会出力;何况你找多了,证明你认识的人多,显得你很高明,既然你高明能再找人,何必再找我?这时除了不帮忙不说,还容易产生抵触心理,说不定背后再给你帮点倒忙,看你不依靠我依靠别人这事能办成!小林和小林老婆认识到这个道理,明白过来,事情已经晚了。两人一开始是互相埋怨,埋怨以后,又共同想补救的方法。但这时能想出什么补救办法?小林只能再找老张,让他给同学再打电话。但老张又不是你的亲兄弟,人家是单位的副局长,老找人家也不好。于是小林老婆调工作的事,就这样不上不下地放着。时间一长,小林事情一忙就暂时把这件事给忘记了,但小林老婆忘不了，时常一个人坐在那里想心思。昨天发生了馊豆腐事件，馊豆腐事件过去以后，她没洗脚坐在床边想的，就是这件事，今天早上起来，她将这话题又重新向小林提出。小林一开始以为老婆又让他找老张，但再找老张小林已很怵头，于是说：

"事情已经让咱们办坏了，光让我找老张有什么用？"

小林老婆说：

"这次不让你找老张，还让你找前三门单位那个管人事的头头。"

再找管人事的头头，比让他找老张还怵头，小林说：

"因为找你那个熟人的丈夫，人家态度都冷淡了，如何有脸面再找人家？再找作用也不大！"

小林老婆说：

"为什么作用不大，这事我想了，你也别光怪我那个熟人的丈夫，这不是问题的关键，关键还是功夫下得不够。现在在社会上办事，光动嘴皮子如何行？我考虑，咱得给他上个供。现在苍蝇没有不见血的，你不出血，他能给你来真的？还是得出血！"

小林说：

"只和人家见过几次面，熟都不熟，连人家家在哪里住都不知道，这供如何上？"

小林老婆发了火：

"看你说话的口气，就是对我的事情漠不关心！上次你要入党，给女老乔送了什么？那时咱家那么困难，孩子吃奶都没有钱，我不照样让你送了？轮到我的事，你怎么就这么推三挡四的，你这存的是什么心！"

说着说着脸就变白了。小林见她越说话越多，真生气了，忙说：

"好，好，咱送，咱送，看送了能起什么作用！"

话说到这里就算完了。白天两个照常上班，等晚上回来，两人匆匆吃完饭，交代保姆看好孩子，就一起到前三门单位管人事头头家里去上供。但真到上供，供上些什么，两人都犯了难。两人来到商店，逛了半个小时，拿不定主意。礼太小了送不出去，礼太大了又心疼钱。最后小林老婆相中了一个工艺品，一个玻璃匣子里镶嵌了几个花鸟和小鱼，美观大方，四十多元，可以买。但两人商量半天，觉得这个礼品也不合适，管人事的头头能会喜欢花鸟？别以为是随便十几块钱买的贱价货搪塞他，那样作用更不好。最后又转，转到食品冷饮柜，小林突然眼睛一亮，说：

"有了！"

小林老婆问：

"什么有了？"

小林便向老婆指了指一箱一箱的可口可乐,上边挂着一块牌子:"大减价,一块九一听",而可口可乐的正常价格,却是三块五。可口可乐拿得出手,一听一块九,一箱二十四听,也就四十多块,看着体积大,又是名牌饮料,拿出来实用大方,管人事的头头肯定喜欢。只是不知它为何减价。小林老婆说:

"别是过期了吧,那样就不好了!"

问了问售货员,也不过期,实在是奇怪,好像是单为今天他们送礼准备的。小林说:

"看这样子,今天顺利,这事肯定能成!"

老婆兴致也高了,马上掏钱买了一箱,由小林扛着,两人挤上公共汽车去送礼。兴高采烈到了管人事头头家的楼下,已是晚上八点半,时间也合适。但等两人进楼道刚要上楼,从楼上走下来一个人,正是前三门单位管人事的头头。小林忙向他打招呼,倒让正下楼的头头吃了一惊,等看清是小林,因在家门口,倒比在办公室客气,忙止住脚步笑着说:

"你们来了?"

小林说:

"王叔叔,这是我爱人,为她工作的事,老张让我们再来找您一次!"

头头说:

"我知道了,那个工作的事,我这里没有问题,关键是下边接收单位不好办,你们如能找到哪个处室可以接收,让他们再来找我就行了!今天晚上我出去还有点事,车子在下边等着,恕不能接待你们了!"

小林和小林老婆心里都凉了半截。这不等于回绝了?等头头走到了楼外,小林才意识到自己肩上还扛着一箱可口可乐,忙向楼外喊:

"王叔叔,我还给您带了一箱饮料!"

头头在楼外笑着答:

"我这里还缺几筒饮料?扛回去自己喝吧!"

接着,车子发动开走了。把小林和小林老婆尴到了楼道里。尴了半天,两人才缓过劲儿来。小林将箱子摔到楼梯上:

"×他妈的,送礼人家都不要!"

又埋怨老婆:

"我说不要送吧,你非要送,看这礼送的,丢人不丢人!"

小林老婆也说:

"这个人怎么这么恶劣,这个人怎么这么小心眼!"

两人便重新扛着饮料回家。因为礼没有送出去,回家以后两人又为买礼心疼了半天,四十多块钱买一箱可口可乐放到家里,这不是吃饱撑的?一箱可口可乐怎么处理?退回商店,入口的东西人家一律不退,自己喝了吧,哪能关起门没事喝可口可乐?过了两天,还是老婆聪明,把可口可乐打开,时常拿出一听让孩子到院子里去喝。过去从来没买过饮料,也没买过带鱼,孩子穿得破烂,在院子里穷出了名。一次倒是买了一次带鱼,是贱价处理的,有些发臭,臭味跑到了楼道里,让对门印度女人到处宣扬,现在让小女儿拿着可口可乐到处喝,也起一个正面宣扬的作用,也算这箱可口可乐买得没有白费。只是工作的事仍没有着落,仍是小林和小林老婆继续窝心的问题。

三

家里来了客人。小林晚上下班回来，一进楼道，就知道家里来了客人。因为他家的门大开着，里边传出外地老家人的咳嗽声。等小林回到家，果然，里间床上正坐着两个皮肤晒得焦黑，头上暴着青筋的老家人，脚边放着几个七十年代的帆布包，提包上还印着毛主席语录。两个人正在不住地抽烟，咳嗽，毫不犹豫地将烟灰和痰弹吐了一地。小林的小女儿也被烟呛得不住地咳嗽，在烟雾里乱跑。小林本来今天心情不错，办公室新到处长老关，别看平时一脸严肃，原来对人却没有坏心眼，季度评奖，给小林评了个头奖，多发给他五十块钱。虽然五十块钱不算什么，但多五十总比少五十强，拿回来总能买老婆个高兴。谁知兴冲冲回家，老婆还没下班，家里却来了两个老家人。小林像被兜头浇了一桶凉水，一天的好兴致，立即跑得无影无踪。本来老家来人应该高兴，多年不见的乡亲，见了叙叙旧也没什么不可，但老家经常来人，就高兴叙旧不起来，反过来倒成了一种负担。家里来人不得招待？招待一次就得几十块钱。经常来人，家庭就受不了。老家来人和别的同学朋友来还不一样，别看老家来的人焦黑，头上暴着青筋，是农村人，但农村比城里人礼还多，同学朋友招待不好人家可以原谅，这些农村人招待不好他反倒不高兴，回到老家说你。他们认为你在北京，来到北京理应该你招待，全不知小林在北京也是社会的最底层，也整天清早排队买豆腐，只是客人来了，才多加两个菜。有时小林看老家人那故作傲慢的样子，不禁又好气又好笑：你们在家才吃什么！老家人来，如果单是吃一顿饭，还好应付，往往吃过饭，他们还要交代许多事让小林办。搞物资，搞化肥，买汽车，打官司，走时还让小林给买火车票。小林哪里有那么强的办事能力！自己老婆的工作都办不了，送礼人家都不收，还能给别人打官司买汽车？买火车票小林照样得去北京站排队。一开始小林爱面子，总觉得如说自己什么都不能办，也让家乡人看不起，就答应试一试，但往往试一试也是白试，虽然有些同学分到了不同的单位，但都是刚到单位不久，还没到掌权的地步，哪里办得成？免不了回头还是尴尬。后来渐渐学聪明了，学会了说："不，这事我办不了！"当然说这话人家会看不起，但看不起是早晚的事，早看不起倒可以省下麻烦。但老家仍是源源不断来人，来了起码吃你一顿饭。问题的复杂性还在于，小林老婆是城市人，城市到底比农村关系简单，来的人很少。人家家老不来人，自己家老来人，来了就要吃饭，农村人又不讲究，到处弹烟灰吐痰，也让小林不好意思。按说小林老婆在这方面还算开通，一开始来人不说什么，后来多了，成了常事，成了日常工作，人家就受不了，来了客人脸色不好，也不去买菜，也不去下厨房。小林虽然怪老婆不给自己面子，但人家生气得也有道理，两人如倒个个儿，小林也会不高兴。于是除了责备妻子，也怪自己老家不争气，捎带自己让人也看不起。老家如同一个大尾巴，时不时要掀开让人看看羞处，让人不忘记你仍是一个农村人。对门印度女人就说过，看他们家那土样，一家子农村人。弄得小林老婆很不高兴。所以小林时常提心吊胆，一到下班，就担心今天老家是否来人了。有时在家里坐，一听院子里有人说外地口音，他就心惊胆战，忙跑到阳台上看，看这外地口音是否进了自家的门洞，如不是进这门洞，才松一口气。虽然小林不盼望自己老家来人，却盼望老婆那边来人。那边如也来人，小林故意热情些，也可抵消一些自己这边来人，让老婆心理平衡一些。但人家来人少，让小林时刻亏着心。老家的父母也不懂小林心情，觉得自己儿子在北京，是个可炫耀的事情，时常说："我儿子在北京，你们找他去！"人家来了，小林就不能不热情。后来时间长了，小林发觉你越热情，来的人越多，小林学聪明了，就不再热情。不热情，怠慢人家，人家就不高兴，回去说你忘本。但忘本也就忘本，这个本有什么可留恋的！小林也给自己父母写信，说我这里也很忙，经济很难，以后不要图你们面子好看，故意往这里介绍人。信写好以后，小林还故意让老婆看了看，老婆没领他这个情，照地下吐了一口唾沫：

"早知道你家是这样，当初我就不会嫁你！"

小林马上火了，指着老婆说：

"当初我也把家庭情况向你说了，你说不在乎，照你这么说，好像我欺骗你！"

但斗气归斗气，家里还是照常来人。因人照常来，久而久之，小林老婆也习惯了。习惯了就自然了。无非是脸色不高兴。这就使小林很满意。小林也自觉，客人来了，吃饭只加两个大路菜，无非是一条鱼，或一只鸡，没有酒水。老家人不满意，只好让他们不满意，总比让老婆不满意要好。

但今天来的两个客人，使小林觉得只加两个菜绝对说不过去。这两个人一个老头子、一个年轻人，一开始小林没有认出来，上去问他们是哪个村的，听那老头子一说话，小林认出来了，是自己小学时的老师。这老师姓杜，小林上小学时,跟他学了五年,杜老师既教数学,又教语文。一年冬天小林捣蛋,上自习跑出去玩冰,冰炸了,小林掉到了冰窟窿里。被救上来,老师也没吵他,还忙将湿衣裳给他脱下来,将自己的大棉袄给他披上。这样的老师,十几年没见,现在到了自己门上,如何使小林不激动?小林上去握住他的手:

"老师!"

老师见他激动,也激动起来,拉住小林说:

"小林!街上遇到你,肯定我认不出来!"

又忙把年轻人向他介绍,说是自己的儿子。

大家激动过,小林问老师来北京的意思。老师把意思一说,小林又有些胆战心惊,原来老师得了肺气肿,到底发展没发展成肺癌,老家医院水平低,诊断不出来,这时老师想起他培养的学生,还就数小林混得高,混到了北京,于是带儿子来投奔他,想让他找个医院给确诊确诊。如果是癌症,最好能住院治疗;如果不是癌症是肺气肿,也望能做一下手术。小林一边说:

"咱慢慢商量,咱慢慢商量!"

一边转动脑筋。可北京哪里有他熟悉的医院?这时门开了,小林老婆下班回来。小林一看表,已是晚上七点半。小林见了老婆又是一番胆战心惊,一边看老婆的脸色,一边向老婆介绍,这是自己的老师和老师的儿子,这是自己的爱人。

老婆见又来了一屋人，屋里烟气冲天，痰迹遍地，当然不会有好脸色，只是点点头，就进了厨房。一会儿，厨房就传来吵声，老婆在责备保姆，都七点半了，怎么还没给孩子弄饭？小林知道那责备是冲着自己，也怪自己大意，只顾跟老师聊天，忘了交代保姆先给孩子弄饭。何况来了两个客人，加上小林、小林老婆、保姆、孩子，一下成了六口人，这饭还没准备呢。于是就让老师先坐着，自己去厨房给老婆解释。解释之前，他先掏出今天单位发的五十块钱，作为晋见礼；然后又解释说，实在没办法，这是自己小学时的老师，不同别人，好歹给弄顿饭，招待过去就完。谁知老婆一把将五张人民币打飞了，说：

"去你妈的，谁没有老师！我孩子还没吃饭，哪里管得上老师了！"

小林拉她：

"你小声点，让人听见！"

小林老婆更大声说：

"听见怎么了，三天两头来人，我这里不是旅馆！再这样下去，我实在受不了了！"

就坐在厨房的水池上落泪。

小林怒火一股股往头上冲。但现在生气也不是办法，客人还在里间坐着，只好先退出去，又去陪老师。但看老师的

样子,已经听见他们的争吵。老师到底有文化,不比别的老家人,招待不好故意傲慢,马上大声说:

"小林你不必忙,俺已经在外面吃过饭了,俺住在劲松地下旅馆,也就是来看看你,给你带了点老家土产,喝了这杯水,俺就该走了,晚了怕坐不上车!"

接着拉开了帆布提包,让儿子把两桶香油送到了厨房。

小林感到心中更加不忍。他知道老师肯定没有吃饭,只是怕他为难,故意说这话给他老婆听。也许是两桶香油起了作用,也许是老婆觉悟过来,饭到底还是做了,做得还不错,四个菜,把孩子吃的虾仁都炒了一盘。好歹吃完饭,小林将老师和他儿子送出门。路上老师一个劲儿地说:

"我一来,给你添了麻烦。本来我不想来,可你师母老劝我来看看你,就来了!"

小林看着老师的满头白发,蹒跚的步子,脸上皱褶里都是土,自己也没有让他在家洗洗脸,心里不禁一阵辛酸,说:

"老师身体有病,该来北京看看。我先给你们找个便宜旅馆住下,明天我就给老师找医院!"

老头子忙用手止住小林:

"你忙你的,我还有办法!"

接着摘下帽子,从里边拿出一张纸条:

"来时怕找不到你,我找了县教育局李科长。李科长有一个同学，在某大机关当司长，看，都给我写了信！我投奔他，他那么大的干部，肯定有办法！"

老师话说到这里，小林就不再坚持。因让他找医院，他也肯定找不出什么好医院，是瞎耽误老师的时间，还不如让人家去找司长。于是就只好将老师和他儿子送到公共汽车上，和他们再见。看着公共汽车开远，老师还在车上微笑着向他挥手，车猛地一停一开，老头子身子前后乱晃，仍不忘向他挥手，小林的泪刷刷地涌了出来。自己小时上学，老师不就是这么笑？等公共汽车开得看不见了，小林一个人往回走，这时感到身上沉重极了，像有座山在身上背着，走不了几步，随时都有被压垮的危险。

第二天上班，小林在办公室看报纸，看到一篇悼念文章，悼念一位已经死去好多年的大人物，说大人物生前如何尊师爱教，曾把他过去少年时仅存的两个老师接到北京，住在最好的地方，逛了整个北京。小林本来对这位死去的大人物印象不错，现在也禁不住骂道：

"谁不想尊师重教？我也想让老师住最好的地方，逛整个北京，可得有这条件！"

就把这张报纸扔到了废纸篓里。

· 四 ·

孩子病了。流鼻涕，咳嗽。老婆说：

"你老师有肺气肿，上次他来咱们家一次，是不是把孩子给传染上了？"

孩子有病，小林也很着急。孩子一病，和不病时大不一样，小林和小林老婆，起码得一个人请假在家照顾。这时单靠保姆是不行的。但老婆胡乱联系，又责备他的老师，使小林心里很愤怒。上次老师走后，小林两天没理老婆，怪她破坏他的情感，当着老师的面让他下不来台。人家吃了你一顿饭，却给你提来两桶香油，两桶香油有十斤，现在北京自由市场一斤香油卖八块，十斤就是八十多块，你一顿饭值八十吗？两天来吃着老师的香油，老婆也面有愧色，也觉自己做得太过分。但现在孩子病了，她有气无处撒，又想反攻倒算，

拿小林的老师做码子,小林就有些不客气,说:

"孩子有病,还是先检查。如检查出不是肺气肿传染,你提前这么责备人家,不就不道德了吗?"

于是两人都请假,带孩子去医院检查。但检查是好检查的?说来说去还是一个字:钱。现在给孩子看一次病,出手就要二三十;不该化验的化验,不该开的药乱开。小林觉得,别人不诚实可以,连医生都这么不诚实了,这还叫人怎么活?一次孩子拉稀,看下来硬是要了七十五。小林老婆又好气又好笑,抖着双手向小林说:

"一泡屎值七十五?"

每次给孩子看完病,小林和小林老婆都觉得是来上当。但孩子一病,这个当你还非上不可。你别无选择。譬如现在,路上孩子又有些发烧,温度还挺高,这时两人都忘记了相互指责,忘记了是去上当,精力都集中到孩子身上,于是加快步伐挤车去医院。到医院一检查,原来也无非是感冒。但拿着药单子到药房窗口一划价:四十五块五毛八。小林老婆抖着单子说:

"看,又宰人了吧!你说,这药还拿不拿!"

小林没"说",也没理她。刚才小林有些着急,小孩发烧那么高,不知出了什么问题,不知是不是老师给传染了,现在诊断出是感冒,小林就放了心。放心之后,小林又开始愤怒,刚才你断定是我的老师传染,现在经过医院诊断,不成感冒了?小林本想跟她先理论理论这事,再说宰人不宰人的事,但看到药房前边排队的人很多,来往的人也很多,这个场合理论不对,就没有理她,只是没好气地向老婆说:

"怕宰人就别来呀,人家谁请你非拿药不可了?"

老婆马上抱起孩子:

"照这么说,我就真不拿药了!"

抱起孩子就走。看着老婆赌气不拿药,小林倒着了急。他知道老婆的脾气,赌上气九牛拉不回来。赌气不拿药,回家孩子怎么办?忙又撵出去,拦住老婆:

"哎,哎,这事你还能真赌气呀,把药单子给我!"

谁知老婆这次不是赌气,她看着小林说:

"这药不拿了,不就是感冒吗?上次我感冒从单位拿的药还没吃完,让她吃点不就行了?大不了就是'先锋''冲剂'、退烧片之类,再花钱不也是这个!"

小林说:

"那是大人药,大人小孩子不一样!"

小林老婆说:

"怎么不一样,少吃一点就是了。这事你别管。不花四十五块,我也能让孩子三天好了。药吃完我再到单位要!"

小林觉得老婆说得也有道理。他用手摸了摸女儿的头,不知是孩子刚刚睡醒的缘故,还是嗅到了医院的味道,烧突然又退了下去。眼睛也有神了,指着医院对面的"哈密瓜"要吃。看情况有些缓解,小林觉得老婆的办法也可试一试。于是就跟老婆一块儿出医院,给孩子买了一块"哈密瓜"。吃了一块"哈密瓜",孩子更加活泼,连咳嗽一时也不咳了,跳到地上拉着小林的手玩。小林高兴,老婆也高兴。大家一高兴,心胸也就开阔了,小林也不再追究老婆说过老师传染不传染的话了,那都是着急时没有办法乱发的火,不足为凭。既然不追究了,孩子的病也确诊了,老婆想出办法,看病又省下四十五块钱,这不等于白白收入?大家心情更开朗。小林对老婆也关心了。路过小吃街,小林对老婆说:

"你不是爱吃炒肝?吃一碗吧!"

小林老婆呃巴呃巴嘴说:

"一块五一碗,也就吃着玩,多不划算!"

小林马上掏出一块五,递给摊主:

"来一碗炒肝!"

炒肝端上来,小林老婆不好意思地看了小林一眼,就坐下吃起来。看她吃得爱惜样子,这炒肝她是真爱吃。她拣了两截肠子给孩子吃,孩子嚼不动又吐出来,她忙又扔到自己嘴里吃了。她一定让小林尝尝汤儿,小林害怕肠,以为肠汤一定不好喝,但禁不住老婆一次一次劝,老婆的声音并且变得很温柔，眼神很多情，像回到了当初没结婚正谈恋爱的时候，小林只好尝了一口。汤里有香菜，热腾腾的，汤的味道果然不错。老婆问他味道怎么样，他说味道不错，老婆又多情地看了他一眼。想不到一碗炒肝，使两人重温了过去的温暖。这种情绪一直持续到晚上。因孩子病得不重，回家后老婆让她吃了药，她就自己玩去了。晚上也不咳了，睡得很死。等外间保姆传来鼾声，小林和小林老婆都很有激情。事情像新婚时一样好。事情过去以后，两人又相互抚摸着谈起了天，重新总结今天孩子病的原因。小林老婆主动承认错误，说今天一时性急，错怪了小林的老师。小林说既然不怪老师，就怪我们夜里没看好，让孩子蹬了被子。老婆说也不怪夜里没看好，就怪一个人。小林心里咯噔，问是谁，老婆用手指了指外间门厅。这是指保姆。接着老婆说了保姆一大堆不是，说保姆斤斤计较，干活不主动，交代的任务故意磨蹭，爱在保姆间乱窜，爱泄露家中的机密；对孩子也不是真心实意，两人上班不在家，她让孩子一个人玩水，自己睡觉或看电视，还有个不感冒的?等今年九月份，一定送孩子入托，把她辞出去。她一个人工资四十元，吃喝费用得六十元，还用小林老婆的卫生巾、化妆品，再加上水果杂用，一月一百多，占一个人的工资，家里哪会不穷?等孩子入托，辞了保姆，一个月省下这么多钱，家里生活肯定能改善，前途还是光明的。小林也受了鼓舞，加上他平时对保姆印象也不好，也跟着老婆说了一阵子话。说完感到气都出了，心里很畅快。两人又亲了一下，才分开身子睡觉。老婆一转身三分钟睡着了，小林没睡着，想了想刚才的一番议论，又感到有些羞愧。两人温暖一天，最后把罪过归到保姆身上，未免有些小气。人家一个十几岁的小姑娘，出门几千里在外，整天看你脸色说话，就是容易的？小林感到自己也变得跟个娘儿们差不多了，不由得感叹一声。但接着疲倦也上来了，两个眼皮一合，也就睡着了，不再想那么多。

但等第二天早晨，小林又感到昨天对保姆的指责没有错。清早老婆上班，小林照常出去排豆腐。排完豆腐，小林本来应该去上班，但今天下着蒙蒙小雨，来排豆腐的人少，豆腐买得顺利，看看表，还有富余时间，因惦着孩子感冒，就又回家看了一趟。回家后，发现保姆床也没叠，孩子的饭也没做，药也没喂，给了孩子一盆洗脸水让她玩，她呢，正在给自己鼓捣吃的。清早起来小林和小林老婆都吃的剩饭，把昨天的剩饭泡了泡，就着咸菜吃下了肚。保姆不吃剩饭，你再熬点新粥也就罢了，谁知她正在用给女儿做饭的小锅下挂面，进屋一股香气，她加了香菜，加了豆腐干，还卧了一个鸡蛋。保姆见他突然回来，也有些吃惊，忙用筷子把鸡蛋往面条底下捺。但不管怎么捺，还是让小林发现了。小林怒火一股股往脑门冲,这不是故意败坏人吗?起床孩子不弄,自己倒先偷着做好的吃。大家都不容易,我们背后议论你、把一切罪过归到你身上固然不对,但你也忒不自觉,忒不值得尊重和体谅。但小林没有再指责保姆。按说现在抓住了罪证,当面指责一顿十分痛快,但保姆是这种样子,你指责她一顿,岂敢保证你走了以后,她会不把气撒到孩子身上?孩子还不懂事,能让她再替你承担罪过?于是只是把孩子正在玩的保姆的洗脸水,气鼓鼓地夺过来倾到马桶里。孩子一玩水,又开始流鼻涕;水被夺走,便坐在地上拧着屁股哭。小林没理,摔上门就上班去了。边匆忙下楼边心里骂:

"妈的,九月份一定让你滚蛋!"

晚上下班回家,孩子的感冒似乎又加重了,**鼻子齉齉的**,一个劲咳嗽;摸摸头,烧也有点升上来。小林知道,这和保姆一天捣蛋肯定有关系。但他又不敢把清早保姆捣蛋的事告诉老婆,那样肯定会引起另一场轩然大波。不过,不知老婆今天怎么了,一脸喜色,对孩子病情加重也不在意,喜滋滋地自己坐在床前想心思。老婆一有这种脸色,肯定有好事。来厨房看看,果然,老婆买回来一截香肠。买了香肠不说,还买回来一瓶燕京啤酒。这肯定是给小林买的。过去单身汉时,小林最爱喝啤酒。自结婚以后,这种爱好渐渐就根除了。一瓶一块多,喝它干吗,就是不说钱,平时谁有喝啤酒的心

思!小林摸不透老婆今天的心思,忙进里间问:

"喂,你今天怎么了?"

老婆哧哧地笑。

小林感到有些奇怪:

"你笑什么?说出来我听听!"

老婆说:

"小林,我告诉你,我的工作问题解决了!"

小林吃了一惊:

"什么?解决了?你去前三门单位了?管人事的头头答应了?"

老婆摇摇头。

小林问:

"找到新的单位了?"

老婆摇摇头。

小林禁不住泄气:

"那解决什么?"

老婆说:

"这工作我不调了!"

小林说:

"怎么不调了,你对单位又有感情了?你不怕挤公共汽车了?"

小林老婆说：

"感情谈不上，但以后不挤公共汽车了。我们单位的头头说，从九月份开始，往咱们这条线发一趟班车！你想，有了班车，我就不用挤公共汽车，四十分钟也到了。自己单位的班车，上车还有座位，这不比挤地铁去前三门单位还好？小林，我想通了，只要九月份通班车，我工作就不调了。这单位固然不好，人事关系复杂，但前三门那个单位就不复杂了？看那管人事头头的嘴脸！我信了你的话，天下的老鸦一般黑。只要有班车，我就不调了，睁只眼闭只眼混算了。这不是工作问题解决了！"

小林听了老婆一番话，也很高兴。家中的一件大事，过去天天苦恼，时常为此闹矛盾，现在终于有了着落。虽然工作问题的解决实际上是以不解决为解决，但不管怎样，解决了，老婆就安心了，就没有烦恼了，就不会情绪激动了，家里就不会再为此闹矛盾了。说来问题解决也简单，靠小林和小林老婆自己去求人，去送东西到处碰壁，最终解决无非是单位发了一趟班车。但不管怎么解决，小林也马上和老婆一样高兴起来，说：

"好，好，这不以后不存在这问题了？你就不再跟我闹了？"

老婆说：

"是不存在呀!"

又娇嗔道:

"谁跟你闹了?你没有本事解决,还怪我跟你闹!最后不还是靠我自己解决!就等九月份了!"

小林说:

"是呀,是呀,是靠你自己解决,就等九月份!"

大家情绪很好。孩子的病也压过去了。吃饭时大家喝了啤酒。晚上孩子保姆入睡,两人又欢乐了一次。欢乐时两人很有激情。欢乐以后,两人都很不好意思。昨天欢乐,今天又欢乐,很长时间没这么勤了。接着两人又抚摸着谈心,说九月份——九月份真是个好日子,老婆工作问题解决,孩子入托辞退保姆,家里可省一大笔开支。两人又展望未来,憧憬九月份的幸福日子,讨论节省下的开支如何使用。后来老婆又说,现在孩子还小,要不再让孩子在家待一年,再用一年保姆,等明年再送孩子入托。小林想起早晨保姆的事,马上恶狠狠地说:

"不,就今年,不为孩子,也为保姆,马上让她滚蛋!"

老婆与保姆矛盾很深,听小林这么说,也很高兴,又亲了他一下,翻过身就睡着了。

· 五 ·

九月份了。九月份有两件事：一、老婆通班车；二、孩子入托辞退保姆。老婆通班车这一条比较顺，到了九月一号，老婆单位果然在这条线通了班车。老婆马上显得轻松许多。早上不用再顶星星。过去都是早六点起床，晚一点儿就要迟到；现在七点起床就可以了，可以多睡一个小时。七点起床梳洗完毕，吃点饭，七点二十轻轻松松出门，到门口上班车；上了班车还有座位，一直开到单位院内，一点不累。晚上回来也很早，过去要戴月亮，七点多才能到家，现在不用戴了；单位五点下班，她五点四十就到了家，还可以休息一会儿再做饭。老婆很高兴。不过她这高兴与刚听到通班车时的高兴不同，她现在的高兴有些打折扣。本来听说这条线通班车，老婆以为是单位头头对大家的关心，后来打听清楚，原来单位头头并不是考虑大家,而是单位头头的一个小姨子最近搬家搬到了这一块地方,单位头头的老婆跟单位头头闹,单位头头才让往这里加一线班车。老婆听到这个消息,马上就有些沮丧,感到这班车通得有些贬值,自己高兴得有些盲目。回来与小林唠叨,小林听到心里也挺别扭,感到似乎是受了侮辱。但这侮辱比起前三门单位管人事的头头拒不收礼的侮辱算什么!于是向老婆解释,管他娘嫁给谁,管是因为什么通的班车,咱只要跟着能坐就行了。老婆说:

"原来以为坐班车是公平合理,单位头头的关心,谁知是沾了人家小姨子的光,以后每天坐车,不都得想起小姨子!"

小林说:

"那有什么办法。现在看,没有人家小姨子,你还坐不上班车!"

小林老婆说:

"我坐车心里总感到有些别扭,感到自己是二等公民!"

小林说:

"你还像大学刚毕业那么天真,什么二等三等,有个班车给你坐就不错了。我只问你,就算沾了人家小姨子的光,总比挤公共汽车强吧?"

小林老婆说:

"那倒是!"

小林又说：

"再说，沾她光的又不是你自己，我只问你，是不是每天一班车人？"

老婆说：

"可不是一班车人，大家都不争气！"

小林说：

"人家不争气，这时你倒长了志气。你长志气，你以后再去坐公共汽车，没人拉你非坐班车！你调工作不也照样求人巴结人？给人送东西，还让晾到了楼道里！"

老婆这时扑哧笑了：

"我也就是说说，你倒说个没完了。不过你说得对，到了这时候，还说什么志气不志气！谁有志气？有志气顶他妈屁用，管他妈嫁给谁，咱只管每天有班车坐就是了！"

小林拍巴掌：

"这不结了！"

所以老婆每天显得很愉快。但小孩入托一事，碰到了困难。小林单位没有幼儿园，老婆单位有幼儿园，但离家太远，每天跟着老婆来回坐车也不合适，这就只能在家门口附近找幼儿园。门口倒是有几个幼儿园，有外单位办的，有区里办的，有街道办的，有居委会办的，有个体老太太办的。这里边最好的是外单位办的，里边有幼师毕业的阿姨，可以教孩子些东西；区以下就比较差些，只会让孩子排队拉圈在街头走；最差的是居委会或个体办的，无非是几个老太太合伙领着孩子玩，赚个零用钱花花。因孩子教育牵扯到下一代，老婆对这事看得比她调工作还重。就撺掇小林去争取外单位办的幼儿园，次之只能是区里办的，街道以下不予考虑。小林一开始有些轻敌，以为不就给孩子找个幼儿园吗？临时待两年，很快就出去了，估计困难不会太大，但他接受以前一开始说话腔太满，后来被老婆找后账的教训，说：

"我找人家说说看吧，我也不是什么领导人，谁知人家会不会买我的账，你也不能限制得太死！"

对门印度女人家也有一个孩子，大小跟小林家孩子差不多，也该入托，小林老婆听说，她家的孩子就找到了幼儿园，就是外单位办的那个。小林老婆说话有了根据，对小林说：

"怎么不限制死，就得限制死，就是外单位那个，她家的孩子上那个，咱孩子就得上那个，区里办的也不用考虑了！"

任务就这样给小林布置下了。等小林去落实时，小林才感到给孩子找个幼儿园，原来比给老婆调工作困难还大。小林首先摸了一下情况，外单位这个幼儿园办得果真不错，年年在市里得先进。一些区一级的领导，自己区里办的有幼儿园，却把孩子送到这个幼儿园。但人家名额限制得也很死，没有过硬的关系，想进去比登天还难。进幼儿园的表格，都在园长手里，连副园长都没权力收孩子。而要这个园长发表格，必须有这个单位局长以上的批条。小林绞尽脑汁想人，把京城里的同学想遍，没想出与这个单位有关系的人。也是急病乱投医，小林想不出同学，却突然想起门口一个修自行车的老头。小林常在老头那里修车，"大爷""大爷"地叫，两人混得很熟。平时带钱没带钱，都可以修了车子推上先走。一次在闲谈中，听老头说他女儿在附近的幼儿园当阿姨，不知是不是外单位这个？想到这个茬儿，小林兴奋起来，立即骑上车去找修车老头。如果他女儿是在外单位这个，虽然只是一个阿姨，说话不一定顶用，但起码打开一个突破口，可以让她牵内线提供关系。找到修车老头，老头很热情，也很豪爽，听完小林的诉说，马上代他女儿答应下来，说只要小林的孩子想入他女儿的托，他只要说一句话，没有个进不去的。只是他女儿的幼儿园，不是外单位那个，而是本地居委会办的。小林听后十分丧气。回来将情况向老婆做了汇报。老婆先是责备他无能，想不出关系，后又说：

"咱们给园长备份厚礼送去，花个七十八十的，看能不能打动她！对门那个印度孩子怎么能进去？也没见她丈夫有什么特别的本事，肯定也是送了礼！"

小林摆摆手说：

"连认识都不认识，两眼一抹黑，这礼怎么送得出去？上次给前三门单位管人事的头头送礼,没放着样子?"

老婆火了:

"关系你没关系,礼又送不出,你说怎么办?"

小林说:

"干脆入修车老头女儿那个幼儿园算了!一个三岁的孩子,什么教育不教育,韶山冲一个穷沟沟,不也出了毛主席!还是看孩子自己!"

老婆马上愤怒,说小林不能这样对孩子不负责任;跟修车的女儿在一起,长大不修车才怪;到目前为止,你连外单位的幼儿园的园长见都没见一面,怎么就料定人家不收你的孩子?有了老婆这番话,小林就决定斗胆直接去见一下幼儿园园长。不通过任何介绍,去时也不带礼,直接把困难向人家说一下,看能否引起人家的同情。路上小林安慰自己,中国的事情很复杂,别看素不相识,别看不送礼,说不定事情倒能办成;有时认识、有关系,倒容易关系复杂,相互嫉妒,事情倒不大好办。不认识怎么了?不认识说不定倒能引起同情。世上就没好人了?说不定这里就能碰上一个。但等小林在幼儿园见到园长,才知道自己的想法幼稚天真。幼儿园园长是个五十多岁的老太太,人倒挺和蔼,说她这个幼儿园不招收外单位的孩子;本单位孩子都收不了,招外单位的大家会没有意见?不过情况也有例外,现在幼儿园想搞一项基建,一直没有指标,看小林在国家机关工作,如能帮他们搞到一个基建指标,就可以收下小林的孩子。小林一听就泄了气,自己连自己都顾不住,哪能帮人家搞什么基建指标?如有本事搞基建指标,孩子哪个幼儿园不能进,何必非进你这个幼儿园?他垂头丧气回到家,准备向老婆汇报,谁知家里又起了轩然大波,正在闹另一种矛盾。原来保姆已经闻知他们在给孩子找幼儿园;给孩子找到幼儿园,不马上要辞退她?她不能束手待毙,也怪小林老婆不事先跟她打招呼,于是就先发制人,主动提出要马上辞退工作。小林老婆觉得保姆很没道理,我自己的孩子,找不找幼儿园还用跟你商量?现在幼儿园还没找到,你就辞工作,不是故意给人出难题?两人就吵起来。到了这时候,小林老婆不想再给保姆说好话,说,要辞马上辞,立即就走。保姆也不服软,马上就去收拾东西。小林回到家,保姆已将东西收拾好,正要出门。小林幼儿园联系得不顺利,觉得保姆现在走措手不及,忙上前去劝,但被老婆拦住:

"不用劝她,让她走,看她走了,天能塌下来不成!"

小林也无奈。可到保姆真要走,孩子不干了。孩子跟她混熟了,见她要走,便哭着在地上打滚;保姆对孩子也有了感情,忙上前又去抱起孩子。最后保姆终于放下嗷嗷哭的孩子,跑着下楼走了。保姆一走,小林老婆又哭了,觉得保姆在这干了两年多,把孩子看大,现在就这么走了也很不好,赶忙让小林到阳台上，给保姆再扔下一个月的工资。

保姆走后，家里乱了套。幼儿园没找着，两人就得轮流请假在家看孩子。这时老婆又开始恶狠狠地责骂保姆，怪她给出了这么个难题，又责怪小林无能，连个幼儿园都找不到。小林说：

"人家要基建指标，别说我，换我们的处长也不一定能搞到！"

又说：

"依我说，咱也别故意把事情搞复杂，承认咱没本事，进不了那个幼儿园，干脆，进修车老头女儿的幼儿园算了！这个幼儿园不也孩子满满当当的！"

事到如今，小林老婆的思想也有些活动。整天这么请假也不是个事。第二天又与小林到修车老头女儿的幼儿园看看，印象还不错，当然比外单位那个幼儿园差远了，但里面还干净，几个房间里圈着几十个孩子，一个屋子角上还放着一架钢琴。幼儿园离马路也远。小林见老婆不说话，知道她基本答应了，心里一块石头才算落了地。

回来，开始给孩子做入托的准备。收拾衣服、枕头、吃饭的碗和勺子、喝水的杯子、揩鼻涕的手绢，像送儿出征一样。小林老婆又落了泪：

"爹娘没本事，送你到居委会幼儿园，你以后就好自为之吧!"

但等孩子体检完身体,第二天要去居委会幼儿园时,事情又发生了转机,外单位那个幼儿园,又同意接收小林的孩子。当然,这并不是小林的功劳,而是对门那个印度女人的丈夫意外给帮了忙。这天晚上有人敲门,小林打开门,是印度女人的丈夫。印度女人的丈夫具体是干什么的,小林和小林老婆都不清楚,反正整天穿得笔挺,打着领带,骑摩托上班。由于人家家里富,家里摆设好,自家比较穷,家里摆设差,小林和小林老婆都有些自卑,与他们家来往不多。只是小林老婆与印度女人有些接触,还面和心不和。现在印度女人的丈夫突然出现,小林和小林老婆都提高了警惕:他来干什么?谁知人家很大方,坐在床沿上说:

"听说你们家孩子入托遇到困难?"

小林马上感到有些脸红。人家问题解决了,自己没有解决,这不显得自己无能?就有些支吾。印度女人丈夫说:

"我来跟你们商量个事,如果你们想上外单位那个幼儿园,我这里还有一个名额。原来搞了两个名额,我孩子一个,我姐姐孩子一个,后来我姐姐孩子不去了,如果你们不嫌这个幼儿园差,这个名额可以让给你们,大家对门住着!"

小林和小林老婆都感到一阵惊喜。看印度女人丈夫的神情,也没有恶意。小林老婆马上高兴地答:

"那太好了,那太感谢你了!那幼儿园我们努力半天,都没有进去,正准备去居委会的呢!"

这时小林脸上却有些挂不住。自己无能,回过头还得靠人家帮助解决,不太让人看得起了!所以倒没像老婆那样喜形于色。印度女人丈夫又体谅地说:

"本来我也没什么办法,只是我单位一个同事的爸爸,正好是那个单位的局长,通过求他,才搞到了名额。现在这年头儿,还不是这么回事!"

这倒叫小林心里有些安慰。别看印度女人爱搅是非,印度女人的丈夫却是个男子汉。小林忙拿出烟,让他一支。烟不是什么好烟,也就是"长乐",放了好多天,有些干燥了,但人家也没嫌弃,很大方地点着,与小林一人一支,抽了起来。

孩子顺利地入了托。小林和小林老婆都松了一口气。从此小林家和印度女人家的家庭关系也融洽许多。两家孩子一同上幼儿园。但等上了几天,小林老婆的脸又沉了下来。小林问她怎么回事,她说:

"咱们上当了!咱们不该让孩子上外单位幼儿园!"

小林问:

"怎么上当?怎么不该去?"

小林老婆说:

"表面看，印度家庭帮了咱的忙，通过观察，我发现这里头不对，他们并不是要帮咱们，他们是为了他们自己。原来他们孩子哭闹，去幼儿园不顺利，这才拉上咱们孩子给他陪读。两个孩子以前在一起玩，现在一块儿上幼儿园，当然好上了。我也打听了，那个印度丈夫根本没有姐姐！咱们自己没本事，孩子也跟着受欺负！我坐班车是沾了人家小姨子的光，没想到孩子进幼儿园，也是为了给人家陪读！"

接着开始小声哭起来。听了老婆的话，小林也感到后背冷飕飕的。妈的，原来印度家庭没安好心。可这事又摆不上桌面，不好找人理论。但小林心里像吃了马粪一样感到龌龊。事情龌龊在于：老婆哭后，小林安慰一番，第二天孩子照样得去给人家当"陪读"；在好的幼儿园当陪读，也比在差的幼儿园胡混强啊！就像蹭人家小姨子的班车，也比挤公共汽车强一样。当天夜里，老婆孩子入睡，小林第一次流下了泪，还在漆黑的夜里扇了自己一耳光：

"你怎么这么没本事，你怎么这么不会混！"

但他扇的声音不大，怕把老婆弄醒。

·六·

今年大白菜丰收。

小林站在市民排起的长队里，嘴里哈着寒气，开始购买冬贮大白菜。大家一人手里捏着一个纸片。天冷了，有人头上已经扣上了棉帽子。大家排队时间一长，相互混熟了，前边一个中年人让给小林一支烟，两人燃着，说些闲话。一到购买冬贮大白菜，小林的心情是既焦急又矛盾。看着别人用自行车、三轮车、大筐往家里弄大白菜，留下一路菜帮子，他很焦急；生怕大白菜一下卖完，他落了空，冬天里没有菜吃。等到挤到人群里去买，他心里又觉得是上当。年年买大白菜，年年上当。买上几十棵便宜菜，不够伺候它的，天天得摆、晾、翻，天天夜里得收到一起码着。这样晾好，白菜已经脱了几层皮。一开始是舍不得吃，宁肯再到外面买；等到舍得吃,白菜已经开始发干,萎缩,一个个变成了小棍棍,一层层揭下去,就剩一个小白菜心,弄不好还冻了,煮出一股酸味。每到第二年春天,面对着剩下的几根小棍棍,小林和小林老婆都发誓,等秋天再不买大白菜。可一到秋天,看着一堆堆白菜那么便宜,政府在里边有补贴,别人家一车一车推,自己不买又感到吃亏。这样矛盾焦急心理,小林感到是一种折磨,其心理损耗远远超过了白菜的价值。所以今年一到秋天小林便下定决心:坚决不买大白菜。与老婆商量,老婆也同意,说把冬贮菜的亏烂刨去,也不见得便宜到哪里去。于是他们今年真没有买大白菜。但这样仅坚持了三天,小林又扣上棉帽子排到了买冬贮菜的行列。这并不是今年小林的意志不坚强,而是今年北京大白菜过剩,单位号召大家买"爱国菜",谁买了"爱国菜"可以到单位报销。这样,不买白不买,小林和小林老婆马上又改变了最初的决定,决定马上去买"爱国菜",而且单位能报销多少,就买多少。小林单位可以报销三百斤,小林老婆单位可以报销二百斤,于是两人决定买五百斤。这比往年自己决定买大白菜的量还多。小林专门借了办公室副处长老何家的三轮车。小林说:

"原来说不买大白菜了,谁知单位又要报销,逼着你非再麻烦一次!"

由于这麻烦是报销引起的而不是自己决定的,所以小林一边排队买菜，一边又感到委屈，叹了一口气，用脚踢了踢"爱国菜"，漫不经心地看前边称菜。但小林很快又克服了漫不经心。因大家买菜都不花钱，竞争都挺激烈，生怕排到自己"爱国菜"脱销，眼珠子瞪得都挺大。小林也不由得紧张起来，将棉帽子的帽翅卷了起来，露出耳朵。

五百斤大白菜买回家，家里便充满了大白菜的气味。小林心情不好。但由于这大白菜不花钱，老婆的积极性倒挺高，在那里晾晒。不过结果小林仍然知道，无非变成七八十个小棍棍。看着它堆积那么高，一个冬天要吃掉它，也叫人倒胃口。不过老婆心情开朗，小林也跟着心情好起来，家里气氛倒是比以前轻松。大白菜拉回家的第二天，小林老家又来了人，一共来了六个，小林心里一阵紧张，小林老婆的脸也变了颜色。不过这六个客人并没有吃饭，坐了一会就走了，说是去东北出差。小林才放下心来。小林老婆脸上的颜色也转了过来，送客人时显得很热情，弄得大家都很满意。

这天，小林下班早，到菜市场去转。先买了一堆柿子椒，又用粮票换了二斤鸡蛋（保姆走后，粮食宽裕许多，可以腾出些粮票换鸡蛋），正准备回家，突然看到市场上新添了一个卖安徽板鸭的个体食品车，许多人站队在那里买。小林过去看了看，鸭子太贵，四块多一斤；但鸭杂便宜，才三块钱一斤。小林女儿爱吃动物杂碎，小林就也排到了队伍中，准备买半斤鸭杂。摊主有两个人，一个操安徽口音的在剁鸭子，另一个老板模样的人在收钱。可等排到小林，小林要把钱交给老板时，老板看他一眼，两人眼睛一对，禁不住都叫道：

"小林！"

"小李白！"

两人都丢下鸭杂和钱，笑着搂抱在一起。这个"小李白"是小林的大学同学，当年在学校时，两人关系很好，都喜欢写诗，一块儿加入了学校的文学社。那时大家都讲奋斗，一股子开天辟地的劲头。"小李白"很有才，又勤奋，平均一天写三首诗，诗在一些报刊还发表过，豪放洒脱，上下几千年，秦皇汉武，唐宗宋祖，都不在话下，人称"小李白"。惹得许多女同学追他。毕业以后，大家烟消云散。"小李白"也分到一个国家机关。后来听说他坐不了办公室，自己辞职跑到一个公司去了，现在怎么又卖起了板鸭？"小李白"见到小林，生意也不做了，一切交给剁鸭子的安徽人，拉小林到旁边树下聊天。两人抽着烟，小林问：

"你不是在公司吗？怎么又卖起了板鸭？"

"小李白"一笑：

"妈拉个×，公司倒闭了，就当上了个体户，卖起了板鸭！不过卖板鸭也不错，跟自己开公司差不多，一天也弄个百儿八十的！"

小林吓了一跳,又问:

"你还写诗吗?"

"小李白"朝地上啐了一口浓痰:

"狗屁!那是年轻时不懂事!诗是什么,诗是搔首弄姿浑扯淡!如果现在还写诗,不得饿死?混呗。你结婚了吗?"

小林说:

"孩子都三岁了!"

"小李白"拍了一巴掌:

"看,还说写诗,写姥姥!我可算看透了,不要异想天开,不要总想着出人头地,就在人堆里混,什么都不想,最舒服,你说呢?"

小林深有同感,于是点点头。又问:

"你有孩子吗?"

"小李白"伸出了三个手指头。小林吃了一惊:

"你敢不计划生育?"

"小李白"一笑:

"结了三个,离了三个,现在又结了一个。结一个下一个果,离婚人家不要孩子,我可不就落了三个!不卖鸭子成吗?家里五六张嘴等着吃食哩!"

小林也一笑,觉得"小李白"到底是"小李白",诗虽然不写了,但那股洒脱劲儿还没褪下。两人又谈了半天,天快

黑了,"小李白"突然想起什么,照小林肩上拍了一掌:

"有了!"

小林吓了一跳:

"什么有了?"

"小李白"说:

"我得出去十来天,去外地弄鸭子,这里没人收账,我正愁找不到人,你以后每天下班,来替我收收账算了!"

小林忙摆手:

"别,别,我还得上班。再说,我也不会卖鸭子!"

"小李白"说:

"我知道你是爱那个面子!你还是天真幼稚,现在普天下谁还要面子?要面子一股子穷酸,不要面子享荣华富贵。就你小林清高?看你的穿戴神情,也是改不掉的穷酸受罪模样。你下班来替我收账,帮我十天,我每天给你二十块钱!"

然后,不由分说,将一个大鸭子塞到小林手里,把小林推走了。

小林边摇头边笑提着鸭子回到家,老婆正不高兴他这么晚才回来,孩子也没准时接;又看他手里提鸭子,以为是花钱买的,叫道:

"你成贵族了,吃这么大的鸭子!"

小林将鸭子扔到饭桌上,瞪了老婆一眼:

"人家送的!"

小林老婆吃了一惊:

"你当官了?也有人给你送东西!"

小林便将菜市场的巧遇原原本本给老婆说了。最后把"小李白"让他看鸭子收账的事也说了。没想到老婆一听这事倒高兴,同意他去卖鸭子,说:

"一天两个小时,也不耽误上班,两个小时给你二十块钱,比给资本家端盘子挣得还多,怎么不可以!从明天起孩子我接,你卖鸭子吧,这事你能干得下来!"

小林倒在床上,手扣住后脑勺说:

"干是干得下来,只是面子上挂不住,卖鸭子!"

小林老婆说:

"管他呢!讲面子不是穷了这么多年?你又不找老婆,我不怕你丢面子,你还怕什么!"

于是,从第二天起,小林每天下午下班,就坐在板鸭车后边卖鸭子收款。一开始还真有些不好意思,穿上白围裙,就不敢抬眼睛,不敢看买鸭子的是谁,生怕碰到熟人。回家一身鸭子味,赶紧洗澡。可干了两天,每天能捏两张人民币,眼睛、脸就敢抬了,碰到熟人也不怕了。回来澡也不洗了。习惯了就自然了。小林感到就好像当娼妓,头一次接客总是害怕、害臊,时间一长,态度就大方了,接谁都一样。这时小林觉得长期这样卖鸭子也不错，每月可多六百元的收入，一年下来不就富了？可惜"小李白"只出去十天，十天回来，小林就干不成了。如果自己早一点见到"小李白"就好了。

鸭子卖到第九天，这天小林正在车后卖鸭子，又碰到一个熟人。本来现在小林已经不怕熟人了，但这个熟人不同别的熟人，小林还是有些害怕，他是小林办公室的处长老关。老关家住别处，本来不逛这个菜市场，怎么他今天逛到这里来了？当老关看到板鸭车后坐的是自己的部下，吃惊得眼睛瞪得溜圆。小林也感到不好意思。小林第二天上班，就准备老关找他谈话。果然，老关找他单独"通气"。不过这时小林一点不怕老关，大家都在社会上混，又不是在单位卖鸭子，下班挣个零钱有什么不可以？有钱到底过得愉快，九天挣了一百八，给老婆添了一件风衣，给女儿买了一个五斤重的大哈密瓜，大家都喜笑颜开。这与面子、与挨领导两句批评相比，面子和批评实在不算什么。当然小林在单位混了这么多年，已不像刚来单位时那么天真，尽说大实话；在单位就要真真假假，真亦假来假亦真，说假话者升官发财，说真话倒霉受罚。于是在老关要求他解释昨天的事时，小林故作天真地一笑，说卖板鸭的是他的同学，他觉得好玩，就穿上同学的围裙坐那里试了一试，喊了两嗓子，纯粹是闹着玩，正好被领导碰上，他并没有真的卖鸭子，给单位丢名誉。老关听

到情况是这样,就松了一口气,说:

"我说呢,堂堂一个国家干部,你也不至于卖鸭子!既然是闹着玩,这事就算了,以后别这么闹就是了!"

小林忙答应一声,两人便分了手。等老关走远,小林朝地上啐了一口唾沫,怎么不至于卖鸭子,老子就是卖了九天鸭子!可惜今天是最后一天了。如果能长期这样,我这个鸭子还真要长期卖下去。

可惜,这天下午,"小李白"准时从外地回来了,小林就告别了板鸭车。临别时"小李白"把最后二十块钱交给小林,交代他以后想吃鸭子就来拿;以后他到外地去弄鸭子,还请他来看摊。小林这时一点也没不好意思,声音很大地答应:

"以后需要我帮忙,你尽管言声!"

· 七 ·

孩子上幼儿园已经三个月了。小林或小林老婆每天接送。平心而论，孩子上幼儿园以后，家务比以前多了，家里没有保姆，刷碗、擦地、洗衣洗单子，都要自己动手；孩子每天清早送、晚上接，都要准时；不像过去家里有保姆担着，回去得早晚没关系。家务虽然重了，但因为家里没有保姆，孩子一天不在家，让人心理上轻松许多；孩子接回来，关起门也是自己一家人，没有外人。保姆一走，每月省下一百多元钱，扣除孩子的入托费，还剩五六十，经济上也显得宽裕了，老婆也舍得吃了，时不时买根香肠，有时还买只烧鸡。两人在一起讨论起来，都说没有保姆好处多，接着说了用保姆的一连串毛病。但现在人家已经走了，两人还边啃烧鸡边声讨人家，未免显得有些小气。不说她也罢。以后两人说保姆少了。

孩子入托好是好，但小林和小林老婆一直有一个心理问题还没有解决。因为孩子入托是沾了印度家庭的光，是为了给人家孩子当陪读。清早一送孩子，晚上一接孩子，就想起这档子事，让人心理上不愉快。接送过程中，常碰到印度女人或她的丈夫，招呼还是要打，但打过招呼就有一种羞愧和不自然。不过孩子不懂事，有时从幼儿园出来，还和印度女人的孩子拉着手，玩得很愉快。但什么事情都有一个过程，时间一长，小林和小林老婆就把这事看得轻了。有时又一想什么陪读不陪读，只要能进幼儿园，只要孩子愉快就行了。就好像帮人家卖鸭子，面子是不好看，领导也批评，但二百块钱总是到手了。只是有时见了印度家的人依然愤怒，愤怒起来心里要骂一句：

"帮我联系幼儿园，我也不承你的情！"

孩子在幼儿园也有一个习惯过程。开始几天，孩子哭着不去。送时哭，接时也哭。这是年幼不懂事，大人只要坚持下来，孩子也没办法。坚持一段孩子就习惯了。等孩子熟悉了新的环境，老师、别的孩子，她都认识了，于是也就不哭了。小林有时觉得那么小的孩子，在无奈中也会渐渐适应环境，想起来有些心酸。可老放在身边怎么成，她就不长大了吗？长大混世界，不更得适应？于是也就不把这辛酸放到心上。这时有了世界杯足球赛，小林前几年爱看足球，看得脸红心跳，觉得过瘾，世界级的明星，都能说出口。那时觉得人生的一大目的就是看足球，世界杯四年一次，人生才有几个四年？但后来参加工作、结婚以后，足球赛渐渐不看了。看它有什么用？人家球踢得再好，也不解决小林身边任何问题。小林的问题是房子、孩子、蜂窝煤和保姆、老家来人。所以对热闹的世界杯充耳不闻。现在孩子入了幼儿园，小林心里轻松一些，想到今天晚上要决赛，也禁不住心里痒痒起来；由于转播是半夜，他想跟老婆通融通融，半夜起来看一次转播。于是下班接孩子回来，猛干家务。老婆看他有些反常，问他有什么事，他就觍着脸把这件事说了，并说今天晚上上场的有马拉多纳。谁知老婆仍是那么不通情达理，她的思路仍没有转过弯来，竟将围裙摔到桌子上：

"家里蜂窝煤都没有了，你还要半夜起来看足球，还是累得轻！你要能让马拉多纳给咱家拉蜂窝煤，我就让你半夜起来看他！"

小林一阵扫兴，连忙摆手：

"算了，算了，你别说了，我不看了，明天我去拉蜂窝煤不就行了！"

于是也不再干家务，坐在床头犯傻，像老婆有时在单位不顺心回到家坐床边犯傻的样子。这天夜里，小林一夜没睡着。老婆半夜醒来，见小林仍睁眼在那里犯傻，倒有些害

怕,说:

"你要真想看,你看去吧!明天不误拉蜂窝煤就行了!"

这时小林一点兴致都没有了,一点不承老婆的情,厌恶地说:

"我说看了?不看足球,还不让我想想事情了!"

第二天早起,小林就请了一上午假,去拉蜂窝煤。拉完蜂窝煤下午到单位,新来的大学生便来征求他对昨晚足球的意见。小林恶狠狠地说:

"一个鸡巴足球,有什么看的!我从来不看足球!"

接着就自己去翻报纸。倒把大学生吓了一跳。晚上下班回来,老婆见他仍在闹情绪,蜂窝煤也拉来了,倒觉得有点对不住他,自己忙里忙外弄孩子,还看着他的脸色说话。这倒叫小林有些过意不去,心里的恶气才稍稍出了一些。

这天晚上,小林和小林老婆正准备吃饭,查水表的瘸腿老头来了。本来今天不该查水表,但查水表的老头来了,就不敢不让他查。小林和小林老婆停止弄饭,让他查。这次老头除了拿着关水的扳手,身上还背着一个大背包,背包似乎还很重,累得老头一脸的汗。小林看着大背包,心里吓了一跳,不知老头又要搞什么名堂。果然,老头查完水表,又理所当然地坐到了小林家的床上。小林站在他跟前,不知他想说年轻时喂马,还是继续说上次偷水的事。但老头这两件事

都没有说,而是突然笑嘻嘻的,对小林说:

"小林,我得求你一件事!"

小林吃了一惊,说:

"大爷,您说哪儿去了,都是我有事求您,您哪里会有事求我?"

老头说:

"这次真有事求你。你不是在×部×局×处工作吗?"

小林点点头。

老头说:

"×省×地区×县的一件批文,是不是压在你们处里?"

小林想了想,想起似乎是有这么一个文,压在处里,似乎是压在女小彭手上;女小彭这些天忙着去日坛公园学气功,就把这事给压下了。于是说:

"好像是有这件事!"

老头拍着巴掌说:

"这就对了!×省×县是我的老家呀!老家为这件事着急得不得了,县长书记都来了,找到我,让我想办法!"

小林吃一惊,县长书记进京,竟求到一个查水表的老头身上?但又想起他年轻时曾给大领导喂过马,于是就想通了。

老头继续说:

"我能想什么办法?我让他们打听一下批文压在哪个部哪个局哪个处,他们打听出来,我一听真是凑巧,这个处正好是你在的处,我忽然想咱们俩认识,于是今天就求到你头上了!这事情好办吗?"

小林在机关待了五六年,机关那一套还不熟悉?这事情说好办就好办,明天他给女小彭说一句话,女小彭抹口红的工夫,这批件就从她手里出去了;说不好办也不好办,如果陌生人公事公办去找女小彭,如果女小彭正在做气功你打扰了她,或者因为别的事她正心情不好,这批件就难说了;她会给你找出批件的好多毛病,找出国家的种种规定,不能审批的原因,最后还弄得你口服心服,以为是批件本身有毛病而不是别的什么其他原因。瘸老头说的这批件,就看小林帮忙不帮忙,如果帮忙,明天就可以批;如果不帮忙,这批件就仍然得压一些日子。但瘸老头不是一般的老头,管着给他们查水表,这个忙看样子得帮。但小林已不是过去的小林,小林成熟了。如果放在过去,只要能帮忙,他会立即满口答应,但那是幼稚。能帮忙先说不能帮忙,好办先说不好办,这才是成熟。不帮忙不好办最后帮忙办成了,人家才感激你。一开始就满口答应,如果中间出了岔子没办成,本来答应人家,最后没办成,反倒落人家埋怨。所以小林将手搭在后脑勺上,将身子仰到被子垛上说:

"这事情不好办哪!批文是有这么一个批文,但我听说里边有好多毛病呢,不是说批就能批的!"

瘸老头虽然以前给大领导喂过马,但毕竟是多年以前的事了,现在已沦落成一个查水表的,不懂其中奥妙,已经多年矣,所以赶忙迎着小林笑:

"是呀是呀,我也给老家的县长书记说,北京中央不比地方,各项规定严着哩。不过小林你还是得帮帮忙!"

小林老婆这时也听出了什么意思,凑过来说:

"大爷,他就会偷水,哪里会帮您这大忙!"

瘸老头一脸尴尬,说:

"那是误会,那是误会,怪我乱听反映,一吨水才几分钱,谁会偷水!"

接着又忙把他的背包拉开,掏出一个大纸匣子,说:

"这是老家人的一点心意,你们收下吧!"

然后不再多留,对小林眨眨眼,瘸着腿走了。老头一走,小林老婆说:

"看来以后生活会有转变!"

小林问:

"怎么有转变?"

小林老婆指着纸盒子说:

"看,都有人开始送礼了!"

接着将纸盒子打开,掏出礼物一看,两人大吃一惊,原来是一个小型的微波炉,在市场上要七八百元一台。小林说:

"这多不合适,如果是一个布娃娃,可以收下,七八百元的东西,如何敢收!明天给他送回去!"

老婆也觉得是。晚上吃饭,两人都心事重重的。到了晚上,老婆突然问他:

"我只问你,那个批文好办吗?"

小林说:

"批文倒好办,我明天给女小彭说一下,马上就可以批!"

小林老婆拍了一下巴掌:

"那这微波炉我收下了!"

小林担心地说:

"这不合适吧?帮批个文,收个微波炉,这不太假公济私了?再说,也给瘸腿老头留下话柄了呀!"

小林老婆说:

"给他把事情办了,还有什么话柄?什么假公济私,人家几千几万地倒腾,不照样做着大官!一个微波炉算什么!"

小林想想也是,就不再说什么。小林老婆马上将微波炉电源插上,拣了几块白薯放到里边试烤。几分钟之后,满屋的白薯香。打开炉子,白薯焦黄滚烫,小林老婆、小林、孩子三人,一人捧一块吸溜吸溜吃。小林老婆高兴地说,微波炉用处多，除了烤白薯，还可以烤蛋糕，烤馍片，烤鸡烤鸭。小林吃着白薯也很高兴，这时也得到一个启示，看来改变生活也不是没有可能，只要加入其中就行了。这天晚上，他与老婆又亲热了一回。由于有微波炉的刺激，老婆也很有激情。昨天发生的足球事件，这时也显得无足轻重了。

第二天上班，小林找到了女小彭。果然，谈笑之间，两人就把那个批件给处理了。

微波炉用了两个星期，孩子突然出了毛病。本来去幼儿园她已经习惯了，接送都不哭了，有时还一蹦一跳地进幼儿园。但这两天突然反常，每天早上都哭，哭着不去幼儿园，或说肚子疼，或说要拉屎；真给她便盆，什么也拉不出来。呵斥她一顿，强着送去，路上倒不哭了，但怔怔的，犯愣，像傻了一样。小林和小林老婆都有些害怕，断定她在幼儿园出了毛病，要么是小朋友欺负了她，使她见了这个小朋友就害怕；要么问题出在阿姨身上，阿姨不喜欢她，罚她站了墙根或是让她当众出丑，伤了她的自尊心，使她害怕再见阿姨。小林和小林老婆便问孩子因为什么，孩子倒哭着说：

"我没有什么呀，我没有什么呀！"

于是小林老婆只好接孩子时在其他家长中进行调查。调查的结果，原来毛病出在小林和小林老婆身上。他们大意了。大意之中过了元旦；元旦之前，别的家长都向阿姨们送东西，

或多或少,意思意思,唯独小林家没有意思,于是迹象就出现在孩子身上。老婆埋怨小林:

"你也真是,孩子进了幼儿园,你连个元旦都记不住!幼儿园阿姨背地里不知嘲笑咱多少回,肯定说咱抠门、寒酸!"

小林也说:

"大意了大意了,过去送礼被人家推出去,就害怕送礼,谁知该送礼的时候,又把这件事给忘了!"

于是就跟老婆商量补救措施,看补送一些什么合适。真要说送什么,两人又犯了愁。送个贺年卡、挂历,显得太小气,何况新年已过去了;送毯子、衣服又太大,害怕人家不收。小林说:

"要不问问孩子?"

小林老婆说:

"问她干什么,她懂个屁!"

小林还是将孩子叫过来,问孩子知不知道其他孩子给老师送了什么,没想到孩子竟然知道,答:

"炭火!"

小林倒吃一惊:

"炭火?为什么送炭火?给老师送炭火干什么?"

于是让老婆第二天再调查。果然,孩子说对了,有许多家长在元旦给老师送了炭火。因为现在冬天了,冬天北京时兴吃涮羊肉，大家便给老师送炭火。小林说：

"这还不好办?别人送炭火，咱也送炭火!"

但等真要买炭火，炭火在北京已经脱销了。小林感到发愁，与老婆商量送点别的算了，何况别人家已经送了炭火，咱再送也是多余，不如送点别的。但孩子记住了炭火，每天清早爬起来第一句话便是：

"爸爸，你给老师买炭火了吗?"

看着一个三岁孩子这么顽固地要送炭火，小林又好气又好笑，拍了一下床说：

"不就是一个炭火吗，我全城跑遍，也一定要买到它!"

果然，最后在郊区一个旮旯小店里买到了炭火。不过是高价的。高价能买到也不错。小林让老婆把炭火送到幼儿园。第二天，女儿就恢复了常态，高兴去幼儿园。女儿一高兴，全家情绪又都好起来。这天晚上吃饭，老婆用微波炉烤了半只鸡，又让小林喝了一瓶啤酒。啤酒喝下，小林头有些发晕，满身变大。这时小林对老婆说，其实世界上事情也很简单，只要弄明白一个道理，按道理办事，生活就像流水，一天天过下去，也蛮舒服。舒服世界，环球同此凉热。老婆见他喝多了，瞪了他一眼，一把将啤酒瓶给夺了过来。啤酒虽然夺了过去，但小林脑袋已经发蒙，这天夜里睡得很死。半夜做了一个梦，梦见自己睡觉，上边盖着一堆鸡毛，下边铺着许多人掉下的皮屑，柔软舒服，度年如日。又梦见黑压压无边无际的人群向前涌动，又变成一队队祈雨的蚂蚁。一觉醒来，已是天亮，小林摇头回忆梦境，梦境已是一片模糊。这时老婆醒来，见他在那里发傻，便催他去买豆腐。这时小林头脑清醒过来，不再管梦，赶忙爬起来去排队买豆腐。买完豆腐上班，在办公室收到一封信，是上次来北京看病的小学老师他儿子写的，说自上次父亲在北京看了病，回来停了三个月，现已去世了；临去世前，曾嘱咐他给小林写封信，说上次到北京受到小林的招待，让代他表示感谢。小林读了这封信，难受一天。现在老师已埋入黄土，上次老师来看病，也没能给他找个医院。到家里也没让他洗个脸。小时候自己掉到冰窟窿里，老师把棉袄都给他穿。但伤心一天，等一坐上班车，想着家里的大白菜堆到一起有些发热，等他回去拆堆散热，就把老师的事给放到一边了。死的已经死了，再想也没有用，活着的还是先考虑大白菜为好。小林又想，如果收拾完大白菜，老婆能用微波炉再给他烤点鸡，让他喝瓶啤酒，他就没有什么不满足的了。

一九九〇年十月
北京十里堡

土塬鼓点后:理查德·克莱德曼
——为朋友而作的一次旅行日记

当我离开北京前往山西李堡村时，理查德·克莱德曼正从法国的伯尼斯村飞往北京举行他的"东方情调"钢琴独奏音乐会。一个星期以后，中国音乐界的专家说，从演奏技巧来说，克莱德曼并没有什么特别高明之处。但对于仍处在山西李堡村的我来说，这一点并不重要。因为我从土塬半坡窑洞里黑白电视屏幕上所看到的克莱德曼，模样长得十分顺眼，于是我便一下子判定：不管中国音乐界专家怎么说，克莱德曼肯定是一个优秀的艺人无疑。因为按照我的体会，大凡优秀的球员、演员、钢琴手、提琴手、作家，及世上一切以技艺为生的人，当然也包括部分政治家（如甘地），部分宗教界人士（如图图），只要心胸开阔，技艺优秀，模样长得都很顺眼：皮肤黑黑，憨厚而天真，执着而不做作，架子大又架子小，爱理人又不爱理人，爱发火又很宽厚，爱笑又不爱笑，等等。球员如贝利、里杰卡尔德、古力特等。当然，顺眼不一定漂亮，漂亮不一定顺眼。顺眼也不一定优秀，也有许多模样顺眼、心中恶毒的人。

我住在李堡村一个全家都长得十分顺眼（我的目光并不苛刻呀）的房东家里。虽然房东全家都十分顺眼，但我在他家还是患了感冒。这次感冒盘桓了两个礼拜，各种病症全部迸裂而出。事后明白，感冒的起因，是因为房东家大炕上，铺垫得实在太单薄了。犹如一篇小说，架子摆得很大，铺垫却很单薄，就容易产生麻烦；我睡觉又脱得太光，哪里还有不着凉感冒的道理？夜里我用卫生纸擤鼻涕，把一团鼻涕纸扔到了同行同炕的朋友脸上。第二天早上醒来，他先是大怒，后来又看到炕下一地的这种纸，又十分惊奇：这什么东西？你搞什么名堂？我只好告诉他，是鼻涕纸而不是别的什么，还当场又给他擤了一团看一看，但他还是转着眼珠疑惑了半天。这位朋友，模样也长得十分顺眼，但他心中就很阴暗。

据材料介绍，位于法国南部的尼斯村风景秀丽，气候宜人，阳光充足，村子旁边还有一个现代化的国际机场。

问：

理查，你为何逃离巴黎？

理查：

为了避开狂热者的瓶子、叫声。此外，我特别喜欢尼斯的阳光，而巴黎却时常阴天。尼斯有国际机场，不影响我的国际性演出。

位于中国山西南部的李堡村，风光秀丽，阳光充足。丘陵、土塬，加上几天走不出头的厚厚叠叠的吕梁山，气势恢宏。漫山遍野的桃花，正开得灿烂。一条浅浅的清澈的可以看到水中石头的河流，围着村子在转。我在李堡村的十天里，有喧闹也有寂静，有阳光也有阴天。

问：

这里时常阴天吗？

房东大哥：

阴天好哇，阴天可以不下田，在家睡觉。

问：

村里热闹吗？

房东大哥：

热闹好哇，热闹红火。

在阴天和喧闹的看法上，房东大哥与理查是多么截然不同。我也发现，在这寂静的山村里，如果不阴天，不喧闹，连狗都木呆呆地夹着尾巴躺在凉荫下吐出舌头喘气。大哥及顺眼的一家，每天在泥塘里从事繁重的种藕和挖藕工作；工作之余，就是全家拼命抽低劣的烟草和喝低劣的大叶茶。这样，不再盼个阴天和热闹，生活还有什么意义呢?生活的意义是什么?就是企盼。企盼是什么?就是理想、猜想、梦想，永远得不到的水中的肉骨头。当然，事情不能绝对，生活中的企盼不仅一种，结婚，出生，盖上青砖到顶的楼房，拴上一挂漆黑的骡子，每年池塘都有一个好收成，这也是企盼。但这一切都不能代替阴天和喧闹。它们意义不同，层次不同，企盼的内容和方向不同。我同意理查德·克莱德曼对阳光和安静的看法，我也赞赏房东大哥在这个问题上没有忘记自己是中国山西南部的一个普通农民。这种农民在中国有九亿，多一个少一个，出生与死亡，悄然离去或暴病而死，都不如理查患一个感冒更有意义。这个世界只是上流社会的世界呀。从这种意义上，房东大哥的企盼也不能过多，喧闹与阴天，不能过密，最好中国山西南部每天跟法国南部的尼斯一样，都充满阳光。尼斯充满阳光是为了给理查晒鼻子，李堡充满阳光是为了让房东大哥更好地在池塘挖藕。大哥是普通农民，从李堡到北京，他头上有多少人需要他在池塘的劳作中养活呢？所以，当我在阳光灿烂的李堡村患了感冒时，我的感冒没有引起房东大哥与房东一家的丝毫同情，全家没有流露出半点为大炕单薄要承担什么责任的神气。这也是我与理查的区别。房东大嫂一手夹着烟，一边对我的同伴说：

他跟我一样，白天黑夜都爱睡觉。

我的同伴这时确信炕下的纸团里是鼻涕而不是别的什么，这时总算为我开脱说：

他患了重感冒。

这时，土塬上响起了激烈的鼓点。一开始是一点，后是两点、三点，后来成了密集的鼓点；混乱之后，成了整齐雄壮的威风锣鼓的鼓点。突然一声重槌，一切都又沉寂下来，传来人们不多的欢快的说笑声。接着，一支唢呐高拔嘹亮地响起来，似一支利箭，直插云霄和人的心灵。唢呐高亢，又有些凄凉，似在叙说什么；叙说到一半，戛然而止，村庄又沉寂下来。房东大哥及他的一家都回来了，脸上都带着红晕和兴奋，兴奋之中有企盼的满足，并且里边有全村人的兴奋的感染。我突然明白，今天虽然不是阴天，是太阳高照，但村里出现了热闹的事由。我从炕上爬起来，问是怎么回事，房东家瘦小俊俏的二女儿说：

奎生来了。

我惊奇：

奎生是谁？奎生一来大家就这么兴奋？

二女儿不高兴地说：

你连奎生都不知道哇？

这时房东大哥告诉我，奎生是当地有名的金鼓乐鼓手。我问为什么敲鼓，房东大哥：

村里死了人了。

我这时心里咯噔一下。

肯定是在理查德·克莱德曼于尼斯村他的豪华舒适的琴房

里练习《梁祝》《太阳最红，毛主席最亲》时，中国山西李堡村一位普通的今年七十三岁的农村老太太悄然去世。现在已是六天之后，等待明天的出殡。我怀着感冒查询到，她的名字叫王枝花。王枝花老太太生前肯定像泥塘中的房东大哥一样，一生操劳，从无吃到过理查三十九年的任何一天随意扔掉的饭菜。她的身体已经变形，皮肤焦黑起皱，手缩得像鸡爪。她与理查似乎从来没有在这个地球的时空上交叉过；虽然她的所有这一切，都没有引起曾与她朝夕相处的李堡村村民的同情。对于她的死，大家并没有感到悲痛，大家习以为常，大家所感兴趣的是：因为她的死，引来了鼓队、唢呐和奎生。她的死，只不过为大家提供了一个娱乐和热闹的机会和场所。这是我当天晚上在她老人家棺材前的鼓声和唢呐声中所感到的。因为鼓声和唢呐，大家神情兴奋，笑语欢声。因为我与王枝花老太太素不相识，素昧平生，大家既然这样，我也没有必要替大家去承担不悲痛的道义责任。于是，她的死对于感冒的我来说，也变得无足轻重。这就使我有机会结识和交往到这位土塬上的民间艺人、方圆百里的名人、十几万人心目中的热闹、欢乐的制造者、十几万人心目中的理查德·克莱德曼。理查德·克莱德曼对于这里的十几万人来说，是一个陌生的无足轻重的如同悄然去世的王枝花老太太一样，他们心目中的正准备在北京首都体育馆演奏"东方情调"音乐会的世界驰名的英俊潇洒的"浪漫王子"，正是这位身高一米六七、瘦瘦的、黑黑的、模样顺眼、一九五九年出生现年三十三岁的奎生。

理查德·克莱德曼出生于一九五三年，长奎生六岁。在奎生出生的时候，理查已在巴黎随担任钢琴教师的父亲习琴一年，这时指法纯熟流畅。随即进入巴黎音乐戏剧学校学习，十六岁毕业，可亲自作曲。据理查回忆，这个学校教学条件优良，环境清洁，伙食诱人。毕业以后，理查擅长演奏肖邦、拉贝尔、德彪西等人的作品。但接着（多么重要的"但接着"），他对通俗音乐发生兴趣，不顾周围的反对，毅然转变方向，起初为米谢尔·沙德担任伴奏，经常出入录音室，因此结识了法国通俗音乐界最受欢迎的作曲家奥利弗·图森，这时已是一九七七年初。理查的钢琴技巧与深厚的音乐感，深得图森赏识（虽然未得中国音乐界的认可）。一九七七年，理查以独奏者初次登台，演奏图森谱曲的钢琴曲《水边的阿狄丽娜》，于是一举成名，开始周游世界的演出。

理查的成名与认识图森大有关系，奎生的艺术成长道路与理查不同。奎生五岁丧父，六岁随母嫁于河东。在乡村小学上了三年学，因母亲与后大吵架，辍学；从此割草，放牛，吃剩饭；九岁离家出走，拜当地著名艺人王之发为师，从此抄起大鼓和唢呐，开始流浪艺人的生涯。饥一顿，饱一顿，有村子娶亲或死人，便去从艺；没有娶亲或死人，便回家跳到池塘里挖藕。在他艺术成长的道路上，注定没有巴黎音乐学校等他；等待他的，只是一座又一座土塬，一道又一道盘不出去的吕梁山；他需要背着褡裢，蹚过一道又一道小河，看遍一山又一山漫山遍野的灿烂的火红的桃花。奎生告诉我，他十岁那年，便会扛一杆唢呐来吹，十二岁能跳鼓点，十里八里的村庄，都知道有个敲鼓吹唢呐的孩子奎生；后大不敢再打他。威风锣鼓有九十多套打法，奎生十五岁时学会七十多套。为学艺，他身上被师父用柳条抽得遍体鳞伤。一九七七年，二十四岁的理查德·克莱德曼成名；一九七八年，奎生的师父王之发在一次招待吹鼓手的丧宴上因酒精中毒身亡，十九岁的奎生，从此成了这个松散艺班的班主。第二年，奎生因率班在一次喜宴上敲喧天的威风锣鼓连续七个小时将几千名村民震呆，从此名声大噪。

奎生的成名更得力于他的体力。

奎生成名时二十周岁，比理查早四岁。

于是，一九九二年三月二十九日晚，在理查德·克莱德曼于中国北京首都体育馆正式举行他的"东方情调"钢琴独奏音乐会时，这天晚上，奎生正在中国山西南部的李堡村为老太太王枝花的丧殡敲起了他的震动土塬和乡亲的路行鼓。我身在李堡，没有可能去首都体育馆观看理查的演出，没有可能看到、听到理查是怎样抒发他的"太阳最红，毛主席最亲"，我只好来听、来看、来体味、来欣赏奎生敲起的激烈的路行丧乐鼓点。顺便说一句，这一天晚上，我只是几千个黄牙齿焦皮肤的山西农民中的一员，我脑袋的露出或隐没，微不足道；人们前遮后掩，使我对奎生风采的欣赏断断续续，很不完整。

在描述这不完整的风采之前，我还想说一说理查和奎生的婚姻。因为我认为，他们的婚姻，与他们的钢琴或鼓点大有关系。不管是敲鼓或弹琴，就是踢球，写作，治国平天下，出售大萝卜，都与婚姻有关。我们经常说：他（她）是多么的不幸啊！说这句话时，我们本身就在不幸之中。理查德·克莱德曼有两次婚史，过去的妻子不知叫什么，现在的妻子叫克里斯蒂。理查有两个孩子，一个七岁的男孩叫彼特，一个十九岁的女孩叫摩德——理查三十九岁，却有一个十九岁的女儿，这与钢琴没有关系吗？与钢琴有关的摩德小姐是理查与前妻所生。

问：

你与现在的妻子是如何相识的？

理查：

一九七七年，我在蒂埃利·勒·鲁隆乐团任钢琴师，克里斯蒂的母亲是团里的服装员，克里斯蒂常来团里玩，于是相识。

据材料介绍，克里斯蒂娇小动人，喜欢变换发型。这是使理查和我们所高兴的。唯一使我们不放心的是，一九七七年理查与克里斯蒂结识时，他已与他的妻子离婚了吗？是因为新的结识而离婚，还是因为离婚而有了新的结识呢？当然，这对于理查并不重要，给我们却留下很大的想象余地。奎生（我差点写成美国的副总统奎尔），与理查不同，奎生的妻子胡采凤，就在奎生的班子里，会随着班子的吹奏站在人场中唱蒲剧，会鼓着腮帮子吹笙。只是模样长得太难看了，突眼，噘嘴，黄牙，大腮，小耳，爱抽烟，娇小而不动人，也没见她变换过发型。这与奎生的鼓点与唢呐也肯定有关。

问：

是过去师父的女儿吗？（我是按照许多中国小说中的思路出发的。）

奎生：

不是。

问：

是在从艺的过程中认识相爱的吗？

奎生：

不是。

我吃惊：

那是怎么结婚的？

奎生：

俺姨做媒介绍的。

问：

那她为什么会吹笙和唱戏？

奎生：

随我进班子以后学会的。

我无可奈何，似有些遗憾，也似有些失落。这时我明白，理查与奎生在演奏风格和心情投入的出发点上，肯定大有不同。一个精心，一个随意；一个富足，一个赤贫；一个在沙龙中，一个在田野上；一个似水仙，一个似狗尾巴草；一个皮肤细腻，一个皮肤干焦；一个富于艺术创造性，一个富于心灵感悟力。

这时奎生的鼓点开始了。奎生个头不高，穿着山西的毛衣和裤子。像所有名人一样，没开始敲鼓点之前，他坐在条凳上不理人，对熙熙攘攘的围观人群充耳不闻，只是偶尔与身旁掌板的同伴低声说一句什么，同伴频频点头。班子中的其他年轻人与中年人、老年人，就与奎生不同，乱与围观者点头，笑，打招呼，甚至挤眉弄眼，为别人特别是有熟人来听他们的鼓点感到兴奋。这时天黑了下来，一个三百瓦高挑的大电灯泡亮了，丧事的主持挤过人群走到奎生身边说了一句什么，奎生点点头，然后向身边掌板的同伴示意一下。掌板的同伴将他的板子举了起来，立即，像音乐厅穿着燕尾服指挥手中的指挥棒高举起来一样,班中所有的艺人都各就各位,抱起自己的笙、笛、铙、钹、唢呐、大鼓,全神贯注地看着同伴手中高举的板子。

这是在李堡村一座可以容纳几千人的土塬子上。这个土塬在已经去世的王枝花老太太门前。所有的土塬、人、音乐与繁华,对于王枝花老太太来讲,都无足轻重。她老人家肯定是微笑着看世界。重视这一切的是我们这些围观的几千名土头土脑、糊涂无知、怀着莫名兴奋与期待地站在世界边缘的观众。

终于,高举的板子落下了。随着一声清脆的竹板响起,艺班子六七个人手中的笙、笛、铙、钹、唢呐、大鼓同时响起。音乐都是我们所熟悉的音乐,有旧社会的,有新社会的,有古典的,有现代的,也有抗日战争时期的,就是没有《太阳最红,毛主席最亲》。由于这些音乐是伴随几代人成长的,几代人都从音乐中得到了满足,所以几千人屏声静气,听得如醉如痴。听了一段,又是一段;走了一山,又是一山。当首都体育馆的理查德·克莱德曼已经演奏到如醉如痴、与观众情绪水乳交融,禁不住兴奋地用法语说"我再给你们来一段"时,中国山西李堡村音乐场上的名人奎生还没有出场。这是中西艺人的不同,文化的不同,钢琴演奏与唢呐和鼓点演奏的不同。奎生仍在条凳上坐着默默不语地抽着自己的香烟。

终于,在一支曲子演奏到一半时,奎生扔掉烟屁股,站起来，从同伴手中拿过一杆唢呐。他一站起，连我们这些微不足道的听众都一下觉出，他所有同伴刚才声音嘹亮、争奇斗艳、百花齐放的吹奏，都一下子成了伴奏。所有伴奏的声音，一下子压低许多，缓慢许多，在等待奎生唢呐的吹出。我突然明白，所有这压低与缓慢，是名人在多少次的艺人生涯中磨炼碰撞出来的，肯定有一个由不压低、不缓慢、不等待到压低、缓慢、等待的过程。这是明星与凡人的区别，这是球星与球员的区别，这是伟大作家与一般作者的区别。这个区别是以不平等、压抑许多人的心灵为代价的，但它是客观存在，不以人的意志为转移。由于有了这压低与缓慢，使奎生唢呐中发出的第一声声响，就格外嘹亮、彻底、撕裂金帛与撕裂云霄，把我们等待已久的心灵，一下子消解和冰释。他吹奏的是什么，已显得并不重要，重要的是他在吹奏。我们切切实实看到他在吹，听到他吹出的声音，看到他吹奏的风采，我们就满足，得到安慰，与他融为一体，甘愿做他音乐的奴隶，愿意为这一切赴汤蹈火，在所不辞。气氛对于我们是多么重要啊，在一种气氛下我们可能是懦夫，在另一种气氛下我们就是英勇无畏的战士。我们甘愿沉浸在这种音乐中，去生，去死，去随这音乐的吹奏者爬过一道又一道的高山，一座又一座的土塬，蹚过一道又一道的冰河，看遍一山又一山的漫山遍野的灿烂的花朵。

但是，奎生没有让我们兴奋过久，一曲终了，他把唢呐令人失望地放到了桌子上。他没有在乎我们兴奋沉浸的情绪，他没有像理查德·克莱德曼那样，趁着我们神经的兴奋，又伸着两个指头说"我再给你们来一个"，把我们兴奋的神经再高挑一度；他只是把我们扔进情绪的泥潭中，然后毫不负责地甩手离去，似乎这一切与他无关，任我们在兴奋的泥潭中挣扎，不能自拔。这时，他的同伴又继他之后吹起来，唱起来，我们才恍然大悟，我们已经走到了路的尽头，应该在另一种音乐的抚慰下往回走了。于是，我们几千人自嘲地相互看看，神经也都松弛下来，笑了。奎生的吹奏既然听过，其同伴的吹奏对于我们已不在话下。我们一下似乎成了奎生的知心朋友也可以和他平等相处然后和他一样俯视他的同伴了。于是，人群中松动了，咳嗽声、议论声，像蜜蜂一样嗡嗡响起。这时我们又感谢奎生。奎生是神，我们是人，我们还是回到嗡嗡的人的议论声中去吧。

这样嗡嗡了一个钟点，轻松了一个钟点，等我们把松弛的唾沫都咽回肚里，把兴奋的汗水晾干甩净，这时奎生又出场了。他将一面大鼓挂到了自己脖子上。随着他挂鼓，他的几个同伴都将大鼓挂到了自己脖子上。人们又紧张起来，纷纷说：要打鼓了，要打鼓了。人们又提起心，屏息静气。这次是奎生亲自领衔，打鼓。他将鼓槌举到了空中，所有同伴都看着他，也将手中的鼓槌如树林般举向空中。随着奎生鼓点的落下，一下，两下，三下，众槌纷落，如雨打芭蕉，越来越重，越来越激烈；激烈之后，又还原成整齐，成了整齐雄壮、威风八面的威风锣鼓鼓点。十来面大鼓在一起对打，打着鼓，敲着鼓边，声音清脆悦耳，令人神情振奋，昂扬，沉落，感动。

问：

这鼓叫什么名称？

答：

五虎爬山。

这时所有的鼓手，真有如爬山的、山中初长成的雄虎，突然分开，又突然跳到一起对打；对打一阵，在旁边唢呐、笙、笛的伴奏下，又突然亮相，好不自如潇洒。这时的奎生，还原成了儿童模样，憨厚，天真，满头是汗，满头是土，满头是土与汗流成的汗道道，脸上带着满足与得意的傻笑。打鼓之余，鼓槌在他手上转花，令人眼花缭乱。他们抖肩、扭腰、提脚、掀胯，每一个动作，都牵动着我们的全身。这种金鼓乐，这种路行鼓，声声鼓槌，都敲到我们心的深暗处。我们可以长歌当哭，我们可以拊掌大笑，我们可以就此喝醉酒，我们可以用手把土塬一个一个去抹平，和成稀泥，摔到应该摔的一些人的脸上。

三星偏西了，散场了。散场的脚步声、议论声、寻子呼娘声之后，一切都停止了。这时的村庄，显得多么寂静啊。偶尔几声狗吠，也显得怯生生的，孤立无援。可以在村边的小溪中撒一泡饱尿。撒完尿，可以回到房东大哥的家里。回到家里，我觉得此时躺下睡下实在有些不应该，不可能，不舒服，欲言又止。我自作主张扭开了房东大哥家的黑白电视。电视中是找不到奎生的。这时北京首都体育馆理查德·克莱德曼的钢琴独奏音乐会肯定也早已停止，何况电视也没有直播。但是，我竟在咔嘣咔嘣的旋钮声中，在中国中央电视台的第八频道，找到了理查德·克莱德曼。电视台正在播放克莱德曼演奏《温柔》的风景画面录像带。可以肯定，这是在他的故乡法国南部尼斯村拍摄的。用的是法国一流的摄像家，一流的构想，一流的色彩，当然，花的也肯定是一流的钱。钢琴摆在优美的葡萄园中，葡萄园中的葡萄，胖嘟嘟的，个个含着清晨的露珠。钢琴又摆在巴黎街头，一个宏观的铺满白地毯的广场上；又摆在空中，摆在飞机翅膀上。但这一切都不重要，重要的是，在理查的身边，活动着一个给他吹长笛进行伴奏的修长的漂亮的迷人的法国姑娘。她穿着长裙，在夕阳的一边，蓦然回首，其神采，令人神旌飞扬，惊心动魄。她与理查，在钢琴和长笛声中，又轻松地走在巴黎熙熙攘攘的大街上，谈笑自若，带着自信、富足、可以随便拦出租车、可以随便到哪一个高级饭店吃饭的对外部事物皆不在乎的神情。所以他们的交谈显得专注，生动，感人。他们用的摄影师，肯定是他们的朋友，所以他们笑得那样真诚，开心，角度又选得那样好，太阳从他们的后背升起来，从姑娘修长的头发旁落下，从他们的脚下升起，又从他们的头顶落下。钢琴和长笛，笼罩和统治了整个世界。这时我突然明白了理查与奎生的区别。我可以放心，安然，悲哀又不悲哀地去睡觉了。

　　但所有这一切，都与我正在患的感冒是两回事。在遭受了理查和奎生之后，我的感冒越发地严重了。另外一间窑洞里，已传来房东大哥一家长短不齐的呼哨和鼾声。我能感觉到我自己的咳嗽与发烧，但我一直处在迷迷糊糊、昏昏沉沉之中。这时我梦到自己置身于一艘庞大的游泳馆中，碧绿的水，四周数不清的座位，我正与一个人坐在那里谈心，谈了许多的知心话语。又似乎是在一个庞大游轮的甲板上，满天星辰，我们并排躺在一溜躺椅上，我盖着一个白单子。这时我心中似乎得到了许多的慰藉，安慰，眼中不知不觉冒出了泪。这个人面目很不清楚。似乎是理查，又似乎是奎生，还似一位多日不见的朋友。朋友，久违了，你可真让我想念。

一九九二年十一月
北京十里堡

口　信

· 一 ·

一九二七年,严老有让贩驴的老崔往口外捎了一个口信。

口外离山西严家庄两千多里。口外本来指内蒙古,但在一九二七年的山西,却指河北张家口。严老有的大儿子严白孩在口外劁牲口。

严老有在严家庄给东家老万家当佃户。虽然是佃户,但嘴爱说话,见人爱搭腔,显得朋友多。一九二三年,严白孩十四岁时,严老有让他跟宋家庄的木匠老宋当学徒。严老有跟老宋是熟人。虽然是熟人,但拜师时,送了老宋半腔羊。一年下来,严白孩能打小板凳了。但这年夏天,严白孩却撇下老宋,跟阉猪劁牲口的老周跑了。严老有虽然跟老周也熟,但严老有认为,木匠是个正经营生,阉猪劁牲口见人说不出口。严老有想将严白孩捉回来,送给老宋。老宋却说:

"算了,他坐不住。"

严老有将严白孩捉了回来,绑在家里的条凳上,一绑五天。第六天,将老宋叫来,指着条凳上的严白孩说:

"坐得住呀。"

没想到严白孩在条凳上说:

"爹,我跟师父不对脾气,没话。"

严老有兜头扇了他一巴掌:

"那你跟一个劁猪的就有话了?"

严白孩:

"我跟他也没话,但我爱听猪叫。"

接着扯着脖子在那里学猪被阉时的声音:

"吱——吱——"

严老有叹了一口气,搓着手对老宋说:

"这畜生忒不着调!"

老宋在门框上"啪啪"敲了两下烟袋锅,站起身要走。严老有又将二儿子严黑孩拉到老宋面前,严黑孩比严白孩小一岁。严老有指着严黑孩对老宋说:

"要不你把他领走吧,这孩憨。"

严白孩跑的时候老宋没急,刚才严白孩学猪叫时他也没急,现在急了:

"憨就能当木匠了?你以为木匠都憨?"

瞪了严老有一眼，蹶蹶地走了。

阉猪劁牲口的老周胆大。周围村庄的猪阉完，牲口劁完，他突发奇想，要去口外；山西的毛驴都是从口外贩来的，想着那里牲口多，劁牲口有营生。严白孩跟老周去口外的头天晚上，他以为他娘会哭，他爹会将他绑在条凳上。没想到他娘没哭，他爹也没绑他。他娘在麻油灯下计算到口外的路程。突然一声惊叫：

"两千多里，一天走七十，得一个多月。"

不为严白孩，为这路程，哭了。严老有在门框上啪啪地磕着烟袋锅：

"口外，脸生面不熟啊。"

严白孩：

"头两天不熟，挨脚就熟了。"

严老有：

"那就死在外边吧。从今往后，咱俩不算爷俩，再见着，顶多算一个熟人。"

严白孩随老周去了口外。一去三年，没有音信。想着严白孩已经十八岁了。严白孩走后的第二年，严老有将严黑孩送给魏家庄做豆腐的老魏当徒弟。严黑孩虽然人憨，但心里明白着呢。学做豆腐三年出师，但严黑孩一年半就自己回家开了豆腐坊。一个十六七岁的孩子，挑着豆腐挑子，顺着山梁沿村喊：

"打豆腐——"

"严家庄的豆腐——"

一九二六年和一九二七年，晋东南风调雨顺。严老有给东家老万家种地，严黑孩挑担卖豆腐，两年下来，家里竟积了五十银子。父子俩合计，翻拆了三间西房。看着新房新院，严老有说：

"我靠！"

这年秋天，同是老万家佃户的老马得肺气肿噎死了。老马一辈子不爱说话，生前除了爱喝酒，冬闲还爱到镇上看人斗蛐蛐。看着看着自己也斗上了。最后弄得跟蛐蛐比跟人近。家里一顶破毡帽，也拿到镇上当赌注。死后连棺材钱都没留下。老婆孩子，准备裹条席把他埋了，严老有出了两块大洋，给老马买了一副薄板棺材。老马老婆没说什么，东家老万感动了。老万把严老有叫过去问：

"你跟老马也是朋友哇？"

严老有：

"不是呀，他活的时候毒，俺俩不对脾气。"

老万：

"不对脾气，你还给他买棺材？"

严老有：

"兔死狐悲,一块儿扛了十几年活,不是朋友,也是朋友了。"

老万拍着脑袋想,点了点头。将账房先生叫来,让拿出五块光洋,给老马办丧事。出殡那天,酒席摆了四桌。东家老万亲自来吊了唁。老马生前虽无人缘,死后却极尽哀荣。出殡那天晚上,老马老婆来找严老有。老马老婆是个麻子。老马老婆:

"老严,棺材一入土,我才知道,我成了寡妇。"

严老有见她提棺材,忙说:

"千万别提钱的事,东家那里也别提,都是朋友。"

老马老婆:

"是老马朋友,再答应他老婆一件事。"

严老有:

"你说。"

老马老婆:

"大姑娘十六了,到你家做媳妇。"

严老有一愣。

老马老婆:

"我脸上麻,姑娘脸上不麻。"

老马老婆走后,严老有老婆笑了:

"两块大洋,买个媳妇儿,值。"

严老有兜头啐了老婆一脸唾沫：

"她这是送媳妇儿吗?她把全家都送来了!"

又摇头：

"老马一辈子没心眼，我也小瞧他老婆了。"

又看刚翻拆的西厢房：

"全是这房给闹的。"

老马老婆的意思，现在是十月，离腊月剩两个月，年关前把喜事办了。喜事办可以，但喜事办给谁，严老有却有些犹豫。从年龄讲，应该办给严白孩，可他现在在口外；从对家里的贡献讲，应该办给严黑孩，西厢房有一半是豆腐钱。严黑孩这些天也有些骚动。这天五更鸡叫，严老有起身去茅房，发现院里月光下有一个人影，忽高忽低，把严老有吓了一跳。走近看，原来是严黑孩，正一个人在那里练拜天地。磨坊里，小毛驴正一声不吭地拉着石磨，在磨豆子。他不拜天地严老有觉得应该先给他娶媳妇，他私下一练严老有火了。严老有上去踢了他一脚：

"王八蛋，大麦先熟，还是小麦先熟？"

遂决定先给严白孩娶亲。可严白孩在口外，两千多里，怎么告诉他呢?正巧第二天村里路过一个驴贩子。驴贩子是河南人，姓崔，带一个伙计，要到口外贩牲口，路过严家庄，天晚了，在村里打尖歇宿，住在东家老万的牲口棚里。晚上，严老有到东家牲口棚去看老崔。揣了一方豆腐，拿了两根葱，提了半瓦罐红薯干烧酒。驴贩子老崔的伙计在牲口棚支了几块砖，上边放了一口锅，下边烧着火，正从口袋里倒出两捧米煮饭。地上铺着稻草，稻草上铺着铺盖，老崔正躺在草铺上，手扣着后脑勺看槽上的牲口吃草。他的头一转，严老有发现他长着一对招风耳。给东家喂牲口的叫老吴，老吴是个哑巴，平日讨厌严老有的嘴老在说，看严老有进来，瞪了严老有一眼，扔下拌料棍走了出去。严老有也没介意。倒是驴贩子老崔看到严老有进来，手里提着吃物，吃了一惊，从草铺上坐起身，端详严老有半天，说：

"不熟。"

严老有：

"我这人好朋友。"

老崔晃着招风耳笑了，指着做饭的伙计：

"这是小刘。"

小刘是个矮挫子，脑袋圆乎乎的，对严老有一笑。看上去倒是个憨厚孩子。严老有让小刘将豆腐加小葱拌了拌，拿过两只小碗，就在草铺上与老崔喝酒。酒过三巡，严老有开始说话：

"听说大哥要到口外贩驴？"

老崔点点头。

严老有：

"既然是去口外，小弟有一事相求。"

老崔止住他：

"先别说这些，请问大哥属什么？"

严老有：

"属龙。"

老崔：

"你属龙，我才属鸡，你是大哥。"

严老有笑了：

"既然是老弟，就算当哥的求你一件事。"

老崔：

"好说。是不是想捎回来两头毛驴？"

严老有摇摇头：

"不捎毛驴，就是想捎一口信。"

老崔：

"啥口信？"

严老有：

"我那不成气的大孩，在口外剿牲口，老弟到口外遇到他，让他赶紧回来。十八了，该成家了。"

老崔笑了：

"原来就是这事，好说。"

这时做饭的小刘插言：

"口外可大了，哪里正好遇到他？"

严老有对老崔作揖：

"那就麻烦老弟寻摸寻摸，事很急呀！"

伙计小刘又要说什么，老崔用手止住小刘，对严老有说：

"一下找不着令郎，我可以先找山西口音；找着一个山西人，就找着了所有的山西人。好说。"

严老有敬了老崔一碗酒：

"一看兄弟就是常在外边混的人，比当哥的有见识。他叫严白孩，左眼角有一大痦子。"

老崔：

"什么时候让他回来？"

严老有：

"年关之前，一定要赶回家，女方等着。"

老崔将一碗酒一口喝下去：

"放心，绝误不了事。"

严老有也将一碗酒一口喝干：

"再路过严家庄，这里就有你一个家。"

这天晚上，严老有和老崔都喝大了。

二

老崔家住河南济源府。老崔他爷是种地的,老崔他爹是个卖盐的,到了老崔,开始贩毛驴。老崔贩毛驴不是独本生意,他有两个好朋友,一个老蒋,一个老邢,三人合股,由老崔来跑腾。由河南到口外,走走停停,去时两个多月,来时赶着牲口慢,得三个多月;一年十二个月,也就能跑两趟。伙计小刘是老蒋一个表侄,跟老崔学贩驴已经两年了。老崔原来是个爱说爱笑的人,但常年在外贩驴,就顾不了家。有一年年关回来,老婆早跟一个货郎跑了。虽然老蒋、老邢又共同给他张罗了一个老婆,新娶的比跑的还年轻,但从此有人的时候老崔也说笑,没人的时候爱一个人闷着头想心事。老邢对老崔说:

"要不你歇两年,我来跑吧。"

老崔:

"还是我跑吧,惯了。路上还好些,老待在家里,更闷。"

老崔今年四十一岁。人一过四十,性子就变坦了。伙计小刘才十七岁,性子急。两人赶路的时候,老崔爱半下午就歇宿,小刘爱催着再赶一程:

"太阳还老高呢。"

有时赶着赶着天黑了,前不着村,后不着店,又冷又饿,没个去处,老崔就骂小刘:

"你爹死了,急着奔丧!"

小刘便笑:

"叔,夜里出路!"

第二天一早,老崔和小刘告别严家庄。老崔肩上搭着褡裢,小刘肩上扛着铺盖和小米,严老有又送他们到十里之外。过了一道山梁,前边就是长治境,老崔对严老有说:

"大哥,回去吧。"

严老有学着文词儿:

"前边山高路远,兄弟多保重。"

将一坨豆腐交给小刘,又嘱咐老崔:

"你侄子那事,千万别忘了。"

老崔:

"放心,年关之前,一定让他回来。"

那时中国农村还不兴握手,两人在山梁上,对着拜了两拜。看着老崔和小刘向山下走去，越走越远，一直到变成两个小黑点，严老有才返回严家庄。

老崔和小刘继续往口外赶路。走走停停，一天能赶八九十里。十天之后，到了阳泉府。这时老崔开始拉肚子。说不上是小刘做饭手脚不干净，还是路上受了风寒，还是水土不服。住店之后，老崔骂小刘：

"×你娘，饭都做不干净，还学做生意？"

小刘挣着脖子在那里分辩：

"米在河里淘了五遍！"

又说：

"咱俩吃的是一样的饭，我怎么不拉稀？"

老崔火了：

"就算这次干净，上次在洪洞，粥里吃出一个老鼠，你怎么说？"

小刘噘着嘴不再说话。老崔以为肚子拉上一两泡也就过去了，没想到当夜起来八次。每次绞着腿赶到茅房，刚一蹲下，下边像水一样"哗啦"就下来了。第二天早起便四肢无力，头冒金星。只好停在了阳泉府，住在店里将息。小刘上街给他抓了一服中药，借店里的药吊子给老崔煎。药吃下去，拉稀倒是止住了，又开始心口疼。又抓药治心口疼。心口疼好了，又开始打摆子，身上一阵热一阵冷。热的时候像进了蒸笼，冷的时候像掉到了冰窖里。又抓药治打摆子。好多年不得病，这次都结伴来齐了。左病右病，在阳泉府盘桓了半个月。光药钱和店钱，花去五块大洋。单是得病没有什么，病总有好的那一天，老崔还可以和伙计小刘继续上路，但这天夜里，出了大事，几个强盗从墙头翻进来，拿着杀猪刀，将店里的客人洗劫了。强盗都用黑布蒙着脸，高高低低，看不清面目。偶尔说话，似乎是榆次口音。老崔褡裢里有二百块光洋，是去口外贩驴的本钱，白天搭在肩上，夜里睡觉枕在头下，须臾也不离身，也被强盗搜了出来。老崔顾不上打摆子，一边喊小刘，一边起身与强盗厮拽，被一个强盗一棒子打在头上，晕到炕上。等他醒来，发现强盗不但抢走了贩驴的本钱，而且将伙计小刘也绑走了。客店的主人，站在地上筛糠。虽然第二天也到府衙报了官，但强盗来去无踪，只听出一个口音，一时三刻案子哪里破得了？两百块大洋，三十匹毛驴呀，老崔浑身一阵阵出汗，倒是打摆子一下全好了。做生意钱被盗了，本钱又不是他一个人的，回河南老家如何向老蒋、老邢交代？钱丢了还是小事，连伙计小刘都被人绑走了，小刘家里向他要人，老崔到哪里找去？从府衙回到店里，店主又掰着指头向他分析，这个小刘，表面憨厚，眼睛却爱骨碌碌乱转，看出很有心眼，这些天他趁着师父病了，四处乱跑，说不定是他和强盗串通，将师父的本钱抢了去，也未可知。老崔觉得他分析得也有道理。同时也怀疑这个店主不是好人，是他和强盗串通也料不定。店不能久住，就是这个道理。但这只是猜测，没有抓住谁的把柄，说也是白说，想也是白想。昨天还有二百大洋在身，转眼间身无分文。出门在外，举目无亲，老崔神情恍惚，在阳泉府大街上乱转。转着转着出了城，来到山脚下汾河边。汾河水哗哗地流着。老崔想着有家难回，有国难投，第一个老婆，本来挺说得着，也跟货郎跑了，便解开裤腰带，搭在一棵歪脖子槐树上。拽着树上的腰带想了想，踢开脚下的石块，身子便吊在了树上。

等老崔醒来，首先闻到了一股酒味。睁开眼睛，头开始发涨。打量四周，原来是个做酒的烧锅店，一些伙计光着屁股在捣酒糟，自己就躺在这热腾腾的酒糟上。一个胖乎乎的圆脸老头，在笑眯眯地看他。见他醒来，脸贴上来问：

"是哪里的客呀？"

老崔觉得嘴里干，像起火，嗓子也哑得说不出话来。圆脸老头让伙计端来一碗水，让老崔喝。老崔咕咚咕咚喝完水，喘了一口气，终于说出话来：

"河南。"

圆脸老头：

"客有什么想不开的事呀？"

旁边一伙计插话：

"亏俺掌柜的马车从河边过。如果再晚到一袋烟工夫，你正跟阎王爷聊话呢。"

老崔便将自己怎么贩驴，怎么到了阳泉，怎么得病，怎么在店里遇上强盗，怎么丢了本钱、丢了伙计小刘，一五一十向圆脸老头说了。说着说着，伤心地哭了。圆脸老头安慰他：

"天无绝人之路，钱是人挣的。"

老崔：

"可我现在身无分文，没法再贩驴了。"

又说：

"伙计也丢了，老家也没脸回了。"

圆脸老头定睛看老崔，看后说：

"看你的长相，像个老实人，那就先留在我这儿吧。以后的事，咱再慢慢想法子。"

老崔看看四周：

"可我就会贩驴，不会做酒。"

圆脸老头：

"世上只有不学的人，没有学不会的事。"

老崔摇头：

"可我人财两空，心里七上八下，没心学呀。"

圆脸老头点点头，想了一下问：

"那你除了贩驴，还干过什么呀？"

老崔想了想,说:

"贩驴之前,在镇上饭馆里帮过后厨。"

圆脸老头:

"那也好,就留到我这烧锅给伙计们做饭吧。"

从此老崔留到阳泉府一家烧锅上做饭。这家烧锅的掌柜姓祝。头两个月老崔仍神情恍惚,菜不是做咸了,就是做淡了;馒头不是碱大了,就是面没开发酸了。伙计们都埋怨祝掌柜。祝掌柜倒没说什么。两个月过去,丢钱丢人的事渐渐淡了,老崔又成了老崔,饭菜终于做出些味道来了。这时老崔发现自己已经不是过去的老崔,好像变了一个人。既不想家,也不想老婆,觉得过去一趟趟到口外贩驴,已经是很遥远的事了;想起过去贩驴,就好像听书说别人的事情。贩驴风餐露宿,现在烧锅做饭风吹不着,雨打不着,老崔觉得自己已经在这里做了好多年饭。到了年底,伙计们都说,做饭的河南老崔,有些胖了。老崔不好意思地笑了。

转眼到了第二年春天。二月二,龙抬头,阳泉府来了一台戏班子,唱的是蒲剧。烧锅的掌柜老祝爱听蒲剧,便留戏班子夜里睡在烧锅的酒糟房。晚上无事,老崔也随掌柜和伙计们去跑马场听戏。但老崔是河南人,对哼哼呀呀的山西蒲剧一句也听不懂。看着祝掌柜坐在太师椅里张着大嘴和胖脸笑,老崔看戏不笑,看着自己的掌柜笑了。看完戏回来,祝掌柜天天让老崔给戏班子烧一大锅面片汤，嘱咐多加醋和姜丝。戏班子吃饭的时候，老崔用围裙擦着手，看他们脸上还没洗去的油彩。戏班子有一个打鼓的老头叫老胡，疤癞头，山东菏泽人，几天下来，和老崔混熟了，两人很说得来。老胡过去贩过茶叶，十年前折了本，流落到山西，年轻时在村里玩过社火，便来戏班子打鼓，与老崔的身世也有些接近。酒糟房四处透风，夜里睡觉有些冷，老崔便邀打鼓的老胡，和自己一块儿睡到做饭的后厨。这里有做饭烧火的余烬，吸气没那么凉。两人躺在铺上聊天，能聊到五更鸡叫。聊也没什么出奇处，就是聊些过去家里的人，做生意路途上遇到的事。到了五更鸡叫，老胡说：

"兄弟，睡吧？"

老崔：

"哥，睡吧。"

两人便睡了。

戏班子在阳泉府唱了小半个月。半个月之后，戏班子要走了，去忻州接着唱。老崔一直把戏班子送到阳泉城外的河边。老胡背着鼓对老崔说：

"兄弟，回去吧。"

又用戏里的文词说：

"送君千里，终有一别。"

不知怎么，老崔鼻子一酸，竟哭了：

"哥，真想跟你去打鼓。"

老胡：

"打鼓哪如做饭呀，这饥一顿饱一顿的。"

老崔：

"哥，忻州唱完，还去哪里？"

老胡：

"看班主的意思，这一猛子扎下去，怕是要去口外呀。"

一听口外，老崔突然想起一件事，就是去年贩驴时，路过严家庄，严家庄的严老有托他往口外捎一个口信。在严家庄的时候，严老有夜里提酒让他喝，两人谈得也很投机。老崔便把这口信的事向老胡说了一遍，让老胡到口外之后，想办法找到严白孩，让他赶快回严家庄。老崔：

"朋友之托，这都第二年了，不知是不是误了人家的事。我是走不下去了，你去口外，千万别忘了。"

老胡：

"放心，兄弟的事，就是我的事。"

老崔：

"记着，他叫严白孩，劁牲口的，晋南口音，左眼角有一大痦子。"

· 三 ·

老胡今年四十八岁。属虎。小时候头上长过秃疮，落下疤瘌头。老胡一辈子事情做得很杂，当过挑夫，赶过牲口，吹过糖人，卖过茶叶，跑的地方很多，最后落个打鼓。打鼓有十年了，人也快五十了，老胡不想再改行了。戏班的班主叫老包，比老胡大六岁，长着一张瓦刀脸，整天阴沉着，不爱说话，但一说话就像吃了枪药。戏班子里的大大小小，全被他说了个遍。但老包很少说老胡，因老胡是个老人了。老人的意思，一是在戏班子待的时间长，资格老；二是小五十的人，在一九二八年的中国，已经算是老头了。老胡打着鼓，整天听戏，但他并不喜欢戏文；因是山东人，像阳泉做饭的朋友老崔一样，也不喜欢蒲剧哼哼呀呀的唱腔。他与老崔不同的是，老崔对蒲剧整个不喜欢，老胡打着鼓，不喜唱腔，却喜欢蒲剧的道白。道白也不是全喜欢,只喜欢一句,是一脸胡须的老生说的。别人遇到急事,发了脾气,老生颤巍巍地摇着头也摇着手走过来说:

"慢来呀——慢来慢来——"

戏班子离开阳泉府,到了榆次府;离开榆次府,到了太原府。太原府地界大,停了二十五天。离开太原府,到了五台县。在五台县,戏班子碰到另一个唱蒲剧的名旦信春燕。班主老包过去和信春燕见过。信春燕与原来的班主发生了矛盾,便想与老包的戏班子搭班唱戏。过去老包的戏班子没有名角,就是一个草台班子,现在见信春燕要来,老包的脸上,历史上第一次露出了笑容。信春燕来了之后,戏班子就不是过去的戏班子了,戏班子所有的人,身份好像都长了一截。昨天戏院的座只能上四成,第二天就开始场场爆满。过去不会唱的戏,现在也会唱了。但打鼓的老胡,并没有听出信春燕唱得有什么出奇之处,只是觉得她的嗓子比别的女人更尖细。但打板的老李说,就是这尖细,对于蒲剧主贵,就像一根钢丝,别人挑不上去的唱腔,她给挑了上去;别人能挑上去擦根火柴的工夫,她能挑上去一袋烟工夫。由于有了信春燕,戏班子便往前走不动了,光在五台县,就唱了一个月。好像在这里常年唱下去,也不会断生意。唱了《红楼》唱《西厢》,唱了《胭脂泪》又唱《贵妃泪》,唱了《梁山伯与祝英台》，也唱了《白蛇传》……让老胡不满的是，过去戏班子也唱武生和老生戏，唱老生戏才有"慢来呀——慢来慢来——"，信春燕一来，全成了坤戏。但老胡不满顶什么用呢？架不住听戏的喜欢。

春去夏来，戏班子终于离开了五台县，老胡也在五台县待烦了，来到了繁峙县。在繁峙县唱《思凡》时，出了一件事。台上嫦娥思过凡，从天上到了人间，中间有一个过场，王母娘娘派兵来抓嫦娥。王母娘娘势力大，兵且得过一阵呢，同时也让嫦娥歇歇。这时老胡感到尿憋了，托身边的老李一边打板，一边随着过场的板胡替他打鼓，自己起身到台后撒尿。繁峙县穷，没有戏院，戏台搭在城外的野地里，四周围着幕布卖票。老胡掀开幕布来到野外，头顶的月亮好大。身上都是汗，风一吹，夏天里，老胡竟打了一个寒战。抖抖肩膀，信步往前走，来到一丛野棵子前，掏出自己的家伙撒尿。撒完尿，正要往回走，突然听到另一丛野棵子后边有响动。老胡冷眼觑去，月光下，露出一团红红绿绿的衣服。再定睛看，似是信春燕扮的嫦娥。十年之前，老胡还在卖茶叶，有过老婆；老婆死后，十年没接触过女人。现在也是一念之差，身体里像有一股热辣在涌动，人竟不由自主凑了上去。凑上去之后，隔着野棵子什么也没看见，只是听到撒尿的哗哗声。倒是信春燕突然提裤子起身，与老胡打了个照面，把老胡吓了一跳。如果事情到此为止,大家都是唱戏的,也就心照不宣,各人走各人的路。信春燕进戏班子两个月了,和老胡并没有说过一句话。巧就巧在敲锣的老杜也趁着过场出来撒尿,看到信春燕与老胡对面站着,以为发生了什么,惊叫一声。信春燕这时脸上就挂不住,兜头扇了老胡一巴掌,哭着跑回到唱戏的灯光处。

当晚的《思凡》还是唱完了。但唱完戏之后,戏班子里所有的人,不管是唱花旦的还是唱老旦的,唱小生的还是唱老生的,打板的还是吹笙的,都知道老胡偷看了信春燕撒尿。半夜吃过面片汤,大家都到后台睡觉去了,班主老包将老胡叫到了前台。老包倒没有说什么,只是阴沉着脸看老胡。老胡的脸一赤二白的,嗫着嘴向老包解释:

"什么都没看见。"

老包不说话。老胡:

"要不我走得了。"

老包嗫着牙花子:

"为了一泡尿,多不值当!"

后半夜,大家睡熟了,老胡悄悄收拾一下自己的铺盖,趁着月亮落下去离开了戏班子。走了一里路,转头往回看,看到戏台子上还挂着一盏孤零零的马灯,老胡不禁哭了。

老胡离开戏班子之后,又从繁峙县回到了五台县,开始重操旧业，在山上当挑夫。从山下到山上，挑煤，挑柴，也挑菜和米面。主家让挑什么就挑什么。但小五十的人了，已经不比当年。身边的年轻人一趟挑两个时辰，老胡得四个时辰。年轻人挑到山上还嬉笑打闹，老胡累得一个人坐在山石上喘气。但一个月下来，也就习惯了。就是不爱说话。跟谁都说不来。也不知该说什么。

这天将一担米挑到山上，碰到一个蹲在路边看脚病起鸡眼的野郎中。一块岩石上，挂着一块白布，上边画了一只大脚；地上也摊了一块白布，上边扔着许多起下的人的肉丁，都已经干瘪变黑了，乱豆似的。不碰到起鸡眼的老胡没觉得什么，一遇到起鸡眼的突然感到自己的脚疼。脱下鞋一看，两脚密密麻麻，全是鸡眼。全是两个月挑东西挑的。老胡将扁担竖到山岩旁，坐到郎中对面，将两只大脚伸了过去。野郎中起一个鸡眼，老胡咧一下嘴。最后竟起下三十二个鸡眼。一个鸡眼十文钱，三十二个鸡眼三百二十钱。交钱时老胡才发现，原来起鸡眼的是个六指。起鸡眼时他低着头，收钱时仰起脸，脸倒清秀。听他一说话，老胡乐了，原来也是个山东人。老胡两个月没有说话了，这时笑着问：

"兄弟是山东哪儿人呀？"

那个起鸡眼的也听出了老胡的口音，也笑了：

"泰安府。"

老胡:

"我是菏泽府。兄弟怎么到这儿来了?"

起鸡眼的说:

"山西人爱乱跑,脚上鸡眼多。"

老胡扑哧笑了。又问:

"兄弟接着要到哪儿去呀?"

起鸡眼的:

"想去口外,那里的人赶牲灵,想着鸡眼更多。"

这时老胡突然想起一件事,年初随戏班子到阳泉,烧锅上做饭的河南老崔,托他往口外捎一个口信。在阳泉的时候,两人睡到烧锅后厨,夜里有说不完的话。自己走走停停,现在又出了变故,流落到五台县。便将这口信的事对起鸡眼的说了,让他到了口外,将口信捎给朋友的朋友的儿子严白孩。说完又不放心,又说:

"如果是别人,我就不麻烦了,咱们是老乡。"

这时他看出起鸡眼的在想,似乎有些不乐意,便掏出一块大洋,还是在戏班子时分的红,一直带在身上,摆到了地上的白布上:

"知道是头一回见面,不该麻烦你。"

又用戏里的文词说:

"但朋友之托,重于泰山。"

也是指起鸡眼的家是泰安的意思。起鸡眼的倒有些不好意思，看着地上的大洋，红着脸说：

"不就是一句话的事吗，还用老兄破费？"

但也不将钱还给老胡，看着钱又想。老胡便知道他是一个小心眼的人。但越是这样的人，老胡越是放心。又叮嘱道：

"他叫严白孩，劁牲口的，晋南口音，左眼角有一个大痦子。见到人，赶紧让他回家。"

这时起鸡眼的抬头：

"到底他家出了什么事，让他回去？"

老胡这时倒愣了。拍脑袋想想，几个月过去，阳泉做饭的老崔给他说的事由，竟想不起来。最后拍了一下巴掌：

"反正他家有事，让他回去。"

又说：

"别管什么事，回去要紧。"

这时突然想起什么，问：

"聊了半天，还不知道兄弟的大名，兄弟贵姓呀？"

起鸡眼的：

"好说，小弟姓罗，就叫我小罗好了。"

· 四 ·

小罗今年三十二岁。鸡眼已起了二十一年。他爹就是个起鸡眼的。二十世纪上半叶，中国人出门主要靠走路，起鸡眼不怕没饭吃。何况泰安临着泰山，大家爬山，起鸡眼便在泰安成了一个行业。但泰安起鸡眼的太多了，小罗十一岁就跟他爹出门在外。五年前小罗他爹得了哮喘病，出不来门，小罗便开始一个人闯荡江湖。小罗已经有五个孩子。家里老老小小，吃饭全靠小罗一个人。小罗他爹年轻的时候，是个急脾气，心眼又小，屁大一点的事，到了他那里，就跟火烧着房子一样。后来的哮喘病就是自己给自己气出来的。小罗老被他爹的急脾气压着，遇事爱慌，一个事得想半天，生怕走错一步。加上右手上有一根六指，出门起鸡眼又靠手，起鸡眼不胆怯，见人胆怯。起鸡眼时忘了手，起过鸡眼爱将一双手掩到袖筒里。

小罗收下老胡一块大洋，心里记下给严白孩捎口信的事，但他并没有急着去口外，又在五台县起了半个月鸡眼。离开五台县，到了浑源县。离开浑源县，到了大同府。离开大同府，到了阳高县。逢县停一个月，逢府停两个月。等离开山西境，已是半年之后。与老胡在五台县见面时地里正在收秋，出了山西，天上已飘起了雪花。一出山西到了长城外，风显得特别硬。到了长城外，又在怀安县盘桓半个月。蹲在大街上起鸡眼，清水鼻涕一滴滴落到手上。年关之前，终于到了张家口。到了张家口头半个月，小罗起着鸡眼，把五台县老胡让他捎口信的事给忘了。还是年关盘账，从一堆银圆里，突然看到一个"袁大头"的鼻子被磨平了，才想起这块大洋的来历，是在山西五台县起鸡眼时，一个叫老胡的山东老乡给的。当时收下这块大洋，夜里拿到店里看，一方面看到磨平鼻子的"袁大头"有些好笑，另一方面觉得捎一口信也收钱，心里有些不忍，还想第二天再见到老胡时还给他。但第二天再到脚夫挑担的山道上摆摊，再没有遇到老胡。从上次见到老胡到现在，已经大半年了，也不知那个仅见过一面的疤瘌头老乡怎么样了。同时想起老胡拜托他的事，是让给一个叫严白孩的剶牲口的操晋南口音的左眼角有一大痦子的人捎句话，他家里出了事，让他赶紧回家。不想起这一块大洋之托小罗没什么，突然想起来心里倒有些不安。第二天再上街起鸡眼，便留神操晋南口音、左眼角有个大痦子、腰里挂劁牲口家伙的人。接下来一个月，操晋南口音的人碰到过，左眼角有大痦子的人碰到过，腰里挂劁牲口家伙的人也碰到过，但哪一个都不是严白孩。单个特征处处有，三个特征凑到一处就难了。也有意四处打听，但不是缺东，就是缺西，没有一个完整类似老胡说的人。不用心去做这事还好，用心去做这事还没做成，白白收了老胡一块大洋，小罗就觉得对不起人。这天收摊回到店里，一个人坐在炕上想心思。店主是个驼背老头，正好进来送洗脚水，看他呆着个脸，便说：

"看来今天生意不顺。"

小罗袖着手摇摇头。

驼背老头：

"要不就是离家时间长了，有些想家。"

小罗又摇摇头。

驼背老头提着冒热气的水壶：

"那为嘛呢？"

小罗便将怎么在五台县起鸡眼，怎么遇到山东老乡老胡，怎么让他往口外捎口信，怎么收下人家一块大洋，怎么在口外找了一个月还没有找到人，收了钱，又没有给朋友办成事，于是心里忧愁。驼背老头听完倒笑了：

"茫茫人海，哪里就一下碰上了？"

小罗：

"话是这么说，但答应过人家呀！"

驼背老头：

"只要有这个心，一时三刻，不管找着找不着，都算对得起朋友了。"

小罗觉得驼背老头说得也有道理，点了点头，用老头送的热水烫了烫脚，倒在炕上便睡着了。接下来两个月，小罗仍然留心，但仍然没有找到严白孩。这时才知道给人捎个口信也不是件容易的事。上西天取经难，原来捎句平常话也难。同时心也渐渐放慢了。

转眼冬去春来，小罗给人起着鸡眼，看着口外街上来往不断的毛驴和骆驼度日。端午节那天，小罗突然有些想家。想着这一趟出来，也一年有余，家里老婆孩子不知怎么样了，得了哮喘病的爹也不知怎么样了。一年之中，十文钱十文钱凑起来，也赚了三十二块大洋，老带在身上也不便，便想明天离开口外，回一趟山东老家。又想着今天是端午节，在山东老家，端午节吃面不吃粽子；穷年不穷节，到了傍晚，小罗便不想回店里自己煮饭，欲在外边饭馆给自己过一个节。在街上边走边找，饭馆不是贵了，就是贱了，一直信步走到西关，看到一家面馆价钱还合适，便走了进去。不进饭馆小罗想吃面,进了饭馆才知道还不如回店里自己煮米。原来今天逢节,出门做生意的人都这么想,饭馆里拥满各地口音的人。各地口音的人都坐在桌前叫面。小罗想拔腿就走,但又想既然来了,回去又后悔,便在一张桌前坐下,报了一碗羊肉面,大碗,红汤,耐心等着。等面的时候又趴在桌上想心思。想着回家之后,跟爹商量商量,再次出门起鸡眼,把自己的大儿子带上。大儿子今年也十一岁了。出来学不学手艺还在其次,关键是出门在外,爷俩儿能做个伴。白天一块儿起鸡眼,夜里住在店里能说话。逢年过节,再一块儿吃顿饭。不像现在一个人,除了起鸡眼跟客人说话,跟自己人一年说不上一句话。想着想着,过了一炷香工夫,小罗的面上来了。小罗抬起头,发现桌子对面又坐上几个新来的客人。小罗也没在意,低头看自己的面。虽然等了一炷香工夫,但面做得还地道,红汤,绿菜,葱丝,姜丝,上边摆着五六片肥汪汪的羊肉。钱没有白花。小罗停下自己的心思,开始埋头专心吃面。吃着吃着,忽听对面一声猛喊:

"我靠,掌柜的,俺的面哩?"

小罗吓了一跳,仰起头,看对面坐着的三个客人中,一个青壮男人在那里发怒。发怒倒没什么,但他忘了同一张桌子上,小罗正在吃面,喊完,用手猛拍了一下桌子,一下将小罗的一碗面震得离桌子好高,又落到桌子上。面碗被震倒没什么，问题是那碗面的热汤，一下溅了小罗一脸。小罗觉得脸上一阵热辣。小罗平时性子蔫，现在不由得忘了，不顾擦脸上的油汁，指着那拍桌的人：

"你叫面我不管，怎么溅了俺一脸？"

三个客人中，有一个是老年人，忙对小罗作揖：

"听口音是山东人吧？对不住二哥，他脾气暴，一急起来忘了。"

小罗听这话说得有理，又看老年人懂山东礼节，叫"二哥"不叫"大哥"，"大哥"指窝囊废武大郎，"二哥"指好汉武松，便不再理会，擦了擦自己的脸，准备接下来吃面。没想到拍桌子的青壮年不买账，推了那老年人一把：

"山东人怎么了？俺们前后脚到，上他的面，不上俺的面，俺就要拍！"

说着又要拍桌子，小罗慌忙往后躲闪，知道自己遇到了愣头青。想与他理会，看看自己身子单薄，只好忍气吞声，端起面准备到另外一桌再吃。临离开之前，又看了那青壮年一眼。青壮年愣着眼也看他：

"怎么的，还不服气？"

小罗摇摇头，端面离去。这时突然想起什么，又扭身看，原来那人操晋南口音，长脸，左眼角有一大瘊子，腰里挂着一套丁零当啷的劁牲口家伙。小罗不禁倒喘一口气，接着将一碗面咚地顿在桌子上。碗里的面汁,又溅了那青壮年一脸。那青壮年以为他在挑衅,抄起屁股下的条凳就要砸向小罗。小罗当头一声断喝:

"严白孩!"

那青壮年手中的条凳停在空中,整个人愣在那里,脸上的面汁顺着脸颊一滴滴往下流。半天愣愣地问:

"你咋知道俺的名哩?"

小罗又拍了一下桌子:

"俺找了你快一年了!"

接着坐下来,对面其他两个客人也加入进来,小罗激动起来有些语无伦次,不知从哪里说起,只好从五台县起鸡眼说起,怎么碰上挑夫老胡,老胡又怎么在别的地方碰上别的人,一趟下来,总而言之,这么多人给严白孩捎了一个口信,严白孩老家家里出了事,让他赶紧回家。小罗不说这些还没什么,一说这些,严白孩从愣头青一下变成了面瓜。接着这个面瓜非常紧张,追着小罗问:

"家里出了事,出了什么事?"

小罗开始低头想,想不出来严白孩家出了什么事。不但想不出出了什么事,也想不出去年在山西五台县是老胡把事由忘了,还是老胡没忘,自己在脑袋里装了快一年给装忘了。但他不敢说自己忘了,只好说:

"让我捎信的是老胡,老胡忘了,反正有事。"

严白孩:

"事大吗?"

小罗拍着巴掌:

"你想啊,如果事情不大,能让你接到信,就赶紧回去吗?"

严白孩越听越紧张:

"是不是俺爹死了?"

小罗在那里想:

"把不准。"

接着令小罗没有想到的是,严白孩不顾饭馆里都是吃面的人,突然张着大嘴哭了:

"爹呀——"

又哭:

"当初你不让我到口外,我没听你的话,现在你死了!"

又推身边那老头一把:

"都怪你,是你把我拐出来的,你赔俺爹!"

又抄起条凳要砸那老头。那老头赶紧往桌子底下钻。

· 五 ·

　　紧赶慢赶，用了二十天工夫，严白孩从口外赶回到严家庄。一般由口外到严家庄得一个多月，严白孩把三天并成一天，两步并成一步，日夜兼程，只用了二十天。脚上走得都是大泡。不回到严家庄严白孩还心急如焚，等回到严家庄严白孩瘫倒在地上。还不是因为他路上走得急，而是他以为爹已经死了，哭着进了家门，发现他爹正站在院子里，看一个青年用斧头和刨子打小板凳呢。可乍一见，他不认识爹了，爹也不认识他了。爹的头发已经花白；严白孩也从一个孩子，长成了一个青壮年，路上走得急，忘记了刮脸，已经满脸络腮胡子。地上打板凳的是他的三弟严青孩。原来严青孩又跟宋家庄的木匠老宋学徒。家里的房子也变样了。见严白孩心焦，他爹严老有忙帮他卸下铺盖卷，向他解释，给他往口外捎口信让他回来，不为别的，就是觉得他长大成人了，该成亲了；两年多前，和严老有一块儿给东家老万家当佃户的老马死了，他给老马买了一副棺材，老马老婆便要把姑娘送到严家；一五一十，来龙去脉，给严白孩讲了一遍。严白孩一开始心焦，后来听说让他娶亲，心里也不由得一动，觉得自己果然大了，身体内有股热辣在涌动，便问：

"老马他姑娘呢？"

家里人听说严白孩回来了，这时都聚拢来，看严白孩。严老有指了指人群中一个圆脸媳妇。这个圆脸媳妇怀里抱着一个孩子，胸前又扛着大肚子。原来家里等等不见严白孩回来，等等又不见严白孩回来，严老有便让老马家姑娘和严白孩的兄弟严黑孩成亲了。严老有似对不住严白孩地说：

"你想想，都两年多了。"

又说：

"你出门都四五年了。"

严白孩见木已成舟，便说：

"我在家住三天，还折头返回口外。"

严老有止住他：

"等等，还有办法。"

接着将办法说了出来。原来严白孩的三弟严青孩也长到了十七岁，严老有正托人给他提亲。姑娘是朱家庄给财主老温家推磨的老朱的女儿。说起来老朱的女儿也不是姑娘了，虽然十六，但是个寡妇。说起来也不是寡妇，她去年嫁给了杨家庄做醋的老杨的儿子。那时中国人结婚早，老杨的儿子比她还小，只有十四岁，说起来还是两个孩子。但老杨的儿子嫌老朱的女儿脚大。二十世纪二三十年代，中国还兴女人脚小。夜里，老杨的儿子老用玻璃（那时玻璃刚刚传到晋南）碴子划她的脚，她的脚被划成一道道血口子，往下流血。回娘家走亲的时候，娘看女儿走路有些瘸，嫁的时候不瘸，怎么回来就瘸了？盘问半天，女儿才哭着说出了真情。老朱是个窝囊废，除了会给财主推磨，不会别的，但老朱的弟弟是个烈性子，秋天爱扛着猎枪到棉花地打兔子，现在看到侄女受苦，便聚集十几个人，扛着猎枪，到杨家庄把老杨家十几个醋缸砸了；然后要了一纸休书，与杨家断了亲，姑娘便寡居在家。严老有和推磨的老朱也是好朋友。一次赶集碰上，老朱说起姑娘的事，对严老有说：

"俺妮除了脚大，性儿温顺着呢。"

严老有便知老朱有意。回来与老婆商量，老婆却有些犹豫：

"那妮儿我前年赶集时见过，见人不会说话，一头黄毛，不知道是不是傻。"

又说：

"再说她脚恁大,又不是白薯,无法用刀再削回去。"

又说:

"再说又是寡妇,像尿罐一样,别人都用过了。"

严老有照老婆脸上啐了一口:

"不爱说话怎么了?话能顶个球用!我话说了一辈子,不还是给人扛活?"

又说:

"脚大怎么了?脚大能干活。你倒脚小,连个尿盆都端不起。"

又说:

"寡妇怎么了?寡妇经过事,说话知道深浅,不像你,一张嘴就是个二百五。"

严老有遂拍了板,托媒人去老朱家提亲,欲将老朱寡居的女儿说给三儿子严青孩。现在见严白孩回来,便临时改主意,想让严白孩加个塞,把严青孩往后放一放。严白孩听说是个寡妇,心中不悦。严青孩听说本来是自己的媳妇,现在要改嫁严白孩,夜里扒着门框哭了。严老有上去踢了他一脚:

"王八蛋,大麦先熟,还是小麦先熟?"

一九二九年阴历七月初六,严白孩与朱家庄老朱的女儿成亲。

出嫁的时候，老朱卖了自己的羊皮袄，给女儿打了一个金镏子。当时叫镏子，现在叫戒指。

姑娘嫁给严白孩的第二年，她爹夜里推磨冲了风，得了伤寒，死了。

三十年后，这姑娘成了严守一他奶。又四十六年后，严守一他奶去世，严守一跟她再说不上话。

二〇〇三年
北京

附 录

刘震云作品中文版目录

《故乡天下黄花》(长篇小说)	中国青年出版社	1991年8月
《故乡天下黄花》(长篇小说)	作家出版社	2009年6月
《故乡天下黄花》(长篇小说)	台湾九歌出版社	2010年6月
《故乡相处流传》(长篇小说)	华艺出版社	1993年3月
《故乡面和花朵》(长篇小说 四卷)	华艺出版社	1998年9月
《一腔废话》(长篇小说)	中国工人出版社	2002年1月
《手机》(长篇小说)	长江文艺出版社	2003年12月
《手机》(长篇小说)	台湾九歌出版社	2004年4月
《手机》(长篇小说)	作家出版社	2009年7月
《我叫刘跃进》(长篇小说)	长江文艺出版社	2007年11月
《我叫刘跃进》(长篇小说)	台湾九歌出版社	2008年3月
《我叫刘跃进》(长篇小说)	作家出版社	2009年6月
《一句顶一万句》(长篇小说)	长江文艺出版社	2009年3月
《一句顶一万句》(长篇小说)	台湾九歌出版社	2009年8月
《一句顶一万句》(长篇小说)	香港明报出版社	2010年1月
《我不是潘金莲》(长篇小说)	长江文艺出版社	2012年8月
《我不是潘金莲》(长篇小说)	台湾九歌出版社	2012年8月

《我不是潘金莲》（长篇小说）	香港天地图书出版社	2013年2月
《吃瓜时代的儿女们》（长篇小说）	长江文艺出版社	2017年11月
《吃瓜时代的儿女们》（长篇小说）	台湾九歌出版社	2018年4月
《吃瓜时代的儿女们》（长篇小说）	香港天地图书出版社	2018年4月
《一日三秋》（长篇小说）	花城出版社	2021年7月
《一日三秋》（长篇小说）	台湾九歌出版社	2023年5月
《一日三秋》（长篇小说）	香港三联书店	2023年6月
《温故一九四二》（中篇小说）	长江文艺出版社	2012年11月
《塔铺》（小说集）	作家出版社	1989年1月
《官场》（小说集）	华艺出版社	1992年5月
《一地鸡毛》（小说集）	中国青年出版社	1992年6月
《官人》（小说集）	长江文艺出版社	1992年12月
《刘震云》（小说集）	香港明报出版社	1999年11月
《刘震云》（小说集）	人民文学出版社	2000年9月
《刘震云》（小说集）	文化艺术出版社	2001年9月
《一地鸡毛》（小说集）	长江文艺出版社	2004年3月
《那些微小又巨大的人》（小说集）	台湾九歌出版社	2005年4月
《刘震云》（小说集）	现代出版社	2005年8月
《一地鸡毛》（小说集）	人民文学出版社	2006年1月
《刘震云精选集》（小说集）	北京燕山出版社	2009年6月
《一地鸡毛》（小说集）	台湾九歌出版社	2008年3月
《温故一九四二》（小说集）	台湾九歌出版社	2013年4月
《刘震云文集》（四卷）	江苏文艺出版社	1996年5月
《刘震云文集》（十卷）	人民文学出版社	2009年3月
《刘震云作品典藏版》（十二卷）	长江文艺出版社	2016年8月